연민의 시학

연민의 시학

김정수 평론집

1판 1쇄 발행 | 2025. 4. 25

발행처 | **Human & Books**
발행인 | 하응백
출판등록 | 2002년 6월 5일 제2002-113호
서울특별시 종로구 삼일대로 457 1409호(경운동, 수운회관)
전화 | 02-6327-3535~6, 팩스 | 02-6327-5353
이메일 | hbooks@empas.com

ISBN 978-89-6078-786-5 03810

연민의 시학

김정수 평론집

Human & Books

책머리에

오래 알고 지낸 친구에게 의외로 부끄러움을 많이 탄다는 말을 들었다. 부끄러움이야 남 앞에 나서는 걸 그리 좋아하지 않으니 틀린 말은 아닌데, 의외라는 수식어가 마음에 쓰였다. 의외라는 말의 이면에는 달라진 내 모습, 만나지 못한 세월의 무게, 세속에 물든 변화의 거리감이 존재할 것이다. '의외'와 '부끄러움'에서 서운한 감정이 읽혔다.

시만 쓰던 사람이 시집 해설과 문예지 서평, 여러 매체에 시 단평과 신작 시집 서평을 10년쯤 연재한 것도 내 삶에서 의외일 것이다. 대학 때 이후 지금까지 글을 떠나서 살아본 적 없으니, 산문이 낯선 것은 아니다. 오히려 시보다 더 익숙하다고 할까. 글을 쓰면서 늘 느끼는 것이지만, 문학은 '뻔한 것'은 그대로 두고 '의외의 것'을 추구한다. 그 '의외의 것'을 반복해서 읽으며 때로는 분리하고, 때로는 통합하면서 일정한 패턴을 찾으려 한다. 텍스트와 행간에 숨어 있는 시인의 생각과 경험, 사유의 세계에 가 닿으려 한다. 시평을 쓰는 순간에는 그 시인과 접속한다는, 그 시인의 자리에서 사고하며 읽어내려 한다. 연민은 삶과 죽음, 혹은 존재와 세계를 대하는 태도라기보다는 시를 대하는 내 마음 그 자체다. '의외의 것'을 연민으로 바라보는 마음의 바탕에는 따스함이 깃들어 있다고 믿는다.

그동안 쓴 산문 중에서 최근에 쓴 시집 해설 위주로 묶는다. 두 권 분량의 원고에서 문예지에 쓴 서평과 신작 시평, 시집 발문을 덜어냈다. 해설 중에서도 전체 흐름에서 벗어난 것은 손에서 내려놓았다. 망설이는 와중에 관계와 미안함이 교차했다. 서운함도 느껴졌다. 잠시 내려놓은 원고도 다시 태어날 수 있기를 기원하면서, 책의 완성도에 집중하려 했다. '제1부 삶의 연민과 시간', '제2부 형식의 죽음과 사유', '제3부 존재와 세계의 분류법', '제4부 공간의 사색과 소요' 등 전체 4부로 구성했다. 삶보다는 죽음에, 죽음보다는 불멸에, 배척보다는 연민에, 번잡보다는 고요에 더 주안점을 두었다. 너무 분석에 매달려 날카로움이 부족한 것은 아닌지, 흐름에 집착하다가 정작 중요한 흐름을 놓친 것은 아닌지 반성한다.

첫 평론집이 나오기까지 고마운 분들이 참 많다. 내 어깨의 짐을 함께 지고 살아가는 가족에 우선 감사하다. 이해한다는 것, 공감한다는 것, 사랑한다는 것은 희생을 전제로 한다. 삶은 늘 예기치 못한 곳으로 나를 데려가지만, 함께하는 가족이 있어 여기까지 올 수 있었다. 그리고 오래 같은 길을 걷고 있는 문우들과 텍스트의 주인공인 시인들, 지면을 열어준 여러 문예지와 출판사에 고마움을 전한다. 특히 여러 시집 해설을 맡겨준 도서출판 북인 대표 조현석 시인과 함께 홍제천을 걸으며 용기를 북돋워 준 김상미 시인, 부족한 글의 첫 독자인 이호준 시인과 어려운 여건에서도 기꺼이 이 책을 내준 하응백 휴먼앤북스 대표께 감사한 마음을 전한다.

시집을 낼 때도 그렇지만, 평론집을 세상에 내놓자니 부끄러움이 앞선다. '의외'라고 생각할 사람도 있을 것이다. 부족하더라도 애정 어린 시선으로 바라봐주시면 좋겠다. 부끄러움은 오로지 내 몫으로 남겨둔다.

2025년 봄
김정수

5

차례

제1부

삶의 연민과 시간

문장 저편에 숨겨진 세계의 단단함

— 문효치 시집 『헤이, 막걸리』

"평생을 바쳐"(이하 「해」) "하다 보면 세상을 밝히는/ 해가 된다"는 시인의 전언을 상기하면, 시력詩歷 57년에 상재한 15번째 시집 『헤이, 막걸리』는 온 세상을 환히 밝혀주는 해(태양) 같은 존재성과 상징성, 존엄성을 여실히 증명한다. 태양은 항상 그 자리에서 빛남으로써 존재가치를 인정받고, 개별 존재들로부터 존중을 받는다. 태양이 존재하기에 낮과 밤의 구분, 사계절과 기후가 생겨난다. 특히 모든 에너지의 근원인 태양으로 인해 지구에 생명이 존재할 수 있다. 따라서 "해가 된다"는 것은 평생을 바친 시가 이 땅의 생명에게 햇빛 같은 존재가 되고 싶다는 바람과 다름없다. 여기서 중요한 건 '해'가 아니라 '햇빛'이다. 해는 신神처럼 하늘에 떠 있지만, 햇빛은 지구에 생명이 존재하고 존속할 수 있도록 직접 관여한다. 해보다 햇빛을 강조함으로써 시인이라는 자리에서 고고한 존재로 추앙받기보다 햇빛 같은 시를 통해 이 땅의 지적 생명들에게 도움을 주고 싶다는 욕망을 은근슬쩍 드러낸 것으로 보인다.

하지만 햇빛이 항상 이로운 것은 아니다. 너무 뜨겁거나 차가우면 오히려 해害가 된다. 생명이 살아가기 위해서는 적당한 온도와 물, 바람이 필요하다. 시인의 곁에 많은 시인이 오래 머무는 것은 다 이유가 있다. 시인은 햇빛처럼 시가 긍정적인 영향뿐 아니라 부정적인 영향을 끼칠 수도 있음을 "해가 된다"는 문장에 슬쩍 얹고 있다. 맨눈으로 태양을 볼 수 없듯, 단순히 문장구조만 보면 파악할 수 없지만, 가만히 문장 너머를 응시하면 숨긴 의도를 짐작할 수 있다. 또한 항상 한 자리에 고정된 해와 자유로운 햇빛을 통해 명성이나 평판에 매이지 않는 자유로움을 추구하겠다는 명확한 의지를 드러낸다. 빛이 있으면 어둠도 있다. 시인은 구체적인 진술이나 상상력보다 선문답처럼 시의 요체要諦만 툭 던져놓는다. 군더더기 없는 간결성과 숭고함, 여백으로 대표되는 문효치의 시편은 흡사 추사 김정희의 〈세한도〉 앞에 선 듯한 착각을 불러일으킨다. 단순한 듯 단단한 세계는 체험적 삶의 현재성과 냉철한 사유로 귀결됨을 여러 시편에서 확인할 수 있다.

그러면 이번 시집의 시적 발화의 원천이라 할 수 있는 '해'와 '햇빛'에서 포착하는 삶의 역동성과 심미적 새로움, 농익은 사유를 만나 보자.

지구 변두리 어느 소수 민족

그들 축제의 제물이 된

물소의 뿔 끝에

반짝 해가 와서 내려앉는다

저 햇빛의 황홀

뿔의 밑동으로 정액처럼 흘러내리는 햇빛

죽음의 뿔 위에서

신은 지금 교접 중이다

그동안 신은 외로웠나 보다

바람은 풀숲에 들어 잠자고 있는데

지금 신화가 만들어지고 있다

– 「햇빛을 보다」 전문

시인은 "지구 변두리 어느 소수 민족"의 축제를 지켜보고 있다. 축제 현장
에서 직접 보는 것일 수도 있지만, TV로 축제를 시청하는 것일 수도 있다. 인
용시에서도 역시 구체적인 진술을 하지 않는 시인은 세계 문명에서 벗어난 변
두리, 거기다 소수 민족에 대해 언급한다. 일찍이 "자신의 처지와 같은 약자였
던 백제에도 관심"(『문효치 시전집 2』, 지혜, 2012)을 가진 것을 떠올리면, 시
인의 이런 관심이 새삼스러운 것은 아니다. '신의 가축'으로 불리는 소(물소)
는 농경사회에서 농사를 짓는데 필수요소이면서 가장 비싼 자산이다. 소는 인
간의 삶과 생계에 많은 영향을 미친다. 그런 소를 제물로 사용한다는 것은 현
재의 자산을 포기함으로써 미래의 가치를 얻는 행위라 할 수 있다. 신성한 물
소를 신에게 바침으로써 풍요를 기원하고, 그 제물을 축제에 참여한 사람들과
골고루 나눠 먹음으로써 공덕을 쌓는다. 하지만 이 모든 행위는 물소의 의지
와는 상관없다. 오직 인간의 생존과 생계를 위한 축제일 뿐이다.

시인은 "물소의 뿔 끝"에 내려앉은 "반짝 해"에 주목한다. 여기서 '반짝'은
해가 반짝 빛난다는 의미와 물소의 목숨이 경각에 달려 있음을 동시에 상징한
다. 시인은 "햇빛의 황홀"에서 죽음 이미지를 도출해낸다. 그리고 죽음은 신을
소환한다. 한데 신성시되는 제물에서 "뿔의 밑동으로 정액처럼 흘러내리는 햇
빛"이나 "신은 지금 교접 중"과 같이 경건함이나 신성성보다는 성적性的 이미
지에 주력한다. 이는 축제가 열리는 국가의 소수 민족이 모시는 신의 성격이
나 그리스신화에서 황소로 변한 제우스가 젊고 매혹적인 에우로페를 유혹하

는 장면을 떠올리게 한다. 이 시는 제사가 아닌 축제, 즉 비극이 아닌지라 슬픔이 개입할 여지가 없다. 따라서 시인은 해-신을 통해 신화 탄생으로 이어지는 선이 굵은 시적 전개를 시도한다. 이때 자칫 무거울 수 있는 시적 분위기를 정액이나 교접, 잠 등 성적 이미지로 전환해 삶과 죽음의 존재론을 농익은 화법으로 펼쳐 보인다.

해가 고압선을 타고 굴러간다
이크, 아파트 모서리에 부딪치겠다
쨍그렁, 깨지고 말았다

지나가던 금잔화
소스라쳐 노랗게 뜬 얼굴
내젓고 있다

— 「지나가다가」 전문

시인이 인식하는 해는 "어둠에서 태어나// 어둠 속으로 들어"(이하 「해」, 『어이할까』, 현대시학, 2019)간다. "어둠을 열고 귀 기울여/ 광채들의 이야기를 엿"듣는다. 해가 태어나기 전의 우주는 당연히 어둠이고, 해가 수명을 다하면 그 자리는 다시 어둠이다. 이 까마득한 세월과 세월 사이에서 시인은 우주 저 멀리에서 들려오는 "광채들의 이야기"에 귀를 기울인다. 방 안에 앉아 우주의 섭리를 깨우친 성현들의 천리안千里眼 같은, 광활하고도 심오한 상상력이다. "먼지가 뭉쳐져 별이 되던 시절", "사람들이 거기에서 온 것"임을 깨달은 시인은 이제 바로 눈앞에서 벌어지는 현상에 눈길이 머문다. 하늘에 머물던 해가 "고압선을 타고" 아파트로 굴러 들어가려 한다. 물론 이 해는 태양이 아니라 "아파트 모서리에 부딪"쳐 "쨍그렁, 깨지"는 유리 같은 사물이거나 "반짝"하는 눈부신 햇빛, 혹은 시인의 상상력이 빚어낸 풍경이다. 여기서 주목할 것은 인과관계가 없는 듯한 "지나가던 금잔화"의 등장이다. 보통 화단에 관상용으로 기르는 금잔화가 사람처럼 지나갈 수 없으므로 시인의 의인화로 보는 것이 타당하다. 한해살이풀인 금잔화는 6~9월에 노란 꽃이 피고, 8~10월에 열매를 맺는다. 꽃말은 이별의 슬픔, 비통, 실망, 아쉬움이다. 한여름 아파트에 공급되는 전력의 과잉과 지나친 관심의 부작용으로 관계는 파탄 나고, 이는 이별의 슬픔으로 이어지는 것으로 해석 가능하다. "이크"는 경계의 신호음, "쨍그렁"은 관계가 회복할 수 없을 만큼 부서졌음을 나타낸다. 이 모든 상황을 '지나가다가' 한눈에 꿰뚫은 혜안과 이를 간결한 필치로 형상화한 시인의 내공을 엿볼 수 있다.

햇빛 한 주먹
지나가다가 배나무에게 붙잡혔다

봉지 속에 처넣어
가지에 달아 놓았다

- 「배가 익을 때」 전문

허공을 향해 창을 던진다
햇빛 한 마디 맞고 떨어진다

생을 만들던 말들이
우수수 떨어져 꿈틀거린다

잘못 날아간 창

함묵의 발언이 팔딱거린다

- 「투창」 전문

「지나가다가」에서 '해'에 주목했다면, 「배가 익을 때」나 「투창」에서는 '햇빛'으로 관심이 옮겨간다. 특히 「배가 익을 때」에서 "햇빛 한 주먹"이 "지나가다가 배나무에게 붙잡"히고 만다. 해는 고정되어 있지만, 햇빛은 움직인다. 고정된 배나무가 동적인 햇빛을 포획한다. 이는 배나무가 매복하고 있다가 항상 같은 길로 다니는 햇빛을 사냥한 것과 다름없다. 포획틀은 하얀 배꽃, 분량은 배 한 개만큼인 "한 주먹"이다. 하지만 물리적으로 보면, 움직이는 것은 햇빛이 아니라 배나무다. 시적 화자가 지구에서 배나무와 같은 속도로 움직이기 때문에 정지된 것처럼 느껴서 햇빛이 움직인다고 착각한 것이다. 이런 착각은 물리가 아닌 감각에 의해 생겨난다. 시인의 감각적 직관의 산물이다. 「꽃」에서는 "구름이 지나가다가" 꽃을 읽는다. 꽃은 "여기 또 누가" 써 놓은 한 권의 책으로 변주된다. 생성과 소멸을 거듭하는 구름이 꽃 위로 지나가는 일은 필연이 아닌 우연이다. 하지만 배나무 위로 지나가다가 붙잡힌 햇빛은 우연이 아닌 필연이다. 지나가다가 꽃을 읽는 행위는 구름의 선택이지만, 지나가다가 기꺼이 배나무에 붙잡힌 것은 햇빛의 시혜라 할 수 있다. "봉지 속에 처넣"는 순간 "한 주먹"의 햇빛은 한 알의 배로 변모한다. 햇빛이 과실수에 스며드는 것은 「저 감나무」나 「과실」에서도 찾아볼 수 있다. 해에서 발원한 햇빛과 해충으로부터 지켜줄 봉지 속에서 배는 충실하게 익어간다. 한 알 한 알의 배가 무엇을 상징하는지 어렵지 않게 유추할 수 있다.

「배가 익을 때」가 햇빛의 자의적이면서도 의도적 하강이라면, 「투창」은 햇빛의 타의적 선택에 의한 원치 않는 하강이다. 하지만 "허공을 향해 창을 던"

지는 행위의 주체가 명확하지 않다. 주체가 숨은 화자 '나'라 할 때, 허공으로 던진 창은 분노의 표현이나 허무한 몸짓이 된다. 느닷없이 날아온 창에 찔린, 지나가던 "햇빛 한 마디" 지상으로 떨어진다. 이 시에서도 햇빛은 과실 같은 말(言)들을 생육하는 것으로 변주된다. 하지만 "생을 만들던 말들이/ 우수수 떨어져 꿈틀거"리자, "허공을 향해" 던진 창이 잘못됐음을 이내 깨닫는다. 창에 조응한 말은 해서는 안 될, 침묵했어야 하지만 그러지 못한 '발언'이다. 그렇다면 투창의 행위는 여러 사람 앞에서 한 발언이 되고, 이로 인해 상처 입은 사람(들)의 은유적 표현이면서 반성일 수 있다. 허공-햇빛을 관통한 창이 종국에는 '나'의 가슴에 꽂히는 것은 당연한 귀결이다. 시인은 안 좋은 말일수록 돌고 돌아 결국 자신에게 되돌아온다는 걸 투창 행위를 통해 설파하고 있다.

　　누구를 위해
　　이 가지 끝에 매달려 있어야만 하는가

　　누구를 향해
　　이 한자리에서 웃고 있어야만 하는가

　　하늘이 저렇게 넓고 푸르러
　　날고 싶은데, 어딘가로 떠나고 싶은데

　　처마 밑에 매달려 있는 풍경은
　　마음대로 울기나 하지
　　나는 울고 싶어도 요렇게 웃어야만 하는가

마침내 웃을 힘마저 사그러지면

함묵으로 그냥 떨어져야 할 뿐

떨어져서도 웃는 척하고 있어야 할 뿐

- 「동백꽃」 전문

일찍이 유치환 시인은 「바위」에서 "내 죽으면 한 개 바위"가 되고 싶다며, "억년億年 비정非情의 함묵緘默에/ 안으로 안으로만 채찍질"한다고 했다. 비바람에 억년億年을 버틴 바위는 세속의 감정에 휘둘리지 않고 자율 의지로 '나만의 길'을 가겠다는 의지의 표출이다. 반면 문효치 시인은 「바위」 연작시 70편을 묶은 『바위 가라사대』(미네르바, 2021)에서 "태어날 때부터/ 움쩍할 수 없는"(이하 「바위 5」) "깊은 감옥"에서의 "함묵의 고통과/ 소리 없는 절규"(「바위 22」)를 노래했다. 이번 시집에서도 "나는 뜻도 말도 없는/ 바위가 되었"(「신 전상서」)다고 노래를 이어갔다. 유치환 시인의 '바위'가 살아서 자유를 누리다가 죽어서 함묵한다면, 문효치 시인의 '바위'는 태생의 한계로 한 자리에 붙박인 채 자유와 말을 상실한 살아 있는 자의 함묵이다. 「투창」에서도 '함묵'해야 했지만, 함묵하지 못해 내가 던진 창에 치명상을 입는 안타까움을 드러낸 바, 이 또한 사회적 구속이나 타의에 의해 '발언의 자유'를 상실한 세태를 은연중 고발하고 있다.

「동백꽃」은 죽는 순간에도 웃어야 하는, 웃을 수밖에 없는 세태를 비판하고 있다. 동백꽃이 "가지 끝에 매달려 있"는 건 자율이지만, "한 자리에서 웃고 있어야만 하는" 건 자의가 아닌 타의다. 물론 동백꽃이 웃는다고 느끼는 건 시적 화자인 '나'의 감정이 이입된 경험치다. 동백나무는 바위와 마찬가지로 뿌리를 내리는 순간 "한자리"에서 벗어날 수 없는 운명이다. 새가 되어 "넓고 푸"른 하늘을 훨훨 날아가고 싶은데, 울고 싶은데 "마음대로 울"지도 못하는 운명은 '천형天刑'과 다름없다. 한데 동백꽃은, 아니 동백꽃 같은 운명의 화자는 주변을 의식해 항상 "웃고 있어야만" 하고, 죽는 순간까지 "웃는 척"해야 하는 비극적 삶에 좌절한다. 동백나무가 서 있는 공간은 온전히 동백나무의 소유지만, 외부와 완전히 차단된 것이 아닌 개방적 공간이다. 한 존재의 공간에서 외부의 영향이 심할수록 자의는 축소되고, 줄어든 자리만큼 타의가 점유한다. 타의가 자의의 비중을 압도할 때, 화자 '나'의 말과 행동은 자연히 움츠러든다. 이때 등장하는 '함묵'은 자아가 취할 수 있는 최소한의 방어기제인 셈이다. '침묵'이 내적 성찰의 개념이라면, '함묵'은 외적 반응에 대항하는 표현 방식이라 할 수 있다. 이번 시집의 여러 시가 침묵보다 함묵으로 생각의 추가 기울어 있음을 확인할 수 있다.

내가 한 말이 달린다

나는 말 위에 타고 달린다

가속도가 붙는다

말은 내 생각과 다른 길로 달린다

말은 제 의지대로 달린다

나는 내리고 싶어도 내릴 수가 없다

말의 뜨거운 목덜미를

힘차게 부여잡고 달린다

말의 머리에서는 피가 흐른다

무언가에 부딪히고 또 부딪히고 하기 때문이다

내 머리도 그렇다

통증이 온몸을 뒤덮는다

그래도 또 말을 한다

말은 말이 된다

- 「말이 달린다」 전문

말을 하지 않고 살 수 있을까. 생존에 필수인 공기나 음식을 제외하면 말은 인간의 생활에서 빼놓을 수 없다. 말의 기본적인 기능은 타인과의 소통이다. 나에게서 발화한 말은 타인에 전달되는 순간 나만의 것이 아닌 타인과 공유하는 것이 된다. 이 시에서 말은 말(言)과 말(馬)의 중의적 의미를 담고 있다. 내가 말을 하는 순간 말은 말처럼 질주한다. 내가 "말 위에 타고 달"리지만, 말은 "내 생각과 다른" 말의 의지대로 달린다. 속도를 늦추거나 말에서 내릴 수도 없다. 한번 내뱉은 말은 주워 담을 수도 없다. 허공을 향해 던진 창처럼 종국에는 내 가슴을 꿰뚫는다. 말이 지닌 속성, 말의 부작용이다. 내 몸에는 발화를 기다리는 말들이 늘 대기하고 있다. "그래도 또 말"을 하는 것은 혼자서 살 수 없는 사회적 동물이기 때문이다. 말은 존재와 존재 사이의 거멀못 역할을 한다. 벌어진 틈에 거멀못을 쳐 관계가 더 이상 벌어지지 않도록 한다. 하여 "말은 말"이 되어 힘을 얻을 수 있는 것이다.

비틀거리다 넘어진다

줄에 걸린 것이다

세상에 널려 있는 줄

눈을 크게 뜨고 건너뛰어야 한다

줄은 촘촘하지만 보이지 않는다

바람 같은 건 거침없이 빠져나간다

그렇다
정신 바짝 차리고 바람이 되어야 한다
바람은 넘어지지 않는다

-「줄 4」 전문

　시인은 1966년 한국일보와 서울신문 신춘문예에 당선하던 해에 연작시「가을 노래」를 발표한 이후 시집을 상재할 때마다 빠짐없이 연작시를 선보이고 있다. 이번 시집에는 부제 없이「줄」연작시 7편을 수록하고 있다. "나무 꼭대기에서 그가 팔을 벌리고" 내려 주는 "줄 하나"(「줄 1」)를 시작으로 경각에 달린 개의 "목숨줄"(「줄 2」), 바람이 불지 않으면 거두어들여야 하는 연줄(「줄 3」), "세상에 널려 있는 줄"(「줄 4」), 줄넘기처럼 "남보다 빨리 높이" 뛰다가 "와장창 부서진 그 사내"의 인생줄(「줄 5」), "여러 겹을 꼬아서 만든 철삿줄"(「줄 6」), "하늘에 선을 그어 놓은/ 전깃줄"(「줄 7」) 등 다양한 줄을 통해 삶과 죽음에 천착하고 있다. 위에서 언급한 줄 말고도 새끼줄, 고무줄 그리고 여러 악기의 줄이 있음을 감안하면 '줄' 연작은 완성형이 아닌 현재진행형이다.
　「말이 달린다」에서 말(言)을 경계한 시인은 연작 중「줄 4」에서 보이지 않는 줄에 걸려 넘어지는 삶을 염려한다. "줄에 걸린" 화자는 "비틀거리다" 결국 넘어진다. 하지만 자신의 상처를 살피기보다 "세상에 널려 있는", 눈에 보이지 않는 수많은 줄에 주목한다. 비틀거리다 걸려 넘어진 줄이 실재하는 것이 아닌 "촘촘하지만 보이지 않는" 비실재하는, 즉 사회적 장벽에 걸려 넘어진 것으로 추측할 수 있다. 오랜 경험의 관찰은 사회적 비판으로 바로 넘어가지 않고, 평형감각을 유지한 상태에서 자신을 돌아보는 수신修身과 종교적·철학적 명제

로 선회한다. 줄에 걸리지 않으려면 "눈을 크게 뜨고 건너뛰어야" 하지만, 가
는 길목마다 놓인 줄(덫)을 피하기란 사실상 불가능하다. "촘촘하지만 보이지
않는" 줄은 그물의 다른 지칭이다. 줄과 줄이 만나 망網이 되고, 망과 망으로
연결된 사회는 빠른 속도와 강한 연대를 선사한다. 하지만 긍정의 이면에는
감시와 구속, 소외라는 그늘이 존재한다. 시인은 그늘을 부각하기보다 "그물
에 걸리지 않는 바람처럼"(『숫타니파타』)이라는 문장을 변용해 보여준다. 이
시에서도 넓은 행간에 사회적 비판을 감추는 동시에 "정신 바짝 차리고" 스스
로 "바람이 되어야 한다"는, 삶의 주체가 되어 주변 여건에 휩쓸리지 말고 스
스로 새로운 질서를 만들어 가라고 조언한다.

도를 닦아야지
억누르는 핍박과 억울한 누명

한 달에 열 번 화내던 것
한 번쯤으로 줄이고

일 년에 스무 번 욕하던 일
두 번쯤으로 끝내고

나도 누군가에게 그렇게 했을 터
밟으면 밟히는 대로
그 또한 내 앞의 길인데

건너고

건너고

세상은 모두 교량인 것을
세상은 모두 도량인 것을

　　　　　　　　　　　　　　 - 「세상을 건너갈 때」 전문

　시인의 성찰적 사유는 "도를 닦아야지" 선언으로 시작된다. 도를 닦아야 하
는 당위성은 "억누르는 핍박과 억울한 누명"에 내재되어 있다. 이는 6·25전쟁
당시 월북한 아버지와 가족에 대한 감시, 이로 인한 육체적·정신적 피폐와 죽
음의 공포가 연관되어 있음을 시인은 한 인터뷰에서 밝히고 있다. 표제시 「헤
이, 막걸리」에 드러나듯, 시인은 한때 바람처럼 세상을 떠돌고, 술로 허무를
달래는 세월을 보내야 했다. 화도 많이 내고, 욕도 많이 했으리라. 한데 "숨어
서"(「길」) 찾아오기만을 기다리던 길도 찾아낼 만큼 인고의 세월을 견딘 시인
은 세상이 "다시 따뜻한 손"(「새해 아침」)을 잡아 주고, "나도 누군가에게 그
렇게 했을"지 모른다고 반성한다. "밟으면 밟히는" 억압과 핍박의 길 또한 앞
으로 내가 걸어가야 하는 길임을 깨닫는다. 고난의 길을 "건너고/ 건너"면 "세
상은 모두 교량"이고, "도량"이다. 도道는 물과 같다. 담는 그릇에 따라 형태를
달리하지만, 물이라는 본질은 변하지 않는다. "삶이란 무색 무미의 맹물"(이
하 「또 폭포」)이고 "물은 죽음을 향해" 달려가지만, 결국 무無로 돌아간다.

　그러함에도 산수傘壽의 시인은 요즘 쓸쓸하다. "비치는 햇빛이나 흘러가
는 시간이 쓸쓸"('시인의 말')하고, 허전하다. 곁에 누가 "있어도 쓸쓸하고/ 가
고 없어도 쓸쓸"(「그늘」)하다. "다가오는 아침을 혼자서 보는 일"(「아침」)도,
막걸리 한잔하고 부르는 노래에도(「쓸쓸함, 그 함정」) "세상 참 더럽"(「모기」)

고 서럽다. 하지만 쓸쓸하고 허전함의 "저 안쪽에서 연푸른 (시의) 싹"('시인의 말')이 움트고 있다. 시인은 오늘도 "평생 함께한"(이하 「농사」) 상처와 "아픔의 깊은 골에서 피어"오르는 "눈물겨운 시를 기다린다". 하여 "평생을 바쳐"(「해」) 쓴다는 시인의 명제는, '참眞'이다.

최초의 침묵, 내 안에 자리한 신성神性

― 최영규 시집 『설산 아래 서서』

거대한 신神의 머리
초오유

회청回靑을 쏟아부은
저
태초의 침묵
– 「초오유」 전문

　　만년설과 빙하를 마주한 시인은 '지금은 영원'이고, '영원은 지금'이라 정의한다. 시인이 말하는 지금과 영원은 바로 이 순간(현재)이나, 끝없이 이어지는 무한대의 시간에 머물지 않는다. '지금은 영원'에서 지금은 시인이 현재 서 있는 지점에서 느끼는 영원성이다. 시인은 빙하에서 최초 지상에 내려 쌓인 눈과 얼음층과 이것이 녹아 흐르는 걸 목도하고는 경외감에 휩싸인다. 이는 지금, 이 순간이 영원했으면 하는 바람이면서 침묵의 언어다. 반면 '영원은 지금'은 영원은 눈과 얼음층이 녹아 현재의 지점을 통과하고 있음을 뜻한다. 동토에 켜켜이 쌓여 영원할 것 같은 얼음층이 서서히 녹아 눈앞에 흐르는 빙하에 대한 소리 없는 감탄사면서 이 세상에 영원한 것은 없다는 순간의 깨달음이다. '지금'은 시인이 멈춘 지점이고, '영원'은 멈춘 얼음층과 빙하가 흘러가는 방향이다. 지금에는 시각, 영원에는 시각과 청각이 동시에 작용한다. 지금은 여기라는 공간의 인식하에 생겨나는 시간성이지만, 영원은 시공을 초월해

끝없이 지속되거나 변함이 없는 영속성이다. 즉 시간의 지점에서 보는 시공간은 영원히 멈추어야 하지만, 멈추지 않고 끊임없이 아래로 흐른다. 반면 시공간에서 바라보는 시간은 영원할 것 같은 시간의 멈춤, "생각의 흔적마저"(이하 「빙하」) 지워지는 순간이다. 지금 여기에 서 있는 시인으로서 영원은 "처음부터 내 것"이 아닌 자연이 침묵하는 시공간이다.

막스 피카르트는 『침묵의 세계』(까치, 1985)에서 자연의 침묵은 인간에게 '행복'과 '가혹' 두 가지를 동시에 가져다준다고 했다. "자연의 침묵은 말 이전에 있었고, 모든 것이 발생한 저 위대한 침묵을 예감하게 해주기 때문"에 인간을 행복하게 해준다고 했다. 반면 "자연의 침묵은 인간을, 인간이 아직 말을 가지지 않았던, 인간이 아직 인간이 아니었던 저 태고의 상태에다 도로 가져다 놓기 때문"에 가혹하다고 했다. 만년설과 빙하는 시인의 말처럼 "도로 저 태고의 침묵 속으로 가져"간 것이다. 시인이 말을 잃은 것이 아니라 만년설과 빙하가 시인의 말을 가져가 침묵하게 한 것이다. 피카르트는 또 "인간은 자연일 뿐 아니라 정신"이라며 "오직 하나의 자연으로서 침묵을 통해서 사물들과 결합되어 있을 때 그 정신은 고독하다"고 했다. 정신과 말의 결합이 인간을 고독하지 않은 상태에 놓이게 한다는 점에서 최영규의 산악시집 『설산 아래에 서서』는 神의 영역에 들어가 "태고의 침묵"(「초오유」)을 기록한 고독한 언어인 셈이다. 인간은, 말은 지금의 순간이지만 침묵을 기록한 언어는 영원의 순간이다. 산에서 겸손을 배운 시인은 "몇 줄 안 되는 인간의 말로는 전할 수도, 써낼 수도 없"(이하 「태초의 적막」)다 했지만, 지금의 말과 만년설, 빙하의 침묵이 결합한 정신을 시로 되살린 것이다. "태초의 백색. 태초의 적막. 그 만년설"로 떠나는 시인의 여정을 따라가 보자.

나를 부른다

그를 본다

ー「산이 나를 부른다」부분

    한라산 북면 화구벽火口壁으로 가기 위해 올라서야 하는 심설深雪에 묻힌 장구목 사면은 심한 급경사였다. 등에 업혀 울며 나자빠지는 아이마냥 허리를 조금만 펴려 하면 어깨를 잡아채며 나자빠지는 배낭. 순간 주춤하며 허벅지까지 빠지는 눈 속으로 피켈을 강하게 찔러 넣는다.

ー「우리의 아침이 거기에 있었다」부분

처음 그때로 돌아가는

마지막

춤

아, 눈부신 경직硬直

ー「해빙 ー 판대빙폭」부분

    시인은 두 개의 공간에 상존한다. 하나는 '일상'이고, 또 다른 하나는 '산'이다. 몸과 영혼을 엄밀히 분리할 수 없는 것처럼 시인의 일상과 산은 긴밀히 연결되어 있다. 흔히 왜 산에 오르냐는 질문에 "산이 거기 있기 때문"(조지 말로리)이라 하지만, 시인이 산에 오르는 이유는 산이 부르기 때문이다. 실제 산이 부를 수는 없지만, 시인의 귀에는 산이 부르는 소리가 들린다. 몸과 정신으로 산의 부름을 감지한다. 여기부터 등반의 시작이다. 산은 언제나 거기에 있고, 설산을 마주하려면 사람이 움직여야 한다. "아무도 없는 길 앞에" 서서 산이 부르는 소리에 귀 기울이던 시인은 서둘러 행장을 꾸린다. 짐을 꾸리는 순간

"이미/ 산은 내 안에 들어와 있다"(「덕항산 동무들」). 하지만 영원을 품은 산은 함부로 거리를 내어주지 않는다. 세계 최초로 에베레스트 14좌를 완등한 라인홀트 메스너는 "등산은 정상보다는 오르기까지의 과정과 씨름하는 것이다. 진정한 등산의 예술은 일탈이나 정상 정복보다는 절절한 외로움 끝에 다시 일상으로 돌아와 느끼는 '살아 있음'의 고마움"(『에베레스트 솔로』, 리리 퍼블리셔, 2020)이라 했다. 시인은 1991년 일본 북알프스 오쿠호다카다케(3,190m) 등정을 시작으로 유럽과 남미, 오세아니아 최고봉을 오르고, 히말라야 14좌 중 하나인 초오유(8,201m)를 원정대장으로 등반했다. 설산이 부른다 해서 바로 갈 수는 없다. 철저한 준비가 필요하다.

원정 경비와 장비를 마련하는 일도 쉽지 않지만, 개인적으로는 설산과 비슷한 환경에서 체력을 기르고 기술을 갈고닦아야만 한다. 그래야 살아서 돌아올 수 있다. 시인은 평소 백두대간 "도래기재 곰넘이재 차돌배기 은대봉 금대봉 비단봉 노루메기 닭목재 새목이 생계령 쇠나드리 큰새이령"(「그때, 자국」) 등을 걸으며 체력을 기른다. 이번 선택지는 제주 "한라산 북면 화구벽火口壁"이다. 거기에 도달하기 위해 "올라서야 하는 심설深雪에 묻힌 장구목 사면은 심한 급경사"다. 무겁게 꾸린 배낭과 "무너져 내리는 눈" 때문에 악전고투다. 제대로 된 혹한기 훈련이다. 강원도 설악산 토왕성 빙폭이나 원주 판대빙폭에서는 "눈부신 경직硬直"을 오르며 기술을 점검한다. 기술은 코오롱등산학교와 정승권등산학교에서 익혔다. "빙벽용 피켈"(이하 「바다」)과 아이젠 등 장비를 작용하고 수직 빙벽을 오른다. "한 동작의 실수면 수백 미터 아래"로 떨어진다. 죽음의 공포가 엄습한다. "어둠보다도 무서운 칼바람"(이하 「동계 지리산 야간산행」)은 "유리 파편 같은 기억"과 두려움을 되살아내게 하고, 그래서 서로 "하나가 되게" 한다. 그럼에도 "속을 알 수 없는 높고 거친 설산들"(이하 「바람이 되어, 바람의 소리가 되어」) 앞에 서면 "나는 혼자"임을 자각한다.

고통스러움 마저 말리려 드는 태양. 볕을 피할 곳이라고는 없는 바카스Rio de Las Vacas 계곡의 사막 같은 카라반Caravan루트. 잔설殘雪을 걸친 능선 위로 너무나 아름다운 에메랄드빛 하늘이 대원들을 내려다보며 비웃고 있다. 어쩌다 작은 그림자를 만들고 있는 바위라도 나타나면 그 밑으로 기어드는 대원들. 팔뚝 한쪽씩을 그 그늘 밑으로 쑥 밀어 넣으면 전신全身을 달구던 화염火焰 위로 한 바가지 냉수冷水가 퍼부어지는 느낌이다. 막막하게 갇혀있던 정신精神을 잠시 되찾는다. 저 멀리 이틀쯤의 거리에 동빙하 계곡의 희다 못해 푸른 만년설의 설벽이 어릴적 이발소에 걸려있던 그림처럼 아른거린다.

– 「카라반Caravan」 전문

카라반 중에 머물렀던
고도 4,300미터의 마지막 고원마을 팅그리Tingri

움막만 한 돌집 옆으로 순무 몇 줄 심어놓은
채마밭에서 만난 배추나비

– 「너도 나비」 부분

어렵게 짙푸른 여명의 틈이 어둠을 들추기 시작한다. 그러나 아직 숲은, 계곡은, 너무 어둡다. 내 옆에 밤새 시달린 새벽이 계곡 아래로 떨어질 듯 위험스럽게 졸고 있다. 나는 다시 짧게 토막 낸 매트리스 조각에 어깨와 엉덩이를 맞추어보려 무릎을 오그려 누워본다. 깜빡, 졸음이 저 계곡 아래로 떨어지며 눈을 뜬다.

– 「비박」 부분

캐러밴(카라반)은 무리를 지어 여행하는 상인, 순례자, 여행가 등의 집단을 말한다. 사막에서는 낙타를, 산악에서는 말·노새·당나귀·야크를, 극지에서는 순록·개를 주로 사용한다. 등산에서는 등반이 본격적으로 시작되는 기점인 베이스캠프까지 등반용 물자를 운반하면서 전진하는 것을 말한다. 히말라야에서는 물소 암컷과 야크 수컷 사이에서 태어난 좁교와 야크 그리고 포터가 무거운 짐을 운반한다. 반면 안데스 고산지대에서는 "뮬라라고 불리는 노새"(「전생前生」)와 "파석破石의 모레인 지대/ 깎아지른 급사면에 사선斜線을 그으며 전진하는 야크"(「야크」), 라마가 나른다. "바카스Rio de Las Vacas 계곡"은 안데스산맥 최고봉으로 남아메리카 대륙에서 가장 높은 아콩가구아(아콩카과)산(6,962m)에 오르는 전문가 루트다. 시인은 2001년에 원정대장으로 동쪽 사면을 등반했다. 시인이 마주한 첫 고통은 태양이다. "볕을 피할 곳" 없는 계곡에서 "전신全身을 달구던 화염火焰"에 시달린다. 무더위가 무색하게 "잔설殘雪을 걸친 능선" 위의 "에메랄드빛 하늘"과 "동빙하 계곡의 희다 못해 푸른 만년설의 설벽"은 막막하던 정신을 맑게 한다. "만년설의 설벽"은 육체의 고통으로 "갇혀있던" 정신을 환원시킨다.

두 번째 인용시 「너도 나비」의 팅그리Tingti는 초오유 등반 중 머문 "마지막 고원마을"이다. 베이스캠프(4,900m) 도착 하루 전, 시인은 이곳에서 배추나비 한 마리를 만난다. 시인은 "고도 4,300미터"에서 조우한 나비를 통해 세상의 넓고 높음을 인식한다. 여기까지 여정도 만만치 않았고, 고소 적응도 쉽지 않은데 나비는 유유자적이다. 이는 오세영 시인의 "나는 나비가 아니었다"(이하 「히말라야를 넘다가」)라는 구절을 떠올리게 한다. 오 시인은 지프로 라싸에서 히말라야를 넘어 네팔의 카트만두로 가던 중 고산증으로 쓰러져 "갸솔라 패스의 한 외딴 마을, 팅그리에서/ 산소통을 입에 물고 깨어난" 적이 있다. 호접몽胡蝶夢의 연상일 수도 있지만, 실제 나비를 목도하고 이 시를 썼을 개연성은 충분하다. 한 시인은 깨달음을 얻은 반면, 한 시인은 "목덜미를 쓱 훑고 지나"가는 서늘한 눈빛을 느낀다. 폭풍전야의 고요함이다.

「비박」은 캐러밴 도중 숲속 계곡 위에서의 하룻밤을 다루고 있다. 비바크(비박)는 등산에서, 텐트를 사용하지 않고 바위나 굴, 언덕 따위의 자연물을 이용해 하룻밤을 지내는 일이다. 시인은 극심한 피로와 추위, "숲을 뒤흔드는 바람"과 어둠으로 "새벽까지 잠"을 설친다. 여명에 다시 잠을 청해보지만, 좁은 잠자리에서 굴러떨어질 것 같은 두려움에 "깜박, 졸"다가 깬다. 밤의 시련이 아무리 혹독해도 결국 아침은 찾아온다. 산과 숲과 계곡이 명사형으로 그 자리에 있듯, 어둠과 바람과 계곡의 물은 동사형으로 변화를 거듭한다. 동사형인 시인도 잠시 여기 머물다 갈 뿐이므로 변화를 거듭하는 것들에 대한 두려움을 드러낸다. 우리가 고향에서, 집에서 마음이 편한 것처럼 늘 그 자리에 있는 것들은 불안하지 않다. 움직이는 것들만 마음에 공포를 접목한다.

발을 헛디뎌 몸이 넘어진다

산도 넘어진다

겨우 추슬러 마음 하나 도로 세우고

이제는 보이지 않는 너를

혼자서 본다

설사면에 튀긴 햇살이 칼끝처럼 몸속을 파고든다

냄새로 찾아가는 설산의 내막

바람은 울음으로나 길을 찾아 가는데

여러 번 꺾인 몸은

조각난 얼음 속으로 파묻히고 밟히면서

누구를 찾아 가는가

끝도 없는 고집

혼자 앞장 세워 겨우 모퉁이 돌 때

아, 저기 설산 아래 까맣게 떠오르는 사람

이름도 지워버린 채

울지도 못하면서

무릎만 젖어 흐르는 너는

오래 흔들리면서

무한정 기다리는 나는

- 「설산 아래에 서서」 전문

  표제로 삼은 이 시는 베이스캠프 도착 전의 여정으로 보인다. "발을 헛디
뎌" 넘어진 시인은 몸뿐 아니라 "산도 넘어"지고, 이어 마음도 무너졌음을 인
지한다. 몸과 산, 마음을 "도로 세우"며 혼자임을 자각한다. "보이지 않는 너
를" 보는 행위는 존재는 하지만 앞서간 실체(너)에 대한 환상이다. "칼끝처럼
몸속을 파고"드는 햇살과 "여러 번 꺾인 몸"으로 "누구를 찾아 가는"지, 산에
오르려는지 구분되지 않는다. 라인홀트 메스너는 『정상頂上에서』(문학세계사,
2011)에서 "산에 오르는 이유는 인간 안에 자리하고 있는 신성" 때문이라고
했다. 산을 오르며 갖는 경이로움은 갈망의 형태를 보이고, "목표는 그 어떤
목적도 갖지 않는다"고 했다. 시인은 산에 오르는 목적이 꼭 정상에 있지 않음
을 "설산 아래 까맣게 떠오르는 사람"의 이름을 지우며 상기한다. '너'는 앞서
걸어간 동료일 수도, 빙하나 설산의 의인화일 수도 있다. "오래 흔들리면서/
무한정 기다리는 나"의 동경은 맹목의 속성을 지녔다. 아니 어쩌면 시인의 몸
과 마음에 깃든 신성神性의 발현인지도 모른다.

영원히 헤어나지 못할

속박束縛의 공간

입구에서 떨어진 얼음 조각들이

섬광처럼 잠깐씩 반짝거리곤

깊은 얼음벽을 따라

나의 시선과 함께 어둠 속으로 사라졌다

함부로 가늠할 수 없는

시간의 함정

- 「크레바스」 부분

저렇게 격노하는 산山의 마음을 알기 위해서라도 이 눈보라를 견뎌내야 한다. 쭈그리고 버틴 지 이틀째 새벽. 산山 아래로부터 붉고 푸른색의 햇살을 쏘아 올리며 아침이 올라왔다.

- 「눈사태」 부분

만용과 깍지 꼈던 자신감까지 얼려버리는

저 비탈의 정리되지 않은 높이의 힘

처참한 사고의 상상

걸을수록 그만큼 흔들릴 수밖에 없는

그 안 깊숙한 곳에서 오히려 선명하게

덜그럭거리고 있는,

새파랗게 질려서

투명한 알몸처럼 감춰지지 않는다

그러나 있지도 않았던 일 같았던

없을 곳에 대한 사라지지 못한 끌림이

없던 소리가, 없어진 소리가,

오르기로 오르겠다고 결정했던 처음 그것이

걸음이 되어 걸음이 되어

여기를 오르고 있다

- 「높이의 힘」 부분

　"오천구백 미터 지점에 캠프를 설치하기 위해 또다시 짐 수송에 들어"(「전생前生」)간다. "영원히 헤어나지 못할/ 속박束縛의 공간"이면서 "시간의 함정"인 크레바스를 지나 "피가 섞인 콧물"(이하 「심정心旌」)을 흘리며 "반복되는 폭설"과 오한, 두통을 견디며 정상으로 향한다. 캠프에서 깜박 잠이 들면 "집 뒤 운길산"(「꿈」)이 꿈에 보이거나 삼신三神 할미가 "집채만 한/ 명패命牌 보따리를 이고 와서는/ 산사태"(「이제 겨우 이틀째」)처럼 쏟아놓는다. 산의 격노인 눈보라가 그치자 "건너편 급사면으로 엄청난 눈덩이가 쏟아져" 내린다. 시인은 산사태에서 의욕과 만용을, 설벽에서 만용과 지나친 자신감을 반성한다. 비탈에서 "정리되지 않은 높이의 힘"을 느낀 시인은 한결 투명하고 겸허해진 마음으로 "내 안에 나를 불러내는 내 전생前生 같은 산山"(「고향故鄕」)을 한 걸음 한 걸음 내디딘다. 시인에게 산의 높이는 단지 정복의, 오르려는 대상이 아니라 "정신에 섬뜩 불"(「바람이 되어, 바람의 소리가 되어」)을 켜는 행위와 다르지 않다. 그런 점에서 최영규의 이번 산악시집은 "가장 높은 정신은/ 추운 곳에서 살아 움직"(「산정묘지 1」)인다고 노래한 조정권 시인의 「산정묘지」 연작이나 "산에 들어가면 모두 사라진다"(「기쁨 -내가 걷는 백두대간 152」)고 읊은 이성부 시인의 산시 연작에 맥이 닿아 있다. 이성부 시인은 "산에 오래 다니면 다닐수록 새로운 것처럼, 내가 쓰는 산시도 언제나 그 새로움을 기록하기 위해 천착한다"(『도둑 산길』, 책만드는집, 2010)고 했다. 지금까지의 산시에 더해 앞으로 쓸 고도의 사유와 깊이를 담은 산시 연작이 기대되는 이유다.

하늘마저 얼어붙은 정상에 풍경 따윈 없었다. 적막을 뒤집어쓴 허공만이 나를 반길 뿐이었다. 얼음의 숨결이 내 숨결을 막았다. 찰나의 환호성마저 바람이 잘라먹었다. 하지만 신神은 끝내 모습을 보여주지 않았다.

정상엔 아무도 살지 않았다

– 「정상엔 아무도 살지 않는다」 전문

비좁아져 버린 나를 위해 산山을 오른다

나를 오른다

간간이 붙어있는 표식기를 찾아가며

나의 복숭아뼈에서

터져 나갈 것 같은 장딴지를 거쳐 무릎뼈로

무릎뼈에서 허벅지를 지나 허리로

그리고 어렵게 등뼈를 타고 올라 나의 영혼에까지

더 높고 거친 나를 찾아 오른다

기진맥진 나를 오르고 나면

내 안의 산山들은

하나씩 둘씩 작아지며 무너져 버린다

이제 나는

오르고 싶다는 생각을 지울 수 있다

나를 비울 수 있다.

- 「나를 오른다」 부분

베이스캠프를 떠난 정상 공격조가 "엄청난 눈발"(「실종失踪」)에 갇히기도 하고, "넋의 반은 누구에겐가 빼앗"(「귀환歸還」)긴 듯, 정상을 목전에 두고 돌아서기도 하지만, 결국 "정상의 만년설"(「노랑부리까마귀」)에 도달한다. 당연한 말이지만, 정상에는 아무도 없다. 라인홀트 메스너의 경험처럼 "신이 선물하는 그런 장관"(이하 『에베레스트 솔로』)이나 "감격이나 경외심"도 없고, "적막을 뒤집어쓴 허공"만 반길 뿐이다. "찰나의 환호성" 뒤에 찾아오는 산의 정상이라는 공허함, 짧은 순간 머물고 내려가야 하는 실망과 피곤, 살아서 내려가야 한다는 본능이 지배한다. 물아일체物我一體의 경지를 느낄 새도 없이 지금의 정상은 '순간'을 허락할 뿐이다. 영원의 정상은 죽어서야 가닿을 수 있는 신의 영역이다. 따라서 살아서는 신의 모습을 볼 수가 없다. 아니 내 안에 자리한 신성神性을 깨닫고 영원에서 지금으로 귀환할 뿐이다.

살아서 무사히 집에 돌아온 시인은 "삶과 죽음을 함께"(이하 「야크」)한 "특별한 구도자求道者" 야크와 "5,700미터나 되는 전진 캠프까지 올라"(「노랑부리까마귀」)와 날지 않는, 치명 같은 노랑부리까마귀의 눈동자를 생각한다. 산에서도, 일상에서도 삶과 죽음은 신의 뜻이다. 시인이 오르는 것은 산山만이 아니다. 시인은 "없는 길을 찾아 가야 하는 저들의 생각과 기어이 마주"친 순간부터, 내 속에 자꾸 생겨나는 산과 "나를 위해 산山"을 오른다. 나와 산은 둘이 아니라 하나다. 산 정상에서 느끼지 못한 물아일체의 경지를 상상의 정상, 즉 "나를 오르고 나"서야 경험한다. "내 안의 산山들"은 스스로 무너지지 않고 육체에서 영혼까지 오른 후 "하나씩 둘씩 작아지며 무너"져야 산에 "오르고 싶다는 생각"과 비로소 "나를 비울 수 있"다. 조정권 시인은 한 강연에서 "시간의 고요가 깃든 험준한 봉우리를 지상에서 올려다보는 경험은 삶의 물음에 대한 방향으로 틀을 잡을 때 경건하고 숭고한 정신의 표상으로 나타난다"고 했다. 2017년 아마다블람(6,812m) 등반 이후 설산 등반을 멈춘 최영규 시인은 요즘 무슨 생각을 할까. 내 안에 차오른 산(나)을 다 오르고 나면 침묵은 어느 방향으로 작용할까. '높이'에서 '넓이'로 확장해 가는 시인을 조용히 기다리는 일은 함께 겸허해지고, 함께 숭고해지는 일이다. 정중동靜中動이다.

연민과 외출, 소리 너머의 "새것"

— 천수호 시인의 신작시 읽기

알베르 카뮈의 소설 『페스트*La Peste*』(민음사, 2011)는 "페스트 사태를 선언하고 도시를 폐쇄하라"는 공식 명령(전보)으로 1부를 마친다. 인간의 이동권을 제한하는, 감옥살이의 시작이다. 폐쇄된 도시의 인간들은 다양한 방식으로 소통하면서 생존을 위해 분투한다. 내 일이 아닌 양 애써 외면하거나 도피하고, 초월적 태도를 보이고, 때론 죽음이나 상황에 맞서 싸우기도 한다. 프랭크 M. 스노든은 페스트에서 코로나19까지 감염병을 다룬 책 『감염병과 사회 *Epidemics and Society*』(문학사상, 2020)에서 "모든 범유행이 그렇듯이 코로나19도 우연히 발생한 질병이 아니다. 감염병은 인간이 사는 주변환경, 다른 종, 다른 사람들과의 접촉과 생활 속에서 형성된 취약한 구석을 파고들며 우리 사회에 엄청난 고통을 안겨준다. 범유행에 불을 붙인 미생물은 우리가 마련해 놓은 생태학적 틈새를 메우기 적합한 방식으로 진화했다"고 했다. 신종 코로나바이러스 감염증(코로나19)은 우리가 조성한 사회에 잘 들어맞았기 때문에 순식간에 불길이 타올라 번졌다. 2011년 10월 31일 국제연합UN에서 인정한 세계 인구 70억 명 돌파 이후 2022년 5월 현재 79억 명이 넘어 2024년에 80억 명을 돌파할 것으로 예상된다. 가히 인구 폭발이다. 80억 명에 가까운 인구 상당수가 도시에 모여 살고, 빠른 인구 증가에 따른 도시화로 동식물의 서식지가 파괴되고, 이동 수단의 발달로 세계가 밀접하게 연결되다 보니 바이러스의 출현이 잦아지는 것은 당연한 수순이다.

천수호 시인의 신작시는 "감염자입니까"(이하 「어떤 꽃의 정체」)라는 질문 혹은 슬쩍 건네는 말로 시작한다. 『페스트』의 오랑이나 코로나19의 중국 베이징(北京)·상하이(上海)처럼 전면 봉쇄는 아니지만, '마스크'로 상징되는 우리 사회의 현실도 질식할 것만큼 답답하다. 코로나19 팬데믹Pandemic은 우리 삶의 일상을 송두리째 흔들어놓았다. 아침 출근과 근무 풍경부터 삶의 목표와 가치, 우선순위까지 변화시켰다. 하지만 변이를 거듭하며 영원할 것 같던 코로나19도 백신 개발과 접종으로 점차 수그러들면서 일상을 회복해 가고 있다. 역사적으로 봐도 바이러스가 통제되고 나면 팬데믹 이전의 상태로 되돌아갔다. 천수호 시인의 「커튼콜」(『우울은 허밍』, 2014)이 이를 상징적으로 보여준다. 커튼콜curtain call은 공연이 끝난 무대에서 퇴장한 출연자를 무대의 막 앞으로 다시 나오게 하지만, 코로나19와 같은 바이러스나 주목받지 못한 삶은 찬사는커녕 혐오와 멸시의 대상이 된다. 시인은 「커튼콜」에서 "노래는 전염병을 놓아주었"다면서 "새벽은 반드시 돌아오고/ 모든 것을 붙잡는 시간이 오고야 말았네"라고 했다. 붙잡아 둘 수 없는 것들을 풀어주고 놓아주는 행위는 방임이나 방관이 아닌 아무것도 구속하지 않겠다는 결연한 의지의 표현이다. 시인은 공연자가 다시 온다는 것을 알고 정해진 자리에 앉아 기다리는 소극적 객체로서의 시적 화자를 통해 조명받지 못하는 삶을 투영시킨다. "저 기척들// 여기까지 나를 불러"('시인의 말', 『우울은 허밍』)에서 확인할 수 있듯, 시인은 보는 것(見)보다 듣는 것(聞)에 더 관심을 기울인다. 보고 말하기보다 남의 말을 들어주려 한다. "반짝 눈을 뜨"지만 "어깨를 흔들던 울음"에 주목한다. "아이가 가져가고 남은 것을 뒤적"여 겨우 "눕히면 눈을 감는 인형 하나"를 소유할 뿐이다. 시인이 그려내는 시적 풍경은 전체에 대한 조망보다 "무대가 정해주는 자리"와 같은 부분에 머문다.

감염자입니까
꽃이 주저앉을 말만 했는데
기어코 노오란 향기가 쪼끄맣게 걸어나온다
민들레 민들레가 수십 겹의 파문을 일으키며
여기저기서 피는 것이다

민들레가 제법 질기게 피어있던 그 자리에
어느 날인가 낯선 꽃이 피었다

누군가 새 꽃을 심었다고도 한다
이름을 알 수 없지만 신비로운 빛깔
딱히 색깔로 이름을 유추할 수 없는 꽃이다

명찰을 내 거는 시대는 아니지만
익명이라는 감염경로도 알 수 없는 말이나
K 양이라고 부르자는
그 단순한 약속까지도 은밀해져서
K자 뒤에서 더 깊이 숨는 살해와 방조와 은닉들

민들레는 총살된 흔적도 없다

K, 한번 부르고 잊어도 좋을 만큼 낯선 이름을 갖고 있겠지?
기억하기 어려운 알파벳을 골라쓴다는 서울의 새 아파트 이름처럼

꽃이어서 눌리기 쉬운 뭇 풋 잎들이
이름도 못 밝힌 꽃 뒤에서 짓이겨진다 K, K
이것은 기침인 걸까 비웃음인 걸까
기어코 꽃이 가래를 끓어올린다

– 「어떤 꽃의 정체」 전문

「커튼콜」에서 "눕히면 눈을 감는 인형 하나"나 「어떤 꽃의 정체」에서 'K 양'은 연민의 대상이면서 "연민에서 출발한 사물 이해법"(이하 '자서', 『아주 붉은 현기증』, 2009)이다. 바꿔 말하면 시인은 연민으로 대상을 바라보고 귀 기울이며 "외딴 것들이 느끼는/ 아주 붉은 현기증"에 공감한다. 시인에게 연 민은 불쌍하고 가엾게 여긴 다음에 감정을 내려놓는 일이다. 감정에서 감정을 이격시키는 것은 대상을 더 객관적으로 관찰하고, 이성적 눈높이를 맞추고 감 각의 잔상을 각인시키는 효과를 준다. 천수호의 시에서 대상을 직관하고 개입 하는 행위는 주로 사물이나 자신에 말을 걸거나 질문하는 방식으로 나타나며, 관찰자의 입장에서 멈추지 않고 건네는 "감염자입니까"라는 말은 직접 개입 에 해당한다. 개입은 연민의 다른 말이긴 하지만, 애써 숨겨놓았던 상처를 밖 으로 드러내는 촉매제 역할을 하기 때문에 '감염자'라는 말은 대상을 질식시 킬 만한 파급효과를 가져온다. '감염자'는 돌봐야 하는 대상이지만, 접촉을 피 하거나 격리해야 하는 기피 대상임을 더불어 암시한다. 감염은 자신의 의사와

상관없이 걸리는 질병이다. "익명이라는 감염경로도 알 수 없는 말"이나 폭력성을 내재한 "K자 뒤에서 더 깊이 숨는 살해와 방조와 은닉들"도 감염과 마찬가지로 일정 기준에서 멈추지 않고 전파된다. 익명의 뒤에 숨어 행하는 폭력은 더 악랄해 치유할 수 없는 깊은 상처를 남긴다. 여성성을 상징하는 '꽃', 하나가 아닌 여럿인 '뭇', 미성숙한 '풋'은 비웃음이나 비난에 취약한 사회적 약자다. 이들은 "이름도 못 밝힌 꽃 뒤에서 짓이겨"져 더 안타까움을 자아낸다.

깨뜨린 것도 하루를 넘기면
멀쩡한 그릇으로 다시 붙는 시간
이런 일이 정말 가능할까

눈 퍼담은 반 바가지의 하현달이 동편 하늘에 떠오른다
자정 부근의 일이다
달 바가지에 눈이 담긴 한밤중의 마술은
함박눈이 쏟아지고 난 후의 일

눈이 달을 채운 것인지
달이 눈을 쏟은 것인지 가끔은
벗어날 수도 없지만 답도 없는 질문이 있다

납작하게 누르는 것이 눈의 일이었으니
달의 응집력은 도대체 어떤 박스를 우그려 만든 걸까
눈을 보고 달리던 강아지도 잠들었고
눈도 바닥을 재우는 일에 기운을 다했다

가끔 바닥인 줄 알았던 마음들이 녹아 흐를 때

정지선이 뭉그러진 저 노인의 노동은

오늘도 박스를 접는 일과 실어 나르는 일에

하루를 다 썼다

밀어주는 사람은 없어도 오늘의 기대가 어설프게 남아

기어코 자정으로 기어넘어간다

그것은 경계를 따질 일이 아니어서

선을 다 지운 눈길을 첫걸음으로 끌고 간다

- 「자정 부근의 노동」 전문

어느 날 느닷없이 들이닥친 코로나19가 쉽게 물러나지 않고 있다. 전면 폐쇄 대신 단계적 통제 하의 도시는 일상의 모습을 변화시켰다. 가장 큰 변화는 공간의 변화다. 많이 모이면 위험하기 때문에 다수에서 소수로, 실내에서 실외로, 직장에서 가정으로 공간이 이동했다. 원격근무나 재택근무, 온라인강의로 가족이 함께하는 시간이 한층 많아졌다. 좁은 공간에서 더 오랜 시간을 보내다 보면 가족 간에 더 돈독해질 수도 있지만 연일 계속되는 식생활의 부담과 감염에 대한 불안, 코로나 블루corona blue 등으로 갈등을 오히려 심화시킬 수도 있다. 이 시의 화자는 "함박눈이 쏟아지고 난" 자정 무렵, 산책하러 집을 나선다. 건강을 위한 걷기일 수 있지만 "깨뜨린 것도 하루를 넘기면/ 멀쩡한 그릇으로 다시 붙"는다는 잠언 같은 문장으로 시작함을 감안할 때, 감정과 감정의 부딪침이 작용했음을 인지할 수 있다. 하루를 기준으로 '깨뜨림'에서 '붙음'으로 감정이 변화하지만, 이는 해소가 아닌 임시 봉합에 지나지 않는다. "이런 일이 정말 가능할까"라는 "답도 없는 질문"을 던지고, 그릇이나 바가지와 같은 사물은 갈등의 대상이 누구인지 짐작게 한다. 함박눈이 쌓인 자정 부근의 산책(외출)은 "벗어날 수도 없"는, "바닥을 재우는 일"로 다 소모한 기운을 채우는 행위인 셈이다. 점점 채워가는 상현달이 아닌 차츰 기울어가는 하현달이 상징하는 것은 단지 시적 화자의 기운이 하강하는 것만을 의미하진 않는다. 자정쯤 뜨는 하현달은 반만 빛을 발하는 반달이다. 자정은 하루를 가름하는 기준이고, 반달은 자아의 심리상태와 자아와 타자를 상징한다. 때론 인생을 차고 기우는 달에 비유함을 전제할 때 하현달은 참에서 기움으로, 그것도 만월에서 그믐의 중간에 머무는 시기다. 더 이상 차오를 수 없는, 앞으로 기우는 일만 남은 상황에서 목도한 "노인의 노동"은 "납작하게" 얼어붙은 마음을 녹인다. 여기에서도 앞서 언급한 "연민에서 출발한 사물 이해법"이 작용한다. "박스를 접는 일과 실어 나르는 일"로 자정을 넘긴 노인을 통해 자신을 되돌아보고, 기대를 내려놓고, "첫걸음"의 마음을 되새긴다.

어떤 그림자는 말이 되어 어슬렁거리기도 한다
얼룩말의 그림자라고 말하는 순간 승용차 한 대가 돌진한다
그림자는 달아나고 얼룩말이 납작 엎드린다
이런 풍경은 내셔널지오그래픽에서 가끔 본다

차가 흐르는 속도만큼 책을 읽고
그 박자를 놓치면 글자도 철선을 이탈한다

철거덕철거덕 커졌다가 작아지는 글자들 사이로
클랙슨이 울린다 아니 운다
울다가 지쳐 일기장 위에 침으로 줄을 늘이던 날처럼

놀라서 몇 글자를 되돌아가 다시 읽는다

-「버거킹 전망」부분

나무가 철문을 빠져나올 때

뿌리까지 끌고 나오기엔 잔가지가 너무 많았다

나뭇가지 끝 하나 다치지 않으려

나무는 뿌리를 잘라버렸다

이런 꿈을 꾸고 나서

잎을 나풀거리며 걷기 시작한다

코를 후벼파지 않으면 병든 것도 알 수 없기에

기침도 참으며 앞만 보고 걷는다

직박구리청년들이 줄기 한쪽을 툭 치며

가지 사이로 빠져나간다

이 속도라면 도대체 못 할 일이 무어란 말인가

나무여서 셈할 수 없었던

속력 같은 것을 생각해야 하므로

오늘은 사람의 생활 같은 것은 모른 척해야 한다

-「해제解除」부분

인적 드문 자정 무렵의 산책(외출)에서 한낮에 "인파에 섞일 수 있"거나 버거킹 매장에서 "책을 읽"을 수 있는 것은 코로나19 상황이 해제解除 내지 완화됐기 때문이다. 변이를 거듭하고 있는 코로나바이러스는 아직 인간의 완벽한 통제하에 놓이지 않았지만, 접촉과 감염의 둔화로 어느 정도 제약에서 벗어나 일상을 회복해 가고 있다. 이는 단순한 공간이나 심리상태의 변화에 그치지 않고 "'사물'을 보는 낯선 시선과 '언어'에 대한 독특한 감각"(고봉준, 『수건은 젖고 댄서는 마른다』해설)을 되찾았음을 의미한다. 외출은 자유의 제약이나 일상의 회복 너머 시적 감각을 끌어올리는 확실한 계기가 된다. 감염은 내 행동이 타인에게 피해를 줄 수 있다는 윤리적 문제와 자칫 감염될 경우 죽을 수도 있다는 심리적 공포를 동시에 가져온다. 윤리적 문제는 행동의 제약과 통제방식에 순응하는 형태로, 심리적 공포는 자발적 고립이나 위축 혹은 폭력적 형태로 표출될 수 있다. 근현대를 되짚어보면 전염병이 발생할 때마다 흡사 전쟁을 치르는 듯 격렬한 방식을 보인다. 소니아 샤가 『Pandemic: 바이러스의 위협』(나눔의집, 2017)에서 언급했듯이 "우리는 질병을 '공격'하고, 질병과 '전투를 치르고', 의약품으로 '무장'"하곤 승리하는 데 골몰한다. 피아彼我만이 존재하는 전장戰場에서 폭력은 폭력이 아닌 '정당방위'라는 방어막과 승리를 위한 당연한 결과물로 인식한다. 생사를 넘나드는 전장의 상황 같지는 않지만 "직박구리청년들"이 어깨 한쪽을 툭 치며 지나가거나 "투덜대는 소리"를 듣는 것, "승용차 한 대가 돌진"하거나 "클랙슨을 울"리며 지나가는 사소한 폭력은 일상에 존재한다.

「버거킹 전망」에서 그림자처럼 스며든 패스트푸드 매장에서 음식을 주문하고, 자리에 앉아 독서를 하는 상황과 매장에서 바라본 도로 위의 풍경은 약육강식이 지배하는 밀림과 별반 차이가 없다. "내셔널지오그래픽에서 가끔본" 장면처럼 낯설지 않다. 도로 위를 달리는 차의 "속도만큼 책을 읽"다 보면 자꾸 행간을 놓친다. 사실 시적 화자가 매장을 찾은 것은 단순한 외출이나 독서를 위한 것이라기보다 도피나 회피에 가깝다. 적극적으로 대화를 시도하거나 다시는 도발하지 못하도록 반항하지 않고 "납작 엎드"리나 "울다가 지"치는 소극적 모습을 시현示現한다. 그림자에서 말로, 말에서 얼룩말로, 얼룩말에서 그림자로, 다시 그림자에서 말로의 쳇바퀴 같은 순환도 타자로부터 벗어날 수 없는 자아의 구속을 은유한다. 또한 그림자나 얼룩처럼 주체가 아닌 객체로 살아가는 자아를 상징하고, 이는 말(言)에 의해 생겨난 것임을 은연중 드러낸다. 따라서 "승용차 한 대"의 돌진은 물리적 충돌이라기보다 말(言)에 의한 폭력이라 할 수 있고, 이는 책의 글자와 맞물려 있다. 소리인 말의 폭력에 보고 느끼는 지각知覺의 대응은 한계성을 드러낸다. 자아와 타자 사이에 존재하는 투명한 경계는 시각과 청각으로 손쉽게 허물어진다. 외출과 책 읽기는 시적 화자가 불합리한 현실 세계에서 잠시나마 벗어날 수 있는, 효과적으로 대응할 수 있는 방법이지만 소리로부터 쉽게 벗어나지 못한다. 그럼에도 자아를 억누르는 대상을 증오하거나 배척하지 못하고 오히려 "내 발보다 더 서늘한", "온도를 재는 인간"에 연민을 느낀다.

「버거킹 전망」이 한곳에 정지한 채 관찰하는 풍경이라면, 「해제解除」는 집을 나서 이동하면서 겪는 체험의 세계를 보여준다. 「해제解除」에 시적 화자 '나'는 '나무'로 치환되는데, 나무는 살아 있는 존재인 수목樹木이면서 나(我)는 없다(無)는 철학적·종교적 명제를 동반한다. 두 번째 시집 『우울은 허밍』에 수록된 수작秀作 「바람의 뼈」에서 확인할 수 있듯, 천수호의 시에서 나무는 숲으로 세계를 확장했다가 다시 나무로 환원한다. 되돌아오되 시선은 나무 전체에서 나뭇가지 위의 까치집으로 이동한다. 전체에서 부분으로 시선과 관심이 옮겨갈 때 촉매 역할을 하는 것은 '소리'다. "눈 뭉치는 소리"는 온 힘을 다해 애쓰는 "아득바득"이라는 부사어를 만나 상황의 절박성을 한층 부각시킨다. 「버거킹 전망」에서 소리가 "차가운 벽돌을 으깨버"릴 만큼 폭력적이라면 「바람의 뼈」에서 소리는 "단단하게 뭉쳐지는 그 무엇"이다. 소리에 민감하게 반응하는 나무는 집을 나서면서 "나뭇가지 끝 하나 다치지 않고" 나오려 "뿌리를 잘라버"리는 꿈을 꾼다. 꿈은 현실 세계에서 할 수 없는 것에 대한 무의식의 반응이다. 뿌리가 상징하는 가족家族 혹은 가계家系와의 단절을 꿈꾸는 것만으로도 "잎을 나풀"거릴 만큼 기분이 좋다. 나무의 외출은 "코를 후벼파지 않으면 병든 것도 알 수 없"다거나 "기침도 참으며 앞만 보고 걷는다"는 표현으로 볼 때 코로나19 검사 이후 음성이거나 완치 판정으로 격리에서 해제解除되는 상황으로 짐작된다. 오늘 하루는 "생활 같은 것"은 다 잊고 길거리를 "건들거리며 걷"고 "길거리에 널린 가게들도 기웃거"리며 물건을 산다. 모처럼 철문 밖 자유를 만끽한다.

돌아보면 실패한 나무들이 보였다
개화開花만이 성과라는 말을 듣고 있는 듯이
죽은 나무들처럼 줄지어 서있다

육십 줄이란 게 저렇게
꽃도 잎도 피지 않는 4월의 버즘나무
어깨가 잘려나가 깐충해진 가지들끼리 서로
없는 팔을 부빈다
빈 팔을 덜렁이며 가봉假縫하던 날처럼

열두 살에 가봉이라는 말을 처음 들었다
듬성듬성 대강 꿰매어 맞춘 시절의 얘기

한쪽 팔이 없는 옷이 과연 몸을 감쌀 수 있을까

그런 의혹으로 버즘무늬 상의를 늘여보기도 했지만

내가 만족할 수 있는 옷이 멀쩡하게 장만된 적은 없었다

가봉하러 가는 날

달력에 그려넣은 단추만 한 동그라미가

아직도 꿈속에선 비눗방울로 날리는데

진주방울 매단 바늘침이 너덜거리는 소매 끝에 꽂힐 때면

간혹 붉은 핏방울이 터져올랐다

날개 하나가 꺾여 떨어진 곤충채집이 그러했다

피는 없었지만 침은 제법 깊게 찔리는

꿈은 그쯤에서 끝나서

완성된 옷을 걸쳐보지 못하고

돌아보면 늘 실패한 옷만 희미하게 보였다

그것조차 꿈이란 걸 알게 되면

육십 줄도 별로 지루한 줄은 아니었다

가봉한 옷을 걸치고 거울 앞에서 한 바퀴 돌았다

꿈은 깨고 나면 늘 새것이었다

- 「정년停年」 전문

나무의 "꿈은 그쯤에서 끝"났다. 꿈뿐 아니라 현실 세계에서도 실패했다.

나(我)는 없고(無) "개화開花만이 성과"인 삶과 "그 말"이 진리인 양 듣고 그대로 따른 당연한 결과다. 타자를 연민의 눈으로 바라보고 타자에 말을 건네는 사이 자아는 주체로서 존재할 수 없었고, 결국 타자의 그림자 역할에 머문다. 눈을 감고 바깥세상에서 들려오는 "소리의 백발"('시인의 말', 『우울은 허밍』)에 귀 기울이다 보면 어느새 백발 성성한 육십의 '나'를 발견하곤 희미하게 웃는다. 시인은 끊임없이 자신에게 질문을 던지고 성찰하는 사람이다. 시인은 주체로서 발언하는 것이 아니라 타자의 말을 들어주고, 침묵의 자리에 서서 사물의 언어를 받아적는다.

「정년停年」에서 "실패한 나무"는 가지 잘린 "4월의 버즘나무"와 "가봉이라는 말"을 거쳐 옷으로 변주된다. 옷은 추위나 타인의 시선으로부터 나를 보호해준다. 옷은 또 욕구의 표현이면서 자아와 타자의 '무언의 대화'이기도 하다. 이 시에서 옷은 과거 회상을 통해 자아로 확대된다. 하지만 완성된 옷이 아닌 '가봉假縫'이라는 말이 상징하듯 옷도, "듬성듬성 대강 꿰매어 맞춘" 열두 살의 '나'도 결여돼 있다. 몸을 다 감쌀 수 없는 "한쪽 팔이 없는 옷"과 그 옷을 입는 사람은 가지치기를 당한 가로수와 마찬가지로 제대로 생장하고 성장할 수 없다. "완성된 옷을 걸쳐보지 못"한 채 꿈은 끝난다. 천수호 시인이 창조한 세계는 스스로 "만족할 수 있는 옷"과 다르지 않다. "돌아보면 늘 실패한 옷만 희미하게 보"인다. 옷을 시로 바꿔 읽으면, 지금까지 쓴 시는 '실패한 시'가 된다. 그 시를 들고 거울 앞에서 반성한다. 겸손하고도 겸허한 반성이다. "육십줄"에 이른 시인은 '나는 실패했다'는 통렬한 성찰을 통해 불가능한 세계에 도달하고자 한다. 그 지점에 "새것"이 있다. 가봉한 옷이 아닌 "완성된 옷", 격리에서 해제된 자유로운 모습으로 찾아올 네 번째 시집이 존재한다.

제1부 삶의 연민과 시간

새 삶을 위한 백지의 "여기"

─ 조현석 시집 『불법,…체류자』

1

　1988년 경향신문 신춘문예에 당선한 조현석 시인은 등단 5년 만에 첫 시집 『에드바르트 뭉크의 꿈꾸는 겨울스케치』(청하, 1992)를 내고, 다시 3년 만에 두 번째 시집 『불법,…체류자』(문학세계사, 1995)를 냈다. 첫 번째 시집과 두 번째 시집간 3년의 터울이 있지만, 실상은 많은 시가 같은 시기에 쓰여졌다. 따라서 첫 시집의 연장선상이 아닌 같은 선상에 놓고 봐야 마땅하다. 조현석 시인의 전언과 시집 '서문'에서 "좀 더 좋은 거짓을 펼쳤어야 하는데…… 이제 그런 후회도 든다"고 한 것이 이를 뒷받침한다. 첫 시집 해설을 쓴 성민엽 문학평론가가 지적했듯이, "조현석의 시쓰기는 두 개의 줄기를 일구어내며 수행되어 왔"는데, "하나는 외부 세계에 대한 두려움의 뿌리를 드러내는 것"이고, "다른 하나는 그 뿌리를 드러내기를 위한 내성이 획득하는 사회상"이다. 즉 첫 시집이 안에서 밖을 보는 세상이면서 사회에 대한 면역력을 키우는 시적 경향을 보여준다면, 두 번째 시집은 밖에서 안, 혹은 안에서 밖을 바라보면서 불안한 내면세계를 표출하는데 대체로 방황하거나 분노하거나 회의한다. 두 시집에서 공통적으로 불안한 미래와 사회, 사람을 불신하는 도시 소시민의 삶을 드러낸다. 전통적인 권위를 배척하면서 현대문명과 도시 감각을 화두로 삼고 있다는 점에서 그의 시는 모더니즘에 뿌리를 두고 있다고 평가할 수 있다. 특히 "비시적非詩的 요소와 현대문명現代文明"(이하 김현, 김수영 시집 『거대한 뿌리』 해설)을 과감히 도입하면서 "거기에서 한 걸음 더 나아가, "비시적非詩的 요소와 현대문명을, 도입하기 위해서 도입하는 태도까지 비판"한 김수영의 시정신에 맥이 닿아 있다. 김현은 "김수영金洙暎의 시적詩的 주제主題는 자유自由"라고 단적으로 말했는데, 조현석의 시적 주제 또한 이와 무관치 않다. 김수영이 자유를 시적 탐구 대상으로 삼은 데 반해 조현석은 자유를 서로 옭아매고 있는 부자유에 대한 시적 지향점으로 삼고 있다. 조현석이 시 「들끓는다」에서 제시한 "곪은 자유만이 곪은 세상이 보인다"라는 명제는 의미심장하다. 일차적으로 의미하는 바는 곪은 살을 째고 고름을 빼내야 새살이 돋아난다는 것이다. 시인은 곪은 자유와 곪은 세상을 일직선에 놓음으로써 부패한 세상을 치유하려면 내가 먼저 그 세상에 발을 들여놓아야 함을 환기한다. 타락하지 않은 자유로는 타락한 세상을 치유할 수 없다는 것이다. 또한 사랑스러운 어린 아들을 '독재자'라고 새롭게 규정하고, "약물복용증"에 실제 "주민등록번호"(「아스피린, 아달린」)를 버젓이 드러내는 한편 '시네마 서울' 연작시에서 보여주는 해체구조 등은 조현석의 시가 모더니즘에 머물지 않고 포스트모더니즘으로 진일보했음을 보여준다. 모더니즘이 혁신적이긴 하지만 개성보다는 전통과 보편성을 중시한 반면 포스트모더니즘은 이를 거부하면서 개성, 자율성, 다양성, 대중성 등을 존중한다. 김수영이 4·19 이후 혁명에 관심을 가진 것처럼 조현석은 "독재타도 호헌철폐"를 외쳤던 6월항쟁 이후 불의와 타협하지 않는 사회정의에 관심을 둔다. 하지만 급격한 사회 변혁은 엄청난 변화 속도와 무차별적인 광역성 때문에 의식을 송두리째 뒤흔들어놓는다. 이처럼 불안한 상황에서 김수영은 '본다'라는 행위로, 조현석은 '소멸'이라는 존재론으로 자유에 접근한다. 급격한 사회 변화와 끊임없이 삶에 부대끼면서 쉽게 해결할 수 없는 것이 생활이다. 사회와 생활의 불안은 조현석 시인이 추구하는 시적 방향성이라기보다 도시에서 소시민으로 살아가면서 체득된 경험의 자연스러운 발로라 할 수 있다.

2

등단작이면서 대표작인 「에드바르트 뭉크의 꿈꾸는 겨울스케치」에 대해 성민엽 문학평론가는 "얼핏 전형적인 신춘문예형 시詩인 것처럼 보인다. 상투적인 틀을 거의 벗어나지 않는 가운데 자못 현란하면서도 매끈하게 펼쳐지는 수사와 장식적 이미지들, 세련된 감상성·여성성 등이 그러하다"며, "그러나 좀 더 자세히 들여다보면, 이 시에는 신춘문예형을 넘어서는 일종의 치열한 정서가 잠복되어 있다. 그것은 우선 외부 세계에 대한 두려움으로 나타난다"고 했다. 여기에서 말하는 "외부 세계"는 공간적 의미의 '세상 밖'이면서 '자아의 바깥'을 동시에 함유하고 있다. 외부 세계에 대한 두려움은 시대적 상황과 가족사, 시적 취향 등이 서로 맞물려 있다. 위에 언급한 시에서 "저절로 닫히는 덧문, 내 혀가 끼인다"는 문을 열고 밖으로 나가지도 못하는 어정쩡한 상태에서 겨우 창을 열고 밖을 내다보는 불안한 심리상태를 보여준다. 덧문에 낀 혀의 고통은 현재 시인이 느끼고 있는 심리적 압박과 고통을 상징한다. 조현석의 시에서 방은 불안과 공포를 제어할 수 있는, 심리적 안정을 취할 수 있는 공간이 아니다. 첫 시집에 수록된 연작시 '오피스텔'은 "술에 젖는 혼자인 실

내, 혼자인 어둠, 혼자인 잠"(이하 「오피스텔」)에 빠질 수 있는 철저히 고독한
공간이다. 시인은 이 공간에서도 자유롭지 못하다. "블라인드를 뚫은 마약 같
은 햇빛 속에서 눈을" 뜨면 "지하철 공사중인 굴삭기의 정신 없는 소음"(이하
「오피스텔 코팅창窓」)과 "공중의 타워크레인" 소리, "소형 오토바이로 배달"
하는 소리, "자동차로 행상 리어카" 등 온갖 소음이 무단 침입한다.

손바닥만 한 방에 들어 봄부터 자라던
별 아래 싱싱한 꽃이 시들고 새도 가끔 날아들더니
얼핏 하늘엔 구름과 바람의 손끝도 보이더니
머물고 싶던 것 다 머물다 가더니
모두 보이지 않는다 계엄령이 지배하는
거리, 하늘, 집구석, 가을 그리고 마음
때문이었다 다만 그것 때문이었다

하룻밤 자고 일어나니
거리는 온통 한겨울 된서리에 두들겨맞아
오금도 펴지 못하고 으스스 떨고 있었다

- 「된서리」 부분

모든 길이 끊겨 있었다 끊겨진
사방팔방의 길을 둘러볼 여유 없다
어디에 길을 물어야 갑자기 잃은 길을
되찾을 수 있을지

제1부 삶의 연민과 시간

허공에 대고 묻는다 벽에다 묻는다

표지판에다, ……대답은 없다

– 「벽에다 묻는다」 부분

첫 시집에 수록된 위의 시 두 편에서 볼 수 있듯, 시인의 불안은 앞이 보이지 않는, 벽이 앞을 가로막는 것 같은 상황에서 비롯된다. "거리, 하늘, 집구석, 가을 그리고 마음"까지 "계엄령이 지배"한다. 계엄군은 어느 날 불시에 들이닥친 것이 아니라 서서히 목을 조여오는 올가미 같다. 빠져나가려 하면 할수록 점점 숨통을 조여온다. 계엄령의 거리는 최루탄과 돌멩이가 난무하고, "손바닥만 한 방"에서 시작한 결혼과 아이의 탄생, 갑작스러운 어머니의 죽음과 홀로 남겨진 아버지와 동생들 그리고 장남으로서의 책임감은 가을의 낭만과 시인의 길도 옭아맨다. 집이나 집안을 낮잡아 이르는 '집구석'이라는 말에서 집 밖으로 떠돌 수밖에 없는 육화肉化된 실존의 고민이 엿보인다.

3

조현석의 시에서 '소멸'은 시집 제목이기도 한, '불법체류자'라는 인식과 밀접하게 연관되어 있다. 사전적 의미의 불법체류자는 국내에 체류하는 외국인 중에서 체류 기간과 체류 목적 등을 위반하여 체류하고 있는 자를 말한다. 이 땅에 살고 있지만, 합법이 아닌 불법, 뿌리를 내리고 사는 것이 아닌 부유물처럼 떠도는 사람들이다. 거대한 톱니바퀴처럼 맞물려 돌아가는 도시의 일상에서, 한곳에 정착하지 못하고 "나는 국외자이기도 하다"(「불법체류자 –시네마 서울」)는 시적 고백 너머에는 아버지가 존재한다. 황해도가 고향인 아버지는 한국전쟁 당시 남하하여 서울에 살면서 고향에 갈 날만을 학수고대한 실향민

출신이다. 아버지가 거느린 가계家系에 서울은 통일이 되면 떠나야 할 임시 거주지와 같다. 서울에서 태어난 시인의 심연을 지배하는 것은 "평생을 환청만으로 살아온 아버지"(「부전자전」)와 마찬가지로 뿌리에 대한 환상이다. 그것은 나의 일이 아니라고 부정하지만, 언제든 "서슴없이 다가와 일어날 수"(「누가 먼저였는지」) 있는 가능성 때문에 의식 저편엔 '이방인'이 살고 있다. 환상이 현실이 된 것은 결혼이라는 제도라 할 수 있다. 결혼은 부유하는 시인의 삶이 뿌리를 내릴 수 있는 터전과 기회를 제공하지만, 역설적이게도 더 치열한 생활 현장으로 몸과 마음을 내몬다.

항상 바다를 그리는 소라를 귀 속에 넣고
평생을 환청만으로 살아온 아버지,
오늘따라 나직히 건네는 이야기도
늘 붐비던 환청 속에 들었을 것이고
알맹이 없는 각질 속에 얼마나
오래도록 묵혀둔 이야기일까

몇해 전 어머니를 바람의 세상 속으로
먼저 떠나보내고 혼자 남아
당신 몸마저 죽었다가
깨어날 때 꾸었던, 깊고 짧은 꿈
아니, 유체이탈해서 본 세상에서
손짓하며 따라오라던 먼저 죽은 많은 사람들
거짓 같은 그 이야기, 환청처럼 다시 하며
"할 일이 많아 따라가지 못했지만

곧 가게 되겠지, 이젠 바다가 가까우니까"

–「부전자전」부분

얼마 전부터 그들 부부 단칸방에
작은 사내애가
불쑥, 아랫목을 차지했다

종일 하는 일 없이 누웠는
그 애를 위해
삼시세끼 음식수발에 쏟아지는 빨래 등
갖은 뒤치다꺼리로, 회사일 이외 시간을
고스란히 바치며 분주한 척한 그들

그 애는, 있는 둥 없는 둥
하는 잠든 시간에도
그들에게 침묵을 강요하고
소리나지 않는 족쇄를 채웠다

운동반경 10미터 채 되지 않는
집구석을 발꿈치 들고 오고가야 했다
그러다 지치면 구석에 쭈그리고 앉아
쥐죽은 귀엣말을 나누는 그들
오늘도 무사히, 보냄을
그들은 서로 칭찬하며 위안한다

새 삶을 위한 백지의 "여기"

조그맣게, 웅크려 잠자는 사이사이

그들보다 더 커지며

독재자가 되어가는 그 애를 보며

- 「이방인異邦人」 전문

시인은 몸 안에 "간밤에도/ 끊임없이 쉬지 않는 소음으로 가동되"(첫 시집, 「내 몸 안의 창고」)는 공장을 들인 것처럼 힘겹게 도시의 삶을 버틴다. "벌써 며칠씩 꼬박 새"(이하 「짓이긴다」)워 일을 하고 "앉았다 일어서려니" "폭염, 새하얀, 빈혈의 군단"이 무더기로 달려든다. 자고 일어나면 "한겨울 된서리에 두들겨맞은" 것처럼 아프다. 밤낮없이 일하지만, 현실은 점점 더 열악해진다. 결혼 후 분가해 얻은 단칸방에 "불쑥, 아랫목을 차지한" 어린아이는 부부의 삶을 송두리째 바꿔놓는다. 혼자서는 아무것도 할 수 없는 아이는 이방인이면서 독재자다. 내 자유를 억압하는 대상인 셈이다. "삼시세끼 음식수발에 쏟아지는 빨래 등/ 갖은 뒤치다꺼리"를 해줘야 하는 상전이기도 한다. 밤새워 일하고 들어와도 휴식은 없다. 아이가 잠든 시간에도 부부는 아이가 깰까 봐 "침묵을 강요"당한다. 잠든 아이의 얼굴은 평화롭지만, 그 평화로움을 바라보는 부부의 표정은 전혀 평화롭지가 않다. "소리나지 않는 족쇄를 채웠다"는 것은 아이로 인한 갈등 이전에 부부의 갈등이 내재되어 있음을 암시한다. 그 당시 택시를 타면 운전석 앞에 "오늘도 무사히"라는 구절과 함께 기도하는 소녀의 모습이 담긴 작은 그림엽서가 매달려 있었다. 사고 위험에 노출된 직업인지라 무사 운전의 염원을 담은 것처럼 "서로 칭찬하며 위안"하는 그들의 삶은 폭풍전야와 같다.

4

사물에 대한 기억은 단순히 과거를 회상하는 촉매 역할에 머무는 게 아니라 시간과 삶을 축적하거나 총체적 경험을 촉진한다. 외부 세계로부터 받아들인 기억은 감정과 정서, 재인식의 과정을 거쳐 밖으로 표출되는데, 가까운 사람과의 관계성에 따라 그 강도와 농도를 달리한다. 시인에게 사물은 감정을 이입하고, 삶을 투영하는 대상이면서 시인이 말하고자 하는 바를 대신 말하도록 한다. 조현석의 시에서 '화장품 병'이라는 사물은 아내에 대한 분노의 대상이고, '돋보기'는 달아오른 감정을 제어하는 장치로 활용된다. 화장은 아름다운 부분은 돋보이게, 추한 부분은 보완하는 수단이지만, 가식假飾의 의미를 내포하고 있다. 나에게서 나에게로, 혹은 나에게서 나를 보완한 또 다른 나로의 변신이다. 화장이 아름다움을 넘어 나를 감추는 수단으로 사용될 때 나는 사라지고 타인의 속성이 가미된다. 이때 마그마처럼 내부에 머물던 감정은 폭발하고 만다. 평소와 다른 짙은 화장은 집 밖으로 나가기 위한 준비 단계다. 상황에 따라 유혹이나 '바람을 핀다'는 의미로 받아들일 여지가 다분하다. 조현석 시에서 화장은 아내의 외출과 갈등으로 드러내는 행위다. 시는 현실을 바탕으로 상상과 사유의 영역에 몰입한다. 따라서 시적 진술이 사실과 일치하지 않음은 당연하다.

나의 껍데기, 아내여, 어딘가에 살고 있을까

- 「저금통에 대해」 부분

아내여, 당신이 외출한 밤에도 그러했고 오늘도 잠이 오지 않습니다

- 「창으로 별빛 가득하여」 부분

아내여, 이름조차 기억 없는 아내여

- 「돋보기 놀이에 대해」 부분

아내여 꿈 속에서도 나를 일깨우는
아내여 부실한 몸 걱정해주는
아내여 나는 무신론자

나의 아내여, 약국에서 약도 사고 때맞춰
모이도 가져다주었지 가끔은 꿈 속을 헤집고 다니며
나를 흔들더니 나를 여기에 던지고 마는구나

- 「아스피린, 아달린」 부분

아내여, 어제도 미명의 들판에 있었는가
오랜 침묵의 집, 지키는 나에게는
식은 모이도 가져다주지 않고
주린 짐승의 눈, 미닫이문을 열면
아, 신생의 초원, 당신의 방
난쟁이 나무 곁에는 다소곳한 경대
LANCOME, DENIM…

초원에서 나는 너무도 고른 숨소리
내객內客들의 식지 않은 숨결,
소곤거림이 남아 있다
겨울이면 괴롭히던 빈대들 같아

돋보기, 돋보기 — 어디다 두었는지

경대 위에 잠들어 있는 화장품 병들

벽을 향해 던지지만

깊은 바다를 든 손이 무거워

살며시 놓고 만다

뚜껑을 열고 당신의 겨드랑이 만져보고

젖무덤 냄새 맡아보고

그래도, 떨어져 나가지 않는 숨소리

나의 괴벽이 시작된다

당신의 외출은 수초의 흔들거림

아내여 하루에 두 번 세수하는 아내여

무거운 어둠을 밀고 둘러보면

초원 구석에서부터 비로소

열리는 나의 아침

창으로 여린 햇살이 들어오면

시작되는 나의 쾌락, 돋보기 놀이, 놀이

실보다 가는 햇볕이 놀다간 자리

허리 굽힌 수초가 울고

그들의 신음 소리 모아 담아놓았는지

햇볕이 지나간 경대 위에

오색 무지개 남았다 나는 그제서야

흰 골덴 양복을 입고

몇 번이고 서성이며 해대는 헛기침

- 「화장품 병에 대해」 전문

　조현석의 시에 빈번히 등장하는 "아내여"라는 호격에는 안타까움, 분노, 좌절, 체념 등 다양한 감정이 섞여 있다. 아내에 대한 이러한 급격한 반응이 당혹스러울 수도 있지만, 첫 시집과 두 번째 시집이 같은 시기에 쓰여졌음을 상기할 필요가 있다. 시인은 의도적으로 첫 시집에서 결혼 이전의 가족사를, 두 번째 시집에서 분가 이후의 가족사를 다룬 시를 나눠 수재收載하고 있다. 첫 시집에 수록된 시 「벙어리개」에 의하면 시인이 군에서 제대해 집에 왔을 시기에 아버지는 새벽부터 공장에 일하러 나가고, 고3 여동생은 밥도 굶고 새벽반 보충수업 때문에 나가고, 2부 야간대학에 다니는 남동생이 일하러 가면 파출부 일도 없는 어머니도 나간다. 세월이 흘러 《월간 중앙》 편집부에 취업하고 분가해 살던 중 정신적 버팀목이었던 어머니가 돌아가신다. 첫 시집 '서문'에 "흙 속에, 바람 속에…/ 또는 물 속…/ 그 어디에도 계실/ 어머니를 위하여"라고 했다. 첫 시집은 돌아가신 어머니를 위한 헌정인지라 아내와의 불화를 다룬 시들을 의도적으로 배제했거나 그 이후에 썼을 것이다. "몇 해 전 어머니를 바람의 세상 속으로/ 먼저 떠나보내고 혼자 남"(이하 「부전자전」)은 아버지를 사는 게 바빠 자주 찾아뵙지도 못한다. "미어터지는 속내를 밝히지 못하고/ 어설픈 웃음으로" 무마한다. '속내'는 장남으로서 홀로된 아버지를 모시지 못하는, 이로 인한 부부의 갈등을 암시한다. "말에는 뼈가 있다/ 부서지거나 어긋"(「말씀에 대하여」)난다. 어머니의 죽음-홀로된 아버지-뼈가 있는 말-부부의 불화-아내의 외출로 이어지는 시적 진술은 1차 갈등 구조에 해당한다. 아내의 외출과 깊은 연관성을 가진 2차 갈등 구조는 본능적이면서 디테일하다. 첫째는 "지친 몸 속에/ 아직 살아 꿈틀대는 정욕들"(「호텔 캘리포니아 -시네마 서울」)이나 "어쩌면 무의미한/ 순식간에 타오르는 굶주린 짐승의/ 정욕, 나의 정욕"(「돋보기 놀이에 대해」)에서 알 수 있듯 성적인 부분이다. 둘째는 "때맞춰/ 모이도 가져다주었지"나 "오랜 침묵의 집, 지키는 나에게는/ 식은 모이도 가져다주지 않"는 끼니를 챙기지 않는 부분이다. 셋째는 내가 아플 때 "약국에서 약도"(「아스피린, 아달린」) 사다주지 않는 배려의 부분이다. 단순할 수 있는, 원초적인, 문제가 아닐 수도 있는 이런 것들은 반복될수록 자존심을 상하게 한다는 점에서 오히려 치명적일 수 있다. 결국 "이름조차 기억"하기 싫을 만큼 서로 갈등하다 각자의 길을 간다.

5

1980년대 중후반부터 1990년대 초중반까지 대학가에 게오르크 루카치 George Lukács의 바람이 불었는데, 당시 대학과 문학 현장에 있었던 시인도 루카치의 영향을 받았을 것이다. 루카치는 『소설의 이론Die Theorie Des Romans』(문예출판사, 2007)에 "아직 어디에도 안착할 곳을 찾지 못한 민감한 영혼이 탁월한 지성과 어우러져 빚어내는 통찰들이나 절망의 밑바닥에서 전심전력으로 새 세상을 갈구할 때 생겨날 수 있는 매혹적인 문체의 힘"이 바로 소설이라고 했다. 과연 소설만 그러할까. 시인 조현석이라는 "민감한 영혼"이 이별이라는 "절망의 밑바닥"에서 깨달은 건 "삶은 약속된/ 연극"(이하 「연극이 끝나고」)이라는 것이다. 결혼이라는 무대에서 주연도 아닌 "엑스트라"였을 뿐이다. "마지막을 장식했던 비명과/ 음악이 나를 꽁꽁 묶"고 "우울한 주제"가 떠나지 않고 계속 주변에 머문다. 좋지 않은 "기억 때문에 슬"픈 시인은 "다시/ 같은 행위를 반복할 수 없"다고 다짐한다. 결혼이라는 무대에서 엑스트라는 한 번으로 족하다는 것. 현실과 가상세계가 구분되지 않는, 구분할 수조차 없는 혼돈과 방황의 '시네마 서울'이 펼쳐진다. 1부에 수록된 18편의 '시네마 서울' 연작은 당연히 영화 〈시네마 천국〉을 패러디한 것이다. 극장 시네마 천국이 영화라는 가상의 세계를 보여주는 공간인 것처럼 시인이 살고 있는 서울이라는 도시 공간도 영화 속 세상과 다름없다는 설정이다. '시네마 서울' 연작은 이글스의 노래 〈호텔 캘리포니아〉를 시작으로 TV와 비디오를 보고 신문을 뒤적이며 치밀어오르는 분노를 삭이는 내부 세계와 자본주의 물결이 넘쳐나는 명동, 역전 광장 그리고 서울을 벗어나 저수지, 민둥산, 공원묘지까지 확장된 외부 세계를 촘촘하게 다루고 있다.

> 스모그가 몹시 끼어 바로 앞도 구분 못 한다
> 나트륨 불빛이 조명처럼 그의 머리를
> 사각으로 비춰준다, 손을 천천히 든다
> 갈구하는 그의 눈빛이 손끝을 지나고
> 독백하는 낮은 목소리, 그러나 높아지며

나는 불법,…체류자다…누군가 내게 고—통에 대해서 가르치지 않았고,…어디로 가느냐고, 나는 답변을 주저했다 지금, 인간의 탈을 쓴 짐승처럼 울면서 순간, 말을… 잃는 범죄를 당했다 말은, 가끔은 불편을 초래한다, 이 많은 사람들의 눈이 감시하사…흘끔흘끔 곁눈질하며, 환부患部를 드러낸다, 세상…모든 일에 대해…나는 국외자局外者이기도 하다 이런, 무책임한…, 지명수배는 아니지만 누군가 미행하는, 듯도 해 시도 때도 없이 놀라…꿍꽝거리는 가슴을 쓸어내리고 난, 걸으면 쉬는…기계, 아니다…때론 쉬며 눈물 글썽이며 심장 멈추기도 하는 사람, 혹은 이곳에 없는지도…모른다, 삶에 뜨겁게 동참하고…싶기도 하지만, 왜 이런지 모른다 취했다, 내가 누고 있는 오줌은,…꼭 오뎅국물 같기도 해 내버려둔 세상일들이, 눈에 뒤덮인다, 눈을 녹이면서 얼어붙는, 나의 소외는 내가 만든 것,…수도 있다, 무엇이든 흔적도 없이,…없앨 수도 있을, 나의 슬픈 무력함…의심해본다

밤 깊음, 동시에 새벽도 깊고
그는 이 깊음 위를 표류한다
잠시도 쉬지 못할 노동을 지고
한가한 오늘이 또 그에게 넘어온다

–「불법체류자 –시네마 서울」 전문

"스모그가 몹시 끼어 바로 앞도" 보이지 않는다. 일을 하고 집에 들어오면 반겨주는 사람도 없는 공허한 날들이 반복된다. "부들부들, 부들 치떨면서"(이하 「충혈 혹은 혈안 –시네마 서울」), "부릅부릅, 눈 부릅 치켜뜨"면서 TV나 비디오를 보면 "흔적 남길 시간도 주지 않고 소멸/멸종되고" 싶은 충동을 느낀다. "환락의 유토피아" 같은 세상에서 시인은 "불법,…체류자"이면서 "국외자"이다. 혼자만의 공간에서도 제대로 잠을 자지 못하고, "사방의 벽이 내게로/ 다가"(「건축의 힘 –시네마 서울」) 오는 것 같은 착각에 빠진다. "누군가 미행하는 듯"하고, 늘 술에 취해 "낮은 목소리"로 독백을 하다 보면 어느새 목소리가 높아진다. "내가 만든" 소외로 점점 무력해지고, "이 깊음 위를 표류"한다. 영화 〈시네마 천국〉에서 토토에게 "인생은 영화와 달라. 훨씬 더 힘들지"라면서 더 큰 세상으로 떠나라고 충고해주는 알프레도 같은 인생 선배가 필요하지만, 주위엔 아무도 없다. 격한 감정 탓에 시의 숨은 거칠고, 결엔 날이 서 있다. "이젠 서로의 다른 미래가/ 끝모를 곳으로 나란하게 펼쳐"(「겨울은 무성영화처럼 –시네마 서울」)질 것임을 의심하면서 어둠 속에서 죽음을 떠올린다.

6

전술했듯이, 조현석 시에서 '소멸'은 나는 '불법체류자'라는 인식에 닿아 있
다. 불확실한 미래, 부유하는 삶, "열려라 웃음천국, 사이사이로/ 펼쳐지는 현
실은 사실은 지옥"(「TV를 보며 신문을 −시네마 서울」)에서 마주한 것은 '어둠'
이다. 한 치 앞도 보이지 않는 "어둠이 덮인 후에야/ 오늘 나의 외출은 종말을
고"(「날개를 달고 난 후에야」)한다. 어둠은 사물의 형체를 감춰주는 속성을 지
니고 있다. 그 어둠 속에선 공포와 위안이라는 상반된 심리상태를 보인다. 시
인이 어둠 속에서 마주한 세상은 '죽음'이다. 자동차의 창을 열면 두엄 냄새와
더불어 "바로 전에 맡았던/ 죽음 냄새"(「자동차 안에서」)가 느껴지고, 엘리베
이터를 타면 "죽음만이 그대를 위로해줄 것"(「엘리베이터에서 생긴 일 −시네
마 서울」)이라는 충동에 휩싸인다. "나를 키운 건/ 눈에 보이지 않는/ 크나큰
어둠 속에서/ 느껴지지 않는 것들뿐"(「기억에 대하여 2」)이라는 선험적 인식
은 시인을 질식하게 만든다.

새 삶에 이를 것이다
새 삶에 이를 것이다
새 삶에 이를 것이다
세월이여, 끊이지 않는 바람

새 삶에 이를 것이다
새 삶에 이를 것이다
새 삶에 이를 것이다
바람이여, 상처 많은 나뭇가지

새 삶에 이를 것이다

새 삶에 이를 것이다

새 삶에 이를 것이다

가지여, 끝에 매달린 반딧불 영혼

얼마를 돌고 도는가, 그 손쉬운 죽음

이르는 길 누구는 어느새

다른 죽음을 살고, 다시

새 삶에 이를 것이다

새 삶에 이를 것이다

그리고 다시 머릿속 사막을 걷는,

모랫바람만 내쉬는 눈먼 낙타처럼

걷다가 죽음에 이를 것이다

세포들에, 죽어가는 나는 묻힌다

그 어지러운 분열이 뒤섞여

또 다른 나를 대신할 것이다

– 「죽음에 대하여」 전문

죽음은 살아 있는 존재라면 누구나 겪는 일이지만, 그 너머의 세상을 경험한 사람이 없으므로 두렵다. 죽음에 대한 시인의 인식은 "새로운 부활"(「가면 뒤에서」)이면서 "불멸"(「소문에 대하여」)이다. "새 삶에" 이른다는 것은 죽음이기도 하고, 이에 이르는 과정이기도 하다. 시 「죽음에 대하여」에서 "새 삶에 이를 것이다"를 세 번 반복한 것은 가톨릭의 삼위일체설을 떠올리게 하지만, 불교에서 말하는 근본적인 세 가지 번뇌, 즉 탐욕貪慾·진에瞋恚·우치愚癡에 가깝다. 탐욕은 자기가 원하는 것에 욕심을 내 집착하는 것, 진에는 분노하여 미워하고 화를 내는 것, 우치는 현상이나 사물의 도리를 이해할 수 없어 판단을 그르치는 것이다. 이 모두는 '나(我)'에서 비롯된다. 이를 바탕으로 1연의 "새 삶에 이를 것이다" 3행은 초년·중년·말년의 인생을, 2연의 "새 삶에 이를 것이다" 3행은 "부모·나·자식"의 삼대三代를, 3연의 "새 삶에 이를 것이다"의 3행은 전생前生·현생現生·내생來生의 삼생三生을 뜻하는 것으로 보인다. 5연의 "새 삶에 이를 것이다"의 2행은 전생을 제외한 현생과 내생이 남았다는 것이다. 세월-바람-가지-영혼으로 "돌고 도는" 죽음에 "이르는 길"에 나도 살고, 또 누군가가 살고 있다. 끊임없이 반복되는 삶과 죽음의 윤회를 "눈먼 낙타처럼/ 걷다가 죽음에 이"르는 것이 인생이다. 시인은 의심한다. 삶과 죽음 가운데 어느 것이 진짜인가. 현재를 살고 있는 나는 진짜인가, 가짜인가. 내가 사는 세상은 진짜인가, 가짜인가. 죽음 이후 다시 "새 삶에 이를 것이다"라는 사실과 현생의 나는 누구이고, 내생의 내가 과연 나일까. "사방 모두 백색, 생소한 곳"(「아스피린, 아달린」)에서의 "오늘 일기는, 여기서, 백지"다. 그리하여

　　새 삶에 이를 것이다
　　새 삶에 이를 것이다

기억의 슬픔과 말의 위로

— 정영선 시집『누군가의 꿈속으로 호출될 때 누구는 내 꿈을 꿀까』

기억은 내 안에 오래 머무는 삶의 흔적이다. 시간은 어느 한순간의 기표를 유지하거나 확장해 현재의 공간에 머물게 한다. 과거의 어느 한 지점이나 사건은 현재의 시간과 공간에서 관여할 수 없는 불변의 속성을 지녔기 때문에 기억은 변화하거나 왜곡될 수 없는 운명적 한계를 보인다. 부정의, 파편화된 특정 기억으로 고통스럽거나 괴로운 것도 이 때문이다. 나 자신에게만 오래 살아 있는 기억은 대화의 대상이기보다 혼자 관조하고 사유하는 의식 속에 갇힌 통제된 세계다. 기억은 언제 추락할지 모르는 벼랑처럼 위태롭다. 언어의 옷을 입은 기억이 시라는 영역을 만나 확장될 때, 비로소 고통은 슬픔으로 표출된다. 이때 언어는 막스 피카르트의 지적처럼 "아래로 추락하며 텅 빈 것, 질료적인 것, 소리의 옷을 입은 것으로 바뀐다"(이하『인간과 말』, 봄날의책, 2013). 추락의 가장 깊은 심연에서 자신이 떨어져나온 그 드높음을 느낀 언어는 스스로를 감지한다. 추락과 상승을 반복하면서 살아가는 언어는 "거의 죽음 직전까지 이르렀다가" 다시 살아난다. 그런 면에서 언어는 인간의 의식을 닮았다. "말의 슬픔은 빛이 부족하기 때문만이 아니라 빛이 어둡기 때문이다. 하지만 비록 어둠이라도 빛으로 인해 환해질 수 있다는 것이 말의 위로"인지라 정영선의 시는 "죄가 푸릇푸릇 돋는 슬픔"(「이해력」)에 머물지 않고 "영혼을 돌려받는 거기"(이하 「구명환」)에 정착한다. 거기는 또 "빛을 인지"하고, 내 "이름을 찾"고 "내 안의 소리"(「파랑새」)를 들을 수 있는 순정한 자리다. 정영선의 시에서 언어(말)와 기억은 구멍, 돌멩이, 달항아리, 나무, 꽃이라는 매개변수를 만나 개별적 무늬로 존재하면서 오래 침윤된 슬픔을 삭인다.

> 저항과 굴종 사이 비참이어서
> 금기의 꿈꾸기는 비애여서
> 붉은 못 박힌 자리마다 떨어지는 검은 눈물이어서
> 전부를 놓게 하는 박해여서 너는
> 번개가 은유처럼 훑고 갈 때
> 무엇을 위한 생인지 비로소 던지는 질문
> 생은 시간의 뼈대에 새긴 기억이라고
>
> 도끼를 수용한 날
> 기록이 열렸다
> 고독과 대면했던 무늬가
> 먹산수화로 그려져 있다
> 먹감나무 살아 내려 몸부림한 흔적이 몸을 내보인 거다
>
> — 「얼굴의 문장」 전문

시집의 맨 앞에 놓인 시 「얼굴의 문장」은 도끼에 잘린 먹감나무 무늬에서 "시간의 뼈대에 새긴 기억"과 "살아 내려 몸부림한 흔적"을 발견한다. 먹감나무(墨枾木)는 오래된 감나무의 심재心材로 빛이 검고 단단하며 결이 고와 칼자루나 농, 문갑, 사방탁자, 연상 등의 세공물細工物을 만드는 데 쓰인다. 나무 자체에 스민 검정 무늬는 먹으로 그린 것처럼 아름답지만, 상처 입은 가지 사이로 빗물이 스며 뭉치거나 흐르는 듯한 검은 무늬가 탄생한다. 먹감나무의 "고독과 대면했던 무늬" 앞(어쩌면 먹감나무로 만든 십자가)에서 선 시인은 인간의 죄를 대신해 가시면류관을 쓰고 골고다 언덕에서 십자가에 못 박혀 죽은 예수를 떠올린다. 자의가 아닌 타의에 의한 '수용'은 '기록'을 열기 위한 수단이다. 말에서 언어로, 언어에서 기록(성경)으로의 전환은 "인간의 영역보다 높은 차원에 속한 것이다. 서로 반대되는 두 성질의 통일성은 언어의 신적인 속성을 증명"(막스 피카르트, 앞의 책)하는 것이다. 예수가 비참과 비애, 박해를 수용하면서 "무엇을 위한 생인지" 질문을 던지는 까닭은 부활할 것임을 알기 때문이다. 먹감나무도 기꺼이 "도끼를 수용"하는 건, 화려한 물건으로 재탄생할 것임을 알기에 "몸부림한 흔적"을 내보이는 것이다. 정영선의 시에서 신神은 "용서를 구하지 않는"(「모순」) 자들을 용서하고, "나만으로도 무거운 돌"(「불임의 돌」)을 진 자들에게 어깨를 내어주고, "죄를 묻던 이들"(「과수원 -오즈로 가는 길에서 2」)의 죄를 사해주기보다는 "언제나 나 자신"(「원통 유리 집 -오즈로 가는 길 5」)이 감옥임을 깨우치게 해주는 존재다.

벚나무 거품들은 아름답다
삽시간에 번지는 꽃 거품들
굳은 몸을 펴는 나무
비바람에 처음 한두 잎, 우수수 우르르 떠나보내다

꽃잎들 점점이 길 가장자리에 몰린다

단명함은 시간의 거품

아름다움이 정신의 때를 씻긴다

- 「거품들」 부분

기적에 귀를 담그면 죄가 씻겨질까 입에서 입으로 돌다 지는 꽃일 뿐이지 상처가
꽃을 입는 기적을 보고 싶다

- 「파묻힌 사람」 부분

무늬목으로 가린 골목 저쪽에 그는 살고, 나는 이쪽에 산다

동에서 서만큼 먼 우리의 양극을

양팔 벌려 안는 은행나무가 거기 서 있다

- 「아름다움이 우리를 구원할 때」 부분

먹감나무에서 고독의 무늬인 먹산수화를 마주한 시인은 벚나무에서 "삽시
간에 번지는 꽃 거품" 발견한다. 거품은 존재하지만 존재하지 않고, 잃어도 잃
을 게 없는 한시적인 속성을 지녔다. 꽉 찬 것 같지만 속은 비어 있고, 자신이
빛나는 것 같지만 순식간에 스러진다. 나무는 "푸른 정신"(「유치원 마당」)의
상징이지만, 꽃은 "입으로 돌다 지는 소문"이거나 희생과 치유의 매개로 작용
한다. 소문과 거품은 실체가 없다는 점에서 닮았다. 하지만 거품은 시간이 지
나면 사라지지만 소문은 점점 커져 결국 상처를 준다. 그 상처를 치유해주는
것이 나무의 정신을 아름다움으로 현현顯現한 꽃이다. 「거품들」에서 벚꽃은
그 자체로도 거품인데, 단명이라는 시간의 거품을 만나는 순간 비누처럼 자신
을 희생하는 고귀하고도 아름다운 존재로 거듭난다. 「아름다움이 우리를 구원

할 때」에서 나무는 삶과 죽음에 의해 다른 역할을 한다. 즉 죽은 나무인 무늬목은 골목의 이쪽(나)과 저쪽(그)을 갈라놓는, 산 은행나무는 "동에서 서만큼 먼 우리"의 관계를 이어주는 가교역할을 한다. 아름다움이 "정신의 때"를 벗기고, 우리를 구원한다는 메시지는 상당히 의미심장하다. 시인은 무당벌레가 자신의 등에 있는 "빨간 방울을 본 적이 없"는 것같이 우리 삶도 아름다운데 우리만 모르고 사는 게 아닌지 의문이 들기 때문이라고. 그리하여 "너의 슬픈 목에도 봄을 둘러 줄 수 있"('시인의 말')는 게 아닐까.

　한 사람의 항아리 속은 한없이 비좁기도 하다 몸을 둥글게 말아 누운 항아리 속, 다리를 뻗으면 툭툭 채이는 항아리. 숨이 막힌다 바람에 달리던 날을 바람 소리가 던진다 뒤트는 악어 꼬리에 항아리 박살 나기 전 떠나야 할까 하얀 봄밤 내 안의 악어의 요동은 어제 같고 수년 전 같은데 항아리는 변함없고 하염없고

　항아리는 나를 토해 내지 못한다 깨어지면 흩어질 파편을 붙들고 있다 항아리를 벗어나 그 둥근 배를 밖에서 보듬고 싶은데
　　　　　　　　　　　　　－「이것은 항아리 이야기가 아니다 −오즈로 가는 길 3」 부분

　시인은 세 번째 시집 『나의 해바라기가 가고 싶은 곳』(서정시학, 2015)에서 삶의 공간과 의식을 확장하는 방법으로 여행과 산책을 선택했다. 시집을 여는 시에서 "메타세쿼이아가 도열한 오솔길"(「소실점」)을 걷고, 닫는 시에서 "불두화만 한 불빛 맺혀"(「피어 있는 동안은 향기」) 있는 바닷가 집에 잠시 머물기도 한다. 서울 인사동에서 강화도 외포항, 강원도 구와우 해바라기밭, 포항 어시장, 일본 게곤폭포, 미국 샌디에이고 해변과 뉴올리언스 뒷골목, 터키의 피에롯티 언덕 그리고 지중해까지 시적 공간을 확장한 시인은 네 번째 시집에

서는 물리적 공간 대신 "기억의 층층 페이지"(「슬픈 짐승」)와 책 속으로 지적 여행을 감행한다. 시인의 각주만 살펴봐도 제목「슬픈 짐승」은 모니카 마론의 소설 제목에서, 「짧은 그림자」는 발터 벤야민의 소설 『일방통행로』에서, 「아름다움이 우리를 구원할 때」는 샤를 페팽의 책 제목에서, 「석고 캐스트」는 폼페이 화산재가 덮은 구멍만 남은 자리에 고고학자 피오렐리가 석고를 부어 죽은 사람의 자세를 복원한 것에서, 그리고「시간의 문」의 "폐허로 가는 매초의 순간들을 구원 가능성의 문이라 했는데"라는 문장은 발터 벤야민의 『역사철학 테제』에서 가져왔다. 또한 "영혼이 육체와 함께 있다는 것도, 우리에게 영혼이 없다는 것도 불가해하다"는 블레즈 파스칼의 『팡세』를 직접 인용하고 있다.

"한없이 비좁"은 물리적 공간에서 벗어나기 위해서는 신체적·경제적 조건이 우선되므로 한계를 극복하는 가장 간결한 방법은 도서관을 자신의 생활 공간으로 끌어들이는 것이다. 산책이나 여행이 자신을 비우거나 자아를 발견하는 행위라면 독서는 타인의 지적 욕망의 수렴과 거시적인 공백을 창조해 사유의 깊이와 넓이를 확장하는 행위라 할 수 있다. 더 이상 확장할 수 없는 상태라면 먼저 비워야 한다. 그것이 삶의 공간이든, 사람들과의 관계이든, 무형이나 유형이든 비워내야 새로움으로 채울 수 있다. 항아리 속은 "한없이 넓"다가 "몸을 둥글게 말아"도 "다리를 뻗으면 툭툭 채"일 만큼 좁아진다. 이 시는 제목이 제시하듯, 항아리는 그냥 항아리가 아니라 한 사람, 즉 엄마의 자궁을 은유하는 것으로 보인다. 임신을 하기 전에는 빈터처럼 넓다가 한 잎(정자)이 한 나무(태아)로 직립한 후에는 숨이 막힐 만큼 좁아진다. 하지만 항아리는 엄마의 자궁에서 존재의 나로, 악어의 꼬리도 태동에서 "내 안의 악어"로 변주된다. 항아리 속까지 따라온 달빛은 잠든 악어(나)를 깨우지만, 항아리를 깨고 밖으로 나가지 못하는, 여성과 인간의 존재성·한계싱에서 빗어나지 못한다. 변함없는 일상은 "어제 같고 수년 전 같"은 이런 생활이 하염없이 이어진다. "항아리 심연"(이하「이해력」)에는 "뚝 끊기다 이어지는 울음"이나 허기, 살벌한 눈빛, 죽음의 그림자 같은 자아를 억압하거나 비우고 싶은 것들이 들어 있다. 더욱 슬프고 고통스러운 건 이런 상황을 인지하면서도 떠나지 못하고 안주한다는 것이다. "항아리를 벗어나 그 둥근 배를 밖에서 보듬"으려면 서둘러 이상한 나라 오즈로 서둘러 떠나야 한다.

> 구멍을 덮느라 몸 던지는 사람이 있고
> 구멍을 계단 삼아 조명으로 가는 사람이 있다는 말
> 진실을 무기 삼는 말이 진실과 가장 먼 말이 될 수도 있는데
>
> 위로의 꽃을 손에 쥐여 주었으나
> 수치의 두꺼비로 뺨에 붙은 적 있어
> 그녀 흐느낌을 조용히 바라보았다
>
> 말의 환등을 타고라도
> 생은 뜨고 싶은 배
> 배 띄우면 구멍을 알고
> 구멍을 알면 배가 가라앉는 모순을 어쩌나
>
> ‒「모순」 부분

"정영선의 시에서 '구멍'은 결코 메울 수 없는 결핍과 부재의 별칭이다. 또한 '없는' 형태로 지금 여기에 존재하는 무언가와 누군가, 알 수 없는 것들과 말할 수 없는 것들의 총칭"(시집 해설 참조)이라는 김수이 문학평론가의 말에 공감한다. 정영선의 시에서 구멍은 "살려고 격렬히 뒤틀던 몸을/ 죽음이 고

요히 바라보던"(이하 「석고 캐스트」) 곳이면서 "삶의 원형"이다. 또한 구멍은 "사랑이 빠져"(이하 「흙내」)나간 자리인데 스스로 "구멍을 키워"나간다. 인용시 「모순」에서도 "믿고 싶은 말을 믿"었지만, 말의 배신으로 마음에 상처를 입는다. 찬란한 말의 허상으로 죽음을 생각하고, "구멍을 계단 삼아" 다시 밝은 불빛으로 나오기도 한다. 거짓보다 더 나쁜 것이 진실하지도 않으면서 진실을 들먹이는 위선이다. 앞에서 위로하는 척하면서 뒤로 딴짓을 하는 기만이다. 삶과 죽음의 경계는 말의 진실, 즉 날카로운 말로 뚫린 마음의 구멍을 어떻게 메우느냐에 달려 있다. 수치스러운 일 때문에 죽음을 선택하는 것도, 살아서 다시 수치스러운 일을 겪는 것도 결국은 구멍이다. 살아도, 죽어도 수치스러우니 어쩌면 좋단 말인가. 시집의 맨 뒤에 놓인 시 「마그네틱 카드」 마지막 연으로 '삶과 죽음의 모순'에서 빠져나간다.

은화 한 잎은 한 영혼을 찾는 비유
잃은 자를 찾아도
잃은 자로 남고 싶은 사람들로 세계는 만원이다

제1부 삶의 연민과 시간

그윽하게 물드는 마음

　— 이선이 시집 『물의 극장에서』

　　첫 시집 『서서 우는 마음』이 있어 두 번째 시집 『물의 극장에서』가 있다. 1998년 10월이 있어 2024년 10월이 있다. 10월은 단지 우연일까. 인因이 있어 연緣이 있는 것은 아닐까. 하여 사랑이 있어 슬픔이 있다. 26년이라는 짧지 않은 세월이 흐르자, 사랑이 없어 슬픔이 없다. 이 세상의 존재는 반드시 그것이 생겨날 원인(因)과 조건(緣) 아래에서 '연기의 법칙'에 따라서 생겨난다. 모든 존재를 인연에서 비롯한 것으로 보는 '연기설'緣起說이다. 사랑도, 슬픔도 독립적으로 존재하지 않는다. 앉지도 못한 채 서서 울던 마음은 "어디서 잃어버린 줄도 모르"(이하 「여기의 슬픔」)고 "없는 세상"을 떠돌고 있다. 서서 우는 젊은 마음은 "그늘로 이루어진"('자서', 『서서 우는 마음』) 집에서 나가 홀로 슬픔을 감내하려는 의지의 표현이고, 어딘가에 존재하는 마음이 실재하지 않는 "없는 세상"을 떠도는 것은 슬픔의 극단에 서 있다는 뜻이다. '없는'은 존재 자체의 없음이 아니라 '저기'에는 존재하지만 '여기'에 없는 상황이다. 따라서 "나는/

여기의 실종자"이면서 "오늘의 부재자"인 것이다. 삶의 무늬인 사랑과 슬픔은 세월의 무게를 견디지 못하고 잊히거나 사라지거나 그곳에 존재하지만 인식하지 못한다. 몸의 감각을 지배하는 마음은 몸 밖으로 나간 적이 없기에 '잃어버렸다' 함은 내 안에 존재하지만 인식하지 못하는 상태다. 기억도 이와 같이 점차 흐려지거나 삭제된 듯 공허해진다.

예나 지금이나 한결같이, 이선이 시의 바탕을 이루는 것은 '마음'이다. 그냥 마음이 아니라 불가에서 말하는 마음, 특히 유심론唯心論이다. 첫 시집의 큰 흐름인 사랑의 상실(혹은 미완)과 슬픔의 감내, 그늘의 이미지는 감각과 의식이 평정을 찾기 이전의 '마음의 폐허'다. 폐허의 곁에는 격정과 방황, 사랑과 문학에 대한 열정이 스며 있다. 첫 시집에서 "품으러 가는 마음도/ 버리고 가는 마음도"(「반달」) 무거워 "아득토록 적막"(이하 「너에게」)한 마음에 비애와 참혹, 치욕이라는 부정의 언어가 들어찼다. "마음의 빈터"와 "사랑이 남긴 커다란 구멍"(「꽃진 자리 -하나」)에는 26년이 흐르는 동안 무엇으로 채워졌을까. 아니 무엇을 비웠을까. 채우고 비우는 것 또한 다 마음이 하는 일이다. 마음의 가장 깊은 곳에는 감각과 마음으로 생겨난 모든 것을 '씨앗'으로 저장한다. 인간의 모든 활동 근원인 '아뢰야식'阿賴耶識이다. 마음과 행동, 생각은 자아의식보다 깊은 바닥에 있는 아뢰야식에서 출발한다. 저장된 것들은 다시 밖(현상계)으로 표출되는데, '진짜 나'와 '나의 것'을 착각하고 집착함으로써 업業인 "카르마"(이하 「밤의 가족어 사전」)와 번뇌煩惱가 생겨난다. 씨앗으로 저장된 업의 선행과 악행에 따라 윤회輪廻한다. '진짜 나'를 깨달아 카르마가 소멸하는 순간 해탈의 경지인 "다르마"가 찾아온다.

이처럼 불교적 세계관이 바탕에 깔린 첫 시집(두 번째 시집에서도 이어지는)에서 백지연 문학평론가가 해설(「오래된 기억의 방문房門」)에서 이야기한 "'억제된 울음'의 단아한 서정"은 몸의 감각과 의식(마음)으로 받아들인 착각과 집착의 표출의 다른 표현이 아닐까. 시인은 "너에게로 향하는/ 모든 마음의 문을 거두"(「연가戀歌」)고 추억조차 기억하지 말자고 다짐한다. "마음이 흐느끼는 자리"(이하 「다시 너에게」)에서 울면서 읽은 "경전輕典의 마음과 마음의 경전輕典" 이후 존재와 세계는 얼마나 깊어졌는가. 마음에서 경전을 읽고, 경전에서 마음을 보는 수행 이후 마음은 어느 방향으로, 얼마만큼 움직였을까.

> 입이 무거워진 졸참나무 가지 끝
>
> 어진 마음들 배웅하느라
>
> – 「산책의 내면사內面史」 부분

> 서로를 마음을 후박나무 밑동에 묶자며
>
> 고백을 파묻어도 보았지만
>
> 뿌리째 흔들렸던 것, 서로를
>
> 당기고 밀쳐낸 시절이란 마음을 우주에 의탁한 사연일 뿐
>
> 설움이라 말하지 말자
>
> – 「우주의 형편」 부분

이선이 시인이 한 칼럼에서 마음의 슬픔을 억제하는 방법으로 '무의미의 평정법'을 선택한다면서 희로애락에서 멀찍이 벗어난, 그야말로 쓸데없는 명상법이 삶을 견디는 위대한 방편이라 했다. '무의미'는 아무 가치나 의의가 없거나 아무런 뜻이 없음의 사전적 의미가 아닌 세사世事와 일정 거리를 유지함으로써 희로애락에 휘둘리지 않으려는 생존법이다. 채우기보다 비움으로써 '진짜 나'를 찾는 수행법이면서 행동 방침이다. 아무 생각 없이 홀로 산책을 한다면 그것은 '쓸데없는' 일일까. '멍' 때리고 앉아 있다면 아무 의미가 없을까. 아

니다. 그것은 생각을 비워 생각을 단출하게 하는, 헝클어진 생각을 정리하는 마음 평정법이다. "저무는 것들의 마음 씀씀이"를 확인하면서 "어진 마음들 배웅"하는 일이다. 또한 삶의 속도를 늦추는 일이면서 무의미에서 유의미를 찾는 소중한 일이다. 찾는다고 했지만, 실상은 마음에 동요 없이 일정 거리에서 삶을 관조하는 것에 가깝다. 관조하면서 '진짜 나'와 '나의 것'을 착각하지 않고 집착하지 않는 삶을 지향한다.

　시 「우주의 형편」에서 "당기고 밀쳐낸 시절"에 서로 변치 말자고 마음을 묶지만, 결국 "뿌리째 흔들"리고 만다. 묶는 마음과 파묻는 행위는 '나의 것'이라는 착각, 집착에서 벗어나지 못하는 고정된 자아일 뿐이다. 대상과 관계를 관찰하지만, 합리적 사고체계가 항상 작용하지 않으므로 "마음이 휘어"지고 만다. "당기고 밀쳐낸 시절"을 대표하는 "고백"에는 사랑과 이별, 청춘과 회한, 설렘과 상처가 내재해 있다. "시공이 비틀"려 있다고 하지만, 비틀린 것은 바로 내 마음이다. 마음은 내 안에 존재하고, 그 마음이 일으킨 결과는 나로 인한 것이기 때문이다. "다독이는 이"에 의해 편치 않은, "울퉁불퉁"한 마음이 안정을 찾고서야 비로소 "내가 보인다". 자아를 본 후에야 "우주의 형편"에 의한 것임을 깨닫는다. 감각의 세계와 의식의 세계에 집착하지 않는, 평정심을 유지한다. 세상에 고정된 것은 존재하지 않고, 흐르는 대로 살 뿐이다. 형편이 그러했으므로 "형편대로 사는" 것이다. 우주의 형편이지만, 결국 '나'와 '너'의 형편이다. 이제 더 이상 "궁금해하지 않"(이하 「여기의 슬픔」)고, "다른 세상에서 나는 꽃으로 태어나지 않"는 결심에 이른다. 죽음과 탄생, 탄생과 재탄생의 순환에서 벗어나겠다는 뜻이 아니라 "여기로부터/ 여기로" 다시 오겠다는 것이다. "다음 생生까지는 가져가지 말자"(「물소뿔을 불다」)는 자기 직시와 다름 없다.

절 받는 마음이

절하는 마음에 다녀오느라

― 「의자」 부분

시인의 마음은 이제 안에서 밖으로 향한다. 마음이 밖으로 향한다는 것은
수행을 통해 마음이 감각이나 의식에 휘둘리지 않음을 전제로 한다. 마음이
과거에 쌓은 업을 바탕으로 현재의 인식 대상에 대해 생각하고 헤아리는 것
(사량思量)에서 인식 대상에 대해 아는 것(요별了別)으로 나아갔음을 뜻한다.
눈에 보이는 "세상에는 몰라야 이해할 수 있는 것들"(이하 「다국적 현대문학
수업」)이 존재하므로 "분명한 것은 잘 보이지 않"는다. 삶의 근본이나 배경도
모르고, 여기에 언어조차 잘 통하지 않지만 분명 통하는 마음이 있다. 말이 통
하지 않는 것은 문제가 되지 않는다. 정보가 많다고 하여 그것을 '안다'라고 할
수는 없다. "모르는 것을 나누어 갖는" 사이, "절 받는 마음이/ 절하는 마음에
다녀오"는 와중에 생각하고 헤아린다. '거기'의 마음이 '여기'에, '여기'의 마음
이 '거기'에 있음을 안다. 또한 '앞'을 살피고, "뒤를 살"핀다. "눈으로 듣고/ 귀
로 다독"이는 사이에 마음의 그늘이 접혔다 펴진다. 밖으로 향한 마음이 선행
을 베푼다. 이것이 남의 선행을 보고 기뻐해 기꺼이 참가하는 '수희'隨喜의 마
음이다. '마음의 보시普施'다. "한사코 세상에 다정해진"(「물든다는 것」) 마음
이 국경으로 향한다.

유리잔에 담긴 얼음의 마음을 생각하는 동안

지난밤 창문에 돋아나던 빗방울처럼
간신히 맺혔다 주저앉는 것들이 온다

침공 119일째

우크라이나 유학생이 기도하는 자세로 얼음의 표정을 엿보고 있다

-「아이스아메리카노」 부분

미얀마에 사는 은둔자에게 마음을 전하겠다고

일 년 남짓 미얀마어를 배워서 편지를 쓴 적이 있었지

-「언어와의 작별」 부분

시 「아이스아메리카노」는 아이스아메리카노 컵에 맺힌 "얼음의 표정을 엿보고 있"는 우크라이나에서 온 유학생을 다루고 있다. 러시아의 우크라이나 침공으로 시작된 전쟁은 "119일째"를 맞고 있다. 유학생은 "기도하는 자세"로 가족의, 고국의 안녕을 기원한다. 몸은 '여기'에 있어도 마음은 '거기'에 있다. 마음이 몸 밖에 있으니 불안과 슬픔이 침습한다. '엿본다는 것'은 그 마음에 충분히 녹아들지 못하고 눈치를 살피는, 조바심이 밖으로 드러난 상태다. "얼음의 문자"를 바라보는 마음에도, 그것을 바라보는 곁의 마음에도 고통이 스며 있다. "혼자" "몰래" "쉼 없이" 침범하는 고통은 기도하는 마음과 투명한 물방울을 닮은 "피란민의 눈동자"의 동질성에 이르러 마음과 마음이 점차 좁혀진다. 시인은 타자를 관찰하고 위로하려는 마음을 넘어 "증언"하고자 한다. 하지만 자세히 들여다보면 그것은 "아무도 구원해 주지 않는"(이하 「머그잔에도 얼굴이 있다」), "없는 세계"일지도 모른다. 눈앞에서 벌어지고 있는 현실은 '색'色이고, 실체가 없는 마음은 '공'空이기 때문이다. 전쟁이 마음에 들어오는 순간 마음은 지옥이 되고, 마음에서 지옥을 몰아내는 순간 전쟁은 지옥일 뿐이다. 색도, 공도 실체가 없어진다. 실체를 인정하면 고통과 번뇌에서 벗어날 수가 없다. "머그잔 속은 더없이 평화로워"도 마음은 "곤혹이 깊다". 그래서

인간이다.

불교에서 '언어'는 붓다의 깨달음을 전하는 수단이다. 언어적 사유 혹은 세속적 관습에 의한 진리를 '속제'俗諦, 언어로 표현할 수 없는 궁극적 진리를 '진제'眞諦라 한다. 즉 깨달음은 언어로 표현할 수 없을 뿐만 아니라 언어로는 다다를 수 없는 세계라는 것이다. 하여 언어는 깨달음을 '표현하는 것'이 아닌 '가리는 것'으로 본다. 허상인 언어에 집착해 해탈로 나아가지 못하고 윤회를 거듭하게 된다. 시 「언어와의 작별」은 만남과 헤어짐, 생성과 소멸, 언어와 침묵 등의 세계를 심층적으로 조명하고자 한다. "미얀마에 사는 은둔자에게 마음을 전하"려 하지만, 언어와 주소라는 한계에 부딪힌다. 언어는 "일 년 남짓" 배워 극복하지만, 은둔자인지라 사는 곳을 알 리가 없다. "주소를 몰라" "십 년 넘게 주머니에 넣고 다"닌다. "배운 말들은 하나씩 지워"지고, 은둔자의 이름도 기억에서 사라진다. 새로운 언어를 배우고 편지를 쓰는 것을 '속제', 배운 언어와 이름을 지우는 것을 '진제'로 파악할 수 있다. 또한 언어의 세계인 "편지"와 "고백"에서 침묵의 세계인 "은둔"으로 나아가는 것으로, "말들의 정적"은 관념의 질문에 '침묵'으로 답하는 것으로 해석할 수 있다.

> 누군가의 소리를 쟁여 두었다 한들 듣지 못하면 무슨 소용이란 말인가
>
> － 「감자의 맛」 부분

이선이의 시는 앞보다는 뒤, 양지보다는 음지(그늘), 꽃보다는 꽃진 자리, 청춘보다는 노인과 아이에 더 많은 관심을 두고 있다. 나와 주변으로 향하던 마음은 안으로 잦아들어 한층 깊어진다. "사는 동안/ 가슴 들이치던 자줏빛 멍들"(이하 「물소뿔을 불다」)을 "다음 생生까지는 가져가지 말자"는 다짐과 실천의 결과로 보인다. 그것이 내 몸에 들어온 "누군가의 소리"에 화답하는, 바

로 기쁨을 함께 나누는 '수희'의 마음이 아닐까. '여기'에 있어도 '저기'의 마음을 헤아리는 그런 마음. 그런 마음만이 "무너져 가는 세계를 구원"(「생활의 발견」)할 수 있을 것이다. "당신은, 혹은/ 나는"(「언어와의 작별」) 구원을 위해 어떤 선택을 할 것인지 시인은 질문을 던지고 있다. 이에 대한 화답은 '당신'의 몫으로 남겨두고 있다. 많이도 아닌 "딱 한 줄"(「개꿈」). 아니 그런 질문과 화답마저 사라지는 순간을.

제2부

형식의 죽음과 사유

형식과 죽음, 사유를 담는 두 가지 방식

　— 오탁번 시집 『알요강』
　— 위선환 시집 『시작하는 빛』

1. 무형식의 형식과 유쾌한 죽음 - 오탁번 시집 『알요강』

오탁번 시인은 시창작 강의서 『작가수업 오탁번 병아리 시인』(다산책방, 2015)에 대해 "자전적 서사구조를 띤 시나 소설보다도 더 절실한 내 문학의 핵심"(「너무 외롭고 가난했다」)이라 했다. 제1부 '내 문학의 요람'과 제2부 '우리말의 숨결'로 이루어진 이 책은 열 번째 시집 『알요강』 바로 앞에 발간, 시인의 문학세계와 문학을 대하는 태도, 시창작 강의, 좋은 시에 대한 생각 등을 담고 있다. 시인은 책머리에서 "나는 지금도 시를 쓸 때면 그 옛날 절망 속에서 등단을 꿈꿀 때처럼 그렇게 쓴다. 등단 40년이 넘었다고 괜히 밥그릇만 앞세우면서 어깨에 힘을 쓰지 않는다. 그러므로 나의 시는 언제나 '아직 태어나지 않은 시인'의 서툰 작품이기를 소망한다"고도 했다. '아직 태어나지 않은 시인'의 작품이란 어설프지만 패기만만한, 기성에 물들지 않은 신선함, 독창적인 시세계, 형식에 매이지 않는 작품일 것이다. 아니 어쩌면 '치열한'이라는 형용사에 다 내포돼 있을 것이다. 이번에 발간한 열 번째 시집 『알요강』은 위의 책 표지에서 언급한 "배고픔과 가난 속에서 마침내, 여기까지 왔다. 이제 잠시 쉬었다가", "다시, 아득한 길로 나"서서 건져 올린 시편들인지라 이번 시집을 파악할 수 있는 길잡이 역할을 해준다는 점에서 중요하다. 글 서두에 시창작 강의서를 먼저 언급한 이유이기도 하다. 시는 10년을 쓰든 40년을 쓰든 안개 속을 걷듯 앞이 잘 보이지 않는다. 가까운 듯, 먼 듯 아득한 길은 아마도 죽음과 사유의 길일 것이다. 가보지 않은 길이기에 더 아득하고, 아득하기에 아뜩할 것이다.

나는,
죽었다

– 「맨발」 부분

오탁번, 너
잘 죽었다

– 「그늘집」 부분

시인은 다섯 번째 시집 『1미터의 사랑』에 수록된 시 「죽음에게」에서 "욕설도 배설도 다 지워진 나이/ 빈 불두덩이로/ 그대에게 가야겠네"라고 노래했다. 한숨, 눈물, 미움, 사랑 그리고 욕설과 배설도 지워진 나이가 되면 스스로 죽음에게 가겠다는 것. "빈 불두덩"은 남자와 여자의 바깥 생식기 주위에 볼록하게 솟은 부분을 말한다. 즉 시인은 희로애락喜怒哀樂과 "오욕의 창자들"까지 다 비운 후 비로소 죽음을 맞겠다는 것. 시 「그늘집」은 죽음에 대한 시인의 인

제2부 형식의 죽음과 사유

식이 가장 잘 드러나 있는 시라 할 수 있다. 시인은 "충주시 앙성면 지당리/ 진달래 메모리얼 파크/ 국망산이 빤히 보이는 산자락"에 "내 주검이 잠들 집"을 미리 마련해 놓았다. 시인은 "미리 석물 공사 하는 날/ 과일 한 상자 들고/ 그늘집을 찾아"가 "술 한 잔 올"리며 한마디 한다. "오탁번, 너/ 잘 죽었다". 이 두 행에 죽음을 대하는 시인의 태도가 다 들어 있다. 동네친구 대하듯 죽음을 친근한 태도로 맞는다. 마치 어린 시인이 친구 집에 놀러갔을 때 친구 엄마가 "탁번이, 왔니" 하는 것처럼 자연스럽다. 이쯤 되면 시인에게 죽음은 공포의 대상이 아니라 이웃집에 놀러가는 것만큼 스스럼없는 놀이와 같다. 이는 대화체로 쓴 '시인의 말'에서도 여실히 드러난다. 시인은 "오탁번 새 시집 『알요강』이 나온대./ 아직 안 죽었나?/ 죽긴. 요즘도 매일 소주 한 병 간대./ 정말?" 하면서 자신의 죽음과 시집 발간을 희화한다. 천상병 시인은 이 세상에 소풍을 왔다고 했다. 삶과 죽음의 기준을 죽음에 두고 있는 것. 박정만 시인은 "저 광활한 우주 속으로" 사라진다고 했다. 죽음은 삶의 끝이라는 것. 하지만 오탁번 시인은 어디에 기준을 두는 것이 아니라 그냥 흘러가는 대로, 과정에 충실하면서 "죽을 때는 우아하게/ 순간의 미학을 뽐내며/ 동백꽃 지듯 톡"(「시창작론」) 지고 싶다는 죽음관을 드러낸다. 시인은 환갑을 기점으로 점차 어려져 어린아이로, 태아로 돌아간다는 생각을 여러 시에서 보여주고 있다.

'애늙은이'라는 말은 있는데
'늙은이애'라는 말은
왜 없을까

콩팔칠팔
흘리고 까먹고

천방지방 하동지동

나는 나는

늙은이애!

'늙은이애'라는 말을

국어사전에 등재는 하지 않고

국립국어원은

낮잠 주무시나?

– 「늙은이애」 전문

위의 시 「늙은이애」는 『작가수업 오탁번 병아리 시인』(이후 특별한 언급이 없는 것은 이 책의 인용이다)의 '작가의 말'이다. 시인은 의도적으로 '시인의 말'을 토씨 하나 안 고치고 「늙은이애」라는 제목을 붙여 이번 시집에 수록했다. 상상조차 할 수 없는 파격이다. 시인의 의도를 파악함은 이번 시집 전체의 흐름을 감지하는 것과 다르지 않다. 그 이유는 크게 세 가지로 나눠 생각해볼 수 있다.

첫째는 형식의 파괴다. 시인은 이를 "일탈과 반역의 수법"이라 했다. 시인은 '시는 시답게 써야 한다', '시는 이런 거다'라는 고정관념을 부인한다. 시인은 이번 시집에서도 '표절'이라는 금기를 과감하게 차용하고 있다. 미당의 산문 「질마재」에 나오는 "무지개라도 뛰어넘을 만한 힘을 가진/ 좋은 암소"라는 표현을 미당이 시에 쓰지 않았다는 이유로 「연애」라는 시에서 "무지개 뛰어넘을 만한 힘센 황소"라고 표절했다는 것이다. 시인은 "그래도 '암소'를 '황소'라고 바꿨으니까" 괜찮지 않냐고 능치고 있다. 아니 이런 상황을 「표절」이란 시로 써 버젓이 이번 시집에 수록했다. 시인은 이런 것이 바로 시의 '전복'이라고 은연중 형식에 사로잡힌 시인들의 뒤통수를 툭 친다.

둘째는 반골기질이다. 시인은 "삼선개헌과 유신으로 치닫는 현실의 꼴도 참을 수가 없"어서 소설에서 대놓고 풍자를 했다고 술회한다. 시「신년사」에서는 "아직도 식민사관을 주장하는/ 매국노 사학자들 낱낱이 색출하여/ 몽땅 살처분"하고 "사대주의 유전자 못 버리고/ 학계와 정계 구석구석 숨어서" 암약하고 있는 고정간첩 같은 "몹쓸 놈들 마빡 겨누면서/ 벼슬빛 칼날 벼린다"고 일갈한다. 시「자화상」에서는 "식민사관 역사를 배운 탓에/ 조선을 이조라고 배우며 자란/ 내 못난 영혼을 지우고 싶었다"고 고백한다. 마찬가지로 시「늙은이애」라는 말을 국어사전에 등재하지 않는 국립국어원을 비난하겠다는 의도가 아니라 이를 통해 우리 사회가 아직도 우리말과 우리글 속에 도사리고 있는 일제 잔재를 청산하지 않는 것을 우회적으로 비판하고 있는 것이다.

셋째는 우리말에 대한 사랑이다. 시인은 국어사전에 등재되지 않은 늙은이애 말고도 콩팥칠팔, 천방지방, 하동지동 등의 순우리말을 의도적으로 쓰고 있다. 시인은 "나는 지금도 우리말의 맛과 멋을 오체투지하면서 찾는다"고 했다. 시를 쓸 때뿐 아니라 평소에도 국어사전에서 우리말을 찾아 시에 녹여 쓴다. 녈비, 간동한, 해토머리, 부싯깃, 지망지망, 낮곁, 멧갓, 야젓하다, 불땀, 느럭느럭, 막불겅이, 희떱게, 간종그레, 땅띔 등 사전을 찾아보고야 뜻을 알 수 있는 순우리말을 거의 모든 시에서 사용하고 있다. 시인이 생활 속에서 펄떡거렸던 싱싱한 말들을 찾아 쓰는 것은 단순히 우리말 사랑이 아니라 그것이 진정한 시의 언어라는 생각 때문일 것이다.

꼴값하고 있네

(중략)

육갑하고 있네

-「꼴값」 부분

에이구

소갈딱지하고는!

-「소갈딱지」 부분

그럼 줄거리는 생각나?

전혀!

에잇, 5천 원 날렸네

-「영화구경」 부분

별 미친놈 다 보겠네

에라, 송이버섯 깔 놈들아!

-「송이버섯」 부분

오탁번의 시에서 주목할 만한 또 한 가지는 독백체의 문장이다. 이 짧은 문장에 비장과 여유, 웃음과 울음, 자조와 관조 등 삶의 애환이 옹송그리고 있다. 독백체 문장으로 이루어진 시의 특징은 전반부에 인물에 대한 평이나 사연이 등장한다. 가령 시「꼴값」에서 "밑창이 다 닳은 구두"를 신고 다니다가 "양말이 몽땅 젖었"을 때 "꼴값하고 있네!", 40년 된 남방셔츠를 입고 다닐 때 "육갑하고 있네!"라고 읊조린다. 자조와 비장미를 느낄 수 있다. 시「소갈딱지」에서 "점심때 박달재 식당에 가서" 점심을 먹고는 "아내가 휑하니 앞서 나"가자 밥을 많이 먹은 사람이 "밥값을 내야 하는 것 아냐?" 한마디 했다가 "에이구/ 소갈딱지 하고는!" 하고 아내한테 한 방 먹는다. '자백' 같은 유머에 웃음이 절로 나온다. 시「영화구경」에서는 경로우대 반값으로 영화를 보고 나왔는데 "방금 본 영화 제목"과 줄거리가 생각나지 않자 "에잇, 5천 원만 날렸네" 하고 푸념

한다. 이 푸념에 나이를 먹었다는 자조와 슬픔이 짙게 배어 있지만 실상은 삶의 여유가 더 느껴진다. 시「송이버섯」에서는 비리를 저지른 정치인들이 검찰에 출두해 포토라인에 서서 "국민들께 심려를 끼쳐드려서/ 죄송합니다"라고 말하는 것에 대해 "별 미친놈 다 보겠네" 하고 호통을 친다. 심려心慮란 마음속으로 걱정한다는 뜻인데, 국민이 그럴 리 없다는 것이다. 이에 남자의 성기를 떠올리는 송이버섯을 등장시켜 "에라, 송이버섯 깔 놈들아!" 하고 거침없이 한 방 먹인다.

올겨울 추위가 매섭다
하루걸러 장작을 패야 한다
강 건너 멧갓에서 사 온
참나무 2톤이
올겨울 장작 난로 땔감이다

장작을 팰 때는
내려치는 마지막 순간에
도끼자루 잡았던 악력을
닁큼 빼야 한다
안 그러면
팔목 심줄 다 결딴난다

장작 패는 소리
쩡쩡 울리는 한겨울 낮곁
햇살 쏟아지자

나이테 더욱 또렷해지고

내려치는 도끼날에

언뜻언뜻 무지개 선다

- 「무지개」 전문

2003년, 정년을 5년 앞두고 충주로 낙향한 시인은 모교 백운초등학교의 애련분교를 인수해 '원서문학관'을 만들었다. 여덟 번째 시집『우리 동네』(2010)와 아홉 번째 시집『시집 보내다』(2014)에 이어 열 번째 시집『알요강』은 "고향의 모습을 보이는 대로 그냥 '받아 적는' 자세로 시를 썼다"는 시인의 고백처럼 시인의 고향과 관련된 시가 유독 많다. 「눈뜬장님」, 「과동유감過冬有感」, 「그늘집」, 「물만밥」, 「하루해」, 「무지개」, 「난로」, 「건들장마」 등 많은 시편이 '원서헌'에서의 삶, 고향 사람들과 어울리면서 '받아 적은' 것을 시로 썼다. 특히 따뜻하게 겨울을 나기 위한 땔감을 다룬 시 3편은 일상에서 건져 올린 살아 있는 시라 할 수 있다. 오탁번 시의 핵심인 "우리말의 숨결을 시적 상상력으로 형상화시키면서 세계와 자아의 아름다운 화해를 추구하고 있다"고 감히 말할 수 있다. 시「과동유감過冬有感」은 겨울을 나기 위해 "참나무 장작 2톤을 주문"했더니 너무 굵어 "유압도끼 있는 델 찾아가서/ 장작을 뻐개 왔다"고 하여 과유불급의 지혜를, 시「난로」는 "참나무 소나무 뽕나무/ 나무마다 불땀도 냄새도 다 다르다"는 생활 속의 발견을, 시「무지개」는 "장작을 팰 때는/ 내려치는 마지막 순간에/ 잡았던 악력을 닝큼 빼야 한다"는 체험의 깨달음은 숙연하게 한다. 특히 "내리치는 도끼날"에서 "언뜻언뜻" 선 무지개의 발견은 포정해우庖丁解牛의 경지를 경험하게 한다.

2. 형식의 형식과 죽음의 사유 – 위선환 시집 『시작하는 빛』

　팔순을 눈앞에 둔 시인이 죽음을 시적 소재로 삼는 것은 지극히 자연스러운 일이다. 죽음은 생명이 있는 존재라면 피해갈 수 없는 절대 운명과도 같다. 사후세계에 갔다 왔다는 사람들의 경험담도 더러 있긴 하지만 그 진위여부를 증명할 길은 없다. 현생으로 끝나는 삶일 수도 있고, 삶이 죽음에 이르는 하나의 과정일 수도 있다. 죽음 너머에 무엇이 존재하는지 확인할 길이 없는, 직접 경험해보지 않은 미지의 세계이므로 두려울 수밖에 없다. 사후세계에 대한 공포 심리와 절대자에 기댄 행복과 안락, 사후세계에 대한 보장 등으로 인간은 종교에 의지한다. 혹은 수행을 통해 이를 극복하려 한다. 위선환 시인의 일곱 번째 시집 『시작하는 빛』의 여는 시 「죽은 뼈와 인류와 그해 겨울을 의제한 서설」은 초분草墳을 거쳐 뼈를 합장하는 남자와 여자의 사랑과 영원을, 닫는 시 「입석리立石里」는 고향 장흥의 고인돌, 씻김굿 등 장례와 영혼 관련 서사를 다루고 있다. 시집 한 권이 그대로 고향 장흥에 대한 서사인 동시에 삶과 죽음, 존재론에 대한 철학서라 할 만하다.

　　뼈를, 뼈로서, 완성하는, 끝, 차례에는, 희고, 둥근, 머리뼈를, 받쳐, 들어서, 조심스럽게,
　　뼈가 가장 가파른 높이가 되는 높이에다 올려놓은……,

　　골격은

　　사,람,과,죽,음,과,주,검,이,일,체,로,소,일,치,한,주,체,의,형,식,일,것.
　　　　　　　　　　　　　　　　　　　　－「죽은 뼈와 인류와 그해 겨울을 의제한 서설」 부분

먼저 「죽은 뼈와 인류와 그해 겨울을 의제한 서설」을 살펴보자. 이 시는 "바람아래에서넘어진자, 숨멎은자, 초분草墳에들이어뉘인자"는 "죽지못한자"라고 전제한다. 죽지 못했다는 것은 자의든 타의든 죽고 싶어도 죽을 수 없는, 스스로 죽음을 선택할 수 없는 상태를 의미한다. 죽었지만 진정 죽음에 이르지 못한 가죽음의 상태에 머물고 있다는 것이다. 즉 무덤에 안장하기 전 초분에 드는 것은 삶과 죽음의 경계에 있으므로 삶도 죽음도 아니고, 삶과 죽음의 속성을 다 가지고 있다는 것이다. 영혼이 빠져나가는 12시간 동안 시신을 그대로 두는 티베트의 장례문화와도 맥이 닿아 있다.

다소 긴 제목에서 짐작할 수 있는 것은 죽어서 뼈로 발굴된 인류와 겨울이라 매장할 수 없어 초분에 들이고 장례 절차에 따라 이를 차근차근 설명한다는 것이다. 남자와 여자라고 했지만 합장을 감안하면 부부라 추정할 수 있으며, 남편과 아내 중 누가 먼저 초분에 들었는지도 파악하기가 쉽지는 않다(사실 이것이 중요하지는 않지만). "남자는 굳었다 돌에 등 대고 잠든 오래 뒤"와 이어지는 시 「돌에 이마를 대다 영원은,」에서 "돌문을 밀고 나온 여자가 오래 전에 죽은 전신을 밀며 남자의 전신 속으로 걸어 들어간"다는 것으로 봐서 먼저 죽어 초분에 든 것이 남편이고, 남편의 초분에서 얼어 죽은 것이 아내라 할 수 있다. 서설敍說은 차례를 따라 차근차근 설명하는 것이다.

"혓바닥도목구멍도강직強直한다음"에 "산자들의산이름"을 더 이상 부르지 못하는 것은 남편의 초분에서 얼어 죽어가는 상황이다. 띄어쓰기를 하지 않은 것은 연속적으로 일어나고 있는 상황, 쉼표는 상황과 상황의 간극을 뜻한다. 2, 4, 6, 10, 12, 14, 16, 18, 20, 22연 등의 고딕체 부분은 남자와 여자의 만남에 대한 표현이다. 음양오행상 짝수는 음陰을 나타내므로 죽은 남녀의 만남을 양이 아닌 음의 짝수행에 배치하는 치밀한 의도가 읽힌다. 3연에서 "맨살에얼어붙은살얼음의조각들을떼어"내고 "꺾인무르팍을눌러서펴"고 "온몸을고루닦

은다음에사지를반듯하게하여누이는것" 등은 남편의 초분에서 얼어 죽은 아내의 장례 절차다. 아내를 입관해 남편의 초분에 합장하는 것이다. 초분은 시신을 바로 땅에 매장하지 않고 1~3년 동안 관을 돌축대 또는 평상 위에 놓고 이엉으로 덮어두는 매장법이다. 초분을 하는 이유는 겨울이라는 환경적 요인도 있겠지만, 사랑하는 사람을 조금이라도 더 곁에 두고 싶어하는 심리적 요인이 크다. 또한 살은 더러운 것이고 뼈는 영혼이 깃든 신성한 것이라는 인식이 작용한다. 육신은 완전한 죽음이 아니고 탈육이 된 뼈로 죽음은 확인된다. 이번 시집에서 유난히 뼈에 대한 시가 많은 것도 이런 근거에 기인한다.

4연부터는 13연까지는 사후 초분에서의 해후와 육탈 과정을 다소 장황하게 다루고 있다. 14연부터 21연까지는 초분을 해체, 남녀의 뼈를 수습해 씻고 합장하는 차례에 대한 것인데, "뼈가 가장 가파른 높이가 되는 높이에다 올려놓은"과 "골격"에 다다르면 이는 단순한 합장이 아닌 고인돌이나 신전을 연상시킨다. 시간을 뛰어넘어 '일체'가 되는 것. 한 '돌'이라는 형식의 공간에서 뼈로 현현顯現하는 것이다. "사,람,과,죽,음,과,주검"에서 '사람'은 살아 있는 상태, '주검'은 육탈의 과정을 거친 뼈만 남은 상태, '죽음'은 사람과 주검의 중간 상태를 의미한다. 쉼표는 골격을 이루는 뼈의 마디를 보여주는 하나의 기호다. 사람(과거)-죽음(현재)-주검(미래)에 이르는 차례가 엄밀하게 구분된 것 같지만 이는 뼈를 통해 하나가 된다.

모든, 들과 온갖, 들이 모든, 이며 온갖, 이자 하나, 가 되는 막대한 시공간이다

남자가 이마를 들었고, 허리를 세웠고, 무릎을 펴며 일어섰고

이마에 묻은 흙먼지를 닦았고

걸어서,

지평으로, 지평 너머 초승달 지는 첫새벽의 안개 아래에 묻힌 폐허에 흩어진 유적
의 돌기둥이 베고 누운 이른 아침에 햇빛 차오른 대지에는 하루의 힘이 자라면서 태
양이 높이 뜨고 저물어서 나날이 지나가는 여러 밤이 오고 만월이 뜨더니 다시 캄캄
해진 지평에 초승달이 꽂히는 새벽에 닿기까지,
마침내
영원으로, 전신을 밀며 걸어 들어간 일시와
돌문을 밀고 나온 여자가 오래전에 죽은 전신을 밀며 남자의 전신 속으로 걸어 들
어간 일시가

일치한,

동일시에, 남자 안에서 눈 뜬 여자의

저, 눈에,

빛이.

– 「돌에 이마를 대다 영원은,」 전문

　「죽은 뼈와 인류와 그해 겨울을 의제한 서설」의 속편쯤 되는 위의 시는 "사
물은 낱이고 자체自體"(이하 '표 4')이며, "사물과 하나로서 언어는 '온갖'이며
'모든'"이다. 뼈는 각각 존재하면서 온전한 인간의 형체를 갖추고 있다. 오랜
시간이 흘러 형체를 잃어버렸을 때, 남은 뼈는 개체이면서 전체다. 하나는 하

나이면서 전체이고, 전체는 전체이면서 하나인 것이다. "남자가 이마를 들"고, 차례로 몸을 일으켜 걸어서 지평으로 첫 발을 디디는 것은 '주검'이 끝이 아님을 보여준다. 이는 상상일 수도 있겠지만, 신화에 더 가깝다. "폐허에 흩어진 유적의 돌기둥", 즉 고인돌(혹은 궁전이나 신전)에서 깨어나 "초승달이 꽂히는 새벽에 닿기까지" "전신으로 밀며 걸어"가는 장면은 탄생신화를 떠올릴 만큼 장엄하다. 시간을 뛰어넘어 남자와 여자는 일치하고 동일시된 후에야 또 다른 생명이 탄생한다. "하루가 느리게 지나"(이하 「투광透光」)가던 날 "땅 아래 누운 이의 눈동자에 빛"이 들자 "남자 안에서 눈 뜬 여자"의 "저, 눈에"에서 빛이 시작된다. "나의 처음에 첫 빛이 닿는 순간"(「첫」)이다.

> 뜬 새가 공중이 된 높이에다 점 하나를 찍었다. 반짝였고, 아직 반짝인다.
> — 「소실점」 전문

> 한,
> 점,
> 흰, 떨림이므로,
> — 「첫」 부분

> 바다의 한가운데에서 섬은 작아지며 전면적에 찍힌 점이 된다
> — 「점 —부호 3」 부분

"하루의 힘이 자라"는 대지 위 공중에 새 한 마리가 떠오른다. 점점 높이 떠오른 새는 마침내 "점 하나"가 된다. 과거에 하늘 높이 점으로 떠 있던 새는 오늘도 변함없이 반짝인다. 새는 좀 더 높은 경지에 오르려는 절대고독의 상

징이다. 새가 수평에서 수직으로, 사물(형체)에서 점으로의 움직임은 '시작하는 빛'이므로 소멸보다는 생성이다. 섬도 점점 더 큰 바다로서 '점'이 된다. 반짝 빛나는 순간 "흰, 떨림"으로 대표되는 변화는 순간을 통한 영원을, 하나로 '모든'을 아우른다. '흰'은 암흑(죽음)의 세계에서 빛 다음에 인지할 수 있는 가장 원초적인 색상이다. 어둠과 더불어 세상을 다 덮을 수 있으며, 존재하는 것이 '흰'이면서 '빛'이다. 흰빛이 중심일 때 바깥부터 어두워지고, 어둠이 중심일 때도 언저리로부터 밝아온다. 바깥이면서 곁, 경계를 따라 빛은 순식간에 밀려와 중심이 된다. '첫'도 빛과 '흰'처럼 밖에서 시작해 안으로 들어오지만 "흰, 떨림"과 "손가락 마디가 꺾이는 소리며 잔뼈끼리 부딪는 자잘한 기척들"(「소설小雪」)을 동반한다.

> 물을 들여다보는 나와 나를 들여다보는 내가
> 하나로 겹친
> 한 겹이
> 물의
> 표면이다
>
> – 「그 뒤에」 부분

> 물그릇에 채워둔 물 안에서 물방울 한 개가 자라고 있다. 아침마다 눈 비비고, 물 한 주먹 얹어서 두 눈 고루 씻고, 들여다본다.
>
> – 「물방울 1」 전문

위선환의 시에서 '물'은 자아自我의 부분이면서 전체다. 물의 표면에서 "물을 들여다보는 나와 나를 들여다보는 내가/ 하나"가 된다. 하나됨의 첫 인식은

제2부 형식의 죽음과 사유

눈을 통해서이다. 일차적으로 물 밖의 내가 물속의 나를 보고, 이차적으로 물속의 내가 물 밖의 나를 보고 있다고 인식한다. 물속과 물 밖의 경계인 수면에서 마주쳐 "한 겹이" 된다. 이때 물 밖의 내가 '진짜'라면 물속의 나는 '진짜가 아닌'이 되고, 이 둘이 하나가 되는 것은 모순적이다. 이는 사물과 그림자(음영)가 서로 같은 존재라 인식하는 것과 다르지 않다. 하지만 사물과 그림자는 엄연히 다르다는 것을 시인은 이번 시집의 많은 시에서 보여주고 있다. 그럼에도 이런 모순적 상황인식이 가능한 것은 물이 지닌 속성에 있다. 물은 생명을 키우는, 더러운 것을 깨끗하게 해주는 신성성神聖性과 모성母性, 기온에 따라 형태를 바꾸는 변화의 속성을 가지고 있다. 이러한 물의 속성 때문에 물 밖의 나와 물속의 나는 물의 경계에서 하나가 될 수 있는 것이다. "두 눈 고루 씻고, 들여다"보다가 하나가 된 '나'는 물 밖의 나와 물속의 나가 아닌 '새로 태어난 나'이다. "물 안"에서 자란 "물방울 한 개"인 것이다. 나무처럼 점점 자란 물방울은 물그릇을 가득 채우고, 다시 "물방울 한 개"가 태어나 자랄 것이다. 다시 말하면 한 집에서 핏줄이 대대손손代代孫孫 이어지는 것과 같다. 사람이 집이고, 집이 사람인 것이다.

> 대륙의 복판에 닿은 그가
>
> 지팡이를 들어서 두드리는 때에
>
> 울리는 돌의
>
> 소리가
>
> 상형象刑하고, 자획이 되고, 글자가 되고, 이름자가 되고, 이름이 되어 부르는,
>
> 나는 떨며 떨리는 목소리로 대답하는
>
> — 「하늘은 멀고」 부분

우주 만물의 시작과 기원을 보여주는 「창세기」에는 암흑에서 빛(낮과 밤), 물(하늘과 땅)의 창조 후 풀, 채소, 나무, 새, 인간의 탄생을 다루고 있다. 시집에 빈번히 등장하는 물과 빛, 나무와 새와 돌과 뼈(인간)의 심상 근원이 무엇인지 짐작하게 해준다. 「창세기」에서 중요한 것 중 하나는 말이다. 세상의 모든 만물이 말(소리)에 의해 생겨났기 때문이다. 태초의 암흑에서 처음 생긴 것은 빛인데, 빛은 존재하나 형체가 없는 것이다. 빛이 생겨남으로써 비로소 볼 수 있는 언어라는 기호가 인간에 의해 만들어진다. 신의 시대에서 인간의 시대로의 전환에 말(소리)이 있다면, 비문명에서 문명으로의 전환에는 기호인 상형문자가 있다. 다 아는 바와 같이 상형문자는 그림과 거의 동일한 형태로 쓰였는데, 그림이 암시하는 다른 낱말을 나타내거나 함축할 수도 있다. 즉 태양이라는 의미의 '원'이라는 기호는 '낮'이나 태양신을 상징한다. 하지만 시인은 태양이라는 사물과 언어를 동일시한다. "언어는 사물을 드러"(이하 '표 4')내며, "사물을 드러내는 언어와 언어가 드러내는 사물은 하나"라고 정의한다. 사물과 언어가 가진 상징보다 "소리가/ 상형象刑하고, 자획이 되고, 글자가 되고, 이름자가 되고, 이름이 되어 부르는" 문자의 발전단계나 문명의 생성소멸을 통한, 종교·철학을 넘나드는 깊고 높은 사유에 닿으려 한다. 그것이 시인이 진정 추구하고자 하는 "서정적 전위성을 확보한, 사유가 있는 큰 시"일 것이다.

제2부 형식의 죽음과 사유

좀비야, 청산에 가자

— 이동순 시집『좀비에 관한 연구』

1. 왜 풍자인가

인간은 왜 인간일까? 인간은 왜 존엄할까? 인간으로 살아간다는 것은 어떤 의미일까? 이런 질문은 종교나 철학의 영역에 속하므로 쉽게 답할 수 있는 성질의 것이 아니다. 명쾌하게 설명할 수도, 그렇다고 확실하게 이해할 수 있는 것도 아니다. 이는 인간이 현재 자연에서 차지하고 있는 특별한 위치, 즉 인간은 왜 위대한가? 라는 부연 질문으로 이어진다. 인간이 다른 종種이 가지고 있지 않은 독특함이나 특별함을 가지고 있다는 것은 부정할 수 없는 사실이다. 인간은 자연에만 귀속되지 않는 사회성과 오랜 기간 축적·계승한 역사와 문화, 선악의 견지에서 판단하고 행동할 수 있는 도덕성을 가지고 있다는 것도 무시할 수 없다. 하지만 인간은 존엄성을 지키기보다 전쟁이나 범죄, 파괴 등을 통해 스스로 존엄성을 훼손하고 있다는 것 또한 역사가 증명하고 있다. 단순히 인간성 상실이라 하기에는 그 정도의 범위를 한참 벗어나 인간은 타락의 길로 가고 있다.

이동순 시인의 열일곱 번째 시집 『좀비에 관한 연구』는 이런 배경에서 씌어졌다. "인간만이 추상적으로 생각하고 상상하고, 눈에 보이지 않는 힘과 인과관계를 추론하고 설명할 수 있다"(『뇌는 윤리적인가』, 바다출판사, 2015)는 뇌신경 과학자이자 심리학자인 마이클 가자니가의 말을 감안할 때, 인간성 회복은 상상력의 정점에 있는 시를 통해 이루고자 한 것이라 추론할 수 있다. 시인은 이번 시집의 '후기'에서 "이 시집은 우리 내부에 깊이 뿌리박힌 좀비현상에 대한 비판과 풍자"라며, "이러한 비평적 담론을 풀어내는 적절한 화법으로 나는 랩rap 기능에 주목"했다고 밝혔다. 비판과 풍자가 그릇이라면 인간성 회복은 그릇에 담긴 내용물, 랩은 그 내용물을 파악하는 하나의 방식일 것이다. 자못 심각할 수 있는 내용을 랩의 리듬에 의지해 경쾌하고도 신속하게 풀어내고자 한 의도로 풀이할 수 있다.

작곡가보다 철학자로 더 유명한 니체는 "음악이 없다면 인생은 한낱 실수일 뿐"이라 말했다. 음악이 삶의 결핍이나 불만을 채워주고, 음악을 통해 삶을 이해할 수 있다는 의미다. 철학자가 되기 전에 작곡가가 되고 싶었던 니체는 철학자로서 이름을 얻었으나 음악가로서의 면모는 잊혔다. 『니체와 음악』(북노마드, 2016)의 저자 조르주 리에베르는 "음악은 생이 마땅히 취해야 할 모습의 메타포"라면서 "그 음악이 정점에 도달할 때, 인류가 때때로 값비싼 대가를 치르고서야 보게 되는 '위대한 정신'의 소유자, '강력한 개인성'은 음악을 이루는 모든 구성 요소의 '지속화음' 없이 존재하지 못한다"고 했다. 음악이라면 일가견이 있는 시인도 이런 연유로 초창기부터 이번 시집에 이르기까지 시에 음악을 접목하려 했을 것이다.

이승하 시인은 평론집 『한국의 현대시와 풍자의 미학』(문예출판사, 1997)에서 이동순 시인의 첫 시집 『개밥풀』(창작과비평사, 1980)에 수록된 장편풍자시 「검정버선」을 언급하면서 "정통적 리듬의 수용"이라 했다. 그는 "숭고한 것을 비천한 것으로 뒤집고 슬픈 것을 웃음으로 뒤집는 반전, 시정의 삶이 적나라하게 표현되는 구어체 및 비속어의 동원은 우리 시를 풍요롭게 하는 데 적지 않은 공헌을 하였지만 정념적인 면이 지나칠 때 정신의 황폐함을 드러내기도 했다"면서 김지하 시인의 「五賊」과 함께 「검정버선」을 언급했다. 첫 시집 『개밥풀』부터 풍자와 음악을 접목한 시를 썼음을 알 수 있는 대목이다. 특히 판소리사설의 전통과 형식의 미덕을 활용한 장시 「스몸비 타령」은 「검정버선」의 정통적 리듬을 수용하고 있다. 따라서 이번 시집의 문명 및 인간성 상실 비판과 풍자 그리고 음악의 접목은 하루아침에 이루어진 게 아니라 첫 시집부터 면면히 이어져온 시정신이면서 시창작 방식이라 평가할 수 있다.

풍자는 겉으로는 웃지만, 안으로 칼을 가는 문학 형식이다. 풍자는 사이버 검열 반대 등 다양한 시민불복종 운동을 진행하는 어나니머스의 상징이 된 '브이 포 벤데타'V for Vendetta의 가이 포크스Guy Fawkes 가면, 특히 웃고 있는 가면의 뒤에서 해킹 활동으로 국가 기관이나 단체 등에 압력을 행사하는 핵티비즘Hactivism을 전개하는 어나니머스와 주어진 사실이나 대상을 곧이곧대로 드러내지 않고 과장하거나 왜곡, 비꼬아서 표현해 웃음을 유발하지만, 그 대상은 개인부터 집단, 사회, 국가, 모든 인류가 될 수 있는 풍자문학은 묘한 동질감을 공유한다. 둘 다 겉으로 웃으면서 안으로 날카로운 칼을 갈고 행동한다. 인간과 사회의 모순과 부조리에 대한 부정적·비판적 태도를 견지하고, 그 대상에 대한 교훈과 깨우침을 통해서 인간의 자유와 인간성 회복에 목적을 두고 있다. 풍자보다 해학에 더 가까운 가면극이나 인형극과 차별되는 점이다. 풍자의 생명은 진실이며, 사실을 묘사하지 않으면 풍자가 될 수 없다. 풍자는 역사와 현실에 대한 정확하고도 투철한 인식을 바탕으로 해야만 그 가치와 정당성을 인정받을 수 있다.

어여쁘다 우리 백정 갑오년 동학군으로

선봉중에 가담해서 몹쓸 폐정을 꾸짖으니

칠반천인의 대우를 개선하고

백정머리에는 평양갓 벗게 하라

쫓기는 검정버선 토굴 속에 숨어들어가

두 눈으로 피눈물이 고리고리 떨어진다

- 『개밥풀』「검정버선」부분

제 돈벌이와

더러운 재산 유지에 피눈 되어

왜놈 헌병 경찰들과

밤마다 고급요정에서 흥청망청 놀아난

천국의 친일파 앞잡이 매국노

반역자 놈들이 좀비였다

- 「좀비의 환생 -좀비에 관한 연구 65」부분

풍자는 밝고 건강한 사회보다 어둡고 궁핍한 사회에 더 절실하고, 그 대상
도 많을 수밖에 없다. 풍자의 대상이 민족이나 국가 기관처럼 크면 클수록, 자
유와 평등이 억압받을수록 압력이나 위해의 위험성이 높음도 주지의 사실이
다. 위험성이 높으면 자연 정신적으로 위축될 수밖에 없고, 풍자의 방식도 다
소 소극적일 수밖에 없다. 하지만 이동순의 풍자는 거침이 없다. 그 대상이 개
인이나 국가 기관이나 다르지 않다. 그리고 화해와 인간성 회복이라는 좀 더
큰 가치에 초점을 맞추고 있다. 이런 점이 그의 시를 높은 품격으로 끌어올리
고 있다. 첫 시집『개밥풀』에 수록된 장편풍자시「검정버선」은 1894년 동학농

민혁명을,「좀비의 환생 -좀비에 관한 연구 65」는 일제강점기의 "친일파 앞잡이"의 매국행위라는 엄연한 역사적 사실을 다루고 있다.「검정버선」의 풍자 대상은 부패한 조정과 관료들, 조선 침략의 마수를 드러내 동학군을 학살한 일본 제국주의이며,「좀비의 환생 -좀비에 관한 연구 65」의 대상은 일제에 동조해 동포를 핍박하고 "더러운 재산"을 늘려간 친일 민족 반역자들이다. 독립 투사의 후손답게 이동순의 시는 에둘러 말하지 않고 직설적으로 결연한 의지를 표출한다. 특히「좀비의 환생 -좀비에 관한 연구 65」에서 일제의 핍박으로 고초를 겪고 있는 민초의 고통은 등한시한 채, 아니 오히려 일제와 결탁해 재산을 불리고, 그 재산을 유지하기 위해 "왜놈 헌병 경찰들과/ 밤마다 고급요정에서 흥청망청"하는 민족 반역자의 행태를 통렬히 비판하고 있다. 앞에서 말한 풍자시의 전형을 보여주는 대표적인 시라 할 수 있다.

2. 왜 좀비인가

살아 움직이는 시체 좀비는 아이티 민간신앙인 부두교 전설에서 유래됐다고 알려져 있다. 미국의 저널리스트인 윌리엄 시브룩의 저서 『마술의 섬*The Magic Island*』(1929) 이후 좀비는 영화나 드라마, 문학, 만화, 게임 등 다양한 분야에 등장한다. 국내외에서 좀비를 다룬 소설은 여러 권 나왔지만, 좀비 연작 시집으로는 이동순 시인의 『좀비에 관한 연구』가 처음일 것이다. 좀비는 이미 죽은 존재이므로 비이성적이면서 매우 폭력적이고 공격적이다. 피로감이나 고통도 느낄 수 없다. 물리적으로 움직일 수 없는 한계까지 버티는 특성을 지니고 있다. 이런 점 때문에 좀비와 대적하는 인간은 두려울 수밖에 없다. 때로는 맞서 싸우지만, 대부분은 장벽을 쌓고 차단하는 데 주력한다. 하지만 이동순 시인은 장벽을 쌓고 소극적으로 방어하기보다 과감하게 장벽을 걷어내고 좀비와 화해하려 노력한다. 때로는 무력으로 소멸시키려 하고, 때로는 사랑으로 감싸려 한다. 장벽 밖의 다수는 언제든 들이닥쳐 장벽 안의 인간들에게 위해를 가할 수 있다. 여기서 유의해야 할 것이 있다. 어느 쪽이 다수냐는 것과 누가 좀비를 만드느냐는 것이다. 일반적으로 담장 밖의 좀비들이 다수라고 생각하지만, 그 반대일 경우 좀비가 인간보다 많을 때 사회적으로 기득권층이 포위되어 공격을 당하는 듯한 피해자 의식을 주입시키고, 이를 정치적으로 이용할 수 있다. 이때 기득권층의 폭력은 정당방위 혹은 타자의 공격으로 포장되어 사회정의가 크게 훼손된다. 사회적 기득권층에서 좀비를 교묘한 통치수단으로 역이용하지만, 일반대중은 이를 눈치채지 못하고 동조하는 우愚를 범할 수 있다는 말이다. 좀비는 단순하지만, 좀비를 정치적으로 이용하는 인간들은 지능적이고 교활하다. 그들의 수단과 방법에 넘어가지 않도록 현실을 직시하고, 비판하고, 대안을 마련하는 것 또한 시인의 역할이기도 하다.

세상은 멋지게 마른다
밤거리에 夜叉가 다닌다고
사람들은 초저녁 대문을 닫어 건다
마음은 어둠 속에 돌고
한번 닫겨 열리지 않는 문
우리들 사랑과 악수의
荒淫의 손바닥이 젖고 마르고
꽃더미 속에서 한밤중
하얗게 드러내고 웃는 대문니
잠자는 새벽에 생각해도
세상은 멋지게 마른다
갑자기 한 덩이 해가 솟고

비감한 내일이 오고 있다

-『개밥풀』「魔王의 잠 19」 전문

　　이동순 시에 있어서 좀비는 갑자기 등장한 것이 아니다. 이미 첫 시집『개밥풀』에 수록된 「魔王의 잠 19」에서 좀비는 "야차夜叉"의 모습을 하고 있다. 야차는 추악하고 무섭게 생긴 사나운 귀신으로서 사람들을 괴롭히거나 해치고 다닌다. "사람들은 초저녁 대문을 닫아"걸고 두려움에 떤다. 이 시가 1973년《신동아》에 발표된 것을 감안할 때, 야차는 유신체제와 그 체제 하에서 국민을 억압한 기득권층이라 할 수 있다. 대통령이 국회의원의 3분의 1과 모든 법관을 임명하고, 긴급조치권과 국회해산권을 가진 유신헌법은 직선제에서 간선제로 바뀜으로써 사실상 영구집권을 위한 총통제였다. 이런 암울한 분위기에서 탄생한 것이 '魔王의 잠' 연작시라 할 수 있다. 이때만 해도 좀비는 친일이나 유신독재와 같은 보다 큰 대상에 머물렀다. 그 후 45년이 흐른 지금 좀비는 범죄, 전쟁, 독재, 제국주의, 매국노, 부조리, 부정부패, 불법, 중독, 무절제, 환경오염, 약물중독자, 사이보그, 스몸비와 같은 탐욕과 타락, 물질문명이 만들어낸 대상으로 확대된다.

　　그렇다면 이동순 시인은 왜 또다시 좀비를 들고 나온 것일까. 시인은 시집 '후기'에서 "좀비zombie는 우리 내부의 모든 부정적 악습, 가치와 균형감각의 마비 상실, 또 그로 인한 중심이탈 때문에 생겨난 각종 우려의 기호記號"라면서 "우리가 항시 두려워하는 좀비는 그동안 방만했던 삶에 대한 경고이며, 구체적 위기를 일깨워주는 상징"이라고 했다. 또 "탐욕을 반성하지 않고 줄곧 과거와 같은 시간을 되풀이한다면 우리는 끝내 우리가 빚어낸 좀비에게 제압할 수밖에 없다"고 했다. 첫 시집을 쓸 때만 해도 청산하지 못한 친일과 군사독재 그리고 물질문명을 중시하고 정통적 가치와 인간성을 경시하는 풍조의 만연에 시인은 위기감을 느낀 것이다. 다분히 세월의 무게가 느껴지는 위기감은 시대의 변화를 간과한, 지나친 염려를 함유하고 있다.

『좀비에 관한 연구』는 여는시 좀비들의 세상부터 좀비의 발생과정, 생리, 기질과 현상, 욕망, 꿈, 혈통, 뿌리와 계보 그리고 좀비의 종류, 좀비퇴치법, 좀비의 인간성 회복, 인간화, 사회정치학, 사랑법 등 마치 좀비에 대한 한 편의 논문처럼 종합적이고도 체계적으로 짜여 있다. 서론 격인 「좀비들의 세상 -좀비에 관한 연구 1」을 살펴보자.

　　수십 년

　　지구행성 머물며

　　참으로 많은 좀비 겪었네

　　가장 분명한 사실은 그 좀비

　　우리와 같은 호모사피엔스라는 점

　　주식과 몇 군데 부동산

　　세속적 명예와 보잘것없는 직책

　　거기에 생애 걸고

　　허겁지겁 달려가는 무수한 좀비

　　거기에 목숨까지 서슴없이 바치는 좀비

　　그 속에 끼어서

　　나도 하나의 좀비로 살았네

　　잠시 방심한 채

　　그 좀비 인간으로 착각한 채

　　우정 존경심

　　사랑과 그리움 한껏 쏟은 적도 있었지

하지만 그는 끝내 부활한 시체

화폐에 영혼 붙잡힌

가련한 좀비

자기밖에 모르는 독선적 이기적 좀비

이 좀비 나라에서 버티려면

나도 좀비되어야 하나

　우선 좀비는 "우리와 같은 호모사피엔스"라고 정의하고 있다. 즉 좀비란 "주식과 몇 군데 부동산/ 세속적 명예와 보잘것없는 직책"을 가지고 있으면서 "화폐에 영혼 붙잡힌", "자기밖에 모르는 독선적"이면서 이기적이고 물질을 숭배하는 타락한 족속이다. 반면 인간은 "우정 존경심/ 사랑과 그리움"을 우선하는 정신적 가치에 목적을 두는 숭고한 존재다. 물질을 추구하는 좀비 같은 사람들 "속에 끼어서" 똑같이 좀비처럼 살아온 시인은 반성한다. 물질문명이 판치는 자본주의 사회에 살면서 고귀한 정신세계를 유지한다는 것은 불가항력이므로 시인도 좀비가 될 수밖에 없었다는 것을. 6·25전쟁을 피해 들어가 시인이 태어난 고향 상좌원(경북 김천시 구성면) 같은 '정신적 고향'은 이제 없다. 이타심이나 배려는 추억 속에나 존재하는 이상향이 되었다. 근묵자흑近墨者黑이라 했는데, 더 이상 도망갈 곳도 없다. "이 좀비 나라에서 버티려면/ 나도 좀비되"는 수밖에 없다. 아니면 까치가 "깍깍깍 날아가는 청산"(『개밥풀』「魔王의 잠 16」)을 찾아가 신선처럼 살거나 좌절하거나 모조리 갈아엎어야만 한다. 하지만 이제는 "청산"도, "꽃피던 마을"(『개밥풀』「魔王의 잠 1」)도 없다. 시인이 선택한 길은 도피나 소멸이 아닌 '갱생'更生이다. 마음이나 생활 태도를 바로잡아 본디의 옳은 생활로 되돌아가거나 발전된 생활로 나아간다는 갱생은 좋은 말이지만 정치적으로 잘못 사용되어 변질됐다. 특히 좀비는 다시 인간으로 돌아올 수 없다. 여기서 주목해야 할 것은 풍자의 대상에 그 주체는 포함되지 않는데, 시인은 좀비들 "속에 끼어서/ 나도 하나의 좀비로 살아왔다"고 고백하고 있다. 아니 고백 이전에 반성이다. 그 반성은 좀비 속으로 들어가 좀비의 인간성 회복을 돕고자 하는 의지의 표명에서 이는 행동으로 이어진다.

3. 좀비는 왜 생겼는가

근대가 공장, 댐, 도로 등과 같은 거대하고 무거운 것이 주류인 시대였다면 현대는 스마트폰, 노트북, TV 등과 같은 작고 부드럽고 가벼운 것이 주류인 시대다. 이런 변화는 정치·경제, 이데올로기, 노동가치, 커뮤니케이션, 교통, 아이덴티티 등으로 확산됐다. 안정을 기반으로 한 고정된 것이 불안정하고도 유동적인 사회로 변모하고 있는 것이다. 이런 변화에 능동적으로 대처하지 못한, 아날로그세대의 눈에는 현대의 물질문명과 사람들이 좀비처럼 이질적일 수밖에 없다. 사회학자 지그문트 바우만은 이런 변화를 사람이나 사회나 '액체화'되고 있다고 했다. 거대하고 무거운 것은 느리게 움직이는 반면 작고 부드럽고 가벼운 것은 빠르게 움직인다. 초창기 좀비 영화와 요즘의 좀비 영화에서 좀비의 움직임을 비교해 보면 쉽게 이해할 수 있을 것이다. 더 극명하게, 2013년 개봉한 영화 〈월드워 Z〉에서 빠른 속도로 움직이는 좀비들이 사다리를 타듯 서로 겹쳐 장벽을 넘는 장면을 상상해 보면 된다. 좀비들은 마치 액체처럼 몰려온다. 인간과 좀비의 장벽은 무너져 이제 인간은 좀비화됐다. 지그문트는 사회적 네트워크의 해체, 집단적 행동의 붕괴로 인한 불안과 장벽을 붕괴시키는 존재는 바로 '권력'이라 했다. 과거의 권력은 거의 정치에 한정됐지만 현재는 정치와 더불어 경제가 권력의 한 축을 형성해 자유와 평등을 억압하고 있다.

그들에게

지성 기대하지 마

지성 잃어버린 인간의 부류는

모두 좀비로 바뀌었어

잔학하고 냉정한 좀비는 영생불멸

자신의 직속상관에게

맹목적 충성 바치고 복종하는

좀비는 가련한 노동자

봄볕 따스하게 내려쬐는 오후

좀비가 잠시 양심 회복하는 평화의 시간

하지만 그것도 안개처럼 사라지고

좀비는 자기 영혼

어둡고 갑갑한 항아리 속에 가두네

공장에서 대량으로 만들어지고

제품처럼 생산되는 좀비

－「좀비의 발생과정 －좀비에 관한 연구 2」 부분

무엇이

인간 좀비로 만들었나

그것은 개인주의

도구적 이성의 지배

시민으로서의 정치적 자유 상실

이 때문에 인간은

다만 자기 삶에만 초점 맞추고 살아가네

마음의 시야 점점 좁아지고

삶의 의미 사라졌네

남과 이웃 따위 안중에 없어

오로지 자기도취

보다 높은 삶에 대한 목적도 없어

이렇게 좀비로 바뀐 인간들

오늘도 더 많은 부동산 얻으려고

개펄 매립할 궁리

값비싼 빌딩 지으려고

가난한 달동네 허물어버릴 궁리하지

좀비들 늙어가면서

욕망 잃지 않으려 자리에 연연하며

심한 불안으로 부르르 떠네

욕망의 연결고리 끝 보이지 않고

더 높은 권력

보다 많은 자본축적

이 모든 기대와 욕망으로 좀비들

스스로 쌓아올린

불행궁전에 갇히네

　　　　　　　　　　　　　　－「좀비의 생리 –좀비에 관한 연구 3」 전문

경제권력이 강화되면 될수록 "화폐에 영혼 붙잡힌/ 가련한 좀비"들은 "공장에서 대량으로 만들어지고/ 제품처럼 생산"된다. 정치권력과 이에 기생하던 소수의 좀비는 물질문명이 발달할수록 기하급수적으로 불어나 "세상은 이제 좀비 차지"(「좀비의 기질과 현황 -좀비에 관한 연구 4」)가 되었다. 인간과 좀비의 경계를 나누던 거대한 장벽도 사라져 사실상 누가 인간이고, 누가 좀비인지 구별할 수 없다. "정치와 종교의/ 권력까지 한 손에 쥐었"(이후 「좀비의 정치사회학 -좀비에 관한 연구 17」)으므로 종교도 최후의 보루가 되어주지 못하고 있다. "강자에게 늘 당하던/ 약자들"이 강자(권력)에 빌붙어 그들의 꼭두각시 노릇하면서 인간과 약한 좀비를 괴롭히고 있다. "잔학하고 냉정한 좀비"는 "자신의 직속상관에게/ 맹목적 충성 바치고 복종"하지만 이들도 결국 권력에 이용당하는 가련한 존재일 뿐이다. 한 줌 권력을 얻겠다고 "우르르 몰려다니며/ 씹고 찌르고 할퀴고 물어뜯어"(「좀비는 누구인가 -좀비에 관한 연구 14」) 세상을 더욱더 공포의 도가니로 몰아놓는다. 권력을 가진 자들은 절대 권력을 나눠가지지 않음에도 그들의 꼭두각시가 된 좀비들은 마치 권력을 나눠가진 양 약자를 괴롭힌다. 이 모든 현상은 '남보다 더' 소유하고 싶은 인간의 욕망에서 비롯된 것이다. 끊임없는 욕망으로 인해 개인주의와 물질만능은 팽배해졌고, "도구적 이성의 지배/ 시민으로서의 정치적 자유"를 상실했다. 절망스러운 것은 나이가 들어갈수록 "더 높은 권력/ 보다 많은 자본축적"을 위한 욕망은 더 심해지고 있다는 것이다.

4. 해결책은 무엇인가

다시 질문을 던져보자. 과연 인간은 존엄한가? 인간에 대해 야만적 행위를 일삼는 인간도 존엄한가? 인류 역사상 계속되고 있는 전쟁과 범죄, 잔혹행위로 타인의 존엄성까지 침해하는 이들의 존엄성도 존중해줘야 하는가? 시인은 이에 대한 해답으로 '죄의 척도'를 가늠할 수 있는 잣대를 들이민다. 친일 매국노, 민족 반역자, "파쇼 독재자/ 매판재벌 부정축재 공직자/ 무능 국회의원"(「좀비의 환생 -좀비에 관한 연구 65」)과 같은 큰 죄를 지은 이들과 난폭 운전자, 약물중독자, 게임중독자, 일베, 일진, 사기꾼, 성폭행범, 스마트폰중독자, 위장전입자, 몰카범, 좀도둑 등과 같은 중독자나 범죄자를 구분해야 한다는 것이다. 전자는 "영생불멸"의 모습으로 약자를 위압하므로 갱생의 대상이 아니지만 후자는 "과거 한때 인간"(이하 「좀비의 인간화 -좀비에 관한 연구 13」)이었으므로 죄는 미워하되 그들을 미워하지 말자는 것이다. 하지만 "좀비는 이제 지구의 점령자/ 좀비가 통치하는 식민지 땅에서" 인간은 죄의 경중을 가랄 위치가 아니다. 좀비가 지배하는 세상에서 인간은 생존을 걱정해야 하는 처지로 전락했다. 좀비에게 저항하거나 최소한 생존하기 위해서는 "지혜와 슬기", "높은 도덕적 기준"과 인내가 필요하다.

물질의

지나친 풍요가 좀비 만들었어

가치관의 혼란은

인간성 상실로 이어지고

뇌가 죽어버린 인간 모두 좀비 되었지

수많은 사회문제

환경문제 윤리도덕 문제는

인간성 상실 때문에 벌어진 사태

내면의 감성과 양심

다시 회복하기

마음이 아픈 이웃과의 교류

혼자 빈 방에 우두커니 하루 보내는

슬픈 사람 없도록 하기

그리고 시급한 것은

제2부 형식의 죽음과 사유

내 속의 좀비 끝까지 몰아내기

좀비 침입하지 않도록

우리 주변 철저히 단속하기

자유와 평등과

자연으로 돌아가서 살아가기

모든 힘든 일

함께 고민하고 극복해가기

그 무엇보다

이기적 속물로 빠져들지 않기

풀죽은 좀비

세상에서 사라질 때까지

– 「좀비퇴치법 –좀비에 관한 연구 8」 전문

시인은 인간이 좀비로 전락한 것은 "물질의/ 지나친 풍요" 때문이라 진단한다. 가진 것 없어도 콩 한 톨도 나눠먹던 인정과 "그리움이 담긴 긴 편지"(이하 「좀비의 사랑법 -좀비에 관한 연구 24」), "방앗간에서 숨죽이며 만나/ 은밀히 나누던 사랑"은 물질문명의 발달과 황금만능으로 구시대의 유물로 전락했다. 아날로그세대인 시인은 "실루엣으로 남아 있"는 "감정의 기호"를 그리워한다. 물질의 풍요-가치관 혼란-인간성 상실이라는 연쇄반응으로 "수많은 사회문제/ 환경문제 윤리도덕 문제"를 양산했다. 진단이 있으면 처방이 필요하다. 시인은 좀비퇴치법으로 "내면의 감성과 양심" 회복을 기원한다. 구체적으로 "슬픈 사람 없도록 하기", "내 속의 좀비 끝까지 몰아내기", "이기적인 속물로 빠져들지 않기" 등 다소 캠페인 같은 좀비퇴치법을 제시한다. 이 시에서 눈여겨봐야 할 말은 "풀죽은"이다. 앞에서 언급한 좀비들은 진짜 좀비라기보다

풀죽은 우리의 자화상이기 때문이다. 풀죽은 현대인들의 기를 살려주는 것이 가장 좋은 좀비퇴치법이라는 것을 우회적으로 말하고 있다.

좀비가 아주 잊어버리고 있는

사랑과 겸손과 용서 다시 가르쳐주자

더 이상 좀비와 싸우지 말고

높은 도덕적 기준

꾸준한 인내로 그들과 화해하자

좀비의 인간화

그게 지구평화의 길

인류 멸종에서 벗어나는 길

- 「좀비의 인간화 –좀비에 관한 연구 13」 부분

좀비 가여운 좀비

그래도 힘들면 노래 크게 불러봐

다른 장면 떠올려 봐

그 따위 생각은

지금 나에게 전혀 도움 안 돼

라고 크게 외쳐

좀비 가련한 좀비

마지막엔 마음 편안히 갖고

속으로 10까지 헤며 복식호흡해 봐

- 「좀비를 위한 충고 –좀비에 관한 연구 9」 부분

제2부 형식의 죽음과 사유

인간은 예로부터

더불어 공생하며 살아왔지

하지만 초록 속에서의

그 건강하고 생기롭던 공동체 잃어버리면서

인간의 좀비화 급속히 이루어지고

불행 시작되었네

좀비가 인간성 회복하려면

지혜로우면서도 침착한 중도 정신

어떤 양극단에도

치우치지 않는 바른 생각과 행동

잠자는 이성 깨워야 하네

그것만이 살길

         – 「좀비의 인간성 회복 –좀비에 관한 연구 11」 부분

거울을 보라

자주 거울을 들여다보라

내 얼굴이 혹시 좀비로 바뀌어 가는지

살피고 또 살펴볼 일이다

         – 「좀비는 누구인가 –좀비에 관한 연구 14」 부분

 시인이 제시한 좀비퇴치법은 결국 "좀비의 인간화"로 귀결된다. 그것만이 "지구평화"를 지키고, "인류 멸종을 벗어"날 수 있는 유일한 길이라는 것이다. 좀비의 인간화를 위한 방법으로 시인은 여러 방안을 내놓는다. 가장 좋은 방안은 "높은 도덕성을 기준"으로 "꾸준한 인내"를 발휘해 좀비들과 "화해"하

는 것이다. 좀비가 되지 않기 위해서는 "자주 거울을 들여다보"며 반성할 것을 주문한다. 좀비들에게는 "자연으로 돌아가서 살" 것과 "노래 크게 불러"볼 것, "복식호흡"을 해볼 것도 함께 제시한다. 시인이 가장 안타깝게 생각하는 것은 "초록 속에서의/ 그 건강하고 생기롭던 공동체(를) 잃어버"린 것이다. 시인은 자연의 치유력과 공동체를 통해 상실된 인간성을 회복할 수 있다고 믿고 있다. 시인은 꿈꾼다. 고향 상좌원 같은 "청산"을. 오늘도 시인은 기도한다, 아주 간절히.

갈팡질팡하는 이 땅의 좀비들이

서로 존중하고 서로 사랑할 수 있도록

깨달음을 먼저 주소서

　　　　　　　　　　　　　- 「좀비의 기도 -좀비에 관한 연구 69」 부분

생의 가장 바깥에 대한 사유
— 정학명 시집 『허공의 비탈』

    시인은 쓰는 사람 이전에 보는 사람이다. 시적 대상이나 사물을 관찰하고, '쓰고자 하는' '새로운' 것을 찾아내서 생각하고 상상하고 경험의 세계를 끌어들여 시로 완성해 간다. 쓰고자 하는 것을 다 쓰는 건 아니고 다른 사람이 쓰지 않은 새로운 것을 찾아 쓴다. 관찰과 생각/상상 그리고 경험 사이에서 시인은 가용할 수 있는 모든 감각을 끌어올려 자아와 세계를 응시하고 조응하고 일체화한다. 이런 과정에서 자아와 시적 대상/사물 사이에 미세한 떨림이나 울림이 발생하고, 시인은 이것을 받아적는다. 하지만 그 떨림이나 울림의 소리는 정면이 아닌 옆이나 뒤, 혹은 위나 아래에서 비스듬히 들려온다. 시인은 사물/대상의 정면을 마주하기보다 슬쩍 옆으로 비켜나거나 뒤돌아서서 외면한다. 정면은 떨림이나 울림 대신 억압이나 두려움, 부담감을 주입해 집중보다는 분산을 선사할 가능성이 농후하다. 나희덕 시인은 시론집 『문명의 바깥으로』(창비, 2023)에서 "사물의 생리와 수량과 한도, 그리고 사물의 우매와 명석성 등을 발견하기 위해서는 사물의 외부와 내부를 두루 보아야 하고, 모든 사물과 현상에 깃든 양면성을 고려해야 한다"고 했다. 또한 눈으로만 관찰하지 말고 "몸의 모든 감각들을 활용해 대상을 겪어내야만 입체적이고 살아 있는 이미지를 얻을 수 있다"고 했다. 제대로 보고, 제대로 된 이미지를 얻는다고 해도 그것이 항상 시로 연결되는 것은 아니다. 쓰는 행위를 제약하는 물리적 환경과 시간, 주변의 유혹을 극복하고 감성과 감각을 최대한 끌어 올려야만 겨우 '한 뼘 시의 영토'를 허락할 뿐이다.

2017년 계간 《불교문예》로 등단한 정학명 시인의 첫 시집 『기울어진 쪽으로』는 시적 대상이나 현상을 세밀하게 관찰해 시를 입체적으로 구축하는 데 탁월한 솜씨를 보여준다. 삶의 정면이나 중심에서 조금은 벗어났거나 뒤처진 것들에 삶의 온기를 불어넣는다. 안보다는 바깥에, 중심보다는 주변에, 앞보다는 뒤에 오래 눈길이 머문다. 또한 죽음이라는 자극에 반응하는 삶의 안타까움과 그리움, 그 그리움에 기댄 사랑으로 자리를 옮겨 앉는다. 이때 시적 시선은 지상에서 허공으로, 다시 허공에서 구름으로 이동하는데 '말은 지상'을, '빛은 허공'을 규정하는 정서로 자리매김한다. 이를 극명하게 보여주는 시 「까치」에서 한 생애의 죽음은 "흙으로 들어가"거나 "허공으로 나오는" 것으로 그려진다. 수목장처럼 "흙 속에서/ 나무를 만"나는 자극에 "허공에게/ 가는 사람"으로 반응하고, 죽은 사람을 보내지 못한 지고지순한 사랑과 그리움을 "아직 도마 위에 있"는 까치로 환유한다. 사랑과 그리움의 대상인 '당신'은 나무라는 매개물을 만나 흙에서 허공으로 자연스럽게 이어지지만, 까치의 등장은 조금 느닷없다. 특히 "까치는 아직 도마 위에 있습니다"라는 종결은 '왜?'라는 질문을 던지게 할 만큼 낯선 풍경을 자아낸다. 이런 생경한 풍경과 감각에 자기만의 목소리로 삶을 녹여내는 것이 정학명 시의 특징 중 하나라 할 수 있다.

한데 그의 시는 '죽음'으로 시작해 '죽음'으로 끝난다고 할 만큼 많은 죽음의 이미지를 잉태하고 있다. 앞의 죽음은 구체적인 언급 없이 '당신'으로, 뒤의 죽음은 형이나 외삼촌 같은 가족이나 친구의 아버지 등 다양한 죽음의 이미지로 등장한다. '죽음의 저기'를 통해 '삶의 여기'를 관조하는 듯하면서 부재에 따른 상실과 상처를 존재론과 불교적 세계관을 통해 보여주고 있다. 인과적인 관계성이나 시간과 공간의 관념성을 '저기'와 '여기'를 통해 공유한다. 또한 그의 시에서 죽음은 죽음이라 발화할 때 발생하는 것이 아니라 죽음 자체를 인식할 때 존재한다.

죽음의 이미지를 몰고 오는 나무/숲, 허공/구름은 시집 전반부에, 물/장소는 시집 후반부에 주로 등장하는데 전자는 비교적 최근에, 후자는 시작詩作 초반에 쓴 듯하다. 나무/숲, 허공/구름의 죽음 이미지의 시편들이 참신한 묘사와 사유적 문장, 발상의 전환에 치중하는 반면 물/장소의 죽음 이미지의 시편들은 가난과 유년의 회상, 사건 중심의 진술을 지배적인 심상으로 활용하고 있다. 특히 물의 이미지는 희망을 잃은 사람들의 삶의 권태나 도피(「글씨들」, 「행려」, 「우기」, 「마ㅎ」), 장소의 이미지는 궁핍한 생활에 기인한 삶의 고단함이나 성장사(「동무굴형」, 「척산 방향」, 「총상화서」)를 시의 뼈대로 삼고 있다.

　　말을 버리기 위해
　　허공을 건너가는 눈빛들이 있다

　　눈꺼풀처럼 여닫히는 시간을 타기 위해서는
　　환몽과 현실 사이에 외줄을 걸어야 한다

　　이생을 건너가는 불빛의 꼬리들

흔적을 남기지 않아야 맑은 전생이다

아이들은 투명한 생각을 입고 계절을 넘어가고
너는 혼절로 내려가는 계단에서 울고 있었다

한 생애를 짠 말들로 그물을 만든다 해도
뒤에,
아래에,
너머에,
어룽거리고 일렁이며 번져 있는 저 유영을 어찌 잡으리

- 「뒤에, 아래에, 너머에」 전문

먼저, 시집을 여는 시 「뒤에, 아래에, 너머에」에서 죽음은 곧 "말을 버리"
는 것을 의미한다. 물리적으로 보면 죽음의 순간은 '숨'을 내려놓는 일이지만,
시인은 지상에 '말'을 내려놓고 허공으로 올라가는 일이라 규정한다. 말은 입
을 통해 발화되고, 입은 말을 하기 이전의 '먹는' 행위를 통해 생존을 담보한
다. 일상의 죽음이라면 '말을 버리고'라 해야 하는데, 시인은 눈빛들이 "허공을
건너가는" 목적의 한 방편으로, 말을 버리는 것이라 간주한다. 하고 싶은 말이
많은 억울한 죽음이라는 뜻이다. 여기서 주목해야 할 것은 '눈빛들', '꼬리들',
'아이들', '말들' 같은 복수형이다. 즉 한 개인의 죽음이 아니라 여러 사람이 한
꺼번에 "이생을 건너"갔다는 뜻이다. 직접적인 언급은 없지만, 이 시에서 말하
는 죽음이 세월호 침몰 사고와 같은 사회적 참사로 해석할 수 있는 배경이다.
눈 깜박할 순간, '외줄' 하나에 생과 사가 엇갈린다. 구할 수 있는데 구하지 않
은 무책임과 구해줄 것이라는 믿음은 '환몽'이고, 구해줄 것이란 희망과 믿음

에도 불구하고 죽어가는 것은 '현실'이다. 황망하고도 어이없는 아이들의 죽음에 부모 중 한 사람으로 추측되는 '너'는 혼절할 만큼 "계단에서 울고 있"다. 죄가 없는 아이들은 맑고 투명하다. 시인은 그런 죽음에 책임이 있는 사람들에 대한 고발이나 투쟁의 방향으로 시를 전개하지는 않는다. 대신 "한 생애를 짠 말들", 즉 어떠한 말로도 되돌릴 수 없는 생명을 보내지 못하는 안타까움과 상실의 고통을 붙잡을 수 없다는 것을 보여준다. 그물은 길목, 즉 정면에 쳐야 무엇이든 잡을 수 있다. "한 생애를 짠 말들"로 만든 그물로는 "뒤에,/ 아래에,/ 너머에," 존재하는 "저 유영"을 잡을 수가 없다. '그물'은 무언가를 잡으려는 도구이지만, 시인은 잡을 수 없다는 것을 전제하고 있다. 뚜렷하지 않고 흐리게 어른거리는, "일렁이며 번"지는 유영은 붙잡아둘 수 없는 대상이기 때문이다.

먼저 간 누군가를 따라가느라 바람이 분다

나무로부터 태어나고 자라 날아가는 새들
발가락이 움켜쥐었다 놓은 가지는 날개를 기억할 것도 같은데
새들은 떨어져 또 어느 내생에서 나무가 되는 건지

나무들 바람 속에 서서 가지를 펄럭여 본다
살풀이는 옷감을 허공에 풀어놓는 춤
풀로 날개를 지어 혼령을 실어 보내는 사위

승려들은 죽어 숲이 될 것도 같다
숲의 깊은 그늘을 바라보면 그들의 등이 보인다

꺼진 촛불에서 끌려 나오는 오래된 밀랍 향기가

바위와 이끼 사이에는 어려 있다

사람을 씨앗으로 만들어 나무 밑에 심은 사람들이

돌아간 숲 위에 낮달이 떠 있다

그건 어디론가 들어가는 통로 같다

대롱의 입구 같다 거기로 빨려 올라가는 수위가 있다

끄륵 끄륵 우는 매미들은

관에서 빠져나온 공명통을 뱃속에 갖고 있다

나무의 어깨에 앉아 들썩이는 커다란 소리 때문에

세속의 사랑이 갈 수 없는 저승의 문이 생긴다

                                      - 「수목장」 전문

새들이 숲으로 들어갑니다

다람쥐가 들어가고

그늘이 따라 들어갑니다

바람이 불어오자

나무들이 깃을 들어올립니다

깊을수록 점점

어두워지는 녹음

더 깊이

들어간 사람

                                      - 「전생」 전문

빈집의 주인은 허공의 농부가 되어 구름 이랑을 갈고(「외눈박이 경운기」), 이양기를 몰던 외삼촌은 구름이 되고(「모내기」), 뼈를 비우기 위해 새들이 허공으로 날아가고(「목련공원」), 구름 같은 어머니의 기억을 저 너머로 쏟아붓고(「먼 데서 오는 눈」), 형을 하늘과 땅으로 나눈 지 십이 년이 지나가는(「나누기」) 등 죽음에 관한 여러 시편이 나무/숲, 허공/구름, 물/장소와 연관되어 있다. 특히 위에서 언급한 시 「까치」는 이를 총체적으로 보여주는데, 흙-나무-허공으로 이어진 끈끈한 연대는 곁을 떠난 '당신'에 대한 그리움을 심화시키는 역할을 한다. 허공에서 들리는 까치 소리를 당신을 위해 요리하는 주방의 "도마 위"와 병치시키는 한편, 넓은 행간과 극도의 감정 절제를 통해 '허공의 비존재'를 '지상의 존재'로 환원시키는 놀라운 시적 기교를 보여준다. 시인은 사랑하는 사람의 죽음 이후의 삶을 받아들이기는 하지만, 그리움의 끈을 아주 놓지는 못한다. 이런 인식은 시 「수목장」에서도 그대로 재현된다. "먼저 간 누군가"에 대한 그리움과 상실감을 나무와 숲을 통해 상징적으로 보여주면서 "세속의 사랑"으로는 이루어질 수 없는 한계를 담담히 받아들이는 태도를 시종일관 견지한다. 당연히 "바람이 분다"는 폴 발레리의 「해변의 묘지」를 떠올리게 하지만, '살아야겠다'는 문장을 생략함으로써 "내 오랜 사랑 당신"(「사금」)을 "따라가"겠다는 죽음의 역설을 보여준다. 이 시에서 바람은 "먼저 간 누군가"의 행위를 촉발하는 것이 아니라 그의 움직임에 의해 생겨났다가 "나무들"의 가지를 흔드는 역할로 변경된다. 새는 나무에서 태어났다가 땅에 떨어져 다시 나무로 태어나는 자연 순환 혹은 윤회의 인식을 드러낸다. 나무에서의 탄생과 성장은 인因이고, 새들의 발가락과 나뭇가지의 교감은 연緣이다. 나무와 새의 관계를 인연에서 비롯된 것으로 보는 인연생기因緣生起에 기반한다. 즉 나무가 생生하므로 새가 생生하고, 새가 날아가므로 나무도 존재하지 않으며, 새가 멸滅하므로 나무도 멸滅한다. 현생의 인연으로 새는 "내생에서 나무"로 윤회한다. 바람은 나무를 흔들고, 숲을 흔든다. 시인의 눈에는 풀과 나뭇잎의 일정한 움직임이 "혼령을 실어 보내는" 살풀이춤으로 비친다. 나무와 새뿐 아니라 승려와 숲 사이에도 연기緣起가 관여한다. 수목장이 끝난 "숲 위에 낮달이 떠 있다". 낮달의 이미지는 그리움이다. 낮달은 "나무 밑에 심은 사람"이 들어간 통로나 내생으로 통하는 입구 같지만, 그리움의 수위는 사람마다 다르다. 시종일관 시각에 의존하던 시인의 귀에 "끄륵 끄륵 우는 매미들" 울음소리가 들린다. 울음은 매미 소리, 자아의 내면의 소리, 이승을 떠나는 혼령의 소리가 한데 겹쳐 있다. 흙에서 나무뿌리로, 나무뿌리에서 가지로 올라온 영혼은 울음소리로 생겨난 "저승의 문"을 통해 비로소 내생으로 떠난다.

「수목장」에서 이생에서 내생으로 가는 통로가 '낮달'이라면, 「전생」에서는 '숲'이다. 죽은 사람에 앞서 '새들'과 '다람쥐' 그리고 '그늘'이 앞서 들어간다. 무생물인 그늘의 죽음은 신선하다. 그늘은 불투명한 물체에 가려 빛이 닿지 않는 상태나 그 자리를 가리킨다. 즉 그늘은 홀로 존재할 수 없는, 존재하는 사물/대상에 빛을 비춰야 상대편에 생겨나는 의존적인 존재다. 의존적이긴 하지만 「전생」에서는 날짐승인 새들과 들짐승인 다람쥐와 동시에 소멸하지 않고, 시차를 두고 숲으로 "따라 들어"가는 독립적인 존재로 그려진다. 「수목장」에서 바람이 시적 대상의 행위를 촉발한다면, 「전생」에서는 그늘과 마찬가지로 의존이 아닌 "나무들의 깃을 들어올"리는 자율적·주체적인 존재로 자리한다. "바람이 불어오"는 것을 기점으로 새들과 다람쥐, 그늘에서 '사람'으로 급격히 방향을 전환한다. 조금은 가볍게 숲에 들어가는 것에서 다시는 돌아올 수 없이 "더 깊이" 들어간다. 당연히 전생은 죽음의 다른 의미이다. 전생을 거쳐 이생에서 만났듯, 떠났지만 보내고 싶지 않은 간절한 염원을 담고 있다.

허공을 딛지 않고 오는 목소리는 없다

　　　　　　　　　　　제2부 형식의 죽음과 사유

말이란 태생이 허공을 달리는 말

서로에게 건너가기 위해 허공을

지나가야 한다는 건 얼마나 다행인가

영이면서 동시에 영원인

양안에 걸린 외줄처럼

허공을 건너오느라 네 목소리에 묻은 바람을

지그시 바라보던 밤이 있었다

입술을 움직이면

구름의 냄새가 났다 뒤척일 때마다

편서풍처럼 먼 숨소리가 났다

고막을 생각하면 사람은 북이다

두 장의 얇은 가죽 사이에 우리가 있다

북이란

허공을 가둔 악기

너무 늦게 내게 온 빗방울들처럼

먼지를 풀썩이며 땅에 엎어지던 빗방울들처럼

사랑은 무참히 명백하였으나

혼자 울지 못하는 북처럼

허공 저 너머를 바라보는 허공

- 「북」 전문

바람 불어

처마 아래

비가 휩니다

구름의

눈썹입니다

뜨락에 서서

빗금 사이를

바라봅니다

당신은

구름 뒤에 있나요?

혹여

당신의 눈썹인가요?

- 「구름의 눈썹」 전문

감옥에서 독배(약)를 마시기 전에 소크라테스는 "죽음이란 다름 아니라 영혼이 몸에서 분리되는 것"(『플라톤의 대화편 -파이돈』, 미래북스, 2024), 즉 몸이 영혼에서, 영혼이 몸에서 "분리되고 이탈해서 자기 홀로 있게 되는 것"이라고 했다. 죽음에서 삶이 생성되고, 삶에서 죽음이 생성되어 세상은 균형을 맞추는데, "우리의 영혼은 저세상에 존재"한다고 했다. 「수목장」이나 「북」, 「구름의 눈썹」 등의 시편에서 보듯, 죽음에 대한 시인의 인식은 소크라테스와 크게 다르지 않은 듯하다. 「북」에서 목소리는 "허공을 딛"고 들려오고, 사랑하는 영혼은 "허공 저 너머"에 머문다. 허공은 영혼과 영혼이 만나기 이전에 너의 목소리와 "먼 숨소리"를 느낄 수 있는 공간이다. 허공(혹은 그 너머)이라는 공간은 죽어야만 건너가 사랑하는 사람의 영혼을 만날 수 있기에 '영'이고, 소멸하지 않는 영혼의 거처이기에 '영원'이다. 또한 이생에서 만날 가능성이 없기에 '영'이고, 죽음 이후 내생에서 끝없이 같이할 수 있다는 희망이 존재하기에 '영원'이다. 이생과 내생 사이 허공을 가로지르는 '외줄'은, 곧 목소리다. 시각이 아닌 청각으로만 너를 만날 수 있고, "네 목소리에 묻은 바람"을 통해서만 너를 감각할 따름이다. "사람은 북"이라는 발상은 그리 새로운 것이 아니지만 북의 울림막을 '고막'으로, 북통 안의 공간을 '우리'로 치환한 것은 나름 신선하다. 또한 "너무 늦게 내게 온 빗방울들"과 "혼자 울지 못하는 북"으로 시의 보폭을 확장한 부분은 충분히 매력적이다. 사랑하는 우리는 허공이라는 물리적 공간과 "허공 저 너머"의 영적 공간에서 함께할 수 없지만, "허공을 가둔 악기"인 북 안에서 '소리'를 통해 비로소 하나가 될 수 있다. 그럼에도 그 사랑은 명백히 '무참'하다.

　정학명의 시는 정면이 아닌 옆면이나 후면, 직각이 아닌 예각이나 둔각의 기울기에 주목한다. 비탈진 가을의 기울어진 쪽으로 우르르 쏟아지는 것들이 있고(「가을의 기울기」), 이별이 시작되는 곳에서 허공이 기울어지고(「허공의 비탈」), 저무는 것들은 귀가 밝고 비스듬한 옆을 가졌고(「저녁의 의자」), 화전민이 떠난 마을의 바위는 대문이었다가 뒤꼍이 되고(「동무굴형」), 막일을 나가지 않는 형은 뒷방에서 술을 마시고 어머니는 뒤꼍에 술병을 감추는(「우기」) 등 조금은 비스듬하고 흐트러진 세상에 애련한 시선이 멈춘다. 이런 시적 지향은 「구름의 눈썹」도 예외는 아니다. 곧고 정적인 사물/대상이 흔들려 기울어지는 순간 시적인 것을 포착한다. 이때 바람은 사물/대상에 움직임을 부여해 고요한 세상을 흔든다. 세상뿐 아니라 시인(혹은 시적 자아)의 감정에 스며 상실과 슬픔의 원천으로 거슬러 오른다. 시적 자아는 "뜨락에 서서" 내리는 비를 바라보고 있다. 바람이 불어 "처마 아래/ 비"가 휘는 순간 시가 찾아든다. 바람이 불자 "처마 아래"의 빗줄기가 붓으로 한 획을 긋듯, 휘어지는 순간 "구름의/ 눈썹"을 떠올린다. "구름 뒤"는 당신이, 당신의 영혼이 머무는 데가 아닐까. 그렇다면 "구름의/ 눈썹"은, 곧 "당신의 눈썹"이라는 데까지 생각이 미친다. 바람으로 촉발된 눈썹 이미지는 자연스럽게 비-구름-당신으로 이어지고, 정적인 분위기는 동적으로 전환된다. 비와 구름에 머물던 시선은 "빗금 사이"를 지나 허공 너머의 당신에게 달려간다.

물은 달린다
물에게 가려는 것이다

물은 달린다 당신의
그 먼 저수지에 가려는 것이다

- 「여울을 달리는 백 마리 말」 부분

"당신을 만지면 꽃"(「꽃집」)이 필 만큼 사랑하던 사람은 "세상에/ 없는 말"(「마ㅎ」)이 되어 "먼 저수지"에 있다. 시인은 "울음반지를 만들어서/ 내 오랜 사랑 당신에게 가겠"(「사금」)다는 다짐을 한다. 당신은 누구일까. 분명한 것은 당신은 살아 있는 사람이 아니라는 것이다. 전생의 인연으로 이생에서

제2부 형식의 죽음과 사유

만났다가 먼저 저세상으로 떠나보낸, 내생에서 다시 만나기를 염원하는 사람이라는 것이다. 예인을 꿈꾸다가 폭삭 늙어버린 시골여자 같고(「사십구재」), 당신에게 다 이르기 전에 새벽이 오고(「ㄹ에 대하여」), 펄떡이던 것들의 잔해 속으로 가버린(「류제현 씨」) 사람이다. 좁게는 먼저 떠나보낸 가족이고, 넓게는 살면서 관계를 맺은 사람들이다. 죽은 사람들에 대한 그리움과 사랑 그리고 삶의 공간이 시집 전반에 깊숙이 스며 있다.

어린 달팽이는
나선을 따라가면 가장 안쪽에 있다

저 중심에 있다

달팽이는 거기서 온 목숨이다

달팽이가 길을 꺼내
배를 올려놓는다

배가 발이기 때문인데
그건 보행이면서 항해다

배를 끌고 가기 위해 허공을
더듬더듬 더듬는 더듬이

허공을 만져보면 어디로

가야 하는지를 안다는 듯이

달팽이가 간다

가는 모든 곳이
달팽이 생애의 가장 바깥이다

- 「달팽이」 전문

"어린 달팽이"는 생명의 근원이면서 보호받아야 할 대상이다. 따라서 "가장 안쪽"에 존재하고, 그곳이 삶의 '중심'이다. 그 중심은 가운데를 의미할 뿐만 아니라 중요하고도 기본적인 행동을 요구한다. 나선은 어린 달팽이의 생명을 지키기 위한 미로와 같은 방호수단이다. 나선을 나서는 것은 목숨을 담보하는 행동이므로 신중할 수밖에 없다. 몸을 보호해주는 껍데기 안에 있으면 좀 더 안전하겠지만, 먹을 걸 찾아 움직이지 않으면 머문 곳에서 굶어 죽을 수밖에 없다. 따라서 발인 배를 위험에 노출한 채 힘겹게 "보행이면서 항해"에 나서야만 한다. 시적 자아는 길 위에서 더듬이를 세우고 "허공을/ 더듬"는 달팽이를 지켜보고 있다. "배를 끌고" 가는 달팽이는 오체투지五體投地 하는 구도자의 모습을 닮았다. 몸의 중심에서 나와 "생애의 가장 바깥"을 향한다. 어린 달팽이가 껍데기의 안쪽에서 밖으로 나가는 것과 달팽이가 있던 자리에서 시행착오를 겪으며 성장하는 것, 그리고 "가는 모든 곳이/ 달팽이 생애의 가장 바깥"이라는 깨달음을 선사한다. 다른 한편으로는 모리스 블랑쇼가 말한 '바깥의 사유'를 떠올리게 한다. 한 번도 경험해 보지 못한 바깥은 불가능의 공간이면서 모든 보호가 사라진 현존이다. 보호막이 사라진 주체는 홀로 황량한 바깥에 던져진다. 따라서 바깥은 인간의 무력함과 한계를 동시에 경험해 볼 수 있는, 불가능을 가능으로 만들 수 있는 새로움의 공간이다. 따라서 달팽이라는 약한 존재가 자의든 타의든 안쪽에서 바깥으로 이동하는 것은 소통-고립에서 고립-소통의 공간으로 도전하는 행위와 다름없다. 즉 안쪽은 자아와의 소통이면서 타자/세계와의 고립, 바깥은 자아의 고립이면서 타자/세계와의 소통에 해당한다. 이처럼 강한 메시지를 전달하는 이 시는 지나치게 노련해서 매혹적이다. 하지만 달팽이의 몸이 안쪽에서 바깥으로 나서는 행동의 유발이나 나와 세계의 갈등, 불화의 원인 없이 아포리즘에 기대 시가 흘러간다는 점은 생각해 볼 여지를 남긴다.

> 나무도 가만히 있는 건 아니다
> 선방 수좌가 가만히 있는 것이 아니듯
>
>
> 나무의 정수리로 지나가는 햇빛
>
>
> 햇빛도 그냥 지나가는 것은 아니다
> 어둠이 그냥 있다 가는 것이 아니듯
>
>
> 그냥 지나가는 시간은 없다
> 무의미한 사건이란 없다 고요 속에서
>
>
> 은밀히 세계의 모든 사태가 벌어진다 너와
> 내가 가만히 앉아 있던 그 의자
>
>
> 위에 춤추던 마음

처럼 거기

와

뛰놀던 어떤 생기처럼

–「의자」 전문

반면, 시 「의자」는 나무가 자라는 생리나 의자로 변하는 과정, 그리고 의자
위에서의 긴장과 설렘, 생기 등을 입체적으로 묘사하고 있다. 나무가 가만히
서 있는 것 같지만 매년 나이테가 하나씩 생겨나고, 가지가 자라고, 나뭇잎이
솟아났다가 떨어진다. 선방의 수좌도 "가만히 있는 것" 같지만 깨달음의 경지
가 점점 깊어진다. 이때까지는 고요함(靜) 속의 움직임(動)이다. 하지만 "나무의
정수리"로 햇빛이 지나가는 순간 움직임은 고요함으로 바뀌어 정중동靜中動
의 세계를 제대로 보여준다. 고요한 듯한 햇빛이나 어둠도 "그냥 지나가는 것
은 아니다". 밝으면 밝은 대로, 어두우면 어두운 대로 그 속에서 크고 작은 사
건이 벌어진다. "지나가는 시간", 즉 현재의 시간은 독립적으로 존재하지 않
고 과거의 시간 위에서 유지되고 연장된다. 과거의 시간/사건이 인因이면, 현
재의 시간/사건은 연緣이다. 세상의 모든 것은 서로 연결되어 있고, 존재와 존
재의 상호작용과 관계 속에서 일어난다. 너와 함께 "춤추던", "앉아 있던", "뛰
놀던" 과거형 시어들이 지칭하는 좋은 추억은 "모든 사태가 벌어"지는 은밀
한 세계로 확장된다. '사건'이나 '사태'의 부정적 시어와 달리 "너와/ 내가 가만
히 앉아 있던 그 의자"에 대한 기억은 긍정적이다. "그리움을 가구로 짜면 의
자"(「저녁의 의자」)다. 너와의 기억은 결코 헛된 것이 아니다. 의자 위에 너와
함께 있는 경쾌한 기분과 모양을 나타내려는 의도의, '처럼'과 '와'를 본말에서
행 가름한 시적 기교도 돋보인다. 「자귀」, 「호박국國」, 「찰현擦絃」 등의 시와
더불어 시인의 오랜 내공內工이 느껴지는 수작秀作이다.

꽃차 덖는 사람들의 금기는 너무 환한 개화

꽃의 만개란 음독에 가까운 치명

꽃을 덖는다 온돌에 누운 꽃들

봄의 맨 앞을 뒤집는다

나무에게서 알을 얻어온 것처럼

나무의 맨 앞을

이승의 아지랑이 속으로 집어넣는 것처럼

–「생강나무꽃차」 부분

"길은 하나의 세계를/ 다 짓밟고서야 만들어진다"(이하「숲길」). 시인의 길도 그렇다. 시인이 되기 위해서는 "한 세계"가 송두리째 무너져야 한다. 시「수곡동」에서와 같이 누군가를 "죽여야 배우"고, "애인이/ 울며 떠나"고, "될 대로 되"라는 마음으로 함부로 살다가 결국 시를 버려야 한다. "상처는 상처를 닿"기고, "흠결은/ 음울에서 흰 목덜미를 찾아내는" 순간 "가끔 시를 쓰던 소년이 와/ 구석에서 울"(이하「꽃집」)고 가고, 종국에는 다시 시가 찾아온다. 시인의 시가 깊어진 계기는 "꽃을 끓여 밥"을 짓는, 즉 화원을 하면서가 아닐까. 죽음에 '봄'을 들여 꽃을 피운, "당신을 만지면 꽃"이 피어 "잎이 파란 아이들이 태어"난 이후가 아닐까. 사람과 이야기를 보낸 자리에 "나무와 사람"을 들여 "생각의 앞과 뒤를 아주 멀리까지 섞어놓은" 후 "꽃을 덖"듯 시를 쓰는. 꽃차에는 "음독에 가까운 치명"이라 할 수 있는 "너무 환한 개화" 이전의 적절한 시기에 수확하는. "나무에게서 알을 얻어온 것처럼" 그렇게 꽃나무의 '알'에서 태어난 빼어난 시들이 이번 시집에서 그윽한 차향을 발하고 있다.

세 번의 선택과 한 채의 허공

— 이도화 시집 『온·오프는 로봇 명령어가 아니다』

    당연한 말이지만, 우리는 일상日常을 살아간다. 매일 반복되는, 특별한 것 없는 평범한 하루하루는 기억되지만 기억되지 않는 것처럼 너무 쉽게 잊힌다. '매일' 비슷한 일이 '반복'된다는 건 지루하고 심심한 일이 아닐 수 없다. 무료無聊한 날의 반복은 인생의 항로를 바꿀 만한 것을 선택하지 않아도 되는, 선택의 갈림길에 서 있지 않아도 된다는 것을 의미한다. 하지만 그런 삶은 존재하지 않는다. 우리는 태어나는 순간부터 죽는 순간까지 크고 작은 선택의 굴레에서 벗어날 수 없다. 평생 선택의 순간을 맞닥뜨린다. 그 선택에 따라 자신의 운명이 결정된다면, 어느 길을 결정할지 고민은 깊어질 수밖에 없다. 그래도 자의적인 결정은 선택권이 자신에게 있기 때문에 그 결과에 대한 책임도 스스로 지면 된다. 하지만 선택의 자유가 제한되거나 지나치게 선택지가 넓어 혼란스럽다면, 어렵게 선택한 결과는 '불만족'으로 운명의 추가 기울 것이다. 복잡한 선택에 대한 후회와 가지 못한 길에 대한 미련으로 선택의 결과를 부정하거나 불안정한 심리상태를 드러낼 수도 있다. 그로 인해 사람들과의 관계에 균열이 생기고, 일상에 틈입한 불안이 상주하게 된다. 일상의 이면에 상존하는 삶의 또 다른 모습이다.

　이도화의 두 번째 시집 『온·오프는 로봇 명령어가 아니다』는 인생의 중요한 갈림길에서 자유의지로 선택한 결과가 어떻게 물결을 일으키고, 그 물결이 일으킨 삶의 무늬가 얼마나 선명한지를 보여준다. 시인은 삶의 방향을 바꿀 중요한 선택 이후 평범했던 날들이 어찌 새롭고 특별한 날들로 옷을 갈아입는지, 그리하여 경험의 세계와 결합한 여생이 어떤 여정을 거쳐 운행하는지를 과장되지 않은 진솔한 언어로 들려준다. 시인은 "퇴근길 전차 안"(이하 '시인의 말')에서 "무릎 아래"가 이상한 걸 감지한 후, 파킨슨병이 찾아왔다는 사실을 인지한다. 첫 번째 선택은 명예퇴직이다. 퇴직 후 "네 식구(가) 아파트"에 같이 살면서 "손주 둘의 등하교를 돕다가" 2년여 만에 두 번째 선택인 "치유를 위해 귀촌"을 감행한다. 세 번째 선택은 "낮의 노동과 밤의 시 쓰기"다. 주경야시晝耕夜詩는 "몸과 마음에 새살이 돋고 근력"을 붙게 하여 파킨슨병의 진전을 늦추는 결과로 이어진다.

　당연하게도, 이번 시집은 세 번의 탁월한 선택이 만들어낸 곡진한 결과물이다. 선택의 중심에 시인이 존재하지만, 그런 결정을 할 수 있었던 동인動因은 "오롯이 아내의 덕"이다. 선택하는 순간마다 시인의 곁에 아내가 함께했다. 동행은 단지 조언과 배려의 차원에 머무는 것이 아닌, 같은 공간에서 '일상을 공유'하는 것이다. 혼자라면 쉽게 결정할 수 없었던 선택지와 삶의 위기와 불안을 함께함으로써 "몸과 마음에 새살이 돋고 근력"을 붙게 하는 결과를 끌어낸다. 일상의 고통과 불편의 감수는 삶의 이면에 연민의 시선을 보내는 한편, 한층 깊어진 철학적 사유와 불교적 세계에 귀의하도록 인도한다. "어둠을 파고드는 뿌리"의 힘과 "창공의 기쁨"에 가닿는 나뭇가지에서 보듯, 시적 대상에 투영된 자아를 통해 세상을 바라보는 새로운 안목과 성찰의 깊이를 함축적으로 보여준다. 시 「느티나무 진단서 –序詩」는 이런 특징을 가장 잘 보여주는 작품이다. 윤동주의 「서시」를 떠올리게 하는 이 시는 인생의 전환점이 된 세 번의 선택 이후의 생애와 가치관, 시적 지향을 상징적으로 보여주는 수작秀作이다.

단풍 들자 시든 나뭇잎, 느티나무를 흔듭니다
털어내니 한 채 허공
나무초리 그물을 치고 바람을 켜잡니다

별의 마음 깜깜하여 우레 치던 별자리에
비바람이 붑니다
새들의 날갯짓에 실바람이 입니다

날아드는 비수 같고 밀어대는 화두 같아
바람의 물음이라면
사라질 듯 밤새 맴도는 저 소리는
느티나무 울음이겠습니까

잠긴 목청이 생각을 가려 어두울 때
산기슭 여명에 홰치는 소리 깁니다

 – 「느티나무 진단서 –序詩」 전문

느티나무에 투영된 시인의 고독한 영혼은 어둠을 파고드는 뿌리의 힘을 원천으로 지상과 허공에 근거를 마련한다. 새싹으로 시작하여 점차 공간을 넓히는 느티나무는 시인의 심중心中에서 자라는 나무다. 어둠의 공간을 파고드는 뿌리의 힘이 강할수록 가지와 나뭇잎도 허공의 공간을 더 많이 차지한다. 느티나무는 시인과 함께 나이를 먹어가지만, 어느 순간 성장의 속도가 느려진다. 생체 시계가 느려지자, 시인의 관심은 자연스레 성장에서 계절로 옮겨간다.

시인이 인식하는 인생의 계절은 늦가을이다. 연두의 봄과 실록의 여름을 지나, 갈색의 가을에서 조락의 계절로 향한다. "단풍 들자" 나뭇잎은 점차 시들어 떨어진다. "느티나무를 흔"들어 나뭇잎을 털어내는 주체는 바람이지만, 주어를 생략함으로써 삶을 흔들어 대는 주체가 따로 있음을 암시한다. 드러내면서 감추고, 감추면서 드러내려는 시적 효과라 할 수 있다. 나뭇잎이 다 떨어지자, 허공 한 채가 시인의 눈에 들어온다. 허공은 비존재非存在, 즉 '없는 것'이 아니라 존재存在하는 것, '있는 것'이다. 상像과 원근이 존재하지 않는, 충만하면서도 텅 빈 곳이다. 채우고 비우는 것은 사물의 일이고, 허공은 그저 그곳에 존재할 뿐이다. 따라서 "한 채(의) 허공"은 채웠다가 비웠을 때 비로소 모습을 드러내는 무형의 집이다. 존재에서 비존재로 바뀌면서, 보이지만 보이지 않는 투명한 집과 다름없다. 허공에 존재했다가 사라진 '나뭇잎'과 그로 인해 생겨난 '허공의 집', 그리고 가느다란 나뭇가지들이 만들어낸 '그물'은 시인의 세계 밖에 존재하는 풍경이면서 시인이 그려낸 세계다. 즉 시인은 떨어진 '나뭇잎'과 '허공의 집' 그리고 '그물'을 통해 관계와 소유 등에 매달리지 말고 그에서 벗어나 자유로워지고 싶다는 욕망을 은연중 드러낸다. 하지만 세상은 시인을 '고요의 자리'에 머물러 있게 그냥 두지 않는다. "우레 치던 별자리"에 부는 비바람이나 미약한 "새들의 날갯짓"에도 비수에 찔린 듯 아픔을 느낀다. 밤낮을 가리지 않고 흔들어 댄다. 앞이 잘 보이지 않는 상황에서 시인은 "바람의 물음"으로 '가만히 있는 나를 왜 흔들어 대는가?', '흔들린다는 것은 무엇인가?' 질문한다. 화두話頭를 던진다. 매년 나뭇잎은 봄에 나고 가을에 진다. 이처럼 생멸生滅은 자신의 의지와 상관없이 끝없이 반복되고, 한순간도 동일한 형태에 머물지 않는다. 무상無常이다. 이에 집착하거나 저항하면 괴로움, 즉 고苦에 갇히고 만다. 비바람이나 새들의 날갯짓에 의한 실바람은 외부에서 오는, "사라질 듯 밤새 맴도는" 느티나무의 울음은 내부에서 오는 괴로움이다. 시의 화두는 "잠긴 목청이 생각을 가려 어두울 때"도 끝없이 의심하고, 간절히 대답을 구하는 것이다. 그래야 "산기슭 여명에 홰치는 소리"를 들을 수 있기 때문이다.

나는 나뭇잎이고 바람이었습니다 그러나

바람이 나를 흔들고 지나가기 전까지는
매달린 나뭇잎인 줄 몰랐습니다 나뭇잎이
흔들리기 전까지는 내가 불고 가는 바람인 줄도 몰랐습니다

매달렸거든 흔들리지 말거나
불며 지나가거든 오직 한길로만 불거나,
차라리 눈 가리고 귀를 가려
바위 뼈대 속에 머물기를 바란 적도 있었습니다

살아있는 것들은 모두 흔들리는 것들,
제 몸을 흔들며 제자리를 찾아가는 것이니
살아있게 하는 것들도 모두
흔들어 놓고 지나가는 것이니

제2부 형식의 죽음과 사유

별빛처럼 빛나고 바위처럼 단단하게 지킨 것은 없으나

어찌 바람이 되어 변덕스럽게 불었다

탓할까요

겨우 나뭇잎이 되어 흔들렸다고

자책할까요

- 「바람과 나뭇잎」 전문

　시 「느티나무 진단서 -序詩」에서 "느티나무를 흔"드는 주체가 생략됐다면, 위의 인용시에서는 나뭇잎인 나를 "흔들고 지나가"는 것이 '바람'임을 명확히 하고 있다. 나는 나뭇잎이면서 "불고 가는 바람"이다. 이런 인식의 바탕에는 "흔들고"와 "흔들리"는 상호작용이 존재한다. 흔들리기 전의 고요한 세계에서는 나뭇잎과 바람의 존재 자체가 구분되지 않는다. 미분화 상태에서 각자 존재하지만, 서로 존재를 의식하지 않는다. 바람이 불어 나뭇잎이 흔들리는 순간 나뭇잎과 바람은 존재하지만 '없는' 상태에서 '있는', 즉 그곳에 함께 존재하는 것으로 전환된다. "흔들고" "흔들리"는 순간 서로의 존재를 의식하고, 한순간에 동화된다. 실제 흔드는 것은 바람이고 흔들리는 것은 나뭇잎이지만, 이 둘은 같은 공간에서 합일을 이룬다. 그러자 흔드는 주체도 '나'이고, 흔들리는 주체도 '나'가 된다. 내가 나뭇잎인지 바람인지 알 수 없는 무아無我의 지경에서 '내가 무엇인가'는 아무 의미가 없다. 고정불변하는 실체로서의 나(實我)는 존재할 수 없기 때문이다. "살아있는 것들은 모두 흔들"리는, 즉 고정된 것 없이 끊임없이 변화한다. 한데 인간이기에 현재의 '나'에 집착하고, 유혹에 흔들리면서 "제자리를 찾아"간다.

　석룡산 비구니스님은 달마대사 모습이 여실하다며

합장하고 지나간다

동쪽을 바라보는 이, 침묵의 달인이여

옹이와 뼈대와 부라린 두 눈으로 당신 모습 보이소서

걸음을 멈추고 바라보는 이여,

버드나무에 한 마디 안부라도 물어 주오

물소리 바람 소리 혹여 까투리 바스락대는 소리가 들리거든 버드나무 인사인 양
들어 주오

개울가 축대 위에 버드나무 다라니

새들이 모여 읽고 있다

돌아가던 콜택시 기사님과 지나가던 낮달이 함께 서서 읽고 있다

- 「버드나무 다라니」 부분

닭이 비운 닭장에 웬 생쥐 한 마리가

다람쥐 자세로 뭔가를 오물쪼물 먹으며 앉아 있다

잠시 망설이는 사이 저도 잠시 망설이다

발목을 툭 치고 굴러가는데

하얀 이빨에 촉촉한 눈, 신기하게도 귀엽다

그 입도 입으로 친다면 군식구일망정 한 식구,

나는 도리 없는 공양주

- 「공양주」 부분

공양 때 누런 장삼을 걸치고

아침 탁발에 나서는 땅콩이는 흡사

제2부 형식의 죽음과 사유

소승불교 스님

- 「탁발승 땅콩이」 부분

시 「바람과 나뭇잎」에서 "매달린 나뭇잎"은 법당 처마의 풍경風聲으로 받아들여도 무방할 듯하다. 다만 나뭇잎은 흔들림 자체에, 풍경은 흔들리면서 내는 소리가 타자에게 영향을 준다는 점에서 미묘한 차이를 드러낸다. 고요한 풍경의 세계에 찾아온 바람과 풍경 소리는 '시적인 것'이기도 하다. 바람이 풍경에 머무는 순간과 소리를 포착한 이번 시집의 기저에 불교적 세계관이 자리 잡고 있음을 어렵지 않게 알아차릴 수 있다. 시 「버드나무 다라니」는 죽은 버드나무에서 '다라니경'을, 시 「공양주」는 먹을 걸 찾아 빈 닭장에 오는 생쥐를 맞이하는 자신의 모습에서 '공양주'를, 시 「탁발승 땅콩이」는 끼니때마다 찾아오는 길고양이에서 '탁발승'의 이미지를 포착한다.

먼저 「버드나무 다라니」는 버드나무의 행적과 행색의 변화 그리고 그에 대한 주변의 반응을 불교적 시각에서 살펴보고 있다. "이웃 화포천 물가에서 옮겨 심"는 "아름드리 버드나무"는 봄이 와도 싹을 틔우지 못한다. 삶에서 죽음으로 자리를 틀어 앉자, 느티나무는 "동네 흉물"로 전락한다. 예부터 거목은 도깨비의 거처라 했고, 죽은 가지는 베지도 않고 땔감으로 쓰지도 않았다. 한데 죽은 행색조차 도깨비를 닮아서 "동티날까 나서는" 사람이 없다. 공연히 건드려 해害를 입지 않으려 한다. 이 시에서도 시적 주체는 과감하게 생략되어 있다. 동티 걱정에서 벗어나 죽은 버드나무의 껍질을 벗겨내는 것이, "몇 날 며칠 전골에 손도끼"질을 하여 "공력 높은 수도자"가 "들어가 좌선 입적해도 좋은 목관"을 만드는 사람이 누구인지 분명하지 않다. 시적 주체는 관찰자로 머물고, 보다 못한 동네 누군가가 나선 것으로 해석할 수 있다. 죽은 이후, 아름드리 느티나무는 자연 그대로의 모습인 '도깨비'에서 손도끼에 의해 가공된

'목관'으로 변신했다가, 다시 "석룡산 비구니스님"에 의해 '달마대사'로 신분을 달리한다. "동쪽을 바라보는 이"는 당연히 한 승려가 조주 선사에게 "조사가 서쪽에서 온 뜻(祖師西來意)이 무엇인가?" 물었을 때 답한 "뜰 앞의 잣나무(庭前柏樹子)"라는 화두를 염두에 두고 쓴 표현으로 보인다. 그리하여 시인은 화두에 답할 수 없는, 침묵할 수밖에 없는 중생의 삶과 자연의 소리를 대비하는 동시에 지혜나 삼매三昧 또는 산스크리트어 음音을 번역 없이 외는 진언眞言인 다라니陀羅尼를 통해 깨달음의 세계에 발을 들여놓는다.

시 「공양주」는 절에서 밥 짓는 일을 하는 "공양간 보살"과 "닭이 비운 닭장"에 찾아온 생쥐에게 먹이를 주는 자신의 모습을 대비한다. 시인은 닭장에서 "다람쥐 자세로 뭔가를 오물쪼물 먹"고 있는 생쥐의 모습에서 무려 "50년 전 팔공산 말사 도덕사"에서 두 달간 지낼 때의 자신을 소환한다. 공양을 신세지던 처지에서 지금은 보시하는 입장으로 바뀌었다. "놀러 온 친구들도 한 끼"도 차별하지 않은 것처럼 "군식구일망정 한 식구"로 인정한다. "시골살이 공양은 살아 있는 입을 한 식구로 모시는 일"로, 공양간 보살처럼 후덕해야 한다는 것을 에둘러 표현한다. 차별과 차등이 없는 무차무등無差無等의 불교 세계관을 실천하는 삶을 몸소 시현한다.

2023년《사이펀》신인상을 받은 작품 중 한 편인 「탁발승 땅콩이」는 "떠돌 뻔하다가" 정착해 같이 사는 고양이 '땅콩이'의 자유로운 삶을 조명하고 있다. 땅콩이는 '길'과 '집'을 자유롭게 넘나든다. 그런 점에서 집주인과 땅콩이는 소유나 구속의 관계가 아니다. 타원으로 지구 주위를 도는 달처럼 땅콩이는 새 주인과 일정 거리를 유지한다. 지구/집주인과 가장 가까워지는 근지점perigee과 가장 멀어지는 원지점apogee을 유지한 채 "경계하고 조절"한다. "다가서면 그만큼 물러"나 "안고 안기는" 친근함과 사랑에는 아쉬움이 남지만, 어쩔 수 없는 일이다. 여기에 연민이나 측은함이 개입하지도 않는다. 사정이 있겠지만, 새 주인에 대한 땅콩이의 경계와 거리 두기는 옛 주인에게 버림받은 기억 때문이다. 버림받은 충격과 상처 때문에 다시 버림받을까 봐 쉽게 사람을 믿지 못하는 것이다. 곁을 두지 않는, "품을 만들지 못"한 아쉬움은 '자유'로 옮겨간다. 안락한 품 대신에 "자유의 품위"을 얻는다. 그 품위는 누군가 만들어준 것이 아닌 자율 의지에 의한 선택의 결과물이다. "공양 때 누런 장삼을 걸치고" 슬금슬금 다가오는 땅콩이의 모습은 아침 탁발에 나서는 "소승불교 스님"과 겹쳐진다. 탁발은 소유하지 않는, 끼니조차 타인의 자비에 의존하는 수행 방식이다. 수행자와 중생의 거리만큼 새 주인과 땅콩이 사이에도 거리가 상존한다. '관찰의 거리'에서 생겨나는 또 다른 관계는 자비를 베푸는 것이면서 품에 안는 것 이상의 의미로 다가온다. 이 모든 것은 의도치 않은 자유의 선택과 소유하거나 구속하지 않은 결과에 의한 것이다.

불꽃 일 듯 마음이 조급해질 때가 있다

사람들이 지켜보는 엘리베이터 앞

문은 닫히려 하는데

두 다리는 '하지불안증'에 묶여있고

몸은 기울어져 위태로운 사탑,

- 「동결」 부분

나의 걸음은 레보도파 농도에 따라 0 또는 1,

제자리걸음을 하거나 활보하는 것이다

둘 사이에는 깊게 그은 절단면이 있고 그 자리는 면도날이 지나간 것처럼 매끈하다 하여

온·오프라 부를 만한데

- 「온·오프는 로봇 명령어가 아니다」 부분

시 「탁발승 땅콩이」에서 고양이 '땅콩이의 자유'는 온전한 자율 의지에 의한 선택이 아니라 전 주인의 사정으로 방치되었다가 얻은 것이다. 마찬가지로, 시인의 첫 번째 선택은 갑자기 찾아온 파킨슨병에 의한 어쩔 수 없는 명예퇴직이다. "14층 연구실에서 지하 1층 강의실"(이하 「커밍아웃」)에 가려고 엘리베이터를 탄 시인은 "긴장감에 손이 떨"리고, 떨림은 점점 커져 "두 다리는 '하지불안증'에 묶"여 몸이 피사의 탑처럼 기운다. 보다 못한 한 학생이 부축해 주려고 팔을 내밀자 업어 달라고 부탁을 할 만큼 힘겹게 버티고, 결국 정년을 3년 앞두고 명예퇴직의 길을 선택한다. 파킨슨병에서 '보행 동결'은 갑자기 몸이 제자리에서 움직일 수 없는 상태를 말하고, 약을 먹은 뒤 약 효과가 발생하는 시점에서 끝나는 시점까지의 시간을 '온on', 약 효과가 사라지고 없는 기간의 시간을 '오프off'라 한다. 증상이 나타나면 "왕복 6차선 건널목을" 건너가지 못한 채 멈춰 서 있어야 한다. 시인은 그런 상황을 악어가 숨어있는 "세렝게티 강"의 급류를 건너는 누의 운명에 비유한다. 악어가 목숨을 노리는 줄 알면서도 "급류를" 건너야 하는 누처럼 신호등이 바뀌면 간신히 종종걸음치거나 뚜벅뚜벅 걸어 건널목을 건너야 하는 숨 막히는 그런 순간.

시집 3부는 온전히 '파킨슨병'으로 구성되어 있는데, 이는 파킨슨병이 시인의 삶과 시에 지대한 영향을 미치고 있음을 방증한다. 파킨슨병으로 인한 생활의 어려움과 불편함을 토로한 「짐을 들고」·「무심코」, 같은 처지에 있는 사람에 대한 연민(「그림자」), 6인 병실에서의 에피소드(「고요한 밤」), 대장 내시경 진료에서의 반성(「수양이 필요해」)뿐 아니라 산 채 죽은 화석이 되지 않겠다는 굳은 의지를 드러낸 「걸어가자, 바위야」, 해변 바위에 붙어살다 밀물에 자유로워진 따개비를 통해 불편해도 행복한 삶을 조명한 「따개비 되어 사는 법」 등 역경에 굴복하지 않는 삶을 형상화한 빼어난 작품들을 선보이고 있다. "살아가는데 늘 행복이 필요한 것 같지도 않"(이하 「행복랜드」)다는 깨달음은

제2부 형식의 죽음과 사유

고통을 "뼛속 깊이" 새기고 경험한 사람만이 표현할 수 있다.

> 시골살이를 접고 서울에 올라온 남편은 때때로 투명 인간, 철 지난 양복처럼 장롱
> 옷걸이에 말없이 걸려 있다 낮의 노동에 밤의 시, 애써 찾은 리듬을 깨버리고 시의 늪
> 에 빠졌는지 온종일 헤어날 줄 모른다

> 땀을 잃어버린 시 쓰기는 대책없는 정신노동, 남편의 빈 공간에는 잡초가 무성하다
> ―「공간의 문제」부분

> 오늘 나는 비워둔 시골집으로 돌아간다
> 하자 한 점 없이 만기로 제대한다,
> "명 받았습니다"
>
> ―「만기 제대」부분

가스통 바슐라르는 『공간의 시학』(동문선, 2003)에서 "집은 인간의 사상과 추억과 꿈을 한 데 통합하는 가장 큰 힘의 하나"라고 했다. 또 자연에 속해 있지 않은 대도시의 집들은 거소와 공간의 관계에서 "인위적인 것"으로 "내밀한 삶"은 도망가 버린다고 했다. 명예퇴직 후 2년 2개월 동안 "서울 아파트"에서 "손주 등하교 도우미"로 사는 것은 자연의 삶이 아닌 인위의 삶이다. 서울살이는 자의가 아닌 "자식들의 호출" 때문이다. 손주들을 돌봐줘야 하는 아내를 따라 "동반 입대"한 것으로, 자유조차 없는 구속과 규율의 군 생활과 다름없다. 아파트 생활의 '불편함'과 '갑갑한'은 공간의 아쉬움과 '사이'의 절실함으로 이어진다. 나무가 튼실하게 자라려면 잎과 가지 사이에 "만남의 광장만 한" 공간이 필요하다. 그래야 그 사이로 햇빛과 바람이 자유롭게 드나들 수 있다. "양

복처럼 장롱 옷걸이에 말없이 걸려있"는 인위의 삶에 자연을 들이려는 계획은 "혼자서 밥해 먹고 살 수 있겠"냐는 아내의 물음에 무산되고 만다. 도시와 시골의 가장 큰 차이는 '사이'에 있다. 사람과 관계 사이, 인위와 자연 사이, 군중과 고독 사이……. 사이는 혼자가 아니라 같은 공간에 누군가 같이 존재한다는 것이다. 사이를 염원하면서도 사이에 매일 수밖에 없는 것은 아픈 몸으로 혼자 생활하기 쉽지 않기 때문이다. 시인은 "비워둔 시골집으로 돌아"가는 것을 '만기 제대'라 하고 있다. 이는 분가한 아들과 딸이 "어려워도 잘 살아가는 모습"이나 "손주들 예쁜 순간"과는 다른 도시의 답답함과 나만의 공간에 대한 희원, 자연 속에서 시를 쓰고 싶은 욕망 때문일 것이다. 그 소원은 아내의 동의와 동반으로 이루어진다.

늦깎이 촌부에게 하루는 금방이다
아침 일찍 마당을 한 바퀴 돌아 나오면 할 일이 고구마 넝쿨처럼 따라나서고
재미로 시작해서 노역으로 끝나는 일에
하루치 일도 빨간 날도 없지만 호흡은 좀 더 길다

부지런한 농부는 절기대로 살 것이다
늦깎이 촌부로서야
먹고 입고 자는 것은 여전히 몸에 익은 계절이나

세상에 청초하고 예쁜 것들은 아닌 바람에 모두 넘어가고
풍성한 작약과 수국밭에 옥잠화가 발길을 주니 여름,

창문만 내다봐도 물드는 산색

감사하는 가을이고

채비를 한다고 해도 얼어 터지는 것이 있고

손 쓸 일이 생기니 겨울이다

늦은 나이에 꺾꽂이하듯 시골 땅에 나를 심어두었으니

귀촌의 하루하루에 무슨 큰 뜻이 있으랴

동트자 잠이 깨고 저녁상 물리면 잠이 절로 오니

시골살이 반은 이미 뿌리 내린 걸

－「촌부의 하루」 전문

    시인의 귀촌은 '사이'와 '시', 마음의 평안을 얻은 탁월한 선택이다. 낮에는 노동을 하고, 밤에는 시를 쓰는, 생활의 변화는 공간의 문제 해결뿐 아니라 몸과 마음의 피난처 역할을 한다. 바슐라르는 피난처가 된 "공간의 가치는 너무나 단순하고 무의식 속에 너무나 깊이 뿌리 박고 있는 것"('위의 책')이라서 "미미한 뉘앙스의 환기만으로 색깔이 감지되고, 시인의 말마디가 바로 정곡正鵠을 두드리기에 우리들의 존재의 심층을 흔든다"고 했다. 또 "그 집은 내면의 문학, 즉 시에 속하는 것"이라 했다. '시골집'에서의 생활은 그대로 한 편 한 편의 시로 태어나고, 그 공간은 그대로 '시의 집'이 된다. 닭과 고양이를 기르면서 겪은 여러 에피소드와 동네 사람들과의 관계성, 자연에 녹아든 성찰적인 삶은 그 자체로 독특한 시의 색깔을 보여준다. 특히 2부 '시골살이'는 자연과 조응하며 살아가는 순도 높은 삶을 형상화한 시편들이 감정의 심층을 울린다. 그중 한 편인 「촌부의 하루」는 유유자적 자연의 순리대로 살지만 바쁜 "늦깎이 촌부"의 삶을 담담히 그려내고 있다. 시인은 과거를 환기하거나 미래를 언급하는 대신 현재의 삶에 집중한다. "하루는 금방"이지만, 좀 더 긴 '호흡'과

절기에 따라 색을 바꿔 입는 주변 풍경과 그 계절에 맞는 노동에 감사하고 순응하는 생활이다. '금방'이라는 말에선 인생무상이나 아쉬움도 감지된다. 하지만 시인은 "하루하루"에 큰 뜻이 없음과 "몸에 익은 계절"에 따라 "먹고 입고 자는" 기본에 충실한 생활을 고수할 뜻을 내비친다. 동이 트면 깨고, 어두워지면 잘 자는 것만으로도 "시골살이 반은 이미 뿌리" 내린 것이라 하여 안분지족의 삶을 그대로 받아들인다.

> 스물 하늘에는 별자리가 깨어지고
> 바다로 내려가는 강가에 유독 깜빡이던 별 하나
> 오래 제자리에 떠 있었다
>
> 서른 부푼 강물은 흘러가고
> 마른 강바닥을 지나 쉰의 고개에 올랐다
> 내려서니 예순의 벼랑 끝
>
> 가파르게 내려선 해변에는
> 평생 물질로 늙은 해녀들
> 숨 쉴 바다를 지켜낸 종아리가
> 여전히 탄탄하다
>
> 종일 물가에서 뛰어놀던 아이들이
> 물병자리에 손을 뻗어 마른 목을 축이는 밤
> 이곳 주소가 없는 나는
> 홀로 야경을 돌며 별 하나를 찾는다
>
> ―「홀로 새는 밤」 전문

「느티나무 진단서」가 '서시序詩'라면, 시집 맨 마지막에 수록된 「홀로 새는 밤」은 '종시終詩'의 느낌을 지울 수 없다. 서시가 시집의 머리말을 대신한다면, 시집을 마무리한다는 의미에서 종시라 해도 될 듯하다. 이 시의 마지막 연 "이곳 주소가 없는 나는/ 홀로 야경을 돌며 별 하나를 찾는다"는 문장은 박정만 시인의 「종시」 "나는 사라진다/ 저 광활한 우주 속으로."를 떠올리게 한다. 「종시」가 유고 시집임을 감안하면, 몸이 아픈 시인이 마지막이라는 심정으로 쓴 가슴 절절한 노래로 해석할 수 있다. 물론 박정만 시인의 「종시」는『그대에게 가는 길』(실천문학사, 1988)의 맨 앞에 수록되어 그 차이를 보인다. 하여튼 종시 느낌의 이 시 첫 행 "스물 하늘"에서 깨진 별자리는 인생의 항로를 결정짓는 스무 살(아마도 한국해양대학 입학)에 꿈을 접어야 했던 일과 관련이 있을 것이다. 그 별 하나가 "바다로 내려가는 강가에 유독 깜빡"이기 때문이다. 별의 이미지는 인생의 방향성을, 강물의 이미지는 세월의 흐름을 상징한다. 서른의 강물은 수량이 풍부해 꿈이 부풀고, 마흔의 강물은 메말라 강바닥을 드러낸다. 마흔에서 쉰에 이르는 시기에는 물의 이미지가 사라지고, 산의 이미지가 새로 등장해 또 다른 길을 선택했음을 암시한다. 이후의 삶은 물처럼 흘러가다가 산을 오르는, 정상을 향한 여정이 펼쳐진다. 하지만 "쉰의 고개에 올랐다/ 내려서니 예순의 벼랑 끝"이다. 벼랑에서 물가로 내려온 시인은 "종일 물가에서 뛰어놀던 아이"의 마음, 즉 초심으로 돌아가 스물에 잃어버린 "별 하나를 찾"아나선다. 그 별은 치유를 위해 정착한 시골집에서 찾은 내면의 문학, 즉 시가 아닐까. 그렇다면 이번 시집은 젊은 날에 가지 못한 '늦은 길'이면서 "예순의 벼랑 끝"에서 "오래 제자리에 떠 있"고 싶은 심정으로 쓴 실존적 고백록이라 할 수 있다. 뚜벅뚜벅 '홀로' 걸어가 "가파르게 내려선 해변"에서 건져 올릴 다음 시편들을 기대해 본다.

아무것도 소유하지 못한 자의 단단한 슬픔
— 배동욱 시집『저 무수한 빛 가운데 빛으로』

배동욱의 시세계는 '낯익은'과 '낯선' 풍경의 '중간'에 놓여 있다. 시인의 독특한 시선이나 행위, 사색에 의해 생겨난 중간지대는 이쪽과 저쪽을 함께 아우르는 폭넓은 세계를 지향한다. 중간지대라 했지만, 그 세계는 공간의 개념보다는 시간(기억)과 삶의 가치, 시적 방향에 더 가깝다. '낯익은' 풍경은 삶의 뒤쪽에, '낯선' 풍경은 앞에 놓여 있는데 시인은 양쪽을 조망하는 자리에서 이상과 현실, 이성과 감성, 의식과 무의식, 삶과 죽음 등 다채롭고도 농밀한 시적 세계를 구축한다. 시인은 어느 한쪽에 치우치지 않는, 자유로운 듯 자유롭지 않은 묘한 시적 태도를 견지한다. '자유로운 구속'이라는 말이 적합할 듯하다. '자유로움'은 사고의 새로움이나 거칠 것 없는 시적 표현, '구속'은 시간과 기억, 생존에서 비롯된 것으로 해석할 수 있다. 이 역설의 세계를 따라가다 보면 한 개인의 삶의 무늬에서 파생된 바람, 강, 바다, 나무, 길, 문, 술, 소리 같은 시어를 수시로 만날 수 있다. 하나의 시어에는 그 시어가 가지는, 파생된 의미

뿐 아니라 시인의 시각과 삶의 내력이 함축되어 있음은 당연하다. 여기서 감지되는 것이 '낭만'이라는 감성적 시어다. 정훈 문학평론가는 첫 시집 『아르고스, 눈을 감다』(작가마을, 2021) 해설에서 "시인의 사유를 둘러싸고 있는 감성의 빛깔은 대체로 낭만적"이라고 평했다. 첫 시집에서 낭만이 사유의 바깥에 놓여 있었다면, 이번 시집에서는 사유의 바깥이 아닌 경계나 안쪽에 위치한다. 이런 변화는 시간의 흐름에 따른 한결 성숙한 삶의 태도와 사유의 깊이에서 기인한다. 낭만과 사유, 어찌 보면 어울리지 않은 이 두 개념은 논리적으로 보면 모순일 수 있지만, 감성적으로 접근하면 상호보완적이라 할 수 있다. 역설의 시어는 겉의 의미는 모순이지만, 그 모순 속에는 시인의 속내가 응축되어 있다. 이는 앞에서 언급한 '낯익은'과 '낯선' 풍경의 '중간'과도 일맥상통하는 개념이다.

배동욱 시인은 '시인의 말'에서 "바람이 시키는 대로 손가락을 펴니 바람이 잡힌다"고 했다. 실체가 있는 물건을 손으로 잡으려면 손가락을 오므려야 한다. 하지만 실체가 없는 바람을 잡으려면 반대로 손가락을 펴야 한다. 하지만 실체가 있든 없든 손가락을 펴면 아무것도 잡을 수 없다. 한데 "바람이 시키는 대로"라는 전제조건이 붙어 있다. 내 의지가 아닌 바람의 의지라야만 바람을 잡을 수 있다는 뜻이다. 여기서 주목할 것은 시인이 잡은 바람은 겉으로 드러난 바람이 아니라 바람의 본질이나 진리라 할 수 있다. 또한 잡으려 하면 잡을 수 없고, 마음을 비워야만 잡을 수 있다는 의미가 된다. "바람이 잡힌다"는 말은 불교 경전 모음집 『숫타니파타』의 "그물에 걸리지 않는 바람처럼"이라는 문장을 떠올리게 한다. 이 문장의 앞에는 "큰 소리에도 놀라지 않는 사자처럼", 뒤에는 "물에 젖지 않는 연꽃처럼", 그리고 "저 광야를 가고 있는 무소의 뿔처럼 혼자서 걸어가라"로 마무리한다. 이는 사자처럼 위엄 있게, 바람처럼 자유롭게, 연꽃처럼 고고하게 혼자서 '시인의 길'을 걸어가겠다는 경건한 선언과 다름없다.

"시간은 허기진 짐승"(「엑소더스Exodus 2」)과 다름없는지라 "낡은 몸"(「바람의 문^門」)의 시인은 자주 길을 떠난다. 길 위에 선 시인은 앞쪽을 보기보다 자꾸 "뒤편을 본다"(「전철 안에서」). 시인의 떠남은 일상의 답답함과 "비워낸 가슴"(「그리움으로 죽는 바다」)을 채우는 일, "늘 내 속에 있는"(「그대」) 그리움을 혼자 대면하기 위함이다. "흐르는 마음/ 사라질 몸으로 햇빛 앞"(「사라짐에 대한 편지」)에 섰다가 사라진 것들과 사라질 것들을 고요히 지켜보기 위함이다. "잘못 내린 낯선 정거장"(「빈 들이 되어」)에서의 막다름이 정겨운 것은 그리움의 대상과 늘 동행하기 때문이다. 그러면 여기서 "맑은 날의 슬픔(이) 모여/ 젖은 길 자꾸 적"(「흐린 날의 편지」)시는 시인의 여정에 동참해 보자.

　　내리고 타고 타고 내리고
　　타고 내리고 내리고 타고

　　승강장 옆에서 그 모양 지켜보며
　　어지럼증에 이마를 짚고 섰던
　　지하철역 옷가게

　　어느 날 내려진 옷가게 문에
　　붙은 안내문,

　　'계약 종료'

　　이 염천炎天에

얼마나 시원한 한 마디인가

계약 종료 따위 아랑곳없다는 듯

오늘도

내리고 타고 타고 내리고

- 「계약 종료」 전문

시집 맨 앞에 놓인 이 시는 타인의 삶에 무관심한 현대인과 자본주의 생리를 "지하철역 옷가게"를 통해 형상화하고 있다. 숨은 화자는 지하철 "승강장 옆에서" 사람들이 기계적으로 열차를 "내리고 타"는 모습을 관찰한다. '지하'라는 공간은 더 이상 물러설 곳 없다는, '옷'은 생生의 치부를 더 이상 가릴 곳이 없다는 절박성을 상징한다. '승강장'은 타인과 타인이 스쳐지나는, 옷깃의 인연이면서 인연도 아닌 아이러니한 장소다. 승강장에 열차가 들어올 때마다 새로운 사람들, 혹은 같은 사람들(출근 시간이 비슷해 늘 같은 시간대에 같은 곳에서 타는)이 "내리고 타고 타고 내리"는 행동을 반복한다. 시인은 의도적으로 화려한 수사나 기교를 배제한 채, 사람들의 단순하고도 반복적인 행동 양태를 보여줌으로써 말하고 싶은 게 무엇인지 의도를 명확히 드러낸다. 특히 1연의 "내리고 타고 타고 내리고"와 "타고 내리고 내리고 타고"는 많은 의미를 내포하고 있다. 언뜻 보면 사람들의 반복된 행동을 표현한 듯하지만, 시간과 속도가 개입하면 이야기는 달라진다. 1행이 아침이라면, 2행은 저녁이다. 1행이 연초라면, 2행은 연말이다. 또한 1행이 인생의 초반이라면, 2행은 인생의 후반에 해당한다. 사람들이 타고 내리는 사이에 시간이 흐른다. 각자의 생이 흐르는 것이다. 그 속도는 타고 내리는 사람들의 개인 사정과 생체리듬에 달려 있다. 옷가게(혹은 주인)는 잠재적 고객을 관찰하는 반면 승강장을 이용하는 사람들은 옷가게에 관심이 없다. 옷가게뿐 아니라 같이 열차를 이용하는 사람들끼리도 무관심하다. 이러한 무관심은 "계약 종료"에서 "시원한 한 마디"라는 냉소(역설)로 표출된다. 늘 지나다니는 옷가게가 문을 닫아도, 세상은 순환선 지하철처럼 멈추지 않고 잘도 돌아간다.

밤낮 같이 숨을 쉬고 같이 일을 해도
이 도시의 아무것도
내 것이 아니다
눈길이 닿는 것들을
내 것이라 우기고 싶다가도
어림없는 생떼인 줄 안다

아무것도 갖지 못한 나는
아무것도 아닌 것이 되어 가는데
내가 나를 가질 수도 없어
언젠가는 앗기고야 말 시간들만
별처럼 깜빡일 뿐
내가 내 것이 아니므로 외로운 줄을
이제야 안다

- 「타인他人의 세상」 전문

주변 상황에 아랑곳하지 않는, 무관심한 사람들의 다른 명칭은 '타인'이다. 극단적으로 말하면, '나' 이외에는 다 타인이다. 하지만 내가 지금 여기 있는 것은 비교 대상인 누군가가 있기 때문이다. 내 삶과 타인의 삶이 조화와 대립

제2부 형식의 죽음과 사유

하기 때문에 서로 존재할 수 있는 것이다. 나와 타인 간에는 일정한 관계와 간격(거리)이 작용한다. 관계가 친밀할수록 거리는 가깝고, 사이가 멀수록 관계도 서먹하다는 점에서 이 둘은 같은 선상에서 움직인다. 인용시에서 관계와 거리는 "밤낮 같이 숨을 쉬고 같이 일"을 하는 것으로 나타난다. 즉 밤낮으로 붙어 있다는 간격(또는 관계)과 같은 공간에서 같이 숨을 쉴 뿐만 아니라 같이 일을 하는 친밀한 관계라는 것이다. 하지만 시적 화자 '나'의 관심 사항은 관계나 간격이 아닌 도시에서의 '소유'다. "아무것도/ 내 것"이 없는 도시에서 살아간다는 건 불가능하다. "눈길이 닿는 것들을/ 내 것"이라 아무리 우겨도 내 것이 될 수는 없다. 물질적 소유가 없으면, 관계도 없다. 다 그렇지는 않겠지만, 물질만능의 자본주의 사회에서는 물질이 관계를 형성하기 때문이다. 한데 내가 "갖지 못한", "아무것도 아닌 것"은 물질적인 것보다 정서적인 것으로 더 기울어 있다. 또한 나 자신조차 "내 것이 아니"라는 자각은 외로움이 틈입할 수 있는 여지를 제공한다. '나도 타인'이므로 이 세상에는 '나'는 없고 '타인'만이 존재한다.

일하는 틈틈이 사무실 복도로 나와
창에 붙어 서서 밖을 내다보면
창밖 세상이 삼투압처럼 밀려 들어와
이편의 내 자리를 다 차지하고
나는 이방인이거나 기껏 세입자에 지나지 않는다

내가 성경이나 반야심경을 여는 것이
세상에서 살기 위함이라고 말한 적 없다
(내가 예수이고 부처라도 견딜 수 없는 일은 이 세상에서 사는 일이다)

다만 시시포스보다 교활한 얼굴로

성경이나 반야심경을 털어내는 것이다

문을 열어다오

문을 열어다오

나는 수천 년간이나 아직

문을 여는 주문呪文을 찾아내지 못했다

- 「엑소더스Exodus 1」 전문

길바닥에 노란색 빗금을 친

삼각형 또는 사다리꼴 모양의 도어

세이프티존이라 부르는 앨리스의 문門

지은 지 오래된 건물에는

눈에 보이는 것보다 수십 배나 많은 문이 있어서

저마다 주인을 잃은 기억들이

밤낮없이 수선스레 드나든다

어쩌면 내 낡은 몸에도

저처럼 많은 문이 있어

나도 모르는 수많은 기억이

서로 스칠 때마다

우수수 바람소리를 내는지 모른다

- 「바람의 문門」 전문

제2부 형식의 죽음과 사유

'나'도 타인인 낯선 세상이라도 일을 해야만 생존할 수 있다. 같이 일하는 사람들이나 공간도 '낯익은'과 '낯선'의 경계에 존재한다. 마음 깊이 틈입한 혼자라는, 외롭고 쓸쓸한 감정은 관계와 사람들을 바라보는 시선에도 영향을 미친다. 일하다가 "틈틈이 사무실 복도로 나와" 밖의 세상을 관찰하는 것은 앉아 있는 자리 또한 낯선 공간으로 다가오기 때문이다. 첫 번째 인용시에서 겉으로 드러나지 않는 관계와 간격은 "삼투압처럼 밀려 들어"오는 창밖 풍경으로 변주된다. 「타인他人의 세상」에서는 소유할 수 없거나 소요한 게 없었다면, 이 시에서는 "내 자리"마저 빼앗긴다. 자리는 단순히 사람이 차지하고 있는 공간이 아닌 사회적 지위와 환경 그리고 그에 따른 경제적 가치를 제공한다. 따라서 자리가 없어진다는 것은 그동안 누렸던 지위와 경제 그리고 급격한 일상의 변화를 예고한다. 스스로 자리를 내준 것이 아니라 타의에 의한 것이므로 충격이 상당할 것이다. 하지만 시인은 충격을 겉으로 드러내지 않고 안으로 흡수하는 냉철한 자세를 견지한다. 다만 '엑소더스'와 '삼투압'을 통해 혼자만이 아닌 대량 해고가 있었고, 그 과정과 충격이 상상 이상이었음을 암시한다. '이방인'이 의미하는 것은 첫째는 자리가 없어진 직장에서 느끼는 이질감이다. 둘째는 출퇴근이 사라진 일상에서 느끼는 낯선 감정이다. 셋째는 집과 직장 이외의 사회에서 감지되는 시선에 대한 반응이다. 마찬가지로 '세입자'는 직장과 가정에서 아무것도 소유할 수 없거나 그런 상태를 의미할 수 있다. 갑자기 불어닥친 (아마도) 정리해고로, "성경이나 반야심경을 여는 것"은 종교적 접근이나 삶의 방편이 아닌 것으로 보인다. 한데 시인은 왜 "이 세상에서 사는 일"을 견딜 수 없다고 했을까. 갑자기 자리에서 물러난 것에 대한 서운함, 소유하지 못한 것에 대한 아쉬움, 세상에 나 혼자뿐이라는 근원적인 외로움, 시시포스처럼 교활하지 못한 심성 등 다양한 이유가 있을 수 있다. 어쩌면 갑자기 많아진 시간의 무료함 때문일 수도 있다. "주문呪文을 찾아내지 못"해 열지 못한 문은 또 무엇일까. "수천 년간"이라는 시간과 경전 그리고 삶이 가리키는 방향은 죽음으로 향하고 있다.

첫 번째 인용시 「엑소더스Exodus 1」의 문이 '죽음'을 암시한다면, 두 번째 인용시 「바람의 문門」은 "앨리스의 문門"과 건물 출입문 그리고 "내 낡은 몸"에 난 문 등 다양한 문이 등장한다. 문은 기본적으로 공간의 경계나 출입하는 곳에 설치하기 때문에 독립적으로 존재하지 않는다. 이쪽에서 저쪽의 영역과 경계 지점에서 열리고 닫힌다. 구조에 따라 일방이나 쌍방으로 열려 있고, 장소에 따라 드나드는 사람을 구별한다. 문도 자리와 마찬가지로 지위를 판별한다. 도로의 "노란색 빗금을 친/ 삼각형 또는 사다리꼴 모양"은 '안전지대'를 의미한다. 비상시 보행자나 차량의 피난처로 활용된다. 시인은 이곳을 "앨리스의 문門"이라 명명한다. 루이스 캐럴의 동화 『이상한 나라의 앨리스』(문학동네, 2023)에서 토끼를 따라 굴속으로 들어간 앨리스가 이상한 나라에 도착해 겪는 신기한 모험을 염두에 둔 것으로 생각된다. 문명의 이기인 차량이 질주하는 도로 한복판에 서 있으면 이상한 나라에 온 듯한 착각이 들기 때문이다. 시인의 시선은 곧장 "오래된 건물"로 옮겨간다. 하지만 문으로 향하던 시선은 오랜 세월 동안 건물을 드나들었을 사람들의 기억을 소환한다. "주인의 잃은 기억들" 속에는 시인의 기억 또한 포함되어 있다. 하여 건물처럼 오래된 "내 낡은 몸"에서 문을 찾을 수 있는 것이다. 오래된 건물과 낡은 몸이 만들어낸 풍경은 수선스러우면서 스산하다. "가슴 두드리는 빗줄기에도/ 문門 열지 않고"(「봄, 세상」) "서로 스칠 때마다/ 우수수 바람소리"를 낸다. 시인이 열고자 하는 문은 희망이기보다 공허하고 허무하다.

1.

리모컨 쿡

해가 뜬다

쿡

해가 진다

다시 쿡

달이 뜬다

별이 뜬다

또다시 쿡

바람이 분다 나무가 자란다

소리 조정 쿡

비행기 소리부터 풀벌레 소리까지 다 들린다

반복 쿡

무수한 아침이 생겨나고 또 생겨난다

그럼 어디 돈 쿡

어디 사랑 꾸욱

- 「에피소드Episode」 부분

　세밀한 관찰과 세세한 진술 대신 연관 시어의 배열을 통한 시적 전개는 행간이 넓은 특징을 보이는 바, 이는 배동욱 시작詩作의 특징 중 하나다. 화려한 수사나 상상, 몽환적 요소가 적어 시가 단순해 보일 수 있으나 상징적인 시어와 연상작용과 역설이 넓은 행간을 채워 오히려 읽는 맛을 배가한다. 지금까지 읽은 시들이 여기에 해당하는데, 인용시 「에피소드Episode」는 여기에 풍자와 해학을 첨가해 진한 페이소스Pathos를 유발한다. 이 시는 리모컨 하나로 모든 것을 조종한다는 점에서 프랭크 코라치 감독의 영화 〈클릭〉을 떠올리게 한다. 영화에서 만능 리모컨으로 빨리 감고, 되돌리고, 정지하는 등 마음대로 내인생을 조종하는 것처럼 이 시의 화자도 리모컨으로 해를 뜨고 지게 하고, 달과 별을 뜨게 한다. 또 바람을 불게 하고, 나무를 자라게 한다. 소리를 조종하면 "비행기 소리부터 풀벌레 소리까지 다" 들을 수 있다. 심지어 '반복'을 누르면 "무수한 아침이 생겨나고 또 생겨"나는 기적을 행할 수 있다. 이쯤 되면 전지전능한 신神과 다름없다. 한데 '돈'과 '사랑'을 쿡 누르면 어찌 될까. 돈이 생겨나고, 사랑하는 사람을 만날 수 있을까. 사실 이 시의 시적 상황은 "죽지도 못하는 고단한 얼굴"을 한 직장인의 하루(인생)를 상징한다. 내 삶이지만, 내의지가 아닌 만능 리모컨을 가진 신의 뜻에 따라 움직이는 꼭두각시 같은 삶을 풍자하고 있다. 이후 리모컨으로 조종한 상황을 변용 확장하거나 구체적으로 적시한다. 가령 "해가 뜬다"는 아침마다 "고단한 얼굴로 고개를 든다"로, 폴 발레리의 「해변의 묘지」 "바람이 분다, 살아야겠다"를 차용한 "바람이 분다 나무가 자란다"는 "명확한 그 속에서 살 수가 없다면/ 떠나야 해"로, "그럼 어디 돈 쿡"은 "호주머니에 손을 넣어도/ 지난밤 꿈속에서 잃어버린 퍼즐 조각은 만져지지 않는" 것으로, "어디 사랑 꾸욱"은 "나란히 앉아 한 방향을 본다고 믿었다가 실은/ 그저 마주 보는 것에 지나지 않는다는" 것으로 실체를 슬쩍 보여준다. 이 시는 새벽부터 늦은 밤까지 반복해서 일해야 먹고살 수 있는, 그렇게 열심히 일해도 가난한, 사랑조차 상실한 현대인의 삶을 신랄하게 풍자하고 있다.

방과 마루를 오가며
방과 마루를 오가는
소리는 남고

나는 사라진다

밀물인가 밤이 다가서면
뒷걸음질로 밀려나
오슬오슬 잊혀 가는
소리

그러나 아침 햇살 들고
눈길 저만치 잠잠히 선
날갯짓 소리 어림의
그 끄트머리

한 사람이
강江 가운데 앉아
젓는다

사랑도
물 밑으로
물 밑으로 내려가
소리 없이 흐르는 세월

몰아치는 바람
안으로만 흘려내는
선善하기만 해라

강江의 눈

— 「소리, 이미지」 전문

여기 "방과 마루를 오가는" 사람이 있다. 방에서 마루로, 마루에서 방으로 짧은 거리를 시간 가는 줄 모르고 바장거린다. 무엇 때문인지, 그 이유를 알 수는 없지만, 자신을 잊을 만큼 생각에 골똘하다. "나는 사라"지고, 공간에 발걸음 소리만 울린다. 밀물처럼 밤이 찾아오자 소리마저 잦아든다. 자려고 자리에 누웠지만, 잠이 오지 않는다. 생각이 자꾸 "뒷걸음질로 밀려"난다. 밤새 고민한 결과는 "오슬오슬" 잊는 것이다. 선명했던 소리가 점차 사라지자, 그 자리에 사라졌던 내가 돌아온다. 하지만 그 결심은 아침 산책길 "눈길 저만치"에서 들려오는 "날갯짓 소리"에 깨지고 만다. "어림의/ 그 끄트머리"에서 들려오는 소리에 속절없이 무너진다. 흔적도 없이 결심이 사라진 것은 "강江 가운데 앉아/ 젖는" 사람 때문이다. 아니다. 아침 햇살에 들리는 "날갯짓 소리"에 나는 다시 사라지고, 소리만 남은 것이다. 하여 강물처럼, 아니 강물이 되어 하염없이 울고 있는 것이다. 사랑 때문에 방과 마루 사이를 오가고, 밤새워 뒤척인 것이다. "물 밑으로" 흐르는 사랑은 그리움이다. 잡을 수 없는, 그냥 속 깊이 흘려보내야 하는 사랑이다. 사랑은 기다림의 시간 안에 존재한다. 나를 잊고, 내 안에 사랑하는 사람의 소리로 채우는 일이 사랑이다.

혼魂들 아지랑이로 피어오르지도 못하는

마른 땅에서

그처럼 참담한 사랑 다신 하지 말고 그저

강으로 바람으로 흘러라

— 「나무 이야기 2」 부분

매양 머뭇거리기만 하는

이 서툰 사랑은 무언가?

우리의 서툴디서툰 입맞춤으로도

새처럼 날아오르는 사랑을 만들 수 있을까

죽음보다 무거운 중력의 세상에서

– 「하루」 부분

같이 살다 같이 죽는 게 사랑이다

꼬드겨

새장 속 백문조로 나란히 앉아

노래를 한다

(중략)

그러다 누구에게라도

막걸리 한 잔 따라 건네고 싶은 밤

멀어져 간 거리가 남겨둔 곳에서

울컥울컥

술 들이켜는 밤

– 「늦은 봄날 저녁」 부분

하지만 오래 기다리는, 함께하지 못하는 사랑은 '참담'하다. 낭만이 끼어들
여지를 주지 않는다. "매양 머뭇거리기만 하는", 일정 거리에서 바라만 보는
서툰 사랑은 죽음보다 깊은 상처를 남긴다. 시인은 그런 사랑 "다신 하지 말고

그저/ 강으로 바람으로" 흐르라고 충고한다. 이상적인 사랑은 "같이 살다 같이 죽는" 것이지만, "꼬드겨" "나란히 앉아/ 노래를" 하는 사랑은 사랑이 아니다. 사랑은 혼자가 아닌 둘이다. 한 사람만의 일방적인 사랑은 다른 한 사람에게 불행을 초래한다. 꼬드기는 순간 불행의 씨앗이 움튼다. 같이 있는 것 같지만, 서로 다른 곳에 존재한다. "꽃보다 고왔"던, 아름다웠던 시절을 회상하다가 현재보다 더 오래 과거에 머문다. 같은 방향을 보는 듯하지만, 다른 방향을 바라보고 있다. 같은 공간이지만, 같은 공간이 아니다. 결국 "이편의 나는/ 저편의 너를 떠나"(「기억도 짐이다」)보내는 선택을 할 수밖에 없다. "떠나보내지 않으면"(이하 「술 깨기 전에」) "흐르는 세상 어디에도 머물 수 없"음을 잘 알기 때문이다. "멀어져 가는" 사람을 보면서 "멀어져 간 거리가 남겨둔 곳"에서 술 한잔 기울이고 싶은 마음이 드는 것은 당연하다.

1.
마지막 날

어느 날 아침
사랑이
떠나간 발자국을 보거든

침묵할 것

2.
자라면
그리움이 자라면

외로움이 자라면

밥이 된다

술이 된다

내색하지 말 것

- 「짧은 노래」 전문

사랑과 이별의 거리가 만들어내는 낭만적 허무는 술을 동반한다. 하지만 "술 깨면 사라지고 마는 길"(이하 「술 깨기 전에」)에서 '길'이 상징하듯, 술은 이별의 아픔이나 쾌락, 망각을 위해 마시는 것이 아니라 새로운 길로 나서기 위한 하나의 방편이다. 술에 취하면 이상·감성·무의식이 지배하는 '낯선' 세상이고, 술에서 깨면 현실·이성·의식이 지배하는 '낯익은' 세상이다. 하지만 술이 깨면 오히려 길은 사라지므로 역설이다. 인용시 「짧은 노래」에서는 이별의 상처에 눈물 흘리거나 감성에 젖기보다 적막한 분위기를 자아낸다. 심지어 "바삭거리는 슬픔"(「창밖을 그리다」)에 영원히 "침묵할 것"만 같다. 배동욱의 시가 반어와 역설을 종종 사용한다는 점을 감안하면, "그리움이 자라면/ 외로움이 자라면/ 밥이 된다/ 술이 된다"는 표현은 그리움과 외로움으로 오랜 세월을 술로 견뎠다는 것이라 해석할 수 있다. 하지만 이를 "내색하지" 않고, 끝내 침묵한다. 절제된 감정이 빚어내는 단단한 세계의 이면에는 낭만과 허무가 짙게 배어 있음을 부인할 수 없다.

시인은 두 번째 시집 『저 무수한 빛 가운데 빛으로』의 맨 앞에 「계약 종료」, 마지막에 「떠나는 것들은 눈부시다」를 배치했다. 전자는 첫 시집(『아르고스, 눈을 감다』) 계약 종료, 즉 '계약'은 이전의 시 세계를 이어받는 한편 '종료'는 새로운 세계를 추구하려는 의지를 드러낸다. 후자는 제목이 암시하듯, 떠나는 것들(사랑하던 것들)의 아름다움, 즉 시집을 마무리하는 의미를 담고 있다. "나란히 앉아 강의 깊이를 들여다보는" 시인은 "비워낸 나의 뒷모습이 멀어져 가는 것을 오래 지켜"('시인의 말')볼 것이다. 그 모습이 사라질 즈음 더욱 단단해진 슬픔을 들고 불쑥 세상에 나타날 것이다. 그를 기다리면서, 빼어난 시 한 편으로 이 글을 닫는다.

> 강江 속 깊은 곳에서 자라는 물풀이
> 강을 붙잡아 매는가
> 물풀보다는 강의 깊이일 터이다
>
> 강에는 어김없이
> 흐르지 않는 깊이가 있다
>
> 흐르지 않는 것은
> 잠드는 일
> 지금까지의 시간을 내려놓는 일
> 신발을 가지런히 벗어놓는 일
>
> 산다는 것쯤
> 나란히 앉아 강의 깊이를 들여다보는 일
>
> — 「강江의 깊이」 전문

페루 해변으로 가서 죽는 새들처럼
— 이호준 시집 『사는 거, 그깟』

조금 시적이고 조금 몽상적이지만……
– 로맹 가리의 「새들은 페루에 가서 죽다」 중에서

"그는 난간에 팔꿈치를 괴고 그날의 첫 담배를 피우면서 모래 위에 떨어져 있는 새들을 바라보았다. 개중에는 아직 살아서 파득거리는 것들도 있었다. 새들은 왜 먼바다의 섬들을 떠나 리마에서 북쪽으로 십 킬로미터나 떨어져 있는 이 해변에 와서 죽는지 아무도 그에게 설명해 주지 못했다." 로맹 가리의 단편소설 「새들은 페루에 가서 죽다」(『새들은 페루에 가서 죽다』, 문학동네, 2007)에서 주인공 자크 레니에가 본 이른 아침 풍경입니다.

스페인 내전, 제2차 세계대전 당시 프랑스 레지스탕스, 쿠바 혁명에서 살아남은 자크 레니에는 안데스산맥 발치쯤 되는 페루 리마 부근의 외딴 해변에 정착합니다. 전장에서 수많은 죽음을 목도한 그는 잔혹한 사람들과 문명을 피해 살고 있습니다. 모든 것이 종말을 고한 듯한 세상 끝에 선 그의 나이는 마흔일곱. 로맹 가리는 마흔일곱을 알아야 할 것은 모두 알아버린, 고매한 명분이나 여자에 대하여 더 이상 기대하지 않는 나이라고 규정합니다. 세상에서 경험할 만한 것은 다 경험한 자크 레니에는 성지와 같은 해변에서 세상에 대한 기대나 희망, 명예욕도 없이 하루하루를 살아갑니다. 세상과의 격리를 통해 마음의 안정을 찾고자 한 허무주의자이자 초월주의자입니다. 이런 그의 눈에도 조분석 鳥糞石 섬을 떠난 새들이 그가 사는 해변에 와서 죽는 이유를 알 수 없습니다. 조분석이라는 말에선 '세상은 똥'이라는 뉘앙스를 풍깁니다. 죽음의 현장을 떠났는데, 또 다른 죽음의 현장에 온 셈이지요. 로맹 가리는 이런 현상을 과학이나 시적으로 설명하거나 자연과 대화를 통해 풀어볼 수 있다고 합니다.

로맹 가리의 「새들은 페루에 가서 죽다」에 주목한 이유는 이호준 시인의 두 번째 시집 『사는 거, 그깟』의 「나는 날마다 유언을 쓴다」라는 시에 "내가 페루 해변으로 간 새처럼 못 돌아오면"이라는 구절이나 「카리브횟집의 저녁」, 「쿠바에서 꾸는 꿈」 같은 시 때문은 아닙니다. 「새를 묻다」, 「큰기러기 가족이 떠나던 날」, 「목이 긴 새들의 겨울나기」, 「히말라야를 넘는 새들」, 「새들의 러시안룰렛」, 「꽃은 새가 물어온다」, 「제비집 요리 드실래요?」와 같은 시 제목이나 시의 행간에 페루 해변에 와서 죽는 새만큼이나 많은 새가 등장해서도 아닙니다. 여러 전장에서 수많은 전투를 치르고도 살아남아 세상의 끝으로 피한 자크 레니에와 같이 치열한 삶의 현장에서 기자로, 세계 곳곳을 떠돈 여행 작가로, 삶의 애환을 따스한 감성으로 녹인 에세이스트로 살다가 휴전선 근처 경기도 파주에 정착한 동질성 때문만도 아닙니다. 소설과 시편들이 묘하게 닮아서도 아닙니다. 고독한, 감성 충만한 시인으로 살아가는 이호준이라는 한 개인에 주목해서도 아닙니다. 그것은 카페 앞 좁은 해변까지 날아와 새들이 죽는 이유를 제대로 설명 못 하는 것과 조금 닮았습니다.

로맹 가리는 "조금 시적이긴 하지만…… 영혼이 존재하지 않"아야 과학에 당하지 않는다고 단언합니다. "머잖아 학자들은 영혼의 정확한 부피와 밀도와 비상 속도를 계산해낼 것"이라 합니다. 시인은 시 「새를 묻다」에서 죽은 새를 묻으며 "21그램이 빠져나간 뒤의 고요만 완고했다"고 합니다. 영혼의 무게가 21그램이라는 건 1907년 미국 매사추세츠 병원 의사 던컨 맥두걸이 발표한 논문에 실린 수치입니다. 결핵환자가 숨을 거두는 순간 특별히 개조한 침대 아래쪽의 저울로 몸무게 차이를 확인했는데, 환자 6명이 숨을 거두는 순간 갑자기 몸무게가 21그램이 줄어들었다는 데 근거합니다. 로맹 가리가 태어나기 10년 전에, 「새들은 페루에 가서 죽다」로 미국에서 최우수 단편상을 수상(1962년)하기 55년 전 일입니다. 로맹 가리가 이 논문을 읽었을 수도, 읽지 않았을 수도 있습니다. 로맹 가리는 영혼의 비상 속도까지 계산할 것이라 했습니다. 그는 허공을 비상飛翔하던 새들이 지상에 닿으면 영혼은 하늘로 비상飛上한다는 생각입니다. 그렇다면 "부드럽고 따뜻한 모래가 있는" 리마의 해변은 "믿는 이들이 영혼을 반납하러 간다는 인도의 성지 바라나시 같은 곳"입니다. 영혼의 비상 속도는 아직 규명되지 않았습니다.

강가를 걷다 땅에 누운 새 한 마리 보았다

누구를 찾아가던 길이었을까

아찔했을 추락의 기억은 지워졌지만

날개에는 방향과 속도가 작전지도처럼 선명했다

말할 수 없는 것들이 남긴 말은

말보다 눈물에 가깝게 마련이다

신은 여전히 자신을 절대 공정이라고 믿는 걸까

여린 새에게 떠안긴 주검 어디에도

생을 거둔 이유 같은 건 적혀 있지 않아서

21그램이 빠져나간 뒤의 고요만 완고했다

강물이 보이는 언덕에 새를 묻었다

존재와 부재는 한번의 삽질로 경계를 지웠다

봉분 대신 흰제비꽃 한 송이 심고

다시 오라고 축원했다 신의 속내를 눈치챈 새는

다시는 슬프지 않을 것 같았다

기도를 버린 자만 진정한 자유를 얻는 법

새를 묻는 건 나를 묻는 일과 다르지 않아서

새로 생긴 무덤 앞을 오래 서성거렸다

- 「새를 묻다」 전문

　　인용시 「새를 묻다」에서 시인은 하늘로 비상하는 새의 '영혼의 속도' 대신 "방향과 속도"를 읽어냅니다. 날개에 새겨져 있는 방향과 속도는 "추락의 기억" 이전의 것으로, 새가 죽는 순간에 목적은 까맣게 사라집니다. 첫 시집 『티그리스강에는 샤가 산다』(천년의시작, 2018)의 여는 시 「역마살」에서 "못 말리는 역마살"이라 고백한 것처럼, 여행 전문가인 시인은 많은 시간을 길 위에서 보냅니다. "강가를 걷다 땅에 누"워 죽은 새 한 마리에서 자신의 모습을 투영하는 건 당연합니다. 연민은 투영 그다음에 밀려오는 감정이라기보다 시인의 천성에 가깝습니다. 시인은 새의 죽음을 "누구를 찾아가던 길", 즉 무언가 목적을 가지고 둥지를 나섰다가 추락한 삶으로 인식합니다. 천명을 다한 것이 아니라 급사한, "말할 수 없는" 사연을 찾아 읽으려 합니다. 그 이유는 "벽난로가 있는 창보다 쪽방촌 희미한 창을 먼저 찾아가"('시인의 말')듯, 이번 시집은 힘없고 가난한 사람들에 대한 연민으로 가득 차 있기 때문입니다. 「열일곱, 서울역에 잠들다」의 서울역 대합실에서 잠든 소년, 「군부대가 있던 자리」의 부대매운탕집 노파, 「인력시장의 아침」의 병색 짙은 사내, 「노숙인의 봄」의 지하도 공중전화기 앞의 사내, 「히말라야를 넘는 새들」의 가족을 데리고 서울을 떠난 J 등이 그러하지요.

"주검 어디에도" 새가 "생을 거둔 이유 같은 건 적혀 있지 않"습니다. 시인은 "강물이 보이는 언덕에 새"를 묻어주었는데, 밤마다 리마의 외딴 해변에 날아와 죽은 새들은 어찌했을까요. 묻어준 것 같지는 않습니다. 그대로 방치했다면 얼마 안 가 모래사장은 새들의 사체로 가득 차겠지요. 더러는 포식자의 먹이가 되었을 거고요. 코끼리는 죽을 때가 되면 신성한 무덤으로 이동합니다. 해변은 새들의 무덤이라 하기엔 너무 탁 트인 공간입니다. 하지만 눈에 보이는 것이 다는 아닐 것입니다. "새들은 진짜 비상을 위해 이곳으로 와서 자신들의 몸뚱이를 던져버리"고, "영혼을 반환"하는 것일 수 있습니다. "바다란 소란스러우면서도 고요한 살아 있는 형이상학"이라 했습니다. 데카르트가 말한 것처럼, 생명이 있는 것들의 물질 영역과 정신 영역은 서로 독립되어 있을까요. 자크 레니에는 새들이 죽는 이유나 영혼에 관심을 가지면서도 새들의 사체에는 무관심으로 일관합니다. 반면에 죽은 새를 묻어준 시인은 "존재와 부재", 생生과 사死의 경계에 관심을 집중합니다. 생이 존재라면, 사는 부재입니다. 시인은 여기서 한 걸음 더 나아가 "봉분 대신 흰제비꽃 한 송이 심고/ 다시 오라고 축원"하지요. 죽음 위에 생명을 얹어 그 힘으로 '환생'하라고 축원하는 의식입니다. 그리 보면 영혼은 존재이고, 육체는 부재입니다. 환생할 수 있는 영혼은 존재이고, 그럴 수 없는 영혼은 부재입니다.

시인은 자신과 새를 동일시합니다. 언젠가 자신도 새처럼 객사할지 모른다는 막연한 불안감을 가지고 있는 듯합니다. 죽은 새를 묻어주는 행위는 누군가 자신도 그리 해줬으면 하는, 그리하여 슬퍼하지 않는 '기도'와 다름없습니다. '진정한 꾼'이라면 등산가는 산을, 여행가는 길을 죽음의 처處가 되길 원할 것입니다. 그것이 진정한 자유이니까요. "새를 묻는 건 나를 묻는 일과 다르지 않"다는 시인의 진술이 이를 증명하지요. 그런 일에 대비해 시인은 "새벽부터 유언을 썼다"고 고백합니다. "기도를 버린 자"를 언급했지만, 하루하루가 절박한 기도입니다.

새벽부터 유언을 썼다

그림자보다 먼저 집 나서서 들길을 한참 걸었고
오는 길에 편의점 들러 우유와 맥주를 샀다
집에 와서 조금 오래 씻은 뒤
얇게 썬 늙은 오이 살짝 절여 초장에 무치고
어제 얻어온 배추 넣어 된장국 끓였다
아침 먹은 뒤 볶은 원두 곱게 갈아 밀봉해두었다

오늘도 유언이 꽤 길 것 같다

내가 페루 해변으로 간 새처럼 못 돌아오면
흐트러진 이불은 악몽에 몸부림친 새벽을 증언하겠지
흙 묻은 신발은 갈림길 앞의 망설임을 전하고
젖은 수건은 만조滿潮의 절망을 열변하겠다

냉장고를 열면 온갖 유언으로 어지럽겠지
남은 우유는 숲으로 망명하고 싶었던 속내를 떠들고
맥주캔은 오지 않은 시를 투덜대겠다
배추된장국은 내 아이들을 사랑했다고 자백하고
노각무침은 어머니를 그리워했다고 토설할 테지

조금 많이 갈아놓은 헤이즐넛 커피는

끝내 향기롭고 싶었던 속내를 차마 감추지 못하고

읽다가 귀 접어둔 시집 82쪽은

늦은 밤 꾹꾹 눌러 삼키던 눈물을 털어놓겠지

나는 날마다 감동적인 유언 한 줄 쓰기를 꿈꾸지만

문장은 갈수록 창호지 문처럼 축축해지고

지난 유언장 뒤져 함부로 뱉은 다짐 지우고 싶고

- 「나는 날마다 유언을 쓴다」 전문

　　로맹 가리의 「새들은 페루에 가서 죽다」는 "그는 테라스로 나와 다시 고독에 잠겼다"로 시작합니다. "때때로 고독이, 고약한 고독이 아침이면" 엄습하고, 고독은 "사람을 숨쉬게 해주기보다는 짓눌러"버린다고 합니다. 새벽에 일어나 유언을 하는 시인의 심정이 이러할까요. 이번 시집은 외롭고 쓸쓸한 정조情操를 시종일관 유지하지만, 직접적으로 '외롭다'나 '고독'이라는 말을 하지는 않습니다. 단 한 단어도 나오지 않습니다. 진정으로 사랑하는 사람에겐 '사랑한다'는 말을 하지 못하는 것과 같은 이치일 것입니다. 인용시에서 시인의 유언은 '혼자의 삶'에 닿아 있습니다. 시인이 강가를 걷다가 죽은 새를 보듯, 죽으면 그렇게 누군가에게 발견될 수 있기 때문입니다. 죽는 순간, 집이라는 공간도 호흡을 멈춥니다. 멈춤의 공간에 먼지의 시간이 쌓이고, 생명이 있는 것들은 차츰 생기를 잃어갑니다. 시간이 흐를수록 고독의 흔적은 짙어지겠지요. 시간은 언제든 어긋날 수 있습니다. 시인은 어긋나는 시간보다, 이유를 알 수 없으나, "공존이 불가능하거나 생과 사의 공간을 함께 쓸 수 없는 것들"(「불통시대의 대화법」)로 인해 외딴곳에서 혼자의 삶을 고집합니다. 세상을 떠돈 오랜 습성이거나 그 후유증일 수도 있습니다만, 다시 말하면 천성일 수도 있겠지요.

새벽에 쓰는 유언은 하루치 양식의 다른 말입니다. "우유와 맥주", 오이무침, 된장국 그리고 "곱게 갈아 밀봉"한 원두는 존재의 확인입니다. 그곳엔 넘치는 소유나 깊은 우울, 과대한 서정 대신 정량의 만족과 행복이 자리하고 있습니다. 욕심부리지 않는, 자족의 삶은 사물의 의인화와 사물과의 대화를 촉진하지만, 역설적이게도 상상력의 폭을 제어하는 기저로 작용하는 결과를 낳습니다. 아니 집과 집 부근의 협소한 공간과 행동반경을 축소한 영향일지도 모릅니다. 산책 후 씻는 행위는 일상의 루틴이지만, "조금 오래" 씻는 행위는 유언과 밀접하게 연결되어 있습니다. 사후 발견될 시 깨끗하지 않음의 부끄러움과 염결성, 남겨진 사람들에 대한 배려에서 비롯된 행동의 언어입니다.

"페루 해변으로 간 새처럼 못 돌아오면" 집의 사물은 그대로 유언이 됩니다. 더 정확히 말하면 죽음의 원인을 밝히는 증거가 됩니다. 죽음으로 멈춘 공간에 들어선 시선으로 죽음 이전, 삶의 동선을 밝히려 한다는 생각(상상)이 이 시의 착안과 움직임을 추동합니다. 삶에 대한 욕구나 본능은 철저히 억제되고, 남아 있는 사물의 인과관계에 집중됩니다. "흐트러진 이불"과 "흙 묻은 신발", "젖은 수건"은 새벽의 악몽과 갈림길의 망설임, 절망의 흔적이 됩니다. 즉 불안과 고뇌로 매일 악몽에 시달린 나날과 가지 않은 길에 대한 후회, 집안에 처박혀 우울하게 보낸 증거로 수집됩니다. "냉장고를 열면" 증거는 차고 넘칩니다. "남은 우유", "맥주캔", "배추된장국", "노각무침", "헤이즐넛 커피", 그리고 "읽다가 귀 접어둔 시집"은 속내와 자백, 행위를 대변하는 증거로 작용합니다. 유언을 쓰듯 하루하루 살아가는 시인의 삶은 "늦은 밤 꾹꾹 눌러 삼키던 눈물"의 기록입니다.

제2부 형식의 죽음과 사유

전화기 이쪽, 뼈까지 시린 남자가

전화기 저쪽에서 눈썹처럼 어둠 적시는 여자에게

집을 팔자고 말한다

30년 일해서 유일하게 남은 재산이라고

너와 내가 이생에 세운 단 하나의 깃발이라고

집이란 말도 못 꺼내게 하던 남자가

집을 팔아치우자고 사랑 고백하듯 속삭인다

살얼음 위를 뒤꿈치 들고 걷는 것도 못 할 짓이라고

쫓겨서 가지 말고 웃으며 떠나자고

눈송이처럼 가벼워진 목소리로 말한다

— 「어느 성탄 전야」 부분

이십 년 살던 집 파는 서류에 도장 찍고 오는 길

아이들 다니던 학교 담장 밑에 산국 곱다

돌부리에 걸린 척, 내 집을 돌아본다

작년에 절집 불목하니도 그만뒀으니 집도 절도 없다,

— 「사는 거, 그깟」 부분

「새들은 페루에 가서 죽다」에는 생의 마지막 순간에 밀려오는 물결을 "아홉 번째 파도"라 칭합니다. "먼바다에서 다가오는 강렬하기 짝이 없는" 그 파도에 휩쓸리면 죽음뿐입니다. "그 누구도 극복할 수 없는 단 한 가지 유혹이 있다면 그것은 희망의 유혹"이라고도 합니다. "집을 팔자"는 말에선 "아홉 번째 파도"만큼의, 아니 그 이상의 절박성이 묻어납니다. 20년을 산 집은 "30년을 일해서 유일하게 남은" 최후의 보루입니다. 그런 집을 팔자고 하는 이유는 언제 깨질지 모르는 "살얼음 위를 뒤꿈치 들고" 조심조심 걸어야 하는 경제적 여건 때문입니다. 좀 더 구체적으로, "여기저기" 남은 빚 탓입니다. 한데 하필 그런 전화를 성탄 전야에 합니다. 절망의 순간에 구세주의 음성 대신 "가벼워진 목소리"로 전하는 희망의 유혹입니다. "아끼던 농담까지 늘어놓"고서야 설득에 성공합니다. 빚을 갚고, "아이들에게 조금씩 떼어주"고, "얼마간 남"은 것으로 각자의 거처를 마련한다는 복안입니다.

마침내 "살던 집 파는 서류에 도장(을) 찍"습니다. "이생에 세운 단 하나의 깃발" 같은 집을 팔아 빚을 갚고 남은 돈을 가족이 나눠 가지는 것이, 죽음 직전의 젊은 여성을 구한 자크 레니에가 말한 "황혼의 순간 문득 다가와 모든 것을 환하게 밝혀줄 그런 행복의 가능성"일까요. 아니면 "대책 없는 어리석음"일까요. 시적 상황으로 봐서, 가족은 이미 뿔뿔이 흩어져 살고 있으므로 "어둠을 적시는 여자", 즉 아내의 거처만 새로 마련하면 될 듯합니다. 시인은 살던 집을 판 미안함과 슬픔을 타자화하지 않고 고스란히 자기화하여 끌어안습니다. 내면 깊숙이 고인 고뇌와 슬픔은 사물, 즉 "아이들(이) 다니던 학교 담장 밑"의 산국에 서정적 자아를 스미게 함으로써 시선을 다른 곳으로 돌리는 효과를 발휘합니다. 딴청과 능청, '~척'은 무안한 상황이나 슬픔을 감출 때 흔히 사용하는 시적 수사입니다. "산국 곱다"나 이제는 "집도 절도 없다", "돌부리에 걸린 척"하는 것 말입니다. 산국은 돌보는 이 없어도, 집 없이도 활짝 꽃을 피웁니다. 공수래공수거시인생空手來空手去是人生, 빈손으로 왔다가 빈손으로 가는 게 인생이지요. 시인은 "맹물로 허공에 그린 그림"이 삶이라 합니다. 새들이 날아간 흔적이 남지 않듯, 허공에 그린 그림 또한 남아 있을 턱이 없습니다. 더군다나 그 재료가 맹물이라면 그대로 비처럼 지상으로 떨어졌을 것입니다. "열 켤레 넘는 구두 굽이 바깥쪽만 닳아 없어"지도록 걸어온 유랑의 길은 "한 뼘도 안" 되는 거리에 불과합니다. 의외로 인생은 짧지요. 소유에 초월한 시인은 몸의 기억을 우려합니다. "취한 몸"으로 옛집으로 가는 버스를 타거나 그 집 현관문의 "비밀번호를 누를지" 모른다는.

> 과거를 사는 친구가 많다 보니 골치 아프다
> 낯선 나라에서 혁명을 꿈꾸는 건 더욱 고단한 일이다
> 나는 언제나 이 꿈에서 깨어 돌아갈 수 있을까
>
> ―「쿠바에서 꾸는 꿈」 부분

시인은 첫 시집에서 튀르키예(터키)의 하산케이프 티그리스강(「티그리스 강에는 샤가 산다」,「티그리스강의 눈먼 양」), 스웨덴의 카루나~칼릭스(「인연설화」)와 어느 산속 오두막(「오두막의 그 여자」), 러시아의 모스크바 붉은광장(「레닌, 여행을 꿈꾸다」)과 시베리아 횡단열차(「라라를 만나던 오후」), 체코의 부다페스트 영웅광장(「부다페스트의 낮달」) 등 국경 밖 여행 경험을 돌올한 솜씨로 시화詩化했습니다. 하지만 이번 시집에서 시인의 행동반경은 급격히 좁아 듭니다. "취직할 나이가 지나서 실직할 기회도 없"(「제비집 요리 드실래요?」)다는 사실과 살던 집을 팔아야만 했던 일과 무관하지 않을 것입니다.

인용시는 쿠바 여행 경험을 "과거를 사는 친구"들, 즉 호세 마르티, 체 게바라, 피델 카스트로, 헤밍웨이 등 "유력 인사들이 내 동선을 실시간으로 파악"해 만나는 꿈을 꿨다고 능청스럽게 말합니다. "낯선 나라에서 혁명을 꿈꾸는 건 더욱 고단한 일"이라는 표현은 자크 레니에의 마지막 임무를 떠올리게 합니다. 그의 "마지막 임무는 시에라 마드레 산에서 카스트로와 함께"였는데, "자신의 임무를 다했다"고 자신합니다. "조금 시적으로 해석"하면, "고상한 영혼 하나가 이상주의에 헌신함으로써 같은 기간 동안 한 나라의 경찰을 먹여 살릴 수 있는 법"이라 합니다. 누구를 위한 혁명이었을까요. 마지막 임무를 다

한 자신감에는 냉소가 숨어 있습니다. 혁명 후 영혼조차 폐허가 된 "인간이 자신의 피에 맞서 무엇을 할 수 있"을까요. 누구를 위한 여행이고, 또 누구를 위해 시를 쓰는 것일까요. "떠돌다 떠돌다 끝내 세상의 끝에 틀어박힌 남자"(「남편 새끼, 나쁜 새끼 -민박집 남자로 살아가기」)의 고민이면서 시의 발화 지점입니다.

나는 아버지처럼 살고 싶지 않았다 어느 날 자목련 나무들을 떠나 세상의 변방을 떠돌았다 어느 해는 아버지보다 나이가 많아졌고 어느덧 밭은기침에 능숙해졌다 먼 길 다녀온 연어 떼를 따라 자목련 숲으로 돌아왔지만 내 밭은기침으로는 꽃의 문을 열 수 없었다 주름의 깊이만큼 시름이 깊어졌다 올해도 4월이 오고 자목련 봉오리 봄풀처럼 부풀었다 아비가 풍기는 술 냄새를 끔찍하게 싫어하던 자식들이 술집을 순례하는 동안 아비처럼 살고 싶지 않은 아들이 자목련 앞을 서성이며 밭은기침을 파종한다

- 「유전遺傳」 부분

아버지는 그쪽에 가서도 이방인이다
이쪽에서는 정착민 속을 유목하느라 경계를 오가더니
그쪽에서는 이쪽에 눈을 떼지 못한다
나이 들수록 난, 아버지 기척을 자주 느낀다

수척하고 긴 그림자가 골목 안까지 따라올 때
목이 타는 것 같은 기침으로 자지러질 때
뒹구는 자목련 꽃잎에 눈길이 오래 머물 때
언덕에 서서 시선 멀리 두고 바람의 방향 어림할 때
문득 낯설어진 내게서 아버지를 본다

(중략)

아버지가 이쪽을 맴도는 건 나 때문이다

자신이 산 날보다 더 사는 아들이 낯설기 때문이다

당신보다 더 멀리 떠도는 게 안타깝기 때문이다

아들이 무언가 물어보기를 기다리는 것이다

지하철 순환선을 한 바퀴 돌았다는 걸 뒤늦게 안 내가

저, 이번 역에 내려도 될까요?

묻기 기다리며 거기 서성이는 것이다, 아버지는

이쪽에도 저쪽에도 자신을 놓지 못하는 것이다

─「저, 이번 역에 내려도 될까요?」 부분

시인에게 '떠돎'은 유전이자 숙명입니다. 유랑을 멈추는 건 더 이상 시를 쓰지 않겠다는 선언인 동시에 죽음에 이르는 길과 다르지 않습니다. 페루 리마 인근 해변에 날아와 죽는 새들이나 세상의 끝에 정착한 자크 레니에와 무에 다르겠습니까. "아버지처럼 살고 싶지 않"아 "세상의 변방을 떠돌았다"고 시인은 고백하지만, 여간해선 가족사를 풀어놓지 않습니다. 풀어놓다가는 금방 이야기보따리를 묶어버립니다. 「유전遺傳」에서도 "아비가 풍기는 술 냄새"를 세상을 떠돈 근거로 제시하지만, 인과관계가 명확지 않습니다. "아버지보다 나이가 많아"지고 나서야 아버지를 이해할 수 있었다는 건 유랑의 근거라기보다 회한과 그리움의 방식입니다.

아버지를 호명하는 빈도가 첫 시집에 비해 상당히 높아졌습니다. 첫 시집에서는 「지상에도 아버지가 있었네」와 「봄 성묘」 2편에 불과하지만, 이번 시집에서는 인용한 2편 외에도 「인력시장의 아침」, 「이팝나무 아래서」, 「제비집 요리 드실래요?」 3편이나 됩니다. 아버지뿐 아니라 "아버지의 아버지"도 등장합니다. 「유전遺傳」에서 아쉬웠던 시적 진술도 「저, 이번 역에 내려도 될까요?」에 와서는 좀 더 세세하고 구체적입니다. 시인의 유랑은 "아버지의 아버지는 평생 세상을 떠돌았"고, "아버지는 아버지가 없는 것과 같아" "정착민 속을 유목"해야 했기 때문이라 합니다. 가족을 돌보지 않은 아버지(할아버지) 때문에 아버지는 가족을 돌보면서 답답함을 술로 풀었을 것입니다. 시인의 유랑은 할아버지, 아니 할아버지의 할아버지에게 물려받은 유전인자입니다.

> 석가세존 앞에 한 여자 엎드려 있었습니다
> 어깨 가득 울음을 매달고 있었습니다
> 전생 어느 아득한 곳을 울고 있는 것 같았습니다
> 어느 생에 박힌 옹이가 그리 서러워서
> 생솔 태우는 노파의 젖은 눈 같은 체읍涕泣
> 끝없이 흘러내리는 청동빛 시간이
> 뺨을 적시고 무릎 지나 바닥에 흥건했습니다
> 번개가 가끔 먹장구름을 반으로 갈랐지만
> 푸른 하늘은 아주 실종된 것 같았습니다
>
> - 「드문 겨울」 부분

"자신이 산 날보다 더 사는 아들"은 슬퍼도 울지 않습니다. "속으로라도 그립다는 말은 하지 않"(「당신을 보내고 난 뒤」)습니다. "체읍涕泣"이라 했지만, 애이불비哀而不悲라 할 수 있습니다. 소리를 내지 않고 눈물을 흘리며 슬피 울기보다, 슬프기는 하지만 겉으로 슬픔을 드러내지 않습니다. 늘 그렇기야 하겠습니까. 사람인지라, 시인인지라 가끔은 홀로 술 한잔하면서 눈물도 흘리겠지요. "사는 게 통증이 된 뒤로는 밥보다 술이 좋았"(「이팝나무 아래서」)고, "저무는 생 술잔에 구겨넣고 있다"(「남편 새끼, 나쁜 새끼 −민박집 남자로 살아가기」)고 했으니까요.

> 길에 끈 하나가 떨어져 있길래 나는
>
> 주워들고 왔을 뿐이라고요
>
> 소가 따라오는 걸 어떻게 알겠어요
>
> 박동삼이네 보리밭이 소를 따라온 건
>
> 더더욱 알 바 아니고요
>
> 주인 찾아주려고 외양간에 잠깐 넣어둔 소가
>
> 쌘비구름 되새김질하는 바람에
>
> 때아닌 우박이 쏟아진 불상사야말로
>
> 사고 친 소가 해명할 일 아닌가요?
>
> 소가 저 매어둔 고삐를 물끄러미 본다
>
> > −「연기緣起」 전문

모든 현상은 원인인 인因과 조건인 연緣이 상호 관계해 성립합니다. 인연이 없으면 결과도 없겠지요. 시인이 한때 "절집 불목하니"(「사는 거, 그깟」)로 있었던 것도, 그를 계기로 불교적 색채가 물씬 풍기는 오롯한 몇 편을 쓴 것도 다 연기緣起입니다. 산책하다가 "눈 들어보니 세상이 온통 경전"(이하 「굴참경을 읽다」)이고, "어느덧 돌아와 곁에 서는/ 그녀 또한 아내경이란 이름의 경전"

입니다. 이뿐 아니라 "법성포에 갔더니 통째로 만불전"(이하「조기 말리는 풍경」)이고, 조기는 "입 벌린 부처 입 다문 부처"입니다. 이쯤 되면 한때 불목하니의 눈에 보이는 것은 다 부처님인 셈이지요.「연기緣起」에도 해학과 능청이 꿈틀댑니다. 길을 걷다가 소를 끌고 왔으면서 "길에 끈 하나가 떨어져 있길래" 주워왔을 뿐이라고 슬쩍 능칩니다. 이뿐 아니라 "소를 따라" "박동삼네 보리밭"이 따라왔는데, 내 "알 바 아니"라고 되레 큰소리입니다. 이런 능청을 들여다보면, 금방이라도 우박이 내릴 듯한 날씨에 박동삼네 보리밭을 뜯어먹고 있던 소를 주인 찾아주려고 잠시 데리고 왔다는 것을 알 수 있습니다. 이 시는 심우도尋牛圖를 떠올리게 합니다. "소가 저 매어둔 고삐를 물끄러미 본다"는 4단계 득우得牛쯤 될 것입니다. 소를 발견하고, 집으로 데려왔으니 이제 길들이는 일만 남았습니다. 소는 힘이 세고 마음이 강해 다스리기 참 어렵습니다. 다 하기에 달려 있겠지요.

> 감씨의 배를 반으로 가르는 순간
>
> 불쑥 얼굴 내미는 잘 만든 수저 하나
>
> 긴 감의 씨는 긴 수저를 품고
>
> 둥근 감의 씨는 둥근 수저를 품는다
>
> 좀 뜬금없어 보이는 이 수저는
>
> 젖빛 감꽃이 감을 잉태하던 봄날부터
>
> 꼼꼼하게 준비했을 것이다
>
> 어느 노인 홍시로 헛헛한 속 달랠 때
>
> 흘리지 말고 떠먹으라고
>
> 씨마다 잊지 않고 챙겼을 것이다
>
> － 「배려」 전문

제2부 형식의 죽음과 사유

사실 시 쓰는 행위도 이와 다를 게 없을 것입니다. 시상이 떠오르지 않아 헤매다가, 문득 소 발자국을 발견하듯 떠오르고, 마침내 소를 만나는……. "감의 씨"가 소 발자국이라면, "감씨의 배를 반으로 가르는 순간" 발견한 "수저 하나"는 소가 되겠지요. 소를 잡고(得牛) 그 소를 길들이는(牧牛) 법이 다 다르듯, 감의 씨가 품고 있는 수저의 생김새도 다를 것입니다. 시인은 소를 찾아 나서는 일처럼 "감꽃이 감을 잉태하던 봄날부터" 감의 씨 속에 수저를 "꼼꼼하게 준비했을 것"이라 합니다. 자연의 배려입니다. "홍시로 헛헛한 속"을 달래는 어느 노인에 대한 언급은 시인의 배려입니다. 이처럼 이호준의 시에는 따스한 배려가 곳곳에 스며 있습니다.

두 번째 시집 『사는 거, 그깟』은 시적 방법론에서 첫 시집의 연장선에 있습니다. 정한용 시인이 첫 시집 해설에서 언급한 "시적 자아를 점진적으로 대상에 투사시키는 기법" 말입니다. 시인은 대상과 자아의 상호 스밈과 투사, 전환을 입체적으로 구사하면서 대상과 내밀하게 조응합니다. 시인의 의도겠지만, 시집의 구성도 닮았습니다. 세상을 떠돌던 시인이 모처럼 집에 돌아와 그리운 온갖 것을 햇빛에 널어놓고는 "엄마 냄새"(이하 「모처럼 집에 돌아와」)를 맡습니다. "등걸잠 속에 유년을 뜰을 넣어놓고" 잠든 척합니다. 어느새 "뒤따라온 고요 팔베개하고 곁에"(「시詩」) 슬그머니 눕겠지요. 그러다가 "하늘이 지상의 공책에 시를 쓰"(「국지성 소나기」)면, 후다닥 일어나 널어놓은 걸 거두어들일 것입니다. 비가 그칠 때까지 시를 썼다가 지우겠지요. 그게 요즘 시인의 삶의 방식입니다. 페루 리마 해변은 새들의 무덤이자, 영혼의 안식처입니다. 조금 몽상적이지만…… 이호준의 시가 힘든 현대인의 삶의 피난처, 더 힘든 영혼의 안식처가 되고 싶은 것은 아닐까요. 다 이유가 있겠지요.

제3부

존재와 세계의 분류법

세상을 이해하는 나만의 생각/시 분류법

― 정선영 시집『책상 위의 환상』

1. 나는/텍스트

조르주 페렉Georges Perec은『생각하기/분류하기』(문학동네, 2015)에서 "내가 쓴 책 중에 비슷한 책은 하나도 없고, 먼저 쓴 책에서 구상했던 표현, 체계, 기법을 다른 책에 절대 다시 써보려고 하지 않았다"고 했다. 프랑스 파리 노동자계급 거주지에서 자란 그는 제2차 세계대전 때 부모를 잃고 고모에게 입양됐다. 독자적인 문학세계를 구축한 페렉은 20세기 프랑스 문학의 실험정신을 대표하는 작가로 손꼽힌다. 공간에도 관심이 많았던 그는 두려움을 촉발하는 거대한 공간이 아닌 도시와 시골, 지하통로나 공원과 같은 생활 공간에 관심을 기울여 관찰했다. 그는 이런 실재하는 공간을 떠올리기보다 그 자리에 있다는 존재의 인지를 중요시하고 작품에 투영했다. 단지 상상하고 기억하는 것에 그치지 않고 증식과 분할을 거듭하는 공간의 변모를 모색하고, 재해석해 이를 독창적인 글쓰기에 접목한다. 정선영의 여섯 번째 시집『책상 위의 환상』은 "채우고 비우기의 끊임없는 반복"('서문')을 통해 관습적인 인식의 탈피와 새로운 시적 표현기법을 모색한다는 점, 이를 새로운 시적 세계를 창조하려는 노력에 반영한다는 점에서 페렉을 떠올리게 한다. 실제로 시인은 '내가 나임을 내가 알기 위한 텍스트'라는 부제가 붙은 시 「나는」에서 페렉의 '이상 도시를 상상하는 데 있어 존재하는 난관에 대하여'에서 모티브를 얻었음을 숨기지 않는다. 26행인 페렉의 이 글은 "문장들이 같은 패턴이지만 A부터 Z까지 알파벳 스물여섯 자를 이니셜로 한 서로 다른 장소를 넣어 만든 제약이 있다"(앞의 책). 즉 첫 행 "나는 아메리카Amérique에서 살고 싶지만 간혹 그럴 때도 있다"로 시작해 "나는 우리 모두가 잔지바르Zanzibar에서 살기를 바라지 않지만 간혹 그럴 때도 있다"로 마무리하고 있다(여기서 잔지바르는 1913년에 지어진 니스의 호텔로 우아하고 화려한 인테리어로 유명하며 6천여 점의 예술 작품이 호텔 곳곳에 걸려 있어 '갤러리 호텔'이라 불린다). 페렉의 글은 "나는 (장소)에서 살고 싶(지 않)지만 간혹 그럴(아닐) 때도 있다"는 문장을 공통으로 취하고 있다. 다만 7행 북극에서 "너무 오랫동안은 아니다", 12행 달에서 "좀 늦었다", 24행 도원경에서 "늘 거기서 살고 싶지는 않다"와 같이 특정 장소에 따라 약간 변형된 형태를 만들어내는 특징을 보인다. 페렉의 글처럼 서로 다른 장소를 넣는 제약은 없지만, 「나는」은 정선영 시의 지향점과 시적 성취를 위한 통증과 고민, 갈등이 함축되어 있다는 점에서 주목된다.

나는 가끔 마음이 흔들릴 때가 있다
나는 먼 곳을 꿈꾸지만 늘 그렇지는 않다
나는 바람 불면 어딘가로 떠나고 싶을 때가 있다
나는 여행을 좋아하지만 귀찮은 생각도 든다

나는 사람을 좋아하지만 사람이 두려울 때도 있다

나는 타인과 잘 지내고 싶지만 혼자이고 싶을 때가 많다

나는 다시 태어나고 싶지 않지만 다른 생으로 태어나고 싶을 때도 있다

나는 영원히 깨지 않을 잠을 자고 싶을 때가 있다

나는 피곤한 것을 견디지 못하지만 가끔은 잘 견딘다

나는 먹는 것을 좋아하지만 배부른 것은 싫다

나는 무엇이든 잘하고 싶지만 그러지 못한 나도 괜찮다

나는 일을 하고 싶지만 빈둥거리고 싶을 때도 있다

나는 생각 속에서는 모든 것을 귀찮아하지만 실전에서는 부지런하다

나는 이성적이었으면 하지만 어설픈 지금이 좋을 때도 있다

나는 책을 읽지만 다 이해하는 것은 아니다

나는 책 읽는 것을 좋아하지만 싫을 때도 있다

나는 많이 알고 싶지만 아무것도 모르고 싶을 때도 있다

나는 죽고 싶지만 죽는 것이 두려울 때도 있다

나는 부끄러움이 많은데 나를 드러내기도 한다

나는 좋은 추억이 많지만 그렇지 않은 것도 많다

나는 여자이면서 남자이고 소녀이면서 소년이기도 하다

나는 아직 나를 잘 모르는데 가끔 알 것 같기도 하다

- 「나는 -내가 나임을 내가 알기 위한 텍스트」 전문

조르주 페렉의 '이상 도시를 상상하는 데 있어 존재하는 난관에 대하여'에

서 모티브를 얻긴 했지만, 주어 '나는'과 전체적인 형식만 일부 차용했을 뿐 내용적인 면에선 많은 차이를 보여준다. 페렉이 장소성에 몰입했다면, 부제에서 밝힌 것처럼 시인은 '내가 나임'을 알기 위한 일종의 텍스트에 집중한다. 페렉의 글이 연 없이 26행인 반면 「나는」은 5연 22행으로 구성되어 있다. 1연은 꿈과 여행, 2연은 관계와 삶, 3연은 생활과 생각, 4연은 책/독서와 지식, 5연은 죽음과 정체성을 다루고 있다. 시집 전체를 조망할 수 있는 자화상 같은 시라 할 수 있다. 시적 화자 '나'는 내 존재성 확인을 위한 텍스트 진행에서 "나는 가끔 마음이 흔들릴 때가 있"으며, "아직 나를 잘 모르는데 가끔 알 것 같기도 하다"는 다소 모호한 결론에 도달한다. 텍스트text, 특히 문학적 텍스트는 특정한 의도를 가지고 소통할 목적으로 생산하지만, 정작 하고 싶은 의도나 감정을 직접적으로 드러내지 않는 특징을 보인다. 영화나 연극에서 대사나 행동, 표정으로 표면에 잘 드러나지 않은 숨은 맥락을 파악하고 상상하는 것처럼 시詩도 시어나 행간, 운율 등의 서브텍스트subtext를 활용해 본래 의미와 시적 진실을 감추거나 상상의 진폭을 끌어올린다. 가령 "나는 가끔 마음이 흔들릴 때가 있다"는 문장을 '가끔'과 '마음이 흔들리다'로 구분해 생각해 보자. '가끔'은 시간이나 공간의 간격이 조금씩 뜬 것을 의미하지만, "가끔 본다"라고 말할 때, 만나는 대상에 대한 친밀도나 감정의 농도를 표면적으로는 짐작할 수 없다. 발화자發話者의 표정이나 말의 뉘앙스, 몸짓 등이 더 진실에 가까울 수 있음은 주지의 사실이다. '마음이 흔들리다'라는 문장은 "왜?"라는 질문을 던질 만큼 불분명하지만, 마음이 흔들리는 대상이나 이유가 명확하면 서브텍스트 없이도 어느 정도 발화자의 의중을 파악할 수 있다. 또한 1행 전체를 뒤집어 말하면, "나는 마음이 흔들리지 않을 때가 많다"가 되므로 마음의 양가성ambivalence을 드러낸 것이 된다. 사물이나 대상을 대하는 이의 마음은 사랑이나 증오 같은 모순적인 감정을 가질 수 있다. 그 대상이 사람일 때 "좋아하지만", 때로는 "사람이 두려울" 수도 있다. 내가 사는 공간이 좋으면서도 "먼 곳을 꿈꾸"고, 낯선 곳으로 떠나는 "여행을 좋아하지만 귀찮"을 때도 있고, "일을 하고 싶지만 빈둥거리"며 지내고 싶을 때도 있고, 평소에는 이성적인 판단을 하지만 감정에 휩싸여 "어설픈" 판단을 할 때도 있고, 남 앞에 나서기 부끄럽지만 주목받고 싶을 때도 있고, "여자이면서 남자"가 되고 싶기도 하고, 어린 시절로 돌아가고 싶을 때도 있다. 여러 텍스트에서도 확인할 수 있듯이, 삶은 단순하지 않고 죽음 또한 겪어보지 못한 미지의 세계이므로 '내가 나임을 내가 알기 위한' 결론은 유보될 수밖에 없다.

2. 공간/빈방

공간은 시간과 더불어 세계를 관망하고 사물의 변화를 지배하는 힘을 비축하고 있다. 생활 권역 내이거나 이에 근접한 삶의 공간에선 사람들과의 관계와 환경의 변화, 사유가 발생한다. 시인은 나만의 공간을 희구希求하지만, 절대적으로 원하거나 집착하지는 않는다. 시인에게 공간은 "어디에도 갈 곳이 없을 때"(「그럴 때」)나 "빈방 하나 들여놓고 싶"은 경우에 필요할 뿐이다. "장을 보고 오는 골목"(「내년 시인」)이나 "재래시장 안 분식집"(「행복한 하루」), "다닥다닥 붙은 집들 사이 낮은 집"(「그늘의 집」), "골목 모퉁이에 돌아앉은 낯선 서점"(「그대, 처음 그리고」), "일방통행 아스팔트 위"(「어둠을 보다」), "흙집 처마 속"(「어떤 죽음」), "조명 꺼진 공연장"(「마에스트로」), "반지하 날염공장"(「연기가 고여 있다」)과 같은 공간은 시의 발화점 역할에 그치고, 시를 확장시키는 것은 공간이 아니라 관계와 사유라 할 수 있다. 특히 사람들과의 관계에서 "가까이 갈 수 없는/ 차가운 거리"(「별에 취하다」)를 느낀다. 그런 면에서 "오늘날에는 온갖 크기와 온갖 종류의 공간이 존재하고, 갖가지 용도와 갖가지 기능을 지닌 공간이 존재한다. 산다는 것, 그것은 최대한 부딪치지 않으려 애쓰면서 하나의 공간에서 다른 공간으로 이동하는 것이다"(『공간의 종류들』, 문학동네, 2019)라는 조르주 페렉의 말을 떠올리게 한다. 시인의 공간 속으로 들어가 보자.

빈방 하나 들여놓고 싶다
하나둘 잡다한 것들 버리고
푸른 새벽빛
연보랏빛 노을 들이고 싶다

작은 창으로 드는 빛은 밝지 않았으면 좋겠다
여명이 조금씩 드는 것을 바라보며
무릎담요 덮고 앉아
향기로운 커피를 마시고 싶다

저녁 이내 내리면
알록달록 노을이 검은 바다로 변해 가는 하늘
뜨거운 찻물 속 산국화
꽃잎 펴며 피워 올리는 향기

빈자리가 많을수록 평화로운 날
안팎 경계가 허물어지고
내가 나를
오롯이 만나는 빈방.

— 「빈방」 전문

여인들이

등불 하나씩 머리에 이고

이야기꽃을 피운다

탱글탱글 말아 주세요

산 능선처럼 구불구불하게

물결처럼 찰랑거리게

황혼의 강을 건너기 위해

파도치는 머리카락들

여인들

붉은 작약으로 피어난다.

- 「미용실에서」 전문

시인이 '빈방'을 원하는 이유는 "내가 나를/ 오롯이 만나는" 시간이 필요하기 때문이다. 이는 "하나둘 잡다한 것들"을 버리는 것에서 시작된다. 무엇을 비우고 채울 것이냐를 정하는 건 쉽지 않다. 채우기 이전에 먼저 목록을 작성하고, 그중 내게 가장 중요한 것부터 버리는 게 비움의 정석이다. 지금 당장 필요 없는 것도 버리기 어려운 데 가장 중요한 것부터 버리는 건 현실적으로 불가능에 가깝다. 하지만 중요한 것을 우선 버려야 사소한 것을 가볍게 버릴 수 있다. 기억이나 생각의 채움과 비움도 이와 다르지 않다. 풍선처럼 부풀어 "터질 듯 위태로운"(「길잡이」) 기억이나 "삶의 무게 앞"(「반성 2019」)에 멈추고 싶은 생각도 가장 급하고 중요한 것부터 비워야 마음에 안정이 찾아온다. 떠

들썩한 세상 밖이나 누군가와 함께 있는 방은 시인의 사색을 방해한다. 빈방에 든 시인은 가장 먼저 "푸른 새벽빛"을 들이고, "연보랏빛 노을"을 맞아들인다. 새벽과 노을 사이의 여백은 무엇에도 방해받지 않는 오롯이 나 혼자만의 시간이다. "안팎의 경계가 허물어지"는 순간은 어디에도, 누구에게도 구속되지 않은 '독립된 나'를 만나는 것이다. 목록 작성에 이은 '버림과 채움'은 생각만으로 이루어질 수 없다. 실행이 뒤따르지 않으면 공허하게 "그냥 사라지"(이하 「연극」)거나 "먼지로 흩어"지고 만다. "남는 것은 나의 환영幻影"뿐이다.

두 번째 인용시는 미용실이라는 공간의 풍경을 묘사하고 있다. 미용실은 머리카락을 자르거나 머리 모양을 바꾸거나 염색을 하러 간다. 얼굴과 머리를 간편하게, 아름답게 꾸며 외적으로 나를 돋보이게 하려는 미적 행위다. 외적 아름다움의 추구는 자기만족과 내적 아름다움으로 충일된다. 미용을 찾은 "여인들이/ 등불 하나씩 머리에 이고" 정겹게 "이야기꽃을 피"우고 있다. 머리모양도 "탱글탱글 말"거나 "구불구불"하거나 "찰랑거리"는 등 삶의 무늬처럼 다채롭다. 시인의 눈에는 이 모든 것이 "황혼의 강을 건너기" 위한 행위로 비친다. 회갑回甲, 즉 육십갑자의 갑甲으로 되돌아온 시인은 이를 삶의 황혼으로 인식한다. 이는 나 자신을 위한 빈방에 대한 희구나 그 방에서 "노을이 검은 바다로 변해 가는 하늘"을 바라보는 것과 다르지 않다. 아름다운 노을도 순식간에 사라진다. 외적 아름다움 추구와 빈방에서 적막을 내 안에 들인 이후가 더 중요한 이유다.

3. 산책/여행

한 번 더 조르주 페렉의 『공간의 종류들』을 인용해 보자. 페렉은 "내가 살았거나 혹은 나의 특별한 기억들이 얽혀 있는 장소" 두 곳을 묘사하기로 계획한다. 그중 하나는 수첩과 펜을 들고 카페나 거리를 걸으며 "집들, 상점들, 내가 마주치는 사람들, 벽보들, 그리고 일반적인 방식으로 나의 시선을 끄는 모든 세부적인 것"이고, 다른 하나는 "기억의 장소를 묘사하려고 애써보고, 그와 관련해 떠오르는 모든 추억, 즉 그곳에서 전개되었던 사건들이나 간혹 그곳에서 만났던 사람들을 회상하려 애써보는 것"이다. 정선영의 여섯 번째 시집에 수록된 꽤 많은 시가 별과 꽃, 산책과 여행을 소재로 하고 있다. 시인은 페렉이 이야기한 현재의 공간과 과거의 사건이나 기억을 동시에 시적 대상으로 삼고 있다. 이는 실제 산책/여행이나 인생의 길에도 공히 적용된다. 가령 "아득한 숲에 들어 길을 잃"(「먼 산」)거나 "별이 흔들리는 밤"(「별에 취하다」)에 너무 오래 걷고, "바람이 불어/ 봄밤"(「산책」) 시골길을 걷고, "앞만 보고 걷다가 경계석에 부딪"(「어쩌다가」)치고, 말없이 다가온 "젖은 남자"(「바람 부는 이유」)와 나란히 걷는 등 시인의 산책은 과거와 현재의 사건과 기억을 연속적으로 소환한다.

산수유나무 긴 팔 내저으며 푸른 손짓하는 골목 고물상엔 본래 모습을 잃어버린 물건들이 쌓여 재생을 기다리고 담쟁이덩굴 초록 커튼으로 오래된 붉은 벽돌집을 삼킨다. 목마른 고양이 풀을 뜯어 먹으며 지나는 사람들의 눈치를 보고 거리 양쪽 주차된 트럭들은 짐을 등에 가득 지고 거친 숨을 내뿜으며 달려 나갈 준비를 한다. 철물점은 녹슬어 가고 방앗간 모터는 멈춘 채 먼지 속에 잠들어 있다. 부동산 사무실엔 커피가 배달되고 사철탕 집으로 들어가는 사람들은 오늘도 원기 회복 중 저녁 손님 맞을 준비로 분주한 곱창집 편의점엔 도시락을 데우는 사람들과 지폐 한 장으로 커피를 뽑는 사람들이 무표정으로 문을 여닫는다. 고양이는 여전히 목이 마르고 과거와 현재 낡은 것과 새것 바람과 먼지 빛과 어둠이 교차되는 저물녘 햇살은 빌딩 너머로 무심히 옷자락을 끌며 넘어가고 하나둘 집집이 불을 켜는 시간 고양이 보다 더 목이 마른 나는 집이 그립다.

- 「골목을 걷다」 전문

면 곳으로부터

바람이 불어온다

눈앞이 보이지 않는 붉은 황사

초원을 꿈꾸던 나그네는

길을 잃기 위해

사막으로 간다

나그네 나그네 또 나그네

흰 뼈가 바람에 날린다

모래언덕이 햇빛을 받아 반짝인다

바람 분다

홀로 걷고 있다고 믿었던

그 사막엔 바람이 앞서가고 있었다

그를

하리 할라의 영혼이라

부른다.

- 「길 위의 남자」 부분

제3부 존재와 세계의 분류법

그대 어느 세상을 여행하는지 모를

미소를 지으며

돌아눕는다

– 「마에스트로」 부분

첫 번째 인용시 「골목을 걷다」는 늦은 오후에 집을 나선 시인이 골목을 걸으며 본 풍경을 밀도 있게 묘사하고 있다. 골목으로 접어든 시인의 동선에 따라 마주친 공간과 사물들의 형상과 행태가 슬라이드 필름처럼 펼쳐진다. 골목에 들어선 시인의 눈에 가장 먼저 산수유나무가 눈에 들어온다. 바람이 불자 어서 오라고 손짓하는 듯하다. 고물상에 쌓여 재생을 기다리는 물건들이나 담쟁이덩굴로 뒤덮인 붉은 벽돌집은 정적인 풍경을 자아내지만, 사람들의 눈치를 보는 목마른 고양이나 짐을 가득 싣고 출발을 준비하는 트럭들, 커피를 배달시킨 부동산 사무실, 손님들이 들어가는 사철탕집, 손님 맞을 준비하는 곱창집은 영상의 화면에서 분주히 움직인다. 반면 편의점에서 도시락을 데우거나 커피를 뽑는 사람들의 무표정에선 삶의 고단함이 포착된다. 공간/사물에 좀체 관여하지 않는 시인은 "목마른 고양이"를 통해 삶의 갈증과 "닦고 닦아도 남루"(「生은 비리다」)한 일상을 투영한다. 골목에 스민 저녁 햇살은 낮과 밤의 교차뿐 아니라 "낡은 것과 새것"을 더욱 선명하게 해줌으로써 "과거와 현재"를 더 극명하게 대비시키는 효과를 가져온다. "바람과 먼지"는 시청각적인 자극을 주는 무대효과 역할을 한다. 집은 불을 켬으로써 존재를 확인하고, 사람은 그 집으로 돌아가야 마음의 위안을 찾는다. "집안은 평온했고 모든 것이 정돈되어 있"(「그대, 처음 그리고」)기 때문이다.

'하리 할라'는 헤르만 헤세Hermann Hesse의 소설 『황야의 늑대』(현대문학, 2013)의 주인공이다. 소설에서 "나 스스로 나를 한 마리 황야의 늑대라고 일

컬어 왔듯, 실제로 그런 존재인 셈이리라. 고향도 공기도 먹이도 찾지 못하는, 세상 속에서 길을 잃은 짐승인 셈이리라" 했듯이 그는 인간의 모습이지만 행색은 '황야의 늑대'와 다를 바 없다. '길 위의 남자'는 실재하는 사람이 아니라 "눈앞에 보이지 않는" 세상을 동경하는 소설 속의 나그네 같은 존재다. 외형적으로 사람과 늑대, 내면적으로 야성과 이성이라는 양면성을 가진 하리 할라처럼 푸른 "초원을 꿈꾸"지만, 삭막한 "사막으로" 가는 모순된 행동을 보인다. 보통은 길을 찾지만, 나그네는 "길을 잃기 위해" 풀도, 나무도 없는 사막으로 간다. 하지만 "홀로 걷"는 게 아니라 바람과 함께 걷고 있다. 바람이 존재를 확인시키고, 존재론이라는 묵직함에 가닿는다. 나그네가 스스로 걸어 들어간 사막의 "모래언덕이 햇빛을 받아 반짝"인다면 "조명이 꺼진 공연장"에서 "광염 소나타를 연주하는" 마에스트로는 스스로 빛난다. 눈은 감았지만, 귀는 열려 있는 그대는 김동인의 소설 「광화사」의 주인공이 연주하는 광염 소나타가 창조한 "세상을 여행"한다. 이처럼 시인은 나를 찾는 여정을 실제적인 산책과 작품 속의 여행 등을 통해 다양하게 시로 형상화하고 있다.

4. 책/독서

시인은 "다 이해하는 것은 아니"지만, "책 읽는 것을 좋아"한다고 했다. 책/독서는 산책/여행과 함께 이번 시집의 골격을 이루는데, 지적 새로움에 대한 탐구는 시의 새로움으로 표출된다. "우리는 완성된 것에 대한 환상과 파악할 수 없는 것을 마주했을 때 생기는 현기증 사이를 부단히 오간다"(『생각하기/분류하기』)는 페렉의 표현을 떠올리기에 충분하다. 오래 축적된 사유와 따스하고도 깊은 감각, 새로움에 대한 열정은 시를 한층 더 높은 지점으로 끌어올리고 있다. 특히 책/독서에 이르러 "생각하고 상상하고 머릿속에 들어찬 그것"('서문')을 비워내고 폭발시킨다. 시인은 "편해서 안주하는 것"(이하 「사소한 분노」)과 깨어나지 않는 "자신의 정수리를 망치로 내리치지 않는 것"에 대해 분노한다. 이런 분노는 "불씨도 남아 있지 않은" 것 같은 자신에게로 향하고, 이는 다시 시에 대한 욕망을 끌어올린다. 시인은 골목 모퉁이에서 마주친 서점에서 "목차도 없는 이상한 책"(이하 「그대, 처음 그리고」)을 집어 들기도 한다. "이해할 수 없는 문장들", "모호한 세상"이 펼쳐져도 "마지막 페이지까지 다 읽"기도 한다. "책상 위에 놓인" 책의 빛나는 문장이 쏙 들어온다.

토끼가 굴러간다 노란 귀를 세우고 분홍빛 다리로 앞으로 간다 눈을 질끈 감은 문어가 보라색 물감을 터뜨린다 빨판에 기생하는 입자들이 성을 쌓는다 뱃속에 나무가 자란 곰은 몸이 무거워 바닥에 주저앉아 있다 청개구리 한 마리 팔짝 뛴다 배꼽으로 먹은 밥이 엉덩이에 쌓이고 있다

낮은 밤 밤은 낮
충혈된 불빛 가시나무가 벽을 타고 기어오르고
날 선 종이가 팔랑개비로 돌아가며 동공을 찌른다
더 깊숙이 찔러라 더 깊숙이

– 「책상 위의 환상」 부분

초록이 흰 피를 콸콸 쏟아낸다 투명이 투명을 마시고 내장을 훤히 드러낸다 알루미늄 캔에서 비누 거품이 몽글몽글 구름이 톡톡 터진다

파도가 부서진다 단단한 껍질을 톡 까고 쏟아지는 타조알 아스팔트 위에서 지글지글 익는다
포크가 노른자를 터트린다

구름은 멀리 가지 않고 기다린다 주변을 맴도는 불빛이 흔들린다 낮은 포복으로 흐르는 음악 등 뒤에서 총을 겨눈다

- 「밤, 향연饗宴」 부분

표제시 「책상 위의 환상」은 제목 그대로 책상 의자에서의 환상을 자유연상법을 활용해 몽환적으로 그리고 있다. 어쩌면 산책에서 돌아온 시인이 시를 쓰려고 책상에 앉아 깜박 잠이 들었다가 꿈속에서 본 장면을 홀연 서술한 듯하다. 하여 난데없이 "토끼가 굴러"가는 시작부터 낯선 이미지를 만들어낸다. "앞으로" 전진하는 토끼의 귀는 노랗고, 다리는 분홍빛이다. 이 토끼는 자신의 "간을 빼 먹"는 엽기적 행동을 한다. 토끼에 이어 등장하는 문어는 "눈을 질끈 감"은 채 "보라색 물감"을 내뿜는다. "빨판에 기생하는 입자들"이 현실에서는 불가능한 "성을 쌓"고, 알 수 없는 무언가에게 "질겅질겅" 다리를 씹는다. 곰의 배 속에선 나무가 자라고, 청개구리는 "팔짝팔짝" 노래한다. 「책상 위의 환상」이 낮과 밤이 구분되지 않는 환상의 세계에 천착했다면 「밤, 향연饗宴」은 죽음(자살)의 긴박한 상황을 속도감 있게 묘사하고 있다. 향연은 바다의 식탁 위에 올려진 죽음을 즐기는 밤의 만찬처럼 그로테스크grotesque한 시적 이미지를 구현한다. 1연의 쏟아지는 흰 피와 "내장을 훤히 드러"내는 투명과 "톡톡 터"지는 구름의 상황은 자살 직전의 갈등과 고민을, 2연의 부서진 파도와 "아스팔트 위에서 지글지글 익는" 타조알은 죽음의 순간을, 3연의 "멀리 가지 않고 기다"리는 구름과 주변에서 흔들리는 불빛과 "흐르는 음악"은 죽음 이후의 상황이다. 시인은 책상 위의 환상과 죽음의 긴박성을 시적 진술이 아닌 묘사를 통해 몽환적 기법으로 밤의 풍경을 그려내고 있다. 이런 기법은 그동안 시인이 보여준 시작법에서 좀체 볼 수 없었다는 점에서 눈길을 끈다.

방바닥에 엎드려 책을 읽고 있는데

글자 옆으로 끼어드는 실도 철사도 아닌

머리도 꼬리도 없는 것이 꿈틀거린다

돋보기안경으로 기어드는 검은 뱀, 뱀, 뱀

한 마리 두 마리

읽고 있던 글자들 쏟아진다 흩어진다

이리저리 굴러간다 숨어버린다

자음 모음이 깨지고 부서진다 다시 조립하기엔 늦었다

눈꺼풀에 매달린 뱀 우르르 새끼를 쏟아낸다

구석구석 몰려다니는 검은 뱀들

눈이 없으면 보이지 않았을

머리카락이 바닥을 기면서 꾸물거리고

모서리마다 모여 음모를 꿈꾼다

소파 밑 검은 동굴, 의자 바퀴에 깔린, 어깨에 붙어 나풀거리는

허벅지를 감는, 목덜미를 쓰다듬는, 가슴으로 기어드는

날름거리는 것들, 집어내고, 털고

내 몸에서 흘러내린, 유효기간이 끝난

내가 뿌린 죄들이 은밀하게 잠복하고 있다

나풀나풀 날고 달리고 구르고 머리 쳐들고

생각을 멈추게 한다.

– 「사소한 것이」 전문

시인은 "방바닥에 엎드려 책을 읽고 있"다. 책 속의 글자들은 "머리도 꼬리도 없는 것"이었다가 이내 뱀처럼 꿈틀거린다. "글자 옆으로 끼어"들더니, "돋보기안경으로 기어"든다. 하나둘 쏟아지고 흩어지던 글자들은 "우르르 새끼"를 쏟아낸다. 노안으로 깨지고 부서지더니, 졸음으로 "눈꺼풀에 매달"린다. 육체의 눈으로 보다(視)가 마음의 눈으로 보는(見) 것으로 옮겨간다. 이런 마음의 변화를 일으키게 하는 것은 '노안'이다. 가까운 물체는 흐려지고, 멀리 있는 물체는 잘 보이는 노안으로 인해 또렷하게 볼 수 있던 것들이 더 불확실해진다. "눈이 없으면 보이지 않았을" 것들이 현시한다. 바꿔말하면 시인의 눈에 띈 머리카락이 음모陰毛를 꿈꾸는 것으로 전환된다. 단순히 보는 행위(視)는 "내가 뿌린 죄"를 들추어 나를 객관적으로 돌아보고 생각하게 하는 관념觀念의 세계로 확장된다. 사소하다고 했지만 "책 속 글자들 사이로 날아다니는 하루살이/ 신경이 곤두서서 날아가 버린 마음"(『슬픔이 고단하다』, 「사소한 것들의 물음」)이나 "내가 분노하는 것은/ 깨지 않는 자신의 정수리를 망치로 내려치지 않는 것"(「사소한 분노」)처럼 결코 사소하지 않음을 알 수 있다.

5. 슬픔/그리움/시

"내가 뿌린 죄들"은 반성과 성찰로 이어진다. 세상은 거울과 같아 시인은 "늘 반성"(이하 「반성 2019」)하고, "태어난 것과 여태 살아온 것" 그리고 앞으로 살아갈 날들까지 참회한다. 또한 반성하는 자체와 "반성하고 잊어버린 것을 반성"하고, "반성하면서도 반성"한다. 그러면서 "슬픔은 슬픔으로 위로"(이하 「고단한 슬픔」)하고, "온몸에 힘이 빠지면/ 맨땅에 무릎"을 꿇고 기도한다. "영원에서 영원으로 이어지는 이 슬픔"(앞의 시집 '서문')에 대한 의문과 갈증은 결국 사랑으로 귀결된다. 서정시의 영원한 테마인 사랑은 "눈에 보이는"(「나의 시는 홀로그램이다」) 가시적인 것이 아닌지라 더 슬프고 깊은 그

제3부 존재와 세계의 분류법

리움의 심연으로 빠져든다. 시의 원천이 사랑임을 감안한다면 "아무도/ 나를 찾지 않"거나 반대로 "내가/ 아무도 찾지 않을 때"(「그럴 때」) 시가 찾아온다. 그 시의 "실체는 단순"(이하 「나의 시는 홀로그램이다」)한데, "잡을 수 없는 행복"처럼 "보이지 않아도/ 보이는 것"만 같은 물성을 지녔다.

굵은 빗방울

혹여 다칠라

체로 걸러

는개로

나를 적시는

당신.

– 「어머니」 전문

눈부신 햇살 밥 지어

산수유꽃, 살구꽃, 복숭아꽃 솔솔 뿌려

밤하늘 한 자락 위에 편다

달 몇 알 톡톡 터뜨려 지단 부치고

달콤한 봄바람 두어 줄

뭉게뭉게 흰 구름 한 움큼 나란히

밤의 끝 들어 올려 살짝 눌러

돌돌 말아 꼭꼭 여민다

세상에서 가장 큰 김밥을 말아

지금

당신을 만나러 간다.

- 「김밥」 전문

부재는 상실과 그리움을 동반한다. 더 이상 실체를 마주할 수 없는 상황에서의 간절함은 사물이나 자연현상을 통해 사랑을 투사한다. 짧은 시 「어머니」에서 안개와 이슬비 사이의 는개는 자식에 대한 어머니의 사랑이다. "굵은 빗방울"에 지상에서 살아가는 자식이 "혹여 다칠"까 봐 하늘(허공)에서 체를 들고 걸러주는 모정은 어떤 사랑보다 위대하다. 는개를 맞으며 어머니의 사랑을 묘사한 시인의 감각 또한 대단히 뛰어나다.

「어머니」가 느른한 수묵담채의 풍경을 자아낸다면 「김밥」은 소풍이라도 가듯 생기발랄한 풍경화의 전경을 보여준다. 시인은 "당신을 만나러" 가기 위해 김밥을 싼다. 한데 통이 커도 보통 큰 것이 아니다. 밤하늘이 통째 김 한 장이다. "눈부신 햇살 밥"에 달걀, 채소, 고기 대신에 "달 몇 알", "봄바람 두어 줄", "흰 구름 한 움큼" 넣고 그 위에 참깨 대신 향기로운 봄꽃을 "솔솔 뿌"린다. 천상에 있는 "당신을 만나러" 가려면 이 정도는 돼야 한다. "세상에서 가장 큰 김밥"은 사랑의 다른 명칭이다.

앞에서 언급한 것처럼, 시인은 "나는 무엇이든 잘하고 싶지만 그러지 못한 나도 괜찮다"고 했다. "생을 등에 업고 있"(이하 「내년 시인」)어 "목숨 걸고 살아보지 못한 시인"이라고도 했다. 「시를 잃어버린 날」에서는 "여보, 당신 시인 맞지?" 묻는 말에 다섯 번 만에 겨우 "응" 대답하고는 "슬픔이 치밀어 올라/ 창밖 화단에 핀/ 달맞이꽃만" 바라본다. 시인의 슬픔은 시인 자신의 것이며, 좋은 시를 쓰고자 하는 욕망의 다른 표현이다. 주지하다시피, 좋은 시의 조건 중

하나는 시인이 직접 말하지 않고 사물이 대신 말하게 하는 것이다. 잔잔한 감동과 여운을 주는 시 「어머니」와 「김밥」이 이를 증명한다.

  시인이여, 어두워져라

  (중략)

  시인이여, 외로워져라

  (중략)

  시인이여, 눈을 떠라

– 「시인이여」 부분

  그리하여 시인이여, 상상력을 발휘하라. 반복된 시어 대신 "광활한/ 우주"의 언어로 새롭게 눈을 뜨고, "세상에 처음인 듯 뜨거운 울음을 우렁차게 토해내"라.

'떨림'과 '미혹' 사이에서 길 잃은 파랑 탐험가

— 신새벽 시집『파랑 아카이브』

신새벽 시인의 첫 시집『파랑 아카이브』는 길 위에서 길을 잃은 한 탐험가의 "울컥한 고백서書"(「느시」)이다. 울음 이전, 마음 깊은 곳에 내재되어 있다가 갑자기 올라오는 '울컥'은 회고의 감정이지만 지향점이 과거로 향하지는 않는다. 혼자 있을 때나 누군가와 대화를 하다가 꾹꾹 눌러두었던 울컥의 감정은 지울 수 없는 상흔이라는 점에서 내상에 가깝다. 깊은 내상을 입은 상태에서 누구에게도 풀어놓을 수 없는, 아무도 들어주지 않는 오래된 상처를 고백한다는 것은 더 이상 감당할 수 없는 상태이거나 겉으로 드러내도 충분히 감당할 수 있을 만큼의 내성이 생겼음을 의미한다. 과거를 들여다볼 수 있는 마음의 준비가 되어 있다는 신호이면서 방어기제를 풀고 더 나은 세상에 손을 내밀 준비가 되어 있었다는 것이다. 이런 내성은 세월의 흐름에 따라 자연 생성되는 것이 아닌 오랜 탐험(혹은 여행)과 내적 성숙을 통해 체득되거나 면역이 생긴 것이다.

제3부 존재와 세계의 분류법

문화예술평론가 리베카 솔닛은『길 잃기 안내서』(반비, 2018)에서 "탐험가들은 늘 길을 잃었습니다. 모든 장소가 처음 가보는 장소였으니까요. 하지만 그들은 그럴 때 쓸 수 있는 수단들에 정통했고, 자신이 어느 경도로 가고 있는지를 상당히 정확하게 인식했습니다. 아마 그들에게 가장 중요한 기술은 자신이 충분히 생존할 수 있고 길을 찾을 수 있다는 낙관적인 태도였을 겁니다"라고 했다. 여기서 길을 잃은 상태는 정신적인 것을 의미하지만, 물리적인 길 잃기뿐 아니라 형이상학적이나 은유적인 길 잃기에도 적용된다. 하루하루의 변화가 적고 만나는 사람과 풍경이 익숙해 실감하지 못하지만, 인생은 언제나 새롭다. 처음 가는 길이며 생전 경험해 보지 못한 세상을 살고 있다. 탄생, 입학, 졸업, 결혼, 죽음과 같은 특별한 상황에서 감지하는 변화만이 새로운 것이 아니라 어제와 다르지 않은 느린 변화도 새로운 것이다. 가령 어제에 비해 하루를 더 살았고, 날씨가 흐렸다가 맑아지고, 바람이 더 차가워졌고, 오랜 친구에게 전화가 오는 것과 같은 상황은 현재의 나이에서 처음 겪는 일이다. 전에 그 친구와 통화를 했더라도 그건 전혀 다른 상황이다. 리베카 솔닛은 "문제는 어떻게 길을 잃을 것인가"가 중요하다면서 "길을 전혀 잃지 않는 것은 사는 것이 아니고, 길 잃는 방법을 모르는 것은 파국으로 이어지는 길이므로, 발견하는 삶은 둘 사이 미지의 땅 어딘가에 있다"고 했다. 길 위에 서 있다는 것은 떠나거나 돌아온다는 것이다. 떠남은 내적 갈등과 상처를 치유하기 위함이고, 집으로 돌아오는 것은 미지의 세계를 떠돌다 마음의 안정을 찾았다는 것이다.

　신새벽 시인에게 탐험은 나를 찾아 떠나는 여행이라기보다 마음의 통증을 치유하기 위한 길 잃기에 가깝다. 바꿔 이야기하면 길을 잃어야 사는 것이므로 파국을 피하기 위해 길을 나서는 것이다. 하지만 현재 걷고 있는 길은 누군가 걸었던 평안한 길인지라 시인은 그 길을 걷고 있는 '나 자신'을 잊고 새로운 길을 모색한다. 시인은 정신적·물리적 길 잃기를 통해 새로운 시의 길을 모색하고 있다고 할 수 있다. 독특한 것은 생존하기와 다른 길을 찾을 수 있다는 자신감, 낙관이 아닌 "부끄러운 떨림"(이하 '시인의 말')과 "미혹"을 길 위에 올려놓는다는 것이다.

떨림과 미혹 사이 미지의 땅에는 시인이 길 위에 떨구고 채집한 아카이브 폴더가 있다. 그 폴더를 열면 왠지 숨이 턱턱 막혀 질식할 것만 같은 중압감이 몰려온다. 그 중압감은 수백만 권의 장서를 소장하고 있는 도서관 한가운데 서 있는 기분이거나 컴퓨터 저장장치를 열었는데 방대한 양의 폴더가 끊임없이 이어지는 막막한 상황, 거기에 더해 주변이 온통 파랑인 공간에서 겪는 시각적이면서도 심리적인 방황 같은 것이다. 무슨 책을, 무슨 폴더를 열어봐야 할지 고민하기 이전에 주눅이 든 진공 상태, 물어보기 전에는 읽고 싶은 책이 어디에 꽂혀 있는지, 어느 폴더를 열어야 원하는 자료를 찾을 수 있는지 도무지 알 수 없는 의식의 미로를 헤매는 상태. 파랑의 공간이 주는 차갑고도 편안한 모순의 혼란스러움에 잠겨 헤어나오지 못하는 '나 자신'을 발견하곤 곤혹스러울 수밖에 없다. 하지만 듀이 10진 분류법이나 블리스 분류법, 콜론 분류법과 같은 도서 분류법을 활용해 찾기 쉽게 정리되어 있음을 확인하는 순간 잠시의 혼돈에서 벗어나 원하는 자료를 금방 찾을 수 있음을 깨닫는다. 주제별이나 사건별, 인위적 분류로 한눈에 알아볼 수 있도록 일목요연하게 정리된 것을 인지하는 순간 혼돈은 경탄으로 바뀐다. 혼돈에서 경탄으로의 전환은 어두운 곳에서 밝은 곳으로 나왔을 때의 그 눈부심만큼의 시간이 필요하다. 그러면 신새벽 시인의 아카이브 폴더 속으로 들어가 보자.

눈앞에 펄럭이는 유인물

구석에 처박혀 있다가 빗장을 풀었다

제3부 존재와 세계의 분류법

내장되었던 나의 역사가 우르르 쏟아진다

내 몸 어디쯤에서 사라진
상처들이 불현듯 떠오르고
혀에 돋은 말들이 비명이 되었다

들춰보면 후회의 바늘이 나를 찌른다

스티커처럼 달라붙은 이력들
꼬리를 감춘 페이지엔
삭지 않은 침묵으로 무너져버린
가벼운 인연들이 즐비하다

진열된 아픔들로 살갖이 따가워진다

증거물의 난간이 점차 무너지고
울컥한 고백서書 앞에 축축한 몸을 눕힌다

— 「느시」 전문

　시인의 첫 탐험 폴더는 「느시」다. 척추동물 〉조강 〉두루미목 〉느시과에 속하는 느시는 아시아(대한민국)가 원산지로 멸종위기 야생생물Ⅱ급으로 천연기념물이다. 당연히 여기서 느시는 컴퓨터에 내장된 폴더 이름이다. 컴퓨터의 메커니즘에 의해 자동 생성됐을 것이다. 보통은 원하는 폴더명으로 바로 변경하지만, 시인은 폴더명을 본 순간 '느시'의 '시'가 눈에 들어왔을 것이다.

'느'는 '누'의 변형처럼 느껴져 마치 '누구의 시'라는 의미로 받아들였을 개연성이 충분하다. 시인이 '느시'를 시집 맨 앞에 배치한 이유는 느시의 '멸종위기', 즉 자연적 혹은 인위적 위협요인으로 개체 수가 현격히 감소하거나 소수만 남아 있어 가까운 장래에 절멸될 위기에 처한 긴박성과 절박성, 희소성 있는 시를 쓰고 싶은 욕망의 발로일 것이다. 컴퓨터 저장장치 "구석에 처박혀 있"던 '느시' 폴더를 열자 "나의 역사가 우르르 쏟아진다". "내 몸 어디쯤에서 사라진/ 상처들"은 자의에 의한 것이 아니라 타의에 의해 생긴 것이라 쉽게 치유될 수 없는 성질이다. 눈에 보이는 상처보다 눈에 보이지 않는 상처가 더 깊은 내상과 각인, 통증을 유발함은 자명하다. 몸의 상처라 했지만, 실상은 "혀에 돋은 말"에 의한 정신적인 것임을 어렵지 않게 짐작할 수 있다. "눈앞에 펄럭이는 유인물"이 구체적으로 무엇을 의미하는지 명확하지는 않지만 상처와 비명, 아픔을 불러내는 유인임은 확연하다. 또한 하나의 사건이 아닌 지속적으로 상처를 준, 언제라도 상처를 들쑤실 수 있는 후회의 산물임을 감추지 않는다. '느시'라는 폴더에 담긴 이력에는 아직 삭히지 못한 침묵과 "가벼운 인연"이 상당히 저장되어 있다. 할 말을 하지 못하고 침묵할 수밖에 없는 상황이 가볍다 했지만, 결코 가볍지 않은 인연과의 관계, 한때 단절됐던 인간관계로 인해 다시 수면으로 떠 오른다.

　'울컥'이라는 감정은 "눈앞에 펄럭이는 유인물"을 보거나 "불타버린 검은 갈대숲"(이하 「붉은 바람개비」)에 발을 들이거나 "진흙에 처박혀 숨을 토하고 있는 푸른 사이다병"을 발견하는 순간 갑자기 찾아온다. 애써 지탱하고 있던 "난간이 점차 무너"져 "축축한 몸을 눕"혀야 할 만큼 몸과 마음에 심한 대미지damage를 입힌다. "까칠하던 마음이 모서리가 다 닳아 없어"(이하 「슬픔은 고딕체처럼」)져 "안녕"하고 인사한다는 점에서 '자살생존자'를 떠올린다. 자살생존자는 자살을 시도했다 살아남은 사람이 아니라 자살한 사람의 주변 사람,

제3부 존재와 세계의 분류법

자살한 사람으로 인해 심적 고통을 안고 살아가는 사람을 말한다. 어떤 상황이나 물건, 말을 통해 언제든 상처가 울컥 올라올 수 있다. 폴더 '느시'의 소유주가 자살생존자라는 뜻이 아니라 그처럼 힘든 상황을 겪고 있다는 뜻이다.

우물거리다 뱉어놓은 독설

무차별 형용사를 토씨 하나 떨어뜨리지 않고
촘촘히 쏟아부어도 모진 표정이다

가빠진 호흡은 나뿐이란 걸 깨달을 틈에도
서릿발 얼굴을 들이밀지

위장은 치밀해서 수없이 오가던 발자국을 은폐하지
변심은 몸서리가 차가워지고 겹겹이 몸을 바꾸어 놓는 일
중성화를 핑계로 오만한 발정을 거듭하고
아랫도리 부서지는 일 없는 냉담을 반복하지

압축되어진 팽팽한 긴장, 파랗게 질린 얼굴을 나열하고
의례적인 까치발 인사, 가식적인 끄덕임

서성이던 발목이 무릎까지 아려와
허무의 등판에 몸겨누워도 넌 즉시 심장을 닫아걸지

감정의 이력을 속일 수 없는 퇴적된 버전

단 한 번만이라도 허술함을 보인다면

밀어내고 싶은…

이 이기적인 새끼

- 「수국을 편찬하다」 전문

　　두 번째 탐험 폴더 「수국을 편찬하다」의 시적 화자는 감정이 울컥 올라온
상태다. 불만에 가득 차 끝내 삼키지 못한 채 "우물거리다" 독설을 내뱉지만,
고조된 감정은 쉽게 가라앉지 않는다. 시적 화자가 이처럼 화가 난 이유는 상
대의 치밀한 위장과 변심 때문이다. 수국은 토양의 산도酸度에 따라 꽃의 색깔
이 달라지며, '변덕'과 '진심'이라는 양면의 꽃말을 가지고 있다. 물을 좋아하는
수국은 작은 꽃들이 모여 꽃을 완성한다. 꽃 한 송이가 시집(혹은 시)이라면
꽃송이는 책장(혹은 시집)이라 할 수 있다. 꽃들이 모여 완성한 수국의 모양
은 아름다우면서도 빈틈이 없다. 결벽을 연상시키는 꽃 모양에서 "모진 표정"
을 읽어낸다. "가빠진 호흡"으로 추궁해도 상대는 "서릿발 얼굴을 들이밀" 뿐
이다. 변덕과 진심을 오가는 양가적兩價的인 모습에서 "오만한 발정을 거듭하"
는 순간 "냉담을 반복"한다. 중성의 매력은 어느새 "오만한 발정"의 변명으로
작용한다. 진심은 변덕이 되고, 결벽은 부정이 된다. 진심이 변심하는 사이 애
정의 자리에 "압축되어진 팽팽한 긴장"과 분노, 가식이 자리한다. 길을 찾으
려 애쓰는 사이에 길은 닫히고, 길 잃는 방법을 몰라 결국 파국으로 치닫는다.
물을 먹고 나서야 뒤늦게 수국을 옮겨심어 꽃의 색깔이 달라졌음을 깨닫는다.
"인생의 절반은 아마도 거짓말"(「물고기 뺨이 분홍으로 물들어」)이었을 것이
다. 화자는 억울하다. 끝까지 "단 한 번"의 "허술함을 보"이지 않는 상대를 향
해 "이 이기적인 새끼"라고 욕설을 퍼붓는다. 하지만 길을 잃었으니, 거기가

삶의 시작점이다.

안전으로 가는 마지막 비상구 방구석 1열

모니터엔 드론이 공유해주는
낯설고 설레는 영상들이 끊임없이 흩어졌다 모아진다

들뜨, 끼니도 거른 채
내 무릎뼈는 상기된 듯 파르르

책상 의자가 마치 이코노믹 좌석처럼 불편하다
와인 잔에 다양한 불안들을 쏟아부어 마신다

— 「사이버 할리데이」 부분

왈칵
옆구리에 달라붙어 있던 슬픔이 목울대를 건드린다

소금 낱장의 빈칸이 얕은 물 사이를 일렁이고
당신과의 행간이 아득해
앞으로도 뒤로도 가지 못하고
슬프도록 짜디짠 문장을 읽으려 눈을 부빈다

— 「소금문자」 부분

내 ID는 철면피

늘 으르렁거리며 살았다

밤낮없이 뾰족하고 날카로운 연장으로

허공에 구멍을 내고 단단한 땅을 헤집으며 다녔다

부러지지 않는 척추로 각을 세우고

나를 쓰러트릴 공식은 없으리라 믿었다

바코드가 붙고 몸을 불리는 데는 시간이 그리 오래 걸리지 않았다

거듭 진화하는 문명이 나를 세상의 중심에 서게 했다

오랜 연대기 속 나는 늘 빛나고 있었다

- 「부식腐蝕 모놀로그」 부분

여러 개의 폴더 가운데 일부를 열자, 세상은 "위험한 곳"(이하 「물고기 뺨에 분홍으로 물들어」)이라는 경고가 뜬다. 변덕과 진심의 갈등 상황과 배신의 아픔을 경험한 상태에서 세상 밖으로 나가 길 위에 선다는 것은 상당한 용기와 물리적 시간이 필요하다. 믿고 의지할 만한 사람도 필요하지만 그런 조력자는 시의 행간에서 찾아보기 어렵다. 오히려 상처 입은 영혼의 무수한 그림자가 난무한다. 그런 상태에서 "몇 발자국 더 나가려 하지만 제자리걸음"이다. 결국 "안전으로 가는 마지막 비상구 방구석 1열"의 모니터 앞에 앉는다. "낯설고 설레는 영상들이 끊임없이 흩어졌다 모아"지는 사이버 세상은 흥미롭긴 하지만 불안까지 잠재우지는 못한다. 사실 시적 화자는 "허기지지만 달콤했던" 당신과의 여행 영상을 보고 있다. 아름다운 추억이지만 마음이 돌아선 상태에선 미련일 뿐이다. 행복한 과거와 불행한 현재 사이의 공허는 "긴 탄식"과 애써 눌러놓았던 상처를 헤집어놓는다. 벼랑에서 "아래로 매번 고꾸라지"는 것과 같은 절망적인 기분, 왈칵 "슬픔이 목울대를 건드린다". "슬프도록 짜디짠

문장을 읽으려 눈을 부"비지만, "짓이겨진 상처"(「몽상드 애월」)를 덧나게 할 뿐이다. 상처는 가만히 두면 차츰 아물지만 들쑤시면 점차 커지는 속성을 가지고 있다. 쓰라린 삶의 상처와 불행은 그것을 인식하기 이전에 살아내야 하는 운명 같은 것이기에 이를 대신할 수 있는 삶의 방식이나 의식이 따로 존재하기 어렵다. 각자 처한 위치와 상황에서 방법을 모색할 수밖에 없는데, 길을 떠나지 않은 상태에선, 흔히 동굴로 들어가 잠을 잔다. 그리하면 더 상처를 받고 불행해진다는 충고는 쉽게 귀에 들어오지도 않는다. "내 ID는 철면피"라는 것은 상처와 흉터의 원인이 당신에게만 있지 않고 나에게도 있다는 고백이면서 반성이다. 싸움은 상대가 있어야 한다. 일방적인 싸움은 없다. 어느 한쪽이 회피하면 싸움은 성립할 수 없다. 빠르게 변하는 세상에서 부식이나 부유浮游는 뒤처짐이 아니라 폐기처분이나 사라짐을 의미한다. "나를 쓰러트릴 공식은 없"다고, 내가 "세상의 중심"이라고 자신만만하다가 "소리 없이 몸속으로 파고"드는 "느린 습격"에 속수무책으로 당하고 보면 자만과 미리 준비하지 못한 안일에 화가 난다. "위험한 동승자"와 "으르렁거리며" 산 세월은 이제 사이버 세상에만 존재한다. 사랑도, 삶도 폴더에 저장되는 순간 과거가 된다. "삭아 녹아내리는 통증"을 느끼는 순간 동굴에서 나와 길 위에서 길을 잃어야 삶을 되찾을 수 있다.

　　그 갈림길에서

　　눈❄이 길을 지우고 있을 때
　　멈춘 자전거 한 대

　　낡은 목소리의 노인은

외로움에 지쳐 있었다

엉겁결에 따라 들어간 오래된 집

- 「푸른 모과가 있는 풍경」 부분

해안가 끝자락 거울신전

바다를 끌어안은 거울 벽이 부풀어 오르면

파도는 체위를 바꾸어

빛 뭉치들을 뱉어내고 있다

(중략)

혼몽의 풍경을 바라보다가

원시의 향기에 이끌리어

지층이 어긋난 비탈 아래 발을 헛디뎠다

짓이겨진 상처에 풀꽃물이 들었다

짙은 커피향이 난다

애월…

푸른 옷자락을 휘날리며

불현듯 불시착한 곳

- 「몽상드 애월」 부분

낯선 새벽은 눈에서 멀다

수군거리는 현지인들 사이로

눈에 들어온 이슬 젖은 신발 한 짝

서늘하고 축축한 모퉁이에 아가리를 벌리고 있다

흰빛에 눈길이 멈추었을까

멍하니 숨죽여 들여다본 신발은 뒤축도 닳지 않은 새 신발이다

알아듣지 못하는 추측들이 호수를 향한다

시간의 미로 속에는 분명 울컥거리는 방황이 죽음을 예견한 것일까

고요한 호수, 자작나무 숲은 비명을 털어내고 있다

푸른빛 가면을 쓰고 있는 호수의 외면

끌어안고 놓아주지 않는다

아마도 하늘을 긁으며 심연 속 착지가 오래되지 않았나 보다

물의 배를 가르고 발롱 자세로…

비릿한 내음을 친절하게 남겨놓은 송달호수

익명의 여자의 미끄러진 생이 농담처럼 지워져 버렸다

난 그저 글썽이는 이방인

- 「투신」 부분

시인의 문밖 탐험 아카이브 폴더는 크게 외출(산책)과 국내·해외여행으로 구분할 수 있다. 꼭 멀리 떠나야만 여행은 아니다. 불면의 밤을 보내다 용기를 내 문밖을 나서 길 위에 서면 여행이다. 시 「푸른 모과가 있는 풍경」의 시적 화자는 갈림길에서 한 노인을 만난다. 눈이 내려 자전거를 끌고 가는 노인의 "오래된 집"에 따라 들어간다. 눈에 들어온 것은 바람 숭숭 들어오는 냉기와 "낡은 바구니에 담"긴 모과, 그리고 "누에고치처럼 이불을 돌돌 말고 누워 미동조차 없"는 노인의 아내다. 불행은 나보다 더 큰 불행을 만나면 몸을 낮추는 속성을 가지고 있다. "박제된 시간"이 끌어안는 생은 개인의 불행을 사회적 불행으로 대치한다.

여행은 불현듯 떠나야 제맛이지만, "불시착"하듯 도착한 제주의 카페 몽상드 애월은 "거울신전"이다. 카페의 거울은 안에서 밖을 볼 수 있지만, 밖에서 안을 들여다볼 수 없다. 밖에서 보는 안의 세계는 유리에 막힌 벽이거나 반사지만, 안에서 보는 밖의 세계는 풍경과 은밀한 관찰이다. 섬에서 바라보는 뭍은 열려 있지만, 뭍에서 바라보는 섬은 닫혀 있다. 섬 안에서 바라보는 카페는 섬이라는 광의에선 열려 있고, 카페라는 협의에선 닫혀 있다. 바다는 뭍으로 열려 있는 무한의 세상이다. 그런 "바다를 끌어안은 거울 벽이 부풀어 오르면/파도는 체위"를 바꾼다. 이는 뭍과 연관된 유한의 관계를 단절한다는 것이다. 체위를 바꾸는 파도를 통해 당신의 변절과 내 마음이 돌아섰음을 암시한다는 점에서 보들레르의 "시간의 빛깔을 한 몽상"을 떠올리게 한다. 시간의 빛깔은 시시각각 변해가는 자연과 심정과 작품의 기분을 말한다. 이런 기분에 더해 "투신하듯 사라지는 사람들"이나 "짓이겨진 상처"는 화자의 극단적인 심리상태를 반영한다.

투신은 노르웨이 송달호수에서의 경험을 쓴 「투신」에서도 드러난다. 화자는 이른 새벽에 일어나 호수로 나간다. "현지인들 사이로" 이슬에 젖은, "뒤축

　　　　　　　　　　　　제3부 존재와 세계의 분류법

도 닳지 않은” “신발 한 짝”이 보인다. 호수는 아무 일 없다는 듯 고요하지만, “절대 고독의 시간을 견뎌온”(「자작나무 스캔들」) “자작나무숲은 비명을 털어 내고 있”다. 화자의 심경은 죽음을 목도하고 이에 반응하는 자작나무숲에 기 운다. 반면 길 위에서 영원히 길을 잃은 “익명의 여자”가 투신한 호수는 “푸른 빛의 가면을 쓰고 있”는 듯하다. 한 생의 죽음이라는 엄청난 일이 발생했지만, 호수는 고요하다. 내가 자작나무라면, 잔물결조차 일지 않는 호수는 당신의 또 다른 모습이다. 내가 떠났음에도 반응이 없는, 금방 평정을 찾는 모습이 잔 인하게 다가와 풍경을 혼몽하게 한다. “지층이 어긋난”다는 것은 당신과 나의 관계가 회복할 수 없는 길로 접어들었음을 의미한다. 한 “생이 농담처럼 지워” 질 수 있음에 “그저 글썽”인다. 떠나온 곳에서도, 낯선 곳에서도 이방인일 뿐 이다.

> 내 불안한 혓바닥에 녹아드는 공포의 문장
> 들리지 않는 독백으로 찢어 놓는다
>
> 당신은 가까운 곳에 있고
> 난 먼 곳을 향해 달아난다
>
> ─「사물은 생각보다 가까운 거리에 있습니다」 부분

이 시는 달리는 차의 사이드미러를 통해 당신과 나의 슬픈 거리를 다루고 있다. 길 위에 있어도 쉽게 당신을 놓지 못한다. “당신은 가까운 곳에 있”다는 자의식이 “내 불안”을 자극한다. 길을 잃는 여행은 불안과의 동행이다. “난 먼 곳을 향해” 자꾸만 달아난다. 길 위에서 길을 잃는 여행의 시편들에서 이를 수 시로 확인할 수 있다. 혼자 산책을 하다 “화려한 진열대/ 매일 새롭게 바뀌는”

물건을 사러 들르는 「무인 편의점 -Untact」, "채송화가 담벼락에 기대어 있는" 고향을 찾은 「다시 들여다보는 유년의 골목」, 지하철에서 "내 안의 소음 속에서 유배를 즐"기는 「닫힌 귀, 듣기 싫어요 -노이즈 캔슬링」, "부유하는 먼지들로 가득한 버스 안"의 풍경을 다룬 「먼지」, 커피를 마시며 "둥근 생이 돌아 다시 내게 온다면/ 쓰디쓴 말을 삼키며 살 것을" 후회하는 「3,900원으로 커피잔을 샀다」, "잿빛 보자기를/ 목에 질끈 묶고 오르막을 오"는 노인의 "서글픈 생"을 쓴 「난처한 침묵」 그리고 누군가에게 위로받고 싶은 쓸쓸한 날 오후에 홀로 카페에서 커피를 마시는 「내가 나에게 보내는 안부」 등 많은 시가 외출과 산책을 통해 "나를 안아 주기도, 매만져 주기도" 한다. 출사와 관련이 있는 여행도 길을 잃는 방법 찾기와 다르지 않다. "불타버린 검은 갈대숲"에서 "카메라 삼각대를 놓고 갯벌"을 찍는 시 「붉은 바람개비」, "운둔자의 수행처" 법정 스님이 머물던 쯔데기골을 다녀와 쓴 「적막하고 쓸쓸한 곳에 다녀왔다」, "바다의 영혼들이 유서를 써놓"은 것처럼 느껴지는 튀르키예(터키)의 소금호수에 대해 쓴 「소금문자」, 아름다운 "카리브 해안가 호텔"에서도 "남은 슬픔" 털어버리지 못하는 「슬픔은 고딕체처럼」 등의 시는 물리적 길 위에서 길을 잃기 위해 애쓰고 있다.

> 하얀 시트 위에 눕힌 제목
> 이름이 파고든다
>
> 서로를 바라보며 들이키는 깊은숨
>
> - 「꿈꾸는 A4 -잉태」 부분

> 신생아 같은 흰 얼굴을 하고

요람에 누워 칭얼거리고 있다

자주 안아 주지 못한 미안함에

보드라운 살결을 쓰다듬고

젖줄처럼 써놓은 문장들을 다시 들여다본다

- 「꿈꾸는 A4 –탄생」 부분

변방의 심장을 가져다 쓰면

한 줄이라도 살아남을까

- 「꿈꾸는 A4 –성장」 부분

난 늘 본문 밖으로 도망치는 꿈을 꾼다

글을 쓰는 인류를 파괴하고

원초적으로 돌아가려 발로 차고 밀어냈지만 허탕

부끄러운 목차, 수치심 가득한 표절

진실이 감춰진 글들만 수두룩

- 「꿈꾸는 A4 –사춘기」 부분

기형의 단어들로 시작하는 첫 행行

다시 또 반복

한자리에서만 맴도는 자폐성

- 「꿈꾸는 A4 –히스테리」 부분

늘 황폐한 땅에 쭉정이 단어들로 씨를 뿌린다

서늘한 서정으로 가득한 시詩밭

- 「꿈꾸는 A4 –파종」 부분

이번에 탐험할 폴더는 시작詩作이다. 산책과 여행을 통해 길 잃는 방법을 터득한 뒤 실행에 옮긴 것이 시에 대한 몰두다. 시인은 남녀 간 사랑의 행위를 통해 태어나는 아이처럼 시의 단계를 잉태-탄생-성장-사춘기-히스테리-파종으로 구분한다. 잉태에서 파종은 좁게는 시 한 편, 넓게는 시집 한 권이다. 잉태의 순간 "하얀 시트 위"에 제목을 눕히고, 이름을 쓴다. 자음과 모음, 단어와 단어, 문장과 문장은 사랑의 행위로 변주된다. "체위가 바뀌고" 문장은 "절정으로 치"닫는다. 사정을 하고, 한 편의 시를 잉태한다. 하지만 격렬한 행위 뒤에 찾아오는 허탈감처럼 방금 쓴 시가 "빈껍데기"임을 확인하는 순간 비명이라도 내지르고 싶은 심정이다. 낯설기는 하지만 시인으로서의 여정을 시작했다는 데 의미가 있다. 잉태 이후는 탄생이다. 시는 "신생아 같은 흰 얼굴을 하고" 있다. 임신과 육아로 지친 상태에선 사랑에 소홀할 수밖에 없다. 사랑에서 육아(태교)로 관심이 옮겨간다. 시도 이와 다르지 않다. 새로운 시를 써야 하는데, 신경이 분산된다. 첫 아이인지라 육아(시 쓰기)의 경험도 부족해 "균형 잃은 언어들이 버둥거리고" 은유도 상실한다. 그래도 "차마 물리칠 수 없어" "다시 요람 위에 올려놓"고 어르고 달래본다. 아이는 금방 자란다. 어느새 "쏟아 버린 문장들이 가득"하다. "속을 게워내며 보챈" 여러 밤을 지새운 까닭이다. 그럼에도 마음에 차지 않는다. 많이 성장했지만, 마음 깊은 곳에서 "지독한 불안"과 불만이 차오른다. "변방의 심장"이라도 가져다 쓰고 싶은 유혹에 시달린다. 이럴 땐 "한동안 방치"한 채 "모른 척"하는 게 상책이다. 문제는 감성과 감정의 분출, 육체적·정신적 성숙의 괴리, 현 상태의 유지와 일탈의 충동이다.

하지만 이보다 더 큰 문제는 "진실이 감춰진 글들만 수두룩"하다는 것이다. 진 정성이 결여된 시는 아무리 써봐야 감동을 줄 수 없고, 결국 자신의 영혼을 갉 아먹는다. 이런 상태의 시 쓰기는 자신을 밀폐된 공간에 유폐시키는 것과 다 르지 않다. "한자리에서만 맴도는 자폐성", 더딘 발전을 확인하곤 좌절한다. 가슴에서 울리는 소리를 받아적어야 진정 원하는 시를 쓸 수 있지만, "내 목소 리"조차 들을 수 없는 냉혹한 현실이다. 그럼에도 "부서지고 상처뿐인 문장으 로 싹을 틔울 수"는 없다. "황폐한 땅"에선 '시'라는 새싹이 제대로 자라지 않 는다는 자각과 "쭉정이 단어들로 씨를 뿌"리고 있다는 반성과 "서늘한 서정" 이 신새벽의 시를 더 깊은 은유의 세계로 이끌 것임은 자명하다.

클랭의 파랑을 표절한 바다, 울트라마린

이제 막 노을이 엎어진 갯벌에
모노크롬 터치들이 시작되고 있다

머뭇거림 없이 잡아채야 하는 속도전
파랑만 건져 올려 고요와 함께 봉합해
어둠의 서랍 속으로 밀어놓는다

붉은 얼굴이 반쯤 남았던 해는 빠르게 문을 닫아걸었다

해안선 철조망은 낯선 발자국을 경계하고
하얀 어깨를 처박은 폐선이 낡은 시간을 부비고 있다

해당화는 서걱서걱 모래를 씹고

난 아직도 파랑이 아쉬워 허기를 느낀다

누군가 흘리고 간 우울을

혹여 새의 깃털에 남아 있을지도 모를

불현듯 맨발로 걸어야 한다는 몸의 신호

상형문자 그려진 갯벌을 탐색하듯 걷는다

시나브로 어둠을 깨며

파랑을 채집하고 인화한다

스크랩하며 겹겹이 쌓아놓는 일 에뛰드

파랑의 혈통을 가질 수 있다면 내 혈관으로 채워지겠지

– 「파랑 아카이브」 전문

　　표제작 「파랑 아카이브」는 해가 지고 난 뒤의 갯벌 풍경을 담고 있다. "이제 막 노을이 엎어진 갯벌"을 담기 위한 출사에 나선 것으로 보이는데, 화자는 노을의 붉음보다 바다의 파랑에 천착한다. 하지만 가만히 들여다보면 "해안선 철조망"과 갯벌에 "어깨를 처박은 폐선", 해안에 핀 해당화, 하늘을 나는 새의 군무를 찍고 있다. 촬영 시간은 매직아워magic hour다. 매직아워는 태양이 사라지고 짙은 어둠이 찾아오기 약 15분 동안 환상적인 파랑 하늘을 촬영할 수 있는 시간이다. 그림자가 없는 상태라 부드럽고도 따뜻한 색상을 얻을 수 있다. 사진가들은 원하는 사진을 얻기 위해 앵글을 고정한 채 연신 셔터를 눌러댄다. 화자가 원하는 색은 군청이라 불리는 울트라마린ultramarine. 원료인 청금석의 조달에는 긴 여행이 필요했기 때문에 '바다 저편'이라는 뜻의 울트라마린이 그대로 색의 이름이 되었는데, 역사적으로 가장 비싼 색으로 알려져 있다. 시인은 '인터내셔널 클라인 블루IKB'라는 색을 자신의 고유색으로 특허를 내 사용한 이브 클랭Yves Klein처럼 개성 있는 시를 쓰고 싶은 욕망을 감추지 않는다. "내 혈관"을 "파랑의 혈통"으로 채우고 싶어한다.

에바 헬러는 『색의 유혹』(예담, 2002)에서 "인간의 감정은 색보다 훨씬 다양하다. 그래서 같은 색이라도 다양한 영역에 영향을 미칠 수 있으며 때로는 서로 상충되는 영향을 나타내기도 한다. 색의 영향은 늘 변한다"고 했다. 파랑은 가장 따스하면서 "상호간의 이해를 미덕으로 삼는 색"이다. "파랑을 채집하고 인화"한 시인은 시원한 색 파랑에서 따스함을 발견한다. 원하는 사진을 찍기 위한 "생을 골똘히 들여다보며 갸륵해 하는 시간"(「파헤쳐진 흙에서 신상 털기」)과 "아주 깊은 곳 파랑을 끌고와"(「파도는 연습이 없이 밀려온다」) "나의 성소聖所"(「산딸나무 아래서」)를 만든다. 세상에 "내상內傷 없는 생"(「검은 이력」)이 어디 있겠는가. "아직 도착하지 않은 생"(「난 너에게 궁핍한 변명만」)과 시와 '나 자신'을 위해 늘 길을 잃을 일이다. 리베카 솔닛은 말했다. "사물을 잃는 것은 낯익은 것들이 차츰 사라지는 것이지만, 길을 잃는 것은 낯선 것들이 새로 나타나는 것이다. 물체나 사물은 우리 시야에서, 혹은 지식에서 혹은 소유에서 사라진다."

와인-시, 발효의 미학

— 강성남 시집 『당신과 듣는 와인춤』

1

2009년 농민신문 신춘문예에 당선하고, 2018년 제26회 전태일 문학상을 받으며 본격적으로 작품활동을 시작한 강성남 시인의 첫 시집 『당신과 듣는 와인춤』은 특이하게도 '와인'을 책 제목에 넣고, 각 부를 와인의 종류/특징으로 구성하고 있다는 점에서 눈길을 끈다. '와인춤'이라는 생소한 시어의 연상과 상상 그리고 그 춤을 추는 사람을 '보는' 것이 아닌 '듣는' 행위를 통해 다소 몽환적 분위기를 자아낸다. 해녀의 숨비소리를 이미지화한 표제시 「당신과 듣는 와인춤」에서 '와인춤'은 "가장 깊은 음역의 시詩"를 쓰는 행위이면서 "그가 그녀(의) '파' 건반을 지그시" 누르자 물속과 수면에서 춤을 추는 것으로 묘사된다. 와인을 따르거나 마시는 행위는 해녀가 바닷속에서 유영하거나 수면 밖으로 나오는 것으로, 다시 '와인춤'을 추는 것과 한 편의 시를 완성하는 것으로 이미지가 중첩된다. "내면 깊숙이 숨을 불어넣"어 오래 숨을 참는 것은 시의

제3부 존재와 세계의 분류법

순간을, "발꿈치를 들고 스텝을 밟는" "잃어버린 말語들"은 시의 전율을, "숨어있던 기억들을 조율"하는 "무수한 밀어들"은 시의 절정을 순차적으로 보여준다. 시인은 와인의 이미지에서 춤과 해녀 그리고 시의 이미지를 끌어와 정밀하게 배치한다. 시적 화자인 그는 상징적으로 연주할 뿐만 아니라 '와인춤'을 완상하는 주체다. 아니 "나이면서 내가 아닌/ 당신"('시인의 말')과 함께 '와인춤'을 듣는다. 표면적으로는 '나'와 '당신'을 동일시하는 이 문장이 지시하는 방향을 가만히 응시하면 '나'와 '당신' 사이에 '아닌'이라는 부정의 거리감이 존재한다. 이 좁히기 어려운 거리감은 "시접"(이하 「나를 수선하다」), 즉 접혀서 옷 솔기의 속으로 들어가 지금은 보이지 않지만 언젠가는 접힌 부분을 풀어야 하는, "오해의 그늘"이다. 또한 '마음의 여백'이면서 상처, "아름다운 무늬" 같은 다중의 의미를 내포한다. 술(와인)은 마실 때는 달콤하지만, 중독되면 심각한 부작용을 초래할 수 있음을 뜻한다.

그러면 왜 와인일까. 시인은 제목뿐 아니라 의도적으로 1부 '스위트와인', 2부 '레드와인', 3부 '로제와인', 4부 '화이트와인'으로 시집을 구성하고 있다. 로드 필립스는 『와인의 역사』(시공사, 2002)에서 "와인은 발효라는 자연발생적인 과정의 산물"이라 했다. 와인과 포도의 성분이 정확하게 일치한다는 점에서 "포도알은 저마다의 작은 양조장"이라고도 했다. '와인'의 자리에 '시'를 넣어보면 어떨까. 시는 자연의 관찰과 관계성, 경험이 머릿속에서 숙성/발효의 과정을 거쳐 얻어지는 산물이다. 광의의 자연에서 얻은 산물을 약간의 가공을 거쳐 완성된다는 점에서 와인과 시는 닮았다. 와인을 만드는 과정은 의외로 간단하다. 포도 과육을 으깨서 과당과 이스트를 섞고, 공기를 완전히 차단하고 발효될 수 있도록 상온에 보관하면 된다. 시를 쓰는 것도 숙성의 시간을 거친 시감詩感을 으깨서 상상과 경험을 섞고, 비유/은유로 포장한 후 일정 시간이 경과한 후 퇴고하면 된다. 그래야 "터치감과 상상력이 풍부"(이하 「빵과

골목」)한, "치유력이 강"한 시를 생산할 수 있다. 포도가 와인으로 탈바꿈하는 과정은 의외로 간단하지만, 와인은 "수많은 선택이 낳은 결과물"이다. 포도나무를 어느 곳에, 어떤 품종을 심을 것인지부터 가지치기, 솎아내기, 수확하기 등과 주조 과정에서도 어떤 식으로 압착하고 발효시킬 것인지, 껍질을 넣을 것인지 뺄 것인지, 앙금을 남길 것인지 뺄 것인지, 첨가물을 넣을 것인지 말 것인지 등의 선택에 따라 와인의 맛은 달라진다. 시도 어떤 사물/대상을 선택하고 관찰하는지, 어떻게 시를 전개할 것인지, 시어 선택과 상상력, 개인적 경험 등에 따라 시의 맛이 달라진다. 와인의 종류가 복잡하고 다양하듯이, 시도 시인의 의도와 방식, 목적 등에 따라 다른 색깔을 드러낸다. "수만 개의 금맥"을 캐듯, 다양한 시를 창작할 수 있다. 색깔과 당분, 탄산가스에 의해 와인을 분류하듯이, 시의 빛깔과 맛의 특성에 따라 이번 시집을 구성한 것은 아닐까.『보물섬』,『지킬 박사와 하이드』등을 쓴 로버트 루이스 스티븐슨은 "와인은 병에 담긴 시詩"라고 했다. 지금 눈앞에 다양한 병에 담긴 다양한 와인/시가 놓여 있다. 지금부터 시인이 정성껏 빚어 내놓은 와인/시의 맛을 음미하는 시간을 가져보자.

2

1부 '스위트와인'의 계절은 봄, 색깔은 분홍이다. "원고지 같은 봄날/ 햇살들 마라톤 대회"(「이메일」)를 열고, "버드나무는 분홍 원피스를 입"(「물의 뜰」)는다. "잠에서 막 깨어난 나비"가 날고, 뱃속에선 "금빛 나비 한 마리가 숨"(이하 「나를 수선한다」)을 쉬고 있다. 하지만 그 나비는 "산부인과 수술" 할 때 날아든 "복통腹痛의 주인공"이다. 봄이 마냥 달콤하지만은 않다. 나비는 생명(「나를 수선한다」), 자아(「나비」), 희망(「희망으로 와요」), 사람(「한글학교 가는 길」), 진보(「구름도서관」) 등 존재와 세계를 한 단계 끌어올리는 매개 역할을 한다. 즉 상처나 고통으로 좌절할 수 있는 존재에게 희망을 부여해 긍정으로 세계로 이끈다. 겨울이 아무리 혹독해도 봄이 온다는 메시지를 제공한다. 강성남의 시에서 봄을 상징하는 색깔은 나뭇잎의 '초록'과 꽃의 '분홍'이다. 시인은 초록보다 분홍에 눈길이 더 오래 머문다. 분홍은 빨강/여름과 하양/겨울을 배양한 색깔이다. 역사적으로 보면 분홍은 남성성을 상징하다가 여성성으로 변모하는데, 이번 시집에서는 "분홍 봉투"(이하 「블루오션」)에 "갖고 싶은 사랑을 골라 담"는 행위나 "분홍 원피스엔 자꾸만 꽃가루가 달라붙"(「나비」)는 것에서 알 수 있듯, '도색桃色'이나 '사랑'을 상징한다.

엄마는 나를 꼭꼭 접어 봄 속으로 내보냈다

괴어놓은 돌이 자주 흔들리는 정릉동 산허리, 새 교실 맨 앞자리엔 고향에 두고 온 책상이 따라와 있었다 버스를 타고 광화문 앞에서 내리면 종로 소방서가 보일 거야 청진약국을 끼고 한옥 담장을 따라가 서울 지리에 깜깜한 나는 아담한 '아담'이라는 요정을 용케 찾았다 커다란 나무 대문 안에 연못, 수면에서 반짝이던 물비늘이 일제히 나를 찔렀다 마루엔 속저고리만 걸친 여자들이 화투를 치고 세상의 꽃들은 모두 모여 피고 있었다 주인 마담은 내 이름을 안다고, 빳빳한 지폐 한 장을 쥐여 주었다 산앵두처럼 온몸이 물들어 돌아 나오는 내 귀엔 드르륵 슬픔이 열리는 소리가 들렸고 열세 살 분홍 원피스엔 자꾸만 꽃가루가 달라붙었다

봄이 그려준 약도 한 장 들고, 봄 속의 봄을 건너고 있다

— 「나비」 전문

어느 봄날, 바쁜 엄마는 "열세 살", 어린 나에게 심부름을 시킨다. 경북 안

동 학가산 아래 산골에서 태어난 시인이 서울 정릉동 산동네로 이사한 열세 살 때다. 엄마는 가는 방법과 약도를 그려 "꼭꼭 접어"서는 손에 쥐여 주면서 조심히 갔다 오라고 신신당부했을 것이다. 집을 나서는, 아니 약도를 받는 순간 나는 한 마리 나비가 된다. 화자의 사물화는 강성남의 시의 특징이다. 팔랑팔랑 날갯짓하며 "정릉동 산허리"를 출발한다. "버스를 타고 광화문 앞"에서 내려 "종로 소방서" 부근 "청진약국을 끼고 한옥 담장을 따라"간다. 하필 그곳은 "'아담'이라는 요정". "마루엔 속저고리만 걸친 여자들이 화투를 치고" 있다. 영락없는 꽃을 찾은 나비의 이미지다. 이것이 오랜 시간의 지층에 잠들어 있던 기억을 떠올려 시를 쓴 이유일지도 모른다. 구체적인 진술은 없지만, 아니 삶이 자주 흔들리는 "정릉동 산허리"에 사는 것이나 "빳빳한 지폐 한 장"이 의미하는 것이 엄마가 그곳 여자들의 빨래를 해주고 받은 품삯일 수도 있다. 친인척이나 동향의 지인에게 빌리거나 빌려준 것을 받는 것일 수도 있다. "드르륵" 열리는 슬픔은 그곳의 여자들만의 것은 아니다. 그곳의 여자들보다 더 부끄러워하는 어린 화자의 슬픔도 배어 있다. "봄 속의 봄을 건너"고서야 비로소 기억의 갈피에 고이 접혀 있던 상처와 슬픔, 그리움을 나비라는 사물을 통해 재구성함으로 고유한 시적 소사小史를 펼쳐 보인다. 실존적 경험의 세계를 현재화해서 과거의 기억을 온몸으로 끌어안고 있다.

나무들은 줄 서 있는 인쇄물이다 햇살이 블라인드를 올리면 왕성한 수액을 돌려야 하는 봄이 시작된다 잠에서 막 깨어난 나비는 공원에도 가야 하고 계곡과 바다, 산과 들판에도 들러야 한다 스노지 같은 안개, 접착 본드 같은 황사를 확인하는 것도 잊지 말아야 한다 그사이 새로 들어온 왕대나무가 궁금하다 오늘 하리꼬미 해놓은 책은 수천 페이지가 넘는 마터호른산의 자서전이다 두꺼운 양장본으로 된 전집류도 거뜬히 소화하는 그녀 컨베이어벨트 앞을 철컥철컥 지나는 새들을 읽는다 날씨를 구분하는 간지 속에 천둥과 빗줄기를 확인하는 것도 잊지 말아야 한다 이곳에선 한 치의 오차도 허락하지 않는다 기쁨과 슬픔을 잘못 접착하면 파지가 날 수도 있다 풍경은 갓난아기부터 노인에 이르기까지 계절마다 판형 다른 나무들을 출간한다 강물은 자음과 모음으로 이루어진 하루를 매번 새롭게 입력한다 목련나무가 첫 시집을 내는 봄, 별이 내비게이션을 다는 여름, 단풍나무가 수필집을 출간하는 가을, 선명하게 살아나는 글자 속에 수만 번 돌아온 겨울이 새 소설집을 준비하고 있다 이곳은 빛으로 가득한 언어言語 창고다

― 「은행나무 제본소」 전문

시집 맨 앞에 놓인 시 「은행나무 제본소」는 자연의 순환 혹은 변화를 책 만드는 것으로 인식한다. "줄 서 있는" 나무들은 그 모습 그대로 인쇄물이다. 자연이 인쇄해서 내놓은 결과물로, 제본할 순서를 기다리고 있다. 나란히 줄을 서 있다는 것으로 보아 자연적으로 생겨난 게 아닌 인위적으로 조림한 것이다. 목재 펄프로 종이를 생산하고, 그 종이로 책을 찍는다는 연상작용이다. 한데 시인은 나무 한 그루 한 그루를 자연이 디자인하고 "하리꼬미"해 인쇄를 마친 결과물이라 상상한다. 하리꼬미는 인쇄 전 최종 단계로 '터잡기'의 일본어에서 유래한 말로, '접는다', '휘어진다'는 뜻이다. 인쇄판 작업을 위한, 접지 방법에 따라 1페이지 단위로 터를 잡아 효율적으로 인쇄하는 방식이다. "오늘 하리꼬미 해놓은 책"은 "수천 페이지가 넘는 마터호른산의 자서전". 알프스산맥의 스위스와 이탈리아에 걸쳐 있는 이 산은 피라미드 모양의 만년설이 쌓인 봉우리다. 깎아지른 듯한 암벽의 험난한 지형은 "두꺼운 양장본으로 된 전집류"을 떠올리게 한다. 시인은 나무와 종이의 연상에서 한 단계 더 상상의 나래를 펼친다. 봄은 "햇살이 블라인드를 올리"는 것으로 시작된다. 나비나 안개, 황사를 통해 봄을 확인할 수 있지만, 가장 큰 변화는 역시 나무들이다. 가지가

초록으로 물들고, 꽃이 피는 것과 같은 변화다. "새로 들어온 왕대나무"가 잘 정착했는지도 궁금하다. 이 역시 인쇄물이다. 햇살이 봄을 알리지만, 가장 중요한 역할을 하는 것은 물이다. "왕성한 수액"이나 "계곡과 바다", "천둥과 빗줄기", "강물" 등의 작용으로 봄의 이미지는 한층 완숙해진다. "계절마다 판형 다른 나무들이 출간"되고, 각종 문학 서적을 출간하는 제본소가 왜 '은행나무' 일까. 우리 주변에서 흔하게 볼 수 있는 은행나무는 '살아 있는 화석'으로 불린다. 동식물 대부분이 멸종한 빙하기를 거치고도 살아남은 멸종위기종이다. 세계에 하나밖에 없는 유일한 종인 것처럼 책도 세상에 하나밖에 없는 유일한 존재물이다. 또한 접지한 인쇄물이 쌓여 있는 모습에서 켜켜이 지층에 쌓여 있는 화석, 즉 살아 있는 화석인 은행나무를 연상하지 않았을까. 하여 은행나무 제본소는 "빛으로 가득한 언어言語 창고"이기도 하다.

3

2부 '레드와인'의 계절은 여름이다. 적포도의 껍질을 제거하느냐 마느냐에 따라 화이트와인과 레드와인으로 결정된다. 레드와인은 껍질에서 최대한 많은 빛깔과 맛을 우려내야 하므로 발효할 때 화이트와인보다 높은 온도를 유지한다. 즉 계절에 의한 분류가 아닌 열정의 '레드'와 비교적 높은 '온도'에 주목해 제대로 색깔이 우러난 시들을 2부에 배치했을 것이다. 인생으로 치면 20~30대가 아닐까. 여상을 졸업한 20대 초반 "남대문 시장통을 오가는 나"(이하 「소문난 경북집」)와 "관수동 벚나무 대폿집"에서 어울린 서울예대 학생들과의 추억, 첫 "아이를 안던 순간의 감개무량"(「모자보건센터 607호실」), 그리고 "논두렁 도서관과 사과밭 화실을 넘나들며"(「화가 K」) 빛깔이 다른 화법으로 그림을 그린 화가 K의 꿈 등의 시기 말이다. 그 꿈의 반대편에는 "내 꿈에 열쇠를 꽂은"(「O시에 나는 시계를 확인하고」), "상가喪家에서 밤을 새우고"(「봄비」) 왔다면서 고인의 이름조차 모르는 남편이 존재한다. 또한 "내일의 주인공을 맞이할 자리"(「임산부 배려석」)에는 앉을 임산부가 없다. "불과 불이 만나 일가를 이룬"(「만월滿月 ─4·3 평화공원」) 형국이지만, 여름의 무더운 날씨에도 꽃과 열매를 맺어 결실의 가을이 온다는 희망이다.

1

화기를 가하는 건 늘 내부 쪽이다

잊으려 하면 할수록

불은 두꺼운 바닥을 투과하여

이마까지 달군다

속이 비치는 뚜껑

꽃망울처럼 부푼 목젖

허파 밑으로 드나드는 바람이 보인다

방울토마토 같은

레몬 같은

타이레놀 같은

둥근 시간들이 그녀 안을 떠다닌다

정작 그녀 자신은

제 속을 볼 수 없어 바닥을 새까맣게 태울 때가 많다

2

바닥이 다층인 그녀

급작스러운 온도 변화에 민감하다

금방 끓어올랐다, 파르르 식어버리는 성깔이 아니다

함부로 열을 가하는 것은 금물이다

서쪽 창으로 들어온 날 선 빛 한 줄기

옆구리에 박힌다

빛날에 곪힌 기억 속으로 두레박줄을 풀어 내린다

햇살과 바람으로 파도치던 시간이 수축과 이완을 반복한다

달콤한 시럽약 맛

쓰디쓴 가루약 맛

상처의 맛을 구분하는, 목구멍 씁쓸한 그녀

하얗게 불린 침묵을 넣고 뚜껑을 닫는다

열에 들뜬 이마 점점 달아오르고

뿌옇게 흐려지는 안부, 끓기 시작한다

내장 뜨거운 짐승이 푸른 눈을 뜬다

- 「냄비 속의 여자」 전문

이 시는 2009년 농민신문 신춘문예 당선작이다. 심사평에서 "산문적 진술이 덜하고, 시적 상상력이 뛰어"날 뿐만 아니라 "평범한 일상적 소재를 성공적으로 '데포르메'한 점도 장점으로 꼽혔다"고 했다. 데포르메déformer는 대상을 사실적으로 묘사하지 않고 일부 변형, 축소, 왜곡을 가해서 표현하는 기법을 말한다. 제목을 「냄비 속의 여자」라고 했지만, 이 시에서도 여자와 냄비는 동일시된다. 여자가 곧 냄비다. 우리가 아는 냄비의 속성은 "금방 끓어올랐다, 파르르 식어버리는 성깔"이다. 냄비 속 세계는 고요와는 거리가 멀다. "속이 비치는 뚜껑"으로 인해 속내를 감출 수도 없다. 내 안의 세계를, 존재의 속성을 드러냄으로써 축소하거나 왜곡할 여지도 줄어든다. 그렇다고 있는 그대로의 세계를 보여주지는 않는다. 냄비 속은 끓어오르면 우르르 일어나 금방 "이

마까지 달"구고, 내용물을 변화시킨다. 냄비 "내부"가 지시하는 곳에는 울화로, 화병으로 속이 새까만 여자가 보인다. "허파 밑으로 드나드는 바람"은 화병의 근원, 내부의 화기로 "타이레놀 같은" 약을 먹지만 속은 새까맣다. 성격은 다층적으로, 삶은 급격한 변화를 경험한다. "옆구리에 박"히는 "날 선 빛 한 줄기"는 "파도치던 시간"과 결합해 화기의 속성을 심화시킨다. "상처의 맛"을 제대로 음미하게 한다. 시적 화자의 의지와 달리 주변 환경과 시간은 그녀의 편이 아니다. 안으로 속을 끓이던 화자의 선택은 "침묵"이고, 그 결과는 "흐려지는 안부"와 "푸른 눈을" 뜨는 짐승의 시간이다. 냄비라는 좁은 세계에서 벗어나지 못하고 뜨겁게 반응하는 자아의 운명은 스스로 데포르메한 것일 수 있다. "수축과 이완"의 시간이 반복된다는 점에서 비극은 항시 내재해 있다.

  당신은 왜 내 꿈에 열쇠를 꽂았을까?

  나는 한 번도 걸어보지 못한 오선지 위에 내 꿈을 옮겨 심는다
                              - 「0시에 나는 시계를 확인하고」 부분

  송도 국제신도시 아파트 신축 현장
  안전 사다리에 허리를 묶고 별을 점등하노라면
  한낮에도 파노라마를 펼치는 은하
  보이지 않는, 거울 너머 세상과 땜질하며
  살을 깎아 미완의 꿈을 잇는다
                              - 「타워리프트」 부분

  '꿈'은 당장 이루어질 수도 있지만, 시간의 숙성을 거쳐야 한다. 여러 여건

상 유예되기도 한다. 특히 젊은 시절 이루고 싶은 꿈은 오랜 준비 과정을 수반한다. "내 꿈에 열쇠를 꽂"고 방해한 일이 생기기도 한다. 시인의 꿈은 시인이다. 그 꿈을 이루기 위해 혼자 견디기보다 "꽃나무 뒤편"(이하 「안경이 왔다」)에 "또 하나의 세계가 있다는 걸" 알려주는 조력자가 필요하다. "서울예대 문창과"(「소문난 경북집」)에 와서 같이 시를 쓰자고 권하는 친구들과 때론 "시 좀 그만"(「봄날, 그들은 낚시를 다녔다」) 쓰라는 엄마의 지청구도 뒤돌아보면 약이다. "살을 깎아 미완의 꿈을 잇"고서야 시인의 꿈을 이룬다. 하지만 그냥 시인이 아니다. "피지 않고는 채울 수 없는"(「이메일」) 꿈의 종착에 "온몸이 시詩"(「교보문고에서 당나귀를 기다림」)가 되고자 하는 간절한 염원이 담겨 있다.

4

3부 '로제와인'의 계절은 자연스럽게 가을이다. 약한 붉은빛이 도는 로제와인은 얼굴을 붉힌, 발그레하다는 의미의 '블러시blush 와인'이라고도 한다. 빛깔은 레드, 맛은 화이트에 가까운 색다른 매력을 가지고 있다. 빛깔이 갓 결혼한 두 사람의 핑크빛 미래를 연상시켜 새로 시작하는 신혼부부에게 어울린다. 단풍의 색깔과 새로 시작한다는 의미에서 3부를 '로제와인'이라 했을 것이다. 3부에서 시인은 태몽(「황구렁이」), 첫사랑의 두근거림(「왕관을 쓴 파랑새」), "너와 영원히/ 함께하고 싶다는 그 고백"(「작약도芍藥島」), "빨갱이에서 유공자로 인권"(「녹음綠陰」)이 회복된 노인, "횃불로 어둠을 밝히는 청년 전태일"(「희망으로 와요」), 뒤늦게 공부하는 노인들(「한글학교 가는 길」)을 다루고 있다. 인생의 출발선에 선 사람들은 자의든 타의든 무언가를 시작하려 한다. 그것이 여성으로서 살아가면서 양보하고 포기하면서 잃어버렸던 삶의 한 부분일 수 있다. 시인은 그런 상처와 고통을 명징하고도 매혹적인 이미지로 변주하고 있다.

꽃씨를 심을까

꽃을 따줄까, 숨소리 푸른 아이야

네 피는 열에 민감하다지

뼈와 살에는 금박무늬를 새겼고

돌 속에서도 귀를 열었던가

석류나무 그늘이 붉게 흔들리는구나

태양을 향해 몰래 울던 아이야

내가 너를, 네가 나를

여기까지 데리고 왔구나

찔레꽃 넝쿨 아래 허물을 벗고

저 푸른 솔밭으로 가자꾸나

석류 익을 때, 석류가 익을 때

학가산, 하늘 아래 첫 동네

바위문이 열린다

- 「황구렁이」 전문

위에서 언급한 바와 같이, 안동 학가산은 강성남 시인의 고향에 있는 산이다. 그 산의 "바위문이 열린다"는 것은 아이의 탄생을, 황구렁이는 태몽을 의미한다. 전통적으로 황구렁이는 마을을 지켜주는 영험한 동물로 여겼다. 따라서 황구렁이 태몽은 총명한 아이가 태어날 것임을 암시한다. 이 시에서 아이를 호명하는 주체가 구체적으로 드러나지는 않았지만, 절대자이거나 출산과 운명을 관장하는 삼신할미라 할 수 있다. 한데 시적 분위기로 보면 황구렁이가 아이에게 속삭이는 듯하다. "여기까지" 올 수 있었던 건 "내가 너를" 일방적으로 데리고 온 것이 아니고, "저 푸른 솔밭", 즉 현생으로 같이 가자는 의미가 내포되어 있기 때문이다. 또한 전생인 듯 현생 같고, 현생인 듯 전생 같다. 이런 몽롱함이 탄생에 신비감을 부여한다. 이 시의 첫 연에서 "꽃씨"는 고기 잡는 법을, "꽃"은 고기를 잡아 준다는 것의 변형이다. 즉 인생의 선배로서 눈앞의 이익과 평생 살아갈 지혜 중에 선택하라는 것이다. 하지만 이런 선택의 질문은 "열에 민감"한 피와 "금박무늬"가 새겨진 "뼈와 살"의 고귀함 앞에서는 무의미하다. 한데 3연에 이르면 석류나무는 "숨소리 푸른 아이"를 임신한 엄마로 그려진다. 즉 석류나무 같은 엄마의 몸에 "꽃씨를 심"었고, "숨소리 푸른 아이"가 생겨난다. "석류나무 그늘이 붉게 흔들리는" 건 석류꽃이 피고 졌다는, "몰래 울"었다는 건 앞날이 평탄치만은 않다는 것을 의미한다. 당연히 "석류 익을 때, 석류가 익을 때"는 진통이 시작되고 끝났음을 상징한다.

거울 속에 갇힌 달이 있었는데요

덕분에
세상 제대로 볼 수 없었고요

오독과 착란 사이

오래 배회했는데요

긴 터널 지나는 동안

쪽배 한 척 떠다녔는데요

드디어 나를 가리던

슬픔의 눈물막 떼어 내는데요

빛이 오는 봄날인데요

- 「라식」 전문

　이 시는 라식 수술로 새로운 세상을 보게 된 것을 짧은 행간에 오롯이 담아
내고 있다. 일반적으로 '거울'은 반성이나 부끄러움을 상징하지만, 이 시에서
는 자아와 세상 사이를 가로막고 있는 장애물로 시적 화자는 인식한다. 시각
정보를 뇌에 전달하는 눈의 가장 앞쪽에 각막이 있다. 라식 수술은 엑시머레
이저로 각막 기질을 깎아내 굴절력을 바꿔 줌으로써 근시, 난시, 원시 등의 굴
절 이상을 치료하는 수술을 말한다. 따라서 '거울'은 각막, '달'은 각막을 제외
한 수정체나 유리체 등을 비유한 것이다. 시적 화자는 자아와 세상 사이를 가
로막고 있는 '거울' 때문에 사물/대상을 제대로 인식할 수 없을 뿐 아니라 "세
상을 제대로 볼 수 없"다. "오독과 착란 사이"를 "오래 배회"한다. 언제 침몰할
지 모르는 "쪽배 한 척"에 의지해 외로운 항해를 거듭한다. 외롭고 고독한 항
해를 거듭하다가 "슬픔의 눈물막"을 떼어 내고서야 비로소 '인생의 봄날'을 맞
이한다. 어둠에서 빛으로 발을 내디딘다. '빛'을 받아들이는 순간 굴절되고 왜

곡된 어둠과 슬픔이 순식간에 사라진다.

5

4부 '화이트와인'의 계절은 당연히 눈의 계절 겨울이다. 청포도나 적포도의 껍질을 까서 만드는 화이트와인은 흰색이 아닌 엷은 황색 혹은 황갈색이다. 하여튼 화이트, 즉 흰색은 '평등'을 상징한다. 눈이 소복이 쌓인 순백의 세상에는 미추나 계급, 빈부도 없다. 색을 가진 다양한 빛을 최대한 합하면 합할수록 하양에 가까워지는 것처럼, 4부에 평등의 정신과 시적 방향이 집약되어 있다. 헤르몬산을 통한 종교적 성스러움(「구름도서관」), 가야 할 반대편 플랫폼에서 오지 않는 기차를 기다리는 단상(「반대편에서 기다리다」), 옷걸이에 좌우되는 사람의 품격(「옷걸이」), "봄볕 숨어드는 특수학습"(「오후의 마루방」)의 풍경, 노을 진 전철 안 남녀의 정겨운 대화(「빨간 모자 쓴 강江」) 등 아무것도 쓰여 있지 않은 백지 같은 세상과 평등의 세계관을 다루고 있다. 하지만 그 이면에는 참고 견디는, 희생의 삶이 존재한다. 흰 눈으로 덮인 세상도 보이는 것이 순백일 뿐 눈이 녹으면 불합리와 부조리, 불평등이 고스란히 드러난다.

　　당신 안에서 내가 끓는 동안

　　압의 힘으로

　　우리는 서로의 내부를 통과했다

　　내부를 통과한 뜨거움으로

　　참는 법을 배웠고

　　함께 사는 일이 가능해졌다

- 「반려」 부분

시집을 닫는 시 「반려」나 「옷걸이」가 자아내는 분위기는 대체로 외롭고 쓸쓸하다. 강설이 몰아친 한밤처럼 한기寒氣가 서려 있다. 한기를 견디려면 서로의 체온에 의지해야 하지만, 벗어놓은 옷처럼 곁에서 떨어져 있다. 아이러니하게도 "낮보다 밤이 따뜻"(「목련 −경서동」)한 풍경을 자아낸다. '반려'는 인생을 함께하는 자신의 반쪽, 즉 결혼 상대를 지칭했지만, 반려동물이 애완동물의 대체 명칭이 되면서 그 의미도 확장 혹은 변형됐다. '남편'에서 '가족'으로 의미가 확장/변형되거나 반려의 자리로 옮겨 앉을 때마다 서로의 거리는 점점 멀어진다. 당신의 변화를 알면서도 "눈 귀 닫아걸고" 모른 척한 것은 생존 때문이었다. 홀로 설 수 없다는 막막함, 아이들 생각에 "어디로도" 떠나지 못한 채 참고 살았다. 당신이 "멀리한 이유"를 확인하는 것 또한 두려웠을 것이다. "문득, 정신을 차"(이하 「현대해상」)린 "나는 이 배의 선장"임을 깨닫는다. 내 삶의 주인은 결국 자신이다. 한데 상황을 변화시키는 주체는 '나'이지만, 그 변화가 일어나는 곳은 "당신 안"이다. 그 안에서 주체인 '나'의 "압의 힘으로" 갈등이 해소된다. 하지만 "서로의 내부"가 통과한 것이지 통한 것은 아니다. "밥 때문에" 참고 살 것과 "내부를 통과한 뜨거움으로/ 참는 법"을 배운 것은 분명 차이가 있지만, 멀어졌던 거리감을 좁힌 것 이상은 아니기 때문이다. '침묵'에서 '폭발/대화'로 관계가 좁혀졌지만, 결국은 인내하면서 살 수밖에 없다. 외로움의 농도는 다소 옅어졌을지 모르지만, 사라지지 않은 앙금은 언제든지 수면 위로 다시 떠 오를 수 있다.

　　　나를 받아줄, 반듯한 옷걸이 하나 갖지 못해

　　　어깨 한쪽이 처진 나

　　　식구들이 벗어놓은 옷걸이들을 줍는다

가장이라는 옷걸이 옆에 아이 둘을 건다

좋은 옷도 걸어놓지 않으면 폼이 안 난다

사람보다 더 사람 행세를 하는 옷걸이

등판이 자주 우는, 내 자주색 양피코트

목숨 가진 것들의 품격은

옷걸이에 의해 좌우되는지 모른다

여름내 푸른 가지를 펼치느라

물든 단풍나무들

숲이 옷걸이들로 빽빽하다

고단한 새들 쉬어 가는, 삶이라는 옷걸이

햇살로 짠 시詩 한 벌

내 몸에 입힌다

- 「옷걸이」 부분

  시적 화자는 "나를 받아줄, 반듯한 옷걸이 하나 갖지 못해/ 어깨 한쪽"이 처졌다. 이 시에서 옷걸이는 '가장'의 다른 이름이다. 옷이라는 식구들을 반듯하게, '폼'나게 해주는 역할이다. 하지만 옷걸이는 "사람 행세", 즉 흉내만 낼 뿐 가장의 역할을 외면한다. "목숨 가진 것들의 품격은/ 옷걸이에 의해", 바꿔 말하면 가장에 의해 개별적·인격적 주체인 가족의 품격이 결정되지는 않는다. 삶의 품격은 누군가 높여주는 것이 아닌 스스로 높인다는 깨달음은 과거의 슬픔과 결별하고 "내 몸에" "햇살로 짠 시詩 한 벌"을 선사한다. 한 벌이 아니라

「문가네 소」, 「교보문고에서 당나귀를 기다림」, 「안경이 왔다」, 「타워리프트」, 「봄날, 그들은 낚시를 다녔다」, 「작약도芍藥島」 등 맵시 빼어난 옷을 걸친 시들이 많다. "은유와 상징으로 이루어진 이곳은 생명의 보물창고"(「구름도서관」)이면서 '도도한 알코올'인 와인 같은 시의 정취에 빠져볼 수 있는 '시의 바bar'다. "언어 너머 세계"(「안경이 왔다」)인 이곳에서 농익은 '와인춤'을 감상하면서 시향에 빠져보자. "서정抒情의 마지막 보루"(「구름도서관」)에 "오신 걸 환영합니다"(「블루오션」).

휘발된 시간, 응고된 상처
― 성은경 시집 『모나리자 증후군』

헷갈려서, 혹은 몰라서 혼용되어 쓰이고 있는 말 가운데 '시간'과 '시각'이 있다. 일상에서 두 단어는 거의 구분되지 않고 사용된다. 시각은 시간상의 한 순간, 즉 '짧은 동안'을 의미한다. 반면 시간은 시각과 시각 사이의 기간으로 양적인 개념이다. 가령 오후 4시에서 5시까지 '1시간'이라 할 때, 1시간은 속도나 한 지점이 아닌 시간의 양을 의미한다. 물론 이는 일차적 공간에서 시간이 일정하게 흐른다는 전제가 따른다. 일반적으로 시간은 과거-현재-미래로 이어져 머무름이 없이 일정한 빠르기로 무한히 연속되는 흐름으로 이해한다. 성은경 시인은, 혹은 그의 시는 '다저녁'을 지나고 있다. 다저녁은 저녁밥을 먹기 직전의 배고픈 시간이다. "흩어진 식구들이 저녁이면/ 깃발을 향해 모"(「아버지가 펄럭입니다」)이는 화목한 시간이기도 하다. 시인은 시 「덤」에서 "지금은 다저녁"으로 "덤의 시간"이라 했다. 시 「간절기」에서는 "사랑 후"에 찾아오는 이별처럼 "쓸쓸해지는 아픔"이라 했다. 식구들이 모여 행복한 시간을 보내야 하지만, 삶의 허기를 느끼는 상처의 시간이 다저녁이다. 하루를 마감하는, 혹은 인생의 종착인 24시가 되려면 아직 멀었지만, 시인에게 다저녁은 저녁을 먹기 직전의 시간이면서 "오늘이 사라지는 곳"('시인의 말')이다. 다저녁은 시간성뿐 아니라 장소성, 즉 가족이 모이는 공간을 상징한다. 그 공간에 삶의 가치와 의미가 가미되면서 장소가 된다. 지리학자 이-푸 투안은 『공간과 장소』(사이, 2020)에서 공간은 움직임movement이 허용되는 곳이라면, 장소는 정지pause가 일어난다고 했다. 움직임 중에 정지가 일어난다면 그 위치는 바로 장소로 바뀔 수 있다고도 했다. 시인에게 다저녁의 시간은 움직임 중에 정지가 일어난, 일시적으로 삶의 정지가 일어난 소멸과 부재, 슬픔이 고여 있는 시공간이다. 시인의 의식은 그 시간과 장소에 일시 정지해 있다. 성은경의 시에서 사랑과 행복의 '시간'은 이별과 슬픔의 '장소'로 변형되어 나타나고, 시인은 다저녁이라는 물성의 시공간을 시로 복원하려 한다. 시인에게 시작詩作은 시각과 시각 사이의 시간과 집과 가족 사이의 공간에 존재한다. 한 편의 시는 그 시각과 시각 사이에서 생산하는 것이며, 이번 시집은 다저녁에 다다른 시간 축적의 결과물이라 할 수 있다.

다저녁 이후 금방 올 것 같은 저녁은 너무 멀어 "다시 오지 않"(「낮은 귀」)고, "서로 부딪히다 나락으로 떨어지"(「직립의 방」)고, "꿈을 밟고 선"(「달의 기울기」) 낡은 자리에서 "제각각의 돌아가면 맞이할 저녁밥"(「조팝꽃 밥상」)을 먹는다. 다저녁이 '덤'의 시간이라면 저녁은 '나락'의 시간이다. 다저녁에 이르기 전, 시인은 '휘발의 시간'을 견딘다. 휘발의 시간은 한여름의, 햇볕 따가운, 고통스러운 한낮이다. 그곳에 서 있으면 기체로 변해 흩어지고 만다. 고통이나 슬픔이 휘발되면 아무것도 남아 있지 않아야 하는데, 휘발된 자리에 '응고된 상처'가 웅크리고 있다. 시인은 상처 그득한 "커다란 울음통"(이하 「울음통」)을 껴안고 잠을 자거나 고립을 자처한다. 정지된 듯한 시간, 깊어진 슬품, 부재의 상처, 오랜 "고립은 병"을 불러온다, 문제는 "그녀의 울음통은/ 쉽게 넘칠 수 없는 구조"라는 것이다. 휘발의 시간에는 진정으로 도와주려는 손길이 아닌 "호기심으로 다가"(「무릎 없는 무릎」)오거나 "비밀 없는 열 개의 방"(이하 「위험한 방」)에서 "유독 휘발성이 강한 추억에 집착"하거나 "덧댈 수 없는 인연에 걸려 넘어"지고 만다.

낮잠을 밟고 눈을 떴을 때
너는 없었지
햇살에 촉을 세워 네 얼굴을 찾았던 거라
늘 90도 각을 고집하던 넌
180도 밋밋한 그림자로 투명해지고
눈 감고 널 불러 꿈속을 뒤졌던 거라
서늘한 내 가슴에 갇힌 넌
대답 대신 검은 손등을 보였지

체취 다 휘발하기를 기다린 듯 난
손잡이 헐렁한 유리문을 두드렸지
다 보일 듯 어두운 이곳에서 이제 너에게
다른 길을 물어도 될까

왼쪽 오른쪽을 모르는 것도 아니고
해독 못 할 상형문자도 아니어서
출입금지 표지판 앞에서 당황하지만
손잡이 부셔도 열 수 없는 투명한 미로로 네 얼굴은

느린 듯 빠르게 휘발하지

기화가 시작될 것들 울음만 수북한
길 없는 길을 발 없는 영혼만 낮잠 밖으로
발밤발밤
내 그림자로 따라다니는 거지

- 「휘발」 전문

　잠/꿈과 현실의 구분이 모호한 이 시는 몽환적 분위기를 자아낸다. 시적 화자의 언술이 꿈 같으면서도 현실 같고, 현실 같으면서도 꿈 같다. 이는 휘발되어 형체를 알 수 없거나 사라져버린 시적 대상을 효율적으로 묘사하려는, 시인의 치밀한 의도로 보인다. 잠/꿈과 현실, 햇빛과 그림자, 몸과 영혼이 대칭하는 자리에 부재한 너는 존재하지만 존재하지 않는 세상에 살고 있는 듯하다. "내 가슴에 갇힌" 너를 "눈을 떴을 때" 찾는 모순적 상황/어법을 통해 다시는 만날 수 없는, 영원한 사랑의 정조를 보여준다. 너는 현실에도, 잠에도 존재하지 않는다. 형체는 사라지고 "그림자로 투명해"진다. 하지만 그림자는 단독으로 존재하지 않는다. 형체가 있어야만 존재할 수 있다. 투명하지만, 너의 그림자가 존재할 수 있는 건 '나'에 의해 생겨날 수 있다. 전체적인 시적 분위기는 너의 부재로 인한 "서늘한" 나에 방점이 찍히는 듯하지만, "내 가슴에 갇힌" 너는 나로 인해, 내 그림자로 존재할 수 있을 뿐이다. 그런 너에게 "다른 길"을 묻는 것은 너의 의지가 아닌 나의 의지로, 내 갈 길을 갈 것이라는 선언과 다름없다. 휘발되기 전에는 내가 너에 의존했다면, 이제는 "내 그림자로", 자율 의지로 길을 나서는 것이다. "대답 대신 검은 손등"을 내민 너의 집요한 가열에도 인화점을 견딘 화자 '나'는 "발 없는 영혼만" "발밤발밤" 세상 밖으로 발화한다.

거울 뒷면에서 날마다 꾸는 꿈은
실패한 반란이었어

예리한 감각은 불만이 가득 자란 혓바늘로 따가웠지
불안에 불편을 심은 반쪽짜리 자화상,
보호색 덧댄 장난감 피에로처럼 웃어도 보았어

어두워지는 눈에 풀칠하고 방바닥에 몸을 펼쳤지
암전의 순간, 가느다란 숨이
종이처럼 얇은 감각들을 간질이기 시작했어

몸을 움직이면 얼굴이 무너집니다

견고한 벽으로 돌아가고 싶었어
끈적끈적한 검은 피, 바늘 끝을 타고 들어와
눈두덩 위의 내재율로 자리 잡기 시작했지

두 마리 기러기가 날개를 펴는 상상
사람들의, 눈썹부터 일그러지는 실소를 떠올렸지

삼파장 램프의 바깥, 바뀌지 않는 신호등
이제 우글거리는 말로 치약처럼 줄줄 짜내볼까?

제3부 존재와 세계의 분류법

깜박거리던 램프의 등이 꺼졌을 때

거울 속으로 내 얼굴을 던져버렸어

벽을 깨고 나온 모나리자, 마스카라를 꺼내들었어

함부로 눈썹을 밀어버린 당신들을 무어라 불러줄까

-「모나리자 증후군」 전문

"발 없는 영혼만" 잠 밖으로 나선 시적 화자(혹은 자아), 한데 어쩐 일인지 "거울 뒷면에서 날마다" 꿈을 꾼다. 그 꿈마저 "실패한 반란"이다. 반란의 장소는 "거울 뒷면"인데, 이마저도 현실이 아닌 꿈이다. 꿈에서조차 반란은 실패한다. 표제작인 이 시는 눈썹이 흐린, 혹은 없는 자아를 모나리자에 투사하면서 문신하는 과정을 세밀하게 묘사한다. 눈썹 문신하는 과정을 따라가다 보면 얼굴의 변화와 타자의 시선을 의식하는 심리가 읽힌다. 하지만 이 시는 외형률과 다른 "내재율"이, 겉으로 가려진 또 다른 세계가 안에 자리 잡고 있다. 이 시도 앞서 살펴본 시 「휘발」처럼 꿈과 현실의 경계가 모호하다. 구속하고 길들이는 상대가 누구인지 불분명하고, 자아는 제대로 저항할 수 없는 무력한 상태로 보인다. 반란의 목적 또한 불안하고도 불만스러운 현실인지, 거울 앞면에 비친 "자화상"인지, 아니면 "장난감 피에로처럼 웃어"야 하는 수동적인 삶인지 명확하지 않다.

제목에서 알 수 있듯, 이 시는 레오나르도 다 빈치의 〈모나리자〉를 시적 소재로 삼고 있다. 슬픔을 삼킨 미소와 눈썹 없는 인물의 신비로운 아름다움이 특징이다. 남성인지 여성인지, 웃는 것인지 아닌지 모호한 인물의 속성을 시에서 차용한 때문이다. 자아와 모나리자는 외모와 심리가 중첩되는데, 얼굴에 꽂히는 누군가의 시선이 감지된다. 겉으로는 문신 시술자 같지만, 그 불편한 시선과 외면, 반감으로 불안해진 자아는 결국 "방바닥에 몸을 펼"친다. 거울의 뒷면에서 바닥에 눕고, "암전의 순간" 죽음의 그림자가 스친다. 서서히 죽어간다. 한데 "가느다란 숨"의 주체는 분명 자아인데, 왠지 다른 숨결이 감지된다. 자아와 타자 사이에 또 다른 누군가의 죽음이 개입했다가 사라진 듯한 느낌이다. 어쩌면 누군가의 죽음에서 자아를 회생시키는 것으로 시적 상황이 바뀌었을 수도 있다. "방바닥에 몸을 펼"친 자아에 "가느다란 숨"을 불어 넣어 죽어가던 감각을 깨우는 누군가는 불편한 시선의 타자와는 분명 또 다른 존재의 개입이다.

거울의 뒷면이나 바닥은 입체적인 삼차원이 아닌 이차원의 공간이다. "반쪽짜리 자화상"이나 "종이처럼 얇은 감각"의 상태로는 앞에 있는 타자의 말이나 행동에 대항할 수 없는, 일방적으로 당할 수밖에 없다. 반란이 실패한 원인 중 하나다. 무기력한 자아를 일깨우는 건 "가느다란 숨"이다. 누군가의 숨으로 죽어가던 감각이 깨어난다. 한데 "몸을 움직이면 얼굴이 무너"지는 모순적인 연쇄반응 후에 "견고한 벽으로 돌아가고 싶"다는 희망을 드러내는데, 모나리자는 그 "벽을 깨고 나온다". 날마다 꿈을 꾸던 "거울 뒷면"과 "내 얼굴을 던져버"린 "거울 속"은 단지 뒷면과 속의 차이만 존재할까. 꿈이 거울의 뒷면이라면 현실은 거울의 앞면에 해당할 것이다. "얼굴이 무너"진 순간 없는 눈썹은 콤플렉스로 작용한다. 어쩌면 그 이전부터 정상적인 삶을 제어하고 제한했을 것이다. 그 벽을 깨고 나올 수 있었던 것은 문신의 완성 후에 "거울 속으로 내 얼굴을 던져버"리는 결단을 실행했기 때문이다. 온전한 삶을 영위하지 못하고 고립됐다가 막다른 상황을 경험하고서야 삶의 주체로 거듭난다.

산책로 틈새 꽉, 피어 있는 민들레 한 송이
바람이 스쳐도 눈 깜박이며

온 하루에만 몰입하지

누가 길을 물어도 말은 나오지 않고

뭉개진 손톱 밑 핏줄 그림일기를 보여주지

간밤 살짝 내밀었던 엄지 짓이겨지고

아파할 겨를도 없이

새끼손가락이 바스러졌다

아무도 없는 음지로 숨고 싶었지만

내 안에 솜털 보송한 어린 것이 마구 돋아나

한낮의 햇빛 한 움큼 당겨쥐고

또 오늘을 버텨내지

봄비 그친 햇살 아래로

실핏줄 끝이 원없이 부풀어오르네

어린 것들은 까치발로 보이지 않는

먼 하늘을 보고 있네

이제 흩어질 시간, 멀리 날수록

성공적인 이별여행의 시작이야

- 「여행의 시작점」 전문

그리마 한 마리 빠르게 이불 속을 파고드네

비명 숨긴 은밀한 공간

확 꼬여버린 다리들

이불 밑엔 불의 씨앗을 품은 여자가 있네

함부로 구겨넣은 몸이

누구의 가랑이라도 붙잡고 산란하고 싶어

저녁을 태우고

자정을 베어먹은 굴욕의 시간도

악착같이 불 지피고 싶네

구석은 눅눅하고 음탕하여라

맨정신으로 빠져나갈 수 없는 곳

그리마가 지린 오줌 자국으로 두근거리네

- 「구석」 부분

　자화상 같은 시 「여행의 시작점」은 "민들레 한 송이"를 통해 척박한 환경에서 살아가는 여성/엄마의 고독한 삶과 "내 안의 솜털 보송한 어린 것"을 위한 희생적인 삶을 조명한다. 시인은 "민들레 한 송이"의 태생과 성장, 희생을 통해 자기 존재성과 정체성, 삶의 목적을 재확인한다. 허공을 날다 자리 잡은 곳이 "산책로 틈새", 그 틈새를 "꽉" 부여잡고 악착같이 살아간다. 여기서 틈은 사물과 사물 사이의 벌어진 곳뿐 아니라 사람과 사람 사이의 관계성을 의미한다. 즉 벽과 보도블록 사이의 벌어진, 비좁은 공간만이 아닌 최소한의 생존조건을 가리킨다. 넓은 공간도 많은데 하필 사람들이 많이 오가는 "산책로 틈새"에서 싹을 틔운다. 그 공간조차 언제 사라질지 모르는, 위태로운 삶이다. 태생의 이력이나 생존조건을 따질 새도 없이 "바람에 스쳐도 눈을 깜박"일 만큼 현재의 삶, 즉 "온 하루에만 몰입"한다. 내일을 기약할 수 없는 하루와 하루 사이, 틈새의 삶이다. 그런 상태에서는 "누가 길을 물어도" 삶이 아파 길을 알려

줄 여력조차 없다. 손톱은 뭉개지고, 엄지는 짓이겨지고 새끼손가락은 바스러져도 인내한다. "음지로 숨"지 못하는 건 내 안에서 마구 돋아나고 있는 "솜털 보송한 어린 것" 때문이다. 내 몸이 어찌 되든 새끼만이 위안이다. 희망이다. 시인에게 생존의 시간은 결핍과 상처, 고난으로 점철되어 있는데, 이 모두는 "성공적인 이별여행"을 위한 과정이다. "어린 것"을 "먼 하늘"로 멀리 날려 보내는 사명으로 삶의 유한과 소멸을 극복한다.

   틈새는 구석의 다른 이름이다. 구석은 중심에서 벗어난 공간이다. 정지된 듯 움직이는, 움직이는 듯 정지된 공간이다. 소외된 듯 아늑한, 안락한 듯 불안한 묘한 공간이다. 중심에서 밀려난 듯하지만 언제든지 구석을 벗어나 중심으로 향할 수 있는 열린 공간이기도 하다. 보통 구석은 뒤가 막혀 몸을 숨긴 채 주변을 주시하기 좋은 곳이다. 또한 조용하고 조금 어두워 심리적으로 안정된 곳이다. 하지만 「구석」에서의 구석은 이런 심리적 안정이나 위안과는 거리가 먼 "맨정신으로 빠져나갈 수 없는", "은밀한 공간"이다. "빠르게 이불 속을 파고드"는 "그리마 한 마리"에 구석의 평화는 깨어지고 만다. 그리마는 "허락하지 않는 체위", 즉 일방적 관계를 요구하는 사람을 은유한다. 느닷없는 침입에 여성인 시적 화자는 비명조차 지르지 못한다. 그 일로 삶이 "확 꼬여버"리고, 몸을 "함부로 구겨넣"고 싶을 만큼 좌절한다. 저녁을 지나 자정까지 "굴욕의 시간"은 이어진다. 온전한 정신으로는 감당할 수 없는 치욕의 시간이다. 하지만 이 시도 「여행의 시작점」처럼 여성성은 포기하지만, 모성만큼은 포기하지 못한다. 성은경의 시에서 모성은 삶의 폭력을 견디게 하는 힘이면서 희생과 연민의 시작점이다.

   1
   속내를 보이지 않는 당신,

이건 사랑이 아니야

2

냉장실 1번지에 그물로 옥쥔 멜론

외벽 벗겨내고 벽돌을 덜어내듯 뜯어냈어요

오랜 기다림 끝에서 내 사랑을

얼른 먹어버리고 싶었던 거지요

물컹 베어먹는 순간 겉만 냉정했던 내 사랑

확 허물어지는 거예요

칼끝도 방향을 잃고 손을 놓쳤어요

스스럼없이 혀끝 디미는 사랑,

그 대책 없는 순간을 음미해보는 거예요

냉장된 시간만큼 당신을 입속에 가두고 싶었던 거지요

오래 기다렸던 시간이

단내로 숙성된 사랑에 덜미 잡히고 말았지요

입안에 가득 퍼져오는 연초록 향기에

한 접시쯤 칭찬도 덤으로 얹어보아요

혀를 감아오는 그윽한 향기에 젖어

어쩌면 막차를 놓칠지도 몰라요

3

거기에 서성이는 당신, 가지 말아요

제3부 존재와 세계의 분류법

4

막차가 도착하고 가로등이 켜지면

그때야 허기에서 빠져나온 당신

당신, 고백을 너무 뜸 들이지 말아요

농익어버린 사랑의 유효기간은

아주 짧을 수도 있으니까요

- 「당신 사랑은 16브릭스 -멜론 같은 사랑법」 전문

앞의 시에서 보듯, 성은경의 시에서 시간은 '이별'과 '굴욕'의 의미를 함유한다. 또한 "용케도 견디던 시간"(「낮은 귀」), "저만치 빠져나가는 시간"(「냄새의 이면」), "정지된 시간"(「울음통」), "뒤꿈치 같은 시간"(「바리케이드」), "여과할 수 없는 시간"(「종이, 당신으로 살다」), "반쯤 닫힌 시간"(「몽환」), "스스로 달릴 수 없는 시간"(이하 「은행나무」), "놓쳐버린 시간", "덤의 시간"(「덤」), "눈먼 시간"(「데자뷔」), "몰락의 시간"(이하 「낭만과 바게트」), "허비한 시간" 등에서 보듯, 시간에 내장된 기억은 생성이나 재생, 희망이 아닌 소멸이나 단절, 절망을 뜻한다. 개별적 존재로 저항하기보다 이 상황을 담담하게 받아들이면서 견딘다. 틈과 구석에서 "앓지 않"아 더 아픈 시간을 감내하는 것은 처한 상황에 대한 수동적 행태나 의식 때문만은 아니다. "오래 기다렸던" 그 시간은 주체성과 자존감을 되찾는, "치유의 시간"(「비밀의 혀」)이기도 하다.

인용시 「당신 사랑은 16브릭스 -멜론 같은 사랑법」은 멜론이라는 사물과 겉과 속이 다른 사랑의 속성을 보여준다. 브릭스Brix는 액체에 녹아든 고형물固形物의 농도를 측정하는 단위로, 과일의 당도를 표시할 때 사용된다. 대개 과일은 10~15브릭스 범위인데, 16브릭스라는 건 평균보다 약간 당도가 높은 사랑이라는 의미다. 한데 당도를 잴 때 겉이 아닌 속이므로 "속내를 보이지 않

는” 사랑은 진짜가 아닌 거짓인 셈이다. 감추지 않고 속내를 다 드러내는 사랑이 진정한 사랑이다. 처음부터 속내를 드러낼 수는 없어 오랜 숙성의 시간이 필요하다. “오랜 기다림 끝에” 드디어 원하던, 진정한 사랑을 예감한다. “물컹 베어먹는 순간”, “물컹한 속살”(「나이 속이기」)을 기억하는 순간 깨닫는다, 당신의 사랑은 “겉만 냉정”했다는 것을. 화자인 ‘나’는 그 순간 “확 허물어”진다. 세상은 “보이는 것이 전부가 아니”(이하 「종이, 당신으로 살다」)며, “식어버린 심장”은 다시 뛰기 시작한다. “멀어졌던 사랑이 다시 돌아오고/ 향기에 취한 나”(이하 「장미 문양 매트리스」), “한 잎 한 잎 열리던 나의 꽃밭”이 드디어 만개한다. 비로소 충고한다, 농익은 사랑은 유효기간이 “아주 짧을 수도 있으니” 고백을 뜸 들이지 말라고.

> 당신, 하며
> 낭떠러지를 돌아본다
>
> - 「낭떠러지」 부분

> 당신, 여태 상상했던 이야기와
> 많이 다르다는 걸 느꼈지요
>
> - 「새발뜨기」 부분

겉의 딱딱함, 그 안의 물컹함을 확인하기 전까지 당신은 바깥에 머문 사람이었다. 겉의 딱딱함은 안을 볼 수 없도록 할 뿐 아니라 안으로 스미는 것을 방해한다. 허락하지 않는 저항으로 규정될 수 있다. 안과 밖을 명확하게 획정하거나 일정 거리에 서로 존재함으로써 접촉 같은 감성적 지각을 원천 차단한다. 일인칭 화자인 ‘나’와 ‘당신’이 거리나 위치를 변화시키지 않는 한 감응이나 사랑, 연민이 생겨날 수 없다. 하지만 사람의 일은, 관계는 예측 불가한 측면이 있다. 처음에는 "확, 시선을 끌어당"(「확」)긴다. 그러다가 겉과 속이 다른, "여태 상상했던 이야기와/ 많이" 다른 당신의 실체를 파악하고는 "낭떠러지를 돌아"볼 만큼 힘겨운 날들을 견뎌야 한다. "쉬운 선택이 생의 발목을 잡"(이하 「확」)고 "몇 번의 외출"이 잘못됐음을 느꼈지만, 이미 되돌아가기에는 너무 멀리 왔다. 후회하기에도 너무 늦었다. 당신이라는 딱딱한 물성을 참고 견디는 수밖에 없다. "울음이 넘칠 듯 찰방거려도 넘치지 않는"(이하 「울음통」) 커다란 울음통을 가지고 있기에 가능한 일이다. "아무에게도 따지지 않는", 원망하지도 않는다. 울음을 삭여 안으로 깊어지면서 상처의 시간을 견딘다. "내 안의 바람"(이하 「낭떠러지」)을 다 쓰러뜨리고서야 겨우 "당신, 하고 불러본다". 그러자 "철부지로 울"(「몽환」)던 당신은 비로소 안의 물컹함을 내보인다. "처음 겪어보는 사랑의 신호"(「데자뷔」)에 "서성이는 당신, 가지 말"라고 붙잡는다. 사람에, 사랑에 대한 인식의 변화가 찾아온다.

　　상처는

　　날카로운 것에서만 생기는 게 아니었어

　　입속에 사탕을 가득 넣었던 어머니

　　시뻘건 피 머금고

　　빙그레, 불그레, 찡그리며 웃으시네

　　두 손 가득 움켜쥔 달콤함과

　　꽉 다문 입술 밖으로

　　흥건히 젖어나는 저 붉은 힘

　　단맛의 고통일까 고통의 단맛일까

한평생 달콤함을 가장한 상처의 뒷맛일까

사탕이
달콤한 것만은 아니었네
동그란 몸속에 숨긴 배반의 가시
입속에 갇힌 어둠의 벽을 찌르고
피투성이로 탈출하는 것이야
모든 쓴맛을 뱉으려는 내 손가락에 맞서는
저항의 맛이었네

달콤함에 목마른 그대들 앞에서
나는 오늘 기어코 보고 말았네
그대 이미 갇힌 입속의 아픔도
상처의 흔적도
굳어가는 혀 밑으로 모두 숨기고 싶은
어머니의 마지막 종교인 것을

- 「달콤한 힘」 전문

딱딱함 안에서 '물컹한 사랑'을 발견한 시인은 달콤함에서 "상처"를 떠올린다. 화자 '나'는 상처, 그 자체보다 상처를 유발하는 방식과 대상에 시선을 둔다. "상처는/ 날카로운 것"에 의해 생긴다는 고정관념이나 상식이 흔들린다. 오랜 병환에 어머니의 입속은 온통 "쓴맛"이다. 그 쓴맛을 일시적으로 저 감할 수 있는 것이 바로 "사탕"이다. "입속에 사탕을 가득 넣"은 어머니는 "시 뻘건 피 머금"은 채 "찡그리며 웃"는다. 입속의 상처보다 입속의 쓴맛이 더 고통스럽다. 화자는 복잡미묘한 어머니의 표정에서 가장된 삶을 떠올린다. "한 평생 달콤함을 가장"하면서, 고통을 숨기면서 산 것은 아닐까. 사탕 속에 숨어 있는 "배반의 가시"는 어머니를 찌르고 있지만, 실제로는 그런 어머니를 지켜 보고 있는 '나'를 찌르는 것임을. 인생이 달콤한 것만은 아니라는 깨달음. "어머니 가슴에서 무시로 따끔거리는"(「성호를 긋다」) 못이 깊이 박혀 있다. 가시와 못, 성자의 모습이다. 그런 어머니가 다저녁에 "다 삭은 밥알을 물고/ 숨만 고르고 있다"(「덤」). 그런 와중에도 어머니는 "입속의 아픔도/ 상처의 흔적도" 다 숨기고 있다. 그런 어머니의 성정에서 화자인 '나'는 "마지막 종교"를 목도한다.

  용케도 견디던 시간 위로 몇 번 속도가 더 쓸려나가자

  납작해진 귀, 목소리는 죽어버렸다

  제 목소리 들을 수 없어 슬픈 귀 바닥에 엎드렸을 때

  들리기 시작하는 풀벌레 울음소리,

  감긴 눈으로 듣고 낮은 귀로 듣는다

  몸져누운 아버지 귀가 사립문보다 먼저 바깥을 들여앉히곤 했다

  납작해질수록 먼데 소리 잘 들으시던 아버지 목소리를 잃던 날

  세상 모든 소리 듣고자 스스로 바닥이 되었다

  너무 멀어진 저녁은 다시 오지 않았지만

  언제쯤 소리의 음각 가까이로 내 귀는 열릴까

  바람을 향해 내지른 양철북 같은 내 목소리에 조용히

  귀를 틀어막는다

                - 「낮은 귀」 부분

어머니뿐 아니라 아버지도 아프다. 아버지가 몸져눕자 행복한 저녁 시간은 "너무 멀어진"다. 모여야 할 식구들은 저녁이 되어도 귀가하지 않는다. 가족의 해체, 불행의 시작이다. "목소리를 잃던 날" 아버지는 눈 감고 귀마저 닫아버렸다. "슬픈 귀 바닥"에 대고 "세상 모든 소리 듣고자" 했다는 것은 반어법이다. 오히려 아버지는 "바닥" 그 자체가 되어 세상과 담을 쌓고 산다. 몸이 아픈데도 "먼저 바깥을 들여앉"혀 "먼데 소리"를 잘 듣지만, 정작 가까운 소리는 외면한다. 갈등/불화의 일차적 원인은 아버지의 병환이지만, 그 병환이 촉발한 식구들과의 대화 단절과 외면이다. "용케도 견디던 시간"을 무너뜨린 것은 "몇 번(의) 속도"다. 속도는 시간뿐 아니라 청각과 "목소리"까지 죽인다. 말과 귀가 닫히면서 소통은 서로 다른 세상에 존재하는 듯 단절된다. "소리의 음각"이 의미하듯, 한쪽은 완전히 닫혀 있다. 화자인 '나'는 "내 목소리에 놀라" "귀를 틀어막는다". 이제 아버지는 "나의 허공에 기거"(「자라는 허공」)한다. 행복한 저녁 시간은 끝내 오지 않는다.

이 추위 끝나면
긴 생머리를 짧게 잘라야지
먹빛 털 코트 벗어 아궁이에 넣고
목선 훤한
시스루룩으로 봄을 유혹할 거야

귀퉁이마다 창문 열어젖혀
켜켜이 쌓인 겨울 무게가 바람 앞에 주억거리면
이때다, 탈탈 털어 이별할 거야
언 땅의 꽃씨도

봄의 유혹에

우주를 들어올리지 않더냐

봄 햇살이 내 방으로 뛰어든다면

그리던 사람을 만난 그날처럼

오래도록 포옹하고

창 활짝 열어놓은 채

누가 보란 듯 키스도 해야지

옥빛 침대에 깔린 햇살은

제 몸에 연둣빛 멍 생긴 줄 모르고

까르르, 샐쭉, 삐쭉, 비웃을지라도

– 「유혹」 전문

　그래도 희망은 있다. 식구들이 다 모이지 않아도 저녁은 오고, "추위(가) 끝
나면" 봄이 찾아온다. "초저녁에 잠을 꺼내 입자"(이하 「이월과 삼월 사이」)
"꽃잠이 보인다". "놓쳐버린 꽃잠의 열쇠"로 "새로운 회로"를 연다. 안을 열어
밖을 들인다. 가장 먼저 만나는 봄, 겨울의 무게를 털어낸다. "슬픔에서 빠져
나오려"(「사라지는 허공」) 구체적인 계획을 세운다. 그 첫 번째가 "봄을 유혹"
하는 일이다. 유혹은 나를 내려놓고 마음의 문을 여는 행위다. 내 안에 봄을 들
여 어두운 "귀퉁이마다 창문(을) 열어젖"힌다. 바람이 들어오고, 마음을 짓누
르고 있던 것들과 "탈탈 털어 이별"을 선택한다. 그 두 번째는 "창 활짝 열어
놓은 채/ 누가 보란 듯 키스"를 하는 일이다. 적극적인 유혹이지만, 희망 사항
이다. "긴 생머리를 짧게" 자르거나 "털 코트(를) 벗어 아궁이에 넣"는 일은 과
거와의 단절, 새로운 결심을 뜻한다. 새로운 길로 나설 것임을 암시한다. "봄

의 유혹에/ 우주를 들어올리"는 꽃씨는 자아를 상징한다. 광대한 상상력과 깨달음의 문장이다. 당연히 "언 땅"은 서사적 구조를 파악할 수 있는 여러 의미망이다. 즉 아버지와 어머니로 대표되는 아픈 가족사, "함부로 휩쓸"(이하「물의 뿌리」)려 "흘려보낸 젊은 날들", "속내를 보이지 않는 당신"(「당신 사랑은 16브릭스 –멜론 같은 사랑법」), 그리고 이 모든 상황에서 자유롭지 못한 자아다. 구체적인 계획의 세 번째는 바로 시를 쓰는 일이다. "중얼거림으로 원고지를 채우며/ 사방이 투명한 내일"('시인의 말')을 기약하기 위해서는 "능력 없는 스토리텔러"(이하「스토리텔러」)가 아니라 "액화되지 못한 이야기들"을 시로 풀어낼 줄 아는 시인이라는 자부심과 자존감을 회복하는 일이 중요하다. 그리한다면 "현실의 질곡"(이하「시인이 아닌」)에서 벗어나 "가슴에 품고 산" 이야기들과 상상을 사물로 풀어낸다면 어느 한순간 시의 정상에 오른 자신과 만날 수 있을 것이라고.

무섭지 않아 엄마,
꼭대기까지 갈 거야

- 「오카리나」 부분

삶의 순환과 멈춤, 그리고 슬픔의 무게
― 이다영 시집 『백령도 표류기』

인간은 자신이 짊어진 '인생의 무게'만큼 견디며 살아간다. '인생'도 버거운데 '무게'까지 더해진 이 말은, 삶은 '희극'이 아닌 '비극'이라는 전제가 깔려 있다. '인생'이라는 저울에 올라서는 순간, 비극의 서막이다. '삶의 저울'에 올라선 후에는 '무게'라는 말에 눌려 여간해서는 희극이 들어설 여지를 주지 않는다. 무게의 한계를 벗어나면 그 삶은 이미 비극의 정점이다. 하지만 신神은 인간이 견딜 수 있는 무게만큼의 시련을 준다고 했다. 인생은 희극과 비극이 교차하거나 끝날 것 같지 않은 비극의 연속에서도 정도의 차이와 그 속에서 작은 희극을 발견하기도 한다. 비극 속의 희극이다. 인식하기에 따라 비극도 희극이, 희극도 비극이 될 수 있다. 희극과 비극은 고정되어 있지 않고 교차한다. 희극이라고 좋아할 일도, 비극이라고 낙담할 일도 아니다.

『끝없는 길 위에서』(등대지기, 2013) 이후 11년 만에 두 번째 시집 『백령도 표류기』를 상재하는 이다영 시인도 "인생은 돌고 돈다"(이하 「동생」)라고

하여 희극과 비극의 순환적 속성을 수긍하고 있다. 하지만 교차나 순환이 멈추면 "삶은 희극"보다 "비극"으로 무게 중심이 급격히 기울어진다. 희극과 비극, 그 순환의 멈춤에는 "이쯤"이라는 막연한 지점(나이)이 제시되는데, 그 중심에는 "단기 기억상실증"에 걸린 동생이 존재한다. 장기 기억상실이 옛날 기억을 부분적으로 잊어버리는 것이라면, 단기 기억상실은 바로 전에 일어났던 일을 기억하지 못하는 증상이다. "엄마 이름이 갑자기 생각이 안 나"는 것이 동생의 비극이라면, 이런 동생을 지켜봐야 하는 것이 언니의 비극이다. 비극을 내재한 가족사에는 시인 자신의 건강과 가족도 포함된다. 교통사고로 무릎이 안 좋고(「연근을 졸이며」), 이석증과 여성호르몬 부족으로 어지럽고(「돈다」), 몸이 습해져 비만해지고(「제습기 사용법」), 불청객처럼 노안이 찾아오고(「칼국수 쌀국수」), 우울증이 하루를 점령(「우울 방정식」)하는 등 나이가 들면서 신체적·정신적 변화를 겪는다. 또한 무말랭이를 만들던 노년의 아버지(「아버지의 무말랭이」)가 2년 넘게 아파 누워 있다가 돌아가시고(「애인들」), 아픈 남편을 돌보다가 홀로 지내는 엄마(「희망」)를 곁에서 지켜보며 안쓰러워한다. 그런 엄마도 세월의 무게를 견디지 못하고 2년 전 "뇌출혈로 입원"(「추억의 힘」)한다. "밥량이 눈에 띄게 줄"(「밥」)어든 남편과 "몇몇 친인척의 자연사/ 가까웠던 사촌의 극단적 선택"(「곡소리」)도 존재하는 등 만만찮은 현실과 "삶의 흔적"(「치수」)이 역력하다.

한 사람의 인생/일생에는 일상 가운데서 일어나는 여러 일, 즉 인간사도 상존한다. "외로움이/ 죽음의 위협보다 큰 것임을"(「인간사人間事」) 아는 나이가 된 시인은 받는 기쁨보다 주는 행복을 선택한다. '시인의 말'에서 밝혔듯이 "마음이 다가오는 사람을 만나면/ 무엇이든 선물을 주고 싶"어한다. 그 선물을 받은 사람의 기쁨이 자신에게 돌아오는 "순간의 느낌"에서 행복을 느낀다. 시인은 그 "선물처럼 인생도 시도/ 잔잔한 물결이기를" 염원한다. 그 물결에

제3부 존재와 세계의 분류법

는 진정한 사랑을 원하는 심리와 아득한 슬픔이 서려 있다. "쉬지 않고 다가오
는 물결"(이하 「작가의 숲」)에 낯선 곳으로 떠나는 여행은 "닫히지 않는 생에
대한" 감정이지만 실체가 없는 그리움이다. 진정한 사랑에 대한 희구와 그리
움, 슬픔의 배후에는 삶의 방향을 바꾼, 지금까지 펼쳐보지 못한 삶이 숨겨져
있다.

　시인은 잔잔한 물결이 이는 물속에 숨겨놓은 이야기를 담담히 들려준다.
화창한 어느 오후, 곁에 앉은 한 지인에게 조곤조곤 살아온 이야기를 풀어놓
는 듯하다. '한 생의 반성' 같은 삶에 귀를 세우다 보면 어느새 가슴이 촉촉해
지고 눈시울이 붉어진다. 시인이 경험한 "모든 것이 무서웠던 시절과/ 아무것
도 무섭지 않은 시절"(「폭락」)로 돌아가 시인이 손수 그린 "삶의 지도"(「이불
을 꿰매며」) 속을 여행해 보자.

　　인생의 고비 정도에 오면
　　생소한 분야의 강좌를 들을 때가 있다

　　　　　　　　　　　　　　　　　　　　　　　－ 「아무리 생각해도 카푸치노」 부분

　　우리가 만난 건 인생의 끝자락을 바꿔보겠다고 등록한 한 사설학원에서였다

　　　　　　　　　　　　　　　　　　　　　　　－ 「달자의 웃음소리」 부분

　　인생이란
　　꿀맛과는 거리가 멀다는 걸
　　또 한 번 깨닫는 순간이다

　　　　　　　　　　　　　　　　　　　　　　　－ 「꿀맛」 부분

인생은 미완성, 인생은 아름다워, 인생무상, 삶은 고통, 인간사 새옹지마 등 인생/삶에 대한 정의만큼 다양한 것이 또 있을까. 인생은 탄생부터 죽음까지 정해진 구간을 걷는 여행자와 같다. 내가 서 있는 곳이 곧 현실이고, 순간 순간이 삶의 부분 부분이다. 내 뒤에는 과거, 앞에는 미래가 있다. 내가 지나온 길과 현재는 보여도 미래는 알기 어렵다. 즉 부분의 인생은 보여도, 한눈에 전체를 파악할 수는 없다. 과거와 현재를 알 수는 있지만 어떤 길이 앞에 펼쳐질지 모른다. 베일에 싸인 미래 때문에 불안하고, 변화도 많아 인생의 길흉화복吉凶禍福을 예측할 수도 없다. 가까운 사람의 죽음이나 건강, 재산에 따라 내 행복과 불행이 좌우되기도 한다. 하지만 "인생의 고비"를 몇 번 넘기면 마음에 근육이 생겨 인생사에 일희일비一喜一悲하지 않는다. 오히려 "생소한 분야"에 도전하기도 한다. 가령 바리스타, 명리학 해석, 심리상담사와 "그러다가 요즘 새로 만난/ 캐드"(「치수」) 같은 일과 "이십대 청년 두 명과 클라이밍 강습을 받"(이하 「달인」)고, "부동산사무실을 개업"하는 일 말이다. 또한 사설학원에서 무엇을 배우는지는 알 수 없지만, 밤 10시가 넘어서 귀가하는 버스를 타러 뛰어가는 "달자의 웃음소리"로 "해묵은 상처"와 "지상에 응어리진 모든 것을 털어"내기도 한다.

「꿀맛」은 한순간의 잘못된 생각과 행동으로 인생의 나락으로 떨어진 "한 남자"를 모티브 삼고 있다. 쑥개떡을 꿀에 찍어 먹던 시인은 "성폭행하려다 실패하고 급기야 살인하고만 한 남자의 현장검증" 방송을 보고 있다. 그곳에 모인 사람들의 반응은 격앙되어 있다. "범인의 얼굴" 공개를 원하자 "형사들이 잠시 그렇게" 한다. 그러자 시인의 시선은 범인의 얼굴이 아닌 그의 얼굴을 공개하라고 아우성치던 사람들에게로 향한다. 공분은 충분히 이해하지만, 예방하지 못한 것에 대한 안타까움과 가까이에서 범인의 얼굴을 보려는 것이 혹시 개인 욕심은 아닌지 "꿀맛"을 통해 아쉬움을 드러낸다. 이 시에서 꿀맛은 시인이 맛본 꿀맛의 중의적 의미와 "그 사람들의 꿀맛"과 "꿀맛을 보려다" 후회의 눈물을 흘리는 한 남자를 통해 세태를 비판하고 있다. 또한 꿀맛의 비유를 통해 인생사를 희화하고 있다.

　　3주 만에 집에 돌아왔다 오자마자 냉장고 문을 열었다 채소들이 담겨 있던 싱싱고에 난리가 났다 감은 형체는 알아볼 수 없지만 색은 매우 유혹적인 노란빛 그대로이다 호박은 구석구석에 검은 꽃이 피고 가지는 쪄낸 지 오래된 것처럼 몸과 물이 따로 논다 양파는 고약한 냄새를 풍기며 오래 자기를 외면한 섭섭함을 드러냈다

　　그것들을 하나하나 들어올리며 생각한다 내 몸이나 마음 어딘가에 저렇듯 단단했던 것들이 물러지고 상한 것들로 변해가는 과정을 지켜보는 것이 삶의 여행은 아닐는지 바닥에 흥건하게 널려 있는 물기들을 행주로 닦아내며 또, 깨닫는다 언젠가는 나의 육체도 거대한 우주 속, 한 줌 물컹거리는 물체로 사라질 것임을

　　아기자기 함께 자리 잡고 있었던 채소들의 빈자리를 보며 한 생이 끝난 후 다가올 무無에 대한 생각으로 창가에서 노닐던 바람의 소멸을 찬찬히 들여다본다

- 「인생」 전문

　　인용시 「인생」은 3주간의 부재가 가져온 사물의 변화가 나의 삶에 어떤 의미로 다가오는지를 보여준다. 3주라는 시간으로 보아 해외여행 혹은 입원으로 짐작되는, 일상 바깥으로 떠났다가 돌아온 시인(시적 자아)은 집안 사물의 변화와 마주한다. 냉장고, 특히 "채소들이 담겨 있던 싱싱고" 안의 변화에 주목한다. 집에 돌아오자마자 냉장고부터 열어봤다는 것은 여행이나 입원 내내 신경이 쓰였다는 것으로, 어느 정도의 변화를 짐작하고 있었다는 뜻이다. 예

상한 대로 '싱싱고' 안의 감, 호박, 가지, 양파는 형태와 색깔, 곰팡이와 냄새로 가득 차 '싱싱'이라는 말을 무색하게 한다. 여행은 고정되고 반복된 삶의 틀에서 벗어나 지각에 변화와 쇄신을 부여한다. 떠났던 지점으로 회귀해 마주한 첫 장면이 사물의 변화 혹은 변질이다. 시적 자아의 떠남이 내적 충만이라면, 싱싱고 안에 고여 있던 사물의 변화는 외적 상실이다. 집밖에서 채우고 돌아와서 집안의 것들을 비워야 하는 상황의 반전이다. 변화의 양태도 사물에 따라 가지각색이다. "매우 유혹적인 노란빛"에 형체조차 알아볼 수 없는 감, 곳곳에 검은 곰팡이가 핀 호박, 물러터져 흐물거리는 가지, 풀 썩어 고약한 냄새가 나는 양파 등이 빚어내는 풍경은 "참 끔찍하다"(이하 「적막을 깨기 위하여」). 이 끔찍한 풍경은 '시간'과 '속도'가 만들어낸 환경적 요인이 크지만, 시적 자아의 관심은 몸과 마음 그리고 "내 삶의 조각들"로 향한다. 몸과 마음을 전체로 보기도 하고 분리해서 보기도 하는데, 그 과정 또한 "삶의 여행"이라 인식한다. 이 여행의 요체는 "단단했던 것들이 물러지고 상한 것들" 자체에 있지 않고, 이것들이 "변해가는 과정을 지켜보는 것"에 있다. 자아에 대한 직시는 전체에서 부분으로, 부분에서 전체로 이동하면서 입체적으로 접근하지만, 타자에 대한 관찰은 변화의 양상을 지켜보는 선에서 머물고 있음을 알 수 있다. 여행 중 일상의 바깥에서 지켜본 변화와 집에 돌아와 목격한 사물의 변화가 깨달음의 깊이를 더해준다. 종국에는 "나의 육체도 거대한 우주 속"으로 흔적조차 없이 사라질 거라는 자각이다. 소멸 앞에서는 전체도, 부분도 의미가 없다. 인생은 '허무'하고, 죽으면 "무無"로 돌아간다.

　　파리 한 마리

　　사흘 동안

　　집 안에 들어와

밖으로 나가지 못하고
떠돌고 있다

내 삶도
우주의 어느 한 공간에서
이처럼 떠돌고 있으리
차마
잡을 수가 없다

문 열어도 나가지를 않고
숨어 있다 나타나곤
나타났다간 다시 숨고
잊을 만하면 또다시 찾아온다

미물과 사투를 벌이는 이 순간이
어쩌면 내 전생과 현생
내생까지도 건
싸움일지도 모르지
결코 끊을 수 없는

지울 수 없는
내 한 생生이
겨울 한나절 또 의미 없이
진행되고 있다

- 「뫼비우스의 띠」 전문

「인생」이 시적 자아가 바깥을 떠났다가 돌아와 마주한 사물의 변화라면, 「뫼비우스의 띠」는 바깥에 존재하는 사물의 틈입으로 일상의 변화를 인식하고 깨닫는다. 이 시에서도 시적 자아는 사물에 적극적으로 개입하지 않고 주체가 아닌 객체로 머문다. 즉 집안에 틈입한 파리를 쫓아내거나 죽이지 않고 문을 열어놓고 나가기를 기다리는 소극적인 행보를 보인다. 집안을 날아다니는 파리를 쫓던 시선은 한순간 '파리'라는 사물에 자아를 투사한다. 그 순간 시적 공간은 비좁은 거처에 머물지 않고 "우주의 어느 한 공간"으로 확산한다. 이런 광폭한 상상력의 이면에는 머묾과 떠돎의 변증법이 작용한다. 파리는 밖에서 안으로 들어와 머무는 것이 떠도는 것이고, 안에 머물던 내가 밖으로 나가 떠도는 것 또한 머무는 것이 된다. 안은 안이면서 밖이 되고, 밖도 밖이면서 안이 된다. 그래서 제목이 시사하는 안과 밖의 구별이 없는 뫼비우스의 띠 mobius strip인 것이다. 안과 밖의 구분은 공간의 주체가 누구냐에 따라, 관찰자의 시점에 따라 확연히 달라진다. 겉으로는 파리라는 미물과의 사투지만, 안으로는 자아와의 사투라 할 수 있다. 어쩌면 이보다 더 깊이를 알 수 없는 "전생과 현생/ 내생까지도 건/ 싸움"일 수도 있다. 우주의 질서 속에서 탄생과 죽음이라는 마주 볼 수 없는 운명의 무한반복. "결코 끊을 수 없는" 무한궤도에 갇힌 한없이 나약한 존재의 슬픔이 엿보인다.

모락모락

슬픔이 또 올라온다

- 「우울 방정식」 부분

오늘도 슬픔은 가시지 않아

또 한밤이

어제처럼 지나가고 있다

- 「슬픔의 무게」 부분

집 앞 찻집에서

식은 커피 몇 모금으로

이십여 년의 시간 사이를 오가며

오늘의 슬픔을 든든하게 챙겨야 함을

새삼 깨닫는다

- 「밥」 부분

이다영의 시에서 '슬픔'은 건강한 삶으로 이행하는 과정에서 겪는 일시적인 감정이지만, '우울'은 내면 깊숙이 침잠해 몸에 파동을 일으킨다. 「우울 방정식」에서 보듯, 몸과 마음의 "바다에 넘쳐" 흘러 "넘실거리는 물결로 하루를 점령"한다. 슬픔에서 발원한 우울이 일상에 지속적으로 영향을 준다. 슬픔은 시간이 지나면 약해지거나 사라지지만, 우울은 쉽게 소멸하지 않고 슬픔이나 불안, 무기력 같은 문제를 수반한다. 「우울 방정식」에서는 "전염병처럼 또 번지기 시작한" 슬픔이 우울증을 불러온다. "사람들로 붐비는" 거리에서 피가 마르고, 심장은 쪼그라들고, 눈동자가 흔들린다. 군중 속에서 찾아온 불안이 무기력으로, 몸과 마음을 무겁게 짓누른다. '불안'이라는 미지수에 '사람들'이라는 특정한 값이 부여되자 "오래된 그 병"이 발병한다. 사르트르에 의하면 불안은 "그 자체의 직접적인 의식이기는 하지만, 세계의 요청의 부정에서 생겨"(『존재와 무』, 동서문화사, 2009)날 뿐 아니라 내가 구속하고 있던 세계로부터 나 자신을 벗어날 때 나타난다. 즉 불안은 본질이 아닌 매개 요소로, 자아와 세계를 연결한다. 스스로 구속하고 있던 세계를 벗어난 자아의 불안이 슬품과 우울을 불러오고, 그 불안은 슬픔과 우울 사이에 존재한다. 하지만 시적 자아는 불안의 감정을 쉽게 노출하지 않는다.

「우울 방정식」에서 "우울이 온 바다에 넘"쳤다면 「슬픔의 무게」에서 우울은 "바다 한가운데서/ 슬픔을 건져 올리려" 애쓴다. 슬픔이 바다 한가운데에서 솟아나고, 이 슬픔에서 발원한 우울은 온 바다를 물들이고도 넘쳐흐른다. 슬픔의 무게를 가늠할 수 없던 시적 자아는 "쉽게 잡히지 않는" 슬픔의 맛을 보는데, 그 맛은 "비릿하기도 하고/ 시큼하기도 하"다. 맛을 본 다음 만져보자, 형태는 없지만 물컹거리는 질감이다. 무게-맛-형태로 이어진 '슬픔의 감별'은 결국 좀체 모습을 드러내지 않는 슬픔의 실체에 다가가기 위한 것이라기보다 슬픔에서 탈출하려는 노력의 일환으로 보인다. 슬픔의 실체가 무엇인지 인지하고 있지만, 그 슬픔에서 벗어나는 시간이 길어지고 있기 때문에 불안을 매개로 한 우울이 스며들 여지를 주고 있는 셈이다. "슬픔보다 더 무거운 것이 있을까"라는 말은 어떤 말보다 무거운 압박으로 다가온다.

「밥」의 슬픔은 「우울 방정식」, 「슬픔의 무게」의 슬픔과 조금 결이 다르다. 두 시에서 슬픔이 우울을 불러오고 그런 감정이 지속된다면 「밥」에서의 슬픔은 "든든하게 챙겨야" 할 대상이면서 개인적으로 극복해야 할 과제다. 남편이 먹는 밥의 양이 평소보다 "눈에 띄게 줄"어든 것을 통해 "이 세상에/ 영원한 것은 없다"는 진리를 새삼 떠올리고는 현재와 20여 년 후를 비교한다. 현재의 작은 슬픔을 잘 챙겨야 미래에 찾아오는 큰 슬픔도 잘 견딜 수 있다는 깨달음이다. 이런 인식의 기저에는 제주 여행에서 돌아와 저녁 준비를 할 때 "죽을 때까지 같이 사소"(「생일 선물」)라는 남편의 뜻밖의 사랑 고백과 "평생 알코올중독으로 툭하면 밥상을 엎고 술병을 깨서 죽여버리겠다고 들이대"(이하 「인간사人間事」)던 남편일망정 곁에 있을 때가 나았다는 주변의 이야기에 기인한다. "외로움이/ 죽음의 위협보다" 크고, 사랑은 이성만으로 이해할 수 없는 것이다.

몇 년을 더 부를 수 있을까

괜히 마음이 초조해져
일부러 일을 만들어 전화를 한다

오늘 주제는 오이지

엄마가 평생 담갔던 오이지 방식을 깨우치지 못했다
인터넷 레시피대로 재작년부터인가 만들어보지만

내가 만든 오이지를
남편이 무공해로 가꾸었다고
무공해를 강조하면서 자랑하듯 보고한다

네가 만든 오이지는 다 맛있어

엄마는
내가 보여준 삶도 다 맛있었을까

엄마에게 보낼 오이를 꾹꾹 눌러대며
눈물도 꾹꾹 눌러댄다

-「엄마」 전문

「밥」에서 시인은 '영원하지 않은 목록'에 밥과 몸, 그리고 우정과 사랑을 제시한다. 밥은 삶을, 몸은 건강을 상징한다. 우정은 나이를 초월한 주변 사람들과의 관계성과 영원성을 의미한다. 사랑은 부부, 부모, 자매 등 가족과의 애정/그리움과 "진짜라고 여겼"(이하 「남원」)거나 "픽션이라고" 느꼈던 사랑이지만 "변하지 않을" 목록에 올리고 싶어한다. 특히 「아버지의 무말랭이」, 「희망」, 「추억의 힘」, 「애인들」 등의 시편에서 친정 부모에 대한 진한 애정과 그리움을 드러낸다. 「엄마」에서 오늘의 주제인 "오이지"는 딸과 엄마를 밀접하게 연결해줄 뿐 아니라 엄마에 대한 사랑과 그리움이 응축되어 있다는 점에서 메타포metaphor에 그치는 않는, '삶의 맛'이다. "아버지 가시고"(「희망」) 홀로 지내는 엄마, "몇 년 더 부를 수 있을"지 알 수 없는 상황에서 나는 "일부러 일을 만들어" 연락한다. 피해갈 수 없는 죽음과 조금 더 오래 엄마를 곁에 두고 싶은 자식의 마음이 겹쳐진다. 엄마의 손맛을 따라가지 못해 "인터넷 레시피"를 따라 오이지를 담근다. "네가 만든 오이지는 다 맛있"다는 엄마의 말에 "내가 보여준 삶"의 맛, 즉 엄마가 바라보는 '나의 삶'을 궁금해한다. 세월의 흐름에 따라 엄마의 손맛에서 나의 손맛으로, 맛을 보는 주체도 나에게서 엄마로 역전된다. 걱정하고 근심하는 대상과 주체, 삶의 주도권도 자연스럽게 넘어간다. "엄마가 평생 담갔던 오이지 방식"이 엄마의 일생이라면 "재작년부터인가 만들어"보는 새로운 방식은 2년 전 "뇌출혈로 입원"(「추억의 힘」)했던 엄마의 '덤 같은 삶'의 연상이다. 삶에서 죽음을, 의식에서 무의식의 문제를 역으로 포착하는 세밀한 시적 방식이라 할 수 있다.

남극의 펭귄은 영하 오십 도를 견디고 있다 수백만 마리가 무리 지어 서로의 등에 기대면 맨 가운데 펭귄 자리 온도는 영상 3도까지 오른다고 그러면 그 주변의 펭귄들은 밖으로 나와 가장자리에 있는 동료와 자리를 바꾼다

그 모습만으로도 아름다운 겨울이다

남극으로부터

일만 칠천이백사십 킬로미터 거리에 있는 서울로

펭귄의 따뜻한 마음이 전해와

혹한의 크리스마스이브

봄이 온 듯 따스함이 몰려온다

그 온기 속에

몸과 맘이 사정없이 녹아내리고

햇살 반짝반짝 빛나는

또 하나의 겨울날이다

-「봄날 같은 겨울날」 전문

　우리는 영원하지는 않더라도, 진정한 사랑과 "모든 것을 바치"(이하「세리박에서 클레오파트라까지」)는 헌신적인 사랑을 원한다. "백만 송이 장미"(「중독」)를 "내게 전해줄/ 그리운 이를 기다리"(「주인」)는 로망을 꿈꾸기도 한다. "내 생에서는 꿈도 꿀 수 없는" 사랑일 것이다. 한데 시인은 남극에 사는 황제펭귄의 허들링huddling에서 이상적인 사랑의 모델을 발견한다. 허들링은 알을 품은 황제펭귄들이 한데 모여 서로의 체온으로 혹한의 겨울 추위를 견디는 방법이다. 무리 전체가 돌면서 바깥쪽과 안쪽에 있는 펭귄들이 계속해서 서로의 위치를 바꿔 "영하 오십 도"의 혹한을 견딘다. 그리하면 "맨 가운데 펭귄 자리 온도는 영상 3도까지" 올라 알이 부화한다. 혼자 할 수 없는 일을 공동체적 사랑으로 해결하는데, 서로에 대한 배려와 연대가 없으면 불가능한 일이다. 서울에서 "혹한의 크리스마스이브"를 보내는 시인은 펭귄들의 허들링 모습에서

참된 '아름다움'과 '따스함'을 동시에 느낀다. 남극 펭귄에 "일만 칠천이백사십 킬로미터"나 떨어진 서울에 있는 시인이 감응해 "몸과 맘이 사정없이 녹아내"린다. 사랑은 관념이 아닌 실감이라는 시인의 전언과 다름없다.

섬은 온전하다

첫째 날, 발 묶인 우리 일행을 포근하게 감싸안아준 건 안개였다 안개로 인해 출항할 수 없음에도 안개는 말없이 우리 주변에서 서성거렸다 일행은 모두 말이 없다

(중략)

다음날, 네 시간의 항해에 대비해 김밥 한 줄과 멀미약을 준비하고 여객선 대합실로 갔다 한 명씩 배에 오르고 어느 때보다 천천히 김밥을 씹으며 꿈결처럼 인천에 도착했다 무섭도록 강한 햇살이 섬과 섬에서의 모든 기억을 단칼에 베어냈다 기도마저

섬은 변함없이 온전하다

— 「백령도 표류기」 부분

거기, 섬이 있다. 사람들이 왔다 가도, 자욱한 안개에 풍경이 지워지거나 비바람이 몰아쳐도 섬은 늘 그 자리에 존재한다. 이 시는 백령도 여행을 갔다가 안개와 비바람에 출항하지 못한 상황을 날짜별로 기록하고 있다. 시인은 안개로 발이 묶인 이후 8일간의 행적과 심리 상태를 간략하게 묘사한다. 8일은 입도를 제외한 표류의 날이다. 따라서 일행은 최소 9일을 백령도에 머문 것이다. 첫째 날, 생각이 많아진 "일행은 모두 말이 없"다. 둘째 날, 안개가 "펜션 주변

제3부 존재와 세계의 분류법

까지 다가"오자, 시인은 "안개 속의 나를 안개도 찾기" 어려울 것이라 한다. 나는 보이지 않을 뿐 거기 있지만, 없는 것과 다름없다. 존재하지만, 존재하지 않는다. 또한 여기/섬에 존재하지만, 저기/뭍에 존재하지 않는다. 셋째 날, 안개에 더해 비가 내리고, 넷째 날에는 비바람까지 분다. 다섯째 날에는 태풍까지 더해진다. 안개-비-비바람-태풍으로 제약의 강도가 세질수록 시인의 반응도 침묵-산책-무기력-기도로 변화를 거듭한다. 여덟째 날에 표류를 끝내고 마침내 "인천에 도착"하자 "섬에서의 모든 기억을 단칼에 베어"낸다. 1연 "섬은 온전하다"는 변함없이 그 자리에 있는 섬의 속성과 "우리 일행"이 백령도에 들어오는 순간에는 주변 여건이 잘못된 게 없다는 것을, 10연 "섬은 변함없이 온전하다"는 일행의 표류나 날씨와 상관없이 섬은 늘 그 자리에 존재한다는 것을 의미한다.

가끔
누군가가 나를
시인이라고 부른다
정말 그런가

벌써 며칠째
한쪽 다리가 불편한 비둘기 한 마리
버스 정거장 근처에서
날지 못하고
절뚝거리며 사람들 사이를 오간다
내 맘이
내 시의 마음이 저런 것은 아닐는지

오지에서 살다

주변에 다른 집이 이사 오면

더 깊은 오지 속으로 들어가는

한 가족이 있다

들어서면

길과 햇볕에 맞게 집을 짓는다

내 맘이 자주 그 가족을 따라

시의 오지 속으로 들어가는 날

혹, 내가

안성맞춤 시인으로 조각될 수 있을까

- 「시인」 전문

    섬에서 나오자마자, 단칼에 베어버린 것이 "섬에서의 모든 기억"뿐일까. "시의 오지 속으로 들어가"려는 것은 '섬에서의 표류'와 단절, 즉 현실적 제약과 "오래된 습관"(「주인」)에서 벗어나 "시 없이는 죽을 것만 같던 때"(「치수」)로 되돌아가고 싶은 욕망의 표현은 아닐까. "변함없이"의 강조와 역설에 주목하면 "시의 오지" 역시 과거와 현재, 미래에도 시를 쓰려는 마음은 변힘이 없다는 다짐일 것이다. 또한 뒤에 언술한 "안성맞춤 시인"과 조응해 시적 고립이 아닌 개성 있는 시를 쓰겠다는 의지의 표현일 것이다. "가끔"이 아니라 "변함없이" 그 자리에 서 있기를 원하는 시인. 이번 시집이 "새로운 중독"(「중독」)으로 쓴 "하나의 풍경"(「치수」)이라면, 다음 시집은 "드디어 백수"(「백수의 꿈」)가 되어 "시의 오지"에서 날카롭게 벼린, "새로운 형태의 가시들"을 장착할 것은 불문가지다. 시인의 여생은 "오직/ 한 곳"(「시간의 동굴」), 시를 향해 달려가고 있다.

숨김 혹은 위장의 시학
— 배선옥 시집 『초록 가시의 시간』

    존재하는 것들은 생존을 위해 다양한 방식을 시도하고 도입한다. 그런 존재들의 생존방식을 다 알 수는 없으나 나름 자연의 질서를 지키면서 현상을 유지하고 번식을 통해 종種을 이어가고 있다. 약육강식이라는 먹이사슬에서 강자는 생존을 위해 위장(매복)과 기습으로 사냥을 하고, 약자는 무리생활과 위장으로 생명을 보존한다. 특히 동물의 세계에서 위장술은 생존을 위한 필수 조건이라 할 수 있다. 위장은 모습이나 형태를 감추기 위해 주변 환경과 같게 색깔이나 모습을 변형시키는 행위를 말한다. 위장술의 대가로 알려진 카멜레온은 빛의 강약과 온도, 감정의 변화 등에 따라 몸의 빛깔을 바꿀 수 있다. 배선옥의 시는 카멜레온처럼 시적 대상이나 배경에 따라 수시로 옷을 갈아입는다. 그의 시 색깔은 온갖 꽃들이 만발한 초원이나 울긋불긋 화려한 단풍나무 숲, 황량한 모래사막 등 주변 환경과 여건에 따라 변화를 거듭한다. 하지만 화려한 변신에 현혹되면 본질을 놓칠 수 있다. 시인은 위장한 채 오래 기다린다.

여간해선 움직이지 않는다. 상대방(독자)이 곁에 다가올 때까지 실체를 드러내지 않는다. 위장을 풀고 다가서지도 않는다. 이는 첫 시집『회 떠 주는 여자』(시문학사, 2004)부터 네 번째 시집『초록 가시의 시간』까지 시인이 일관되게 견지해오고 있는 독특한 시작법詩作法이다. 카멜레온이 몸의 색으로 감정을 표현하듯, 시인은 화려한 수사와 묘사로 시의 본질에 다가가려 한다. 즉 시적 진술을 자제하고 비유와 묘사로 위장해 말하고자 하는 바를 철저하게 숨긴다. 또한 카멜레온이 포식자와 먹이에 들키지 않으려 신중하게 움직이는 듯, 시 한 편 한 편의 발걸음은 진중하다. 시인은 숨김과 위장을 통해 생존뿐 아니라 '삶의 공간'에서 존재의 파편들을 회고하고 수습하려 한다. 이때는 카멜레온의 체색 변화가 피부색 자체를 바꾸는 게 아니라 피부의 수축이나 이완을 통해 반사되는 빛의 색을 바꾸는 것임을 깨닫게 된다. 과거나 현재 삶의 모습은 바꿀 수 있다고 해서 쉽게 바꿀 수 있는 게 아니다. 주변 환경에 따라 색을 달리해도 카멜레온이라는 존재 자체까지 바뀌는 것은 아니다. 마찬가지로 시인이 화려한 수사와 묘사로 의도를 숨겨도 사회 비판과 "일용할 양식"(「노랗다」)을 벌기 위한 "고단한"(「전생前生」) 소시민의 삶, "너무 일찍 눈먼 여자"(「나의 연애는 아직 푸르다」)의 고독한 심경까지 감출 수는 없다. 시의 숲속에 위장한 채 몸을 숨기고 있는 시인을 찾아보자.

지금
세상은 억센 손아귀와 집요한 뿌리의 시절
힘겨루기에서 밀린 바람
눈치 없는 시누이처럼 해살거리며
여자의 목에 깊게 패인 주름살을 밀고했다
흑백사진 속 볼 통통하던 새댁

고왔던 모습 이제 검버섯 몇 개 피워올린

노목이 되었고

사용기한 지난 자궁에

억새가 자란다

다들 몹시 목이 말랐다

밤이면 모닥불 피워올리고

낙타를 잡았다

타들어가는 입술이나 겨우 축이며

기우제를 지내야 한다고 쑥덕거렸지만

기원이 도달하기에

대기권은 늘 너무 높았다 그래도

아침이면 어김없이 달력에 가위표 해가며

고개를 빼

골목 어귀 내다봤다

- 「갈수기渴水期」 전문

강은 깊은 밤에만 돌아왔고 머리맡에 앉아 젖은 양말 벗으며 깊은숨 뱉어냈다 11월처럼 하얗게 벽에 들러붙는 입김 걷어내면 곧이어 낮 동안 네가 거느리고 다녔을 길들 흑백영화로 재생되었다

진흙 속 미꾸라지처럼 꿈틀거리는 장면 헤집어 네가 건네주던 검붉은 여름의 마지막 장미 가끔 애매한 표정으로 올 풀린 스타킹 들여다보는 콧날이 슬퍼 이불 끌어올

려 얼굴 가린 다음에야 눈 뜨곤 했다

　　그런 밤이라야 소리는 어둠을 먹고 빠르게 자랐다 화염처럼 일렁이는 물소리 모아
당기면 그물에 달려져 나오던 새파란 물굽이 비로소 길 트이고 쏟아져 들어오던

–「이제, 너를 보낸다」 전문

　　시인의 위장은 자신을 돌아보는 것으로부터 시작한다. 갈수기는 가뭄 등의
원인으로 하천 따위의 물이 한 해 가운데 가장 적어지는 시기를 말한다. 나이
를 먹어감에 따라 몸에 가뭄이 들고, 점차 존재감을 잃어간다. 어느덧 완경完
經에 이른 시적 자아는 자신의 몸과 마음의 변화, 주변의 소리에 귀를 기울인
다. 자신을 둘러싼 환경은 "억센 손아귀와 집요한 뿌리"가 상징하듯, 호의적이
지 않다. 거기다가 곁에서 "눈치 없는 시누이처럼 해살거리"는 이도 있다. "흑
백사진 속 볼 통통하던 새댁"의 모습은 간데없고 고왔던 얼굴에 "검버섯 몇
개 피워"오른다. "사용기한 지난 자궁"은 단순히 생산(임신)의 단절만을 의미
하지 않는다. 사회적으로 "힘겨루기에서 밀"려나고, "억새"가 상징하는 것처
럼 몸과 마음이 황폐해져 존재감의 결여를 뜻한다. 이는 다들 목이 마르자 동
행한 낙타를 잡는 행위로 극대화된다. 물론 다 알겠지만, 이 모든 건 실제가 아
닌 비유적 표현이다. 시적 흐름으로 보면 세상 밖의 갈증이 자신에게로 향하
자 자신감도, 존재감도 약해지고 행동도 소극적으로 변함을 알 수 있다. 몸에
찾아온 변화로 인한 치명적인 상실과 깊은 슬픔이 시 전체를 관통하지만, 겉
으로 드러내지 않고 철저히 위장한다. 하지만 상실과 슬픔은 시간이 해결해줄
수 없는, 아니 오히려 시간이 흐를수록 더 심화하는 속성으로 인해 더 이상 기
다리지 못하고 "고개를 빼" 모습을 드러낸다. 영영 숨어서 기다릴 수는 없기
때문이다.

두 번째 인용시 「이제, 너를 보낸다」는 너의 정체를 파악하는 것부터 난관에 부딪힌다. 너무 깊숙이 위장한 채 철저히 정체를 숨기고 있다. 너의 정체는 시적 자아인 '나'의 곁에 있다가 떠난 사람을 '너'로 파악하는 것이 가장 합리적일 것이다. 주지하다시피 한 편의 시에서 시적 자아의 시각은 자유롭게 변할 수 있으며, 시의 내용과 감정을 대변한다. "깊은 밤에만 돌아"오는 강은 의인화처럼 보이지만, 이어지는 문장 "(내) 머리맡에 앉아 젖은 양말 벗으며 깊은숨 뱉어"내는 것을 감안할 때, '강'은 '너'의 활유법에 가깝다. 아니 어쩌면 깊은 밤에 떠난 너를 그리워하는 심상으로 작용한다. 숨은 화자 '나'의 머리맡에 앉은 '너'는 현재가 아닌 과거, 그리움의 대상이다. 첫 번째 인용시의 "흑백사진"이나 재생되는 "흑백영화"에서 보듯, 흑백은 과거를 회상하는 색상으로 파악할 수 있다. 너와는 "진흙 속"처럼 순탄하지 않고, "네가 건네주던 검붉은 여름의 마지막 장미"와 함께 관계는 끝난다. 낮에는 견딜 만하지만, 고요한 밤에는 그리움의 농도가 짙어진다. 이 시에서 '강'이나 눈물, '물소리'와 같은 물의 이미지는 감정을 고조시키는 역할을 한다. 그런 물의 이미지는 '소리'를 만나 새로운 "물굽이 비로소 길"을 트이게 한다. 물을 보낸 자리에 물을 채울 수 있어 너를 보낼 수 있는 것이다. 보내지만 다 보낼 수는 없다. 기억의 갈피에 흑백영화로 남아 있다.

혹시나 행여나 말 아끼고 숨도 참은 줄타기의 마지막 우리네들 일상이 내 것인데 내 맘대로 부려지지 못하는 바,

겨우 유치한 핑곗거리 만들어 내 손모가지 변명하는 것밖엔 달리 할 수 있는 것도 없다 늦게까지 책상머리 지키고 앉았던 것도 왠지 모를 마음이 그리하라 시켰겠지만

공원 불빛 아래 대낮인 양 공놀이 즐기는 젊은 사내들 흘끔거리며 퇴근하던 길 왈칵 눈물 쏟아졌다

아, 밥이 생각났다 따끈따끈한 밥 한 숟가락 불현듯 내 목구멍이 측은해져서 누가 알아볼까봐 텅 빈 플랫폼이나 서성거렸다

- 「밥줄」 전문

아홉 살짜리 아이 같은 일상을 서류가방에 쓸어담아 들고 나선다 일용할 양식 고민하는 척 뒤뚱거리는 능청스러운 궁둥이들 빨갛게 눈 밝힌 딱정벌레처럼 일제히 고치를 향해 움직인다 단정한 넥타이와 반짝이는 하이힐 몰려가 사라진 지하철역 입구 누군가 잃어버렸을 쇼핑백 안엔 이제 막 개봉한 영화와 달콤한 수다 잘 접힌 채로 담겨 있지만

전철 창밖으로 유유히 흘러가는 것은 한가로웠던 그들의 오늘 바람은 항상 수직으로 불고 지독한 변비 앓는 도시는 언제나 푸석한 얼굴 웬만해선 눈을 뜨지 않는다

벌써 아홉 시. 기다려.
나의 오늘도 곧 파자마로 갈아입혀 줄 테니 아주 오래오래 시체놀이를 즐기게 해 줄 거야 고생했다

- 「우회전 일단정지」 전문

월급생활자에게 일상이란 "주머니 속에 넣"(「내일」)고 다니거나 "서류가방에 쓸어담"아 직장으로 가져가는 '구속'의 다른 이름이다. 하여 시적 자아는 "내 것인데 내 맘대로" 하지 못하는 상황을 토로한다. 주머니(평소)나 서류가

방(직장)에 갇힌 일상은 속박에서 벗어나려는 의지를 드러낸다. "하루도 늦추지 않고 들어오는 월급"(이하 「끽동 그 골목에도 불이 켜지기 시작하는 시간입니다 -학익동 편지 1」)이나 "방금 청소 끝낸 욕실 타일처럼 반짝이는 날"을 기대하며 견디지만, 현실은 "말 아끼고 숨도 참은 줄타기"의 연속이다. 생존방식은 정글인데, 환경은 초원이다. 숨고 싶어도 숨을 데가 마땅찮다. 위장해도 금방 표시가 난다. 그저 "늦게까지 책상머리를 지키고 앉아" 일하다 보면 하루가 가고, 어둠이 찾아온다. 생존 현장에서는 다른 것이 끼어들 여지가 없다. '나'(개인)는 없고, '직장'(공동체)만 존재한다. 전체를 위해 부분을 희생하는, 부속품 같은 존재일 수밖에 없다. 직장을 나서는 순간 박탈당한 일상의 자유를 되찾지만, 자유를 누리기보다 지친 몸을 쉬기 바쁘다. "공원 불빛 아래 대낮인 양 공놀이 즐기는 젊은 사내들"을 보는 순간 참았던 감정이 올라온다. 밤을 잊게 하는 대낮 같은 '불빛'은 자유롭지 못한 일상을, '젊은 사내들'은 잃어버린 청춘을 떠올리게 해 감정을 고조시킨다. 또한 '눈물'은 잊고 있던 배고픔을 상기하는 매개 역할을 한다. 자유로운 일상을 빼앗긴 자신이 측은하다.

시인은 출퇴근의 풍경과 자신의 심경을 담은 시를 꾸준히 쓰고 있다. 퇴근의 심정을 다룬 또 다른 시 「우회전 일단정지」는 배선옥 시의 특징을 가장 잘 보여준다. 눈이 현란할 만큼 화려한 수사법을 통해 고단한 직장인의 삶을 드러낸다. 묘사인 듯한 문장을 자세히 들여다보면 시적 진술로 일관하고 있다. 시종일관 모호함으로 위장하고 있다. 이 시를 진술로 바꾸면, '먹고살기 위해 나는 서류가방을 들고 집을 나선다. 지하철역에는 나와 같은 직장인들이 분주하다. 전철을 타고 보는 도시 풍경은 변비에 걸린 듯 꽉 막혀 있다. 직장에서는 다들 고개를 들지 않고 일한다. 열심히 일하다 보니 퇴근 시간이고, 아홉 시에 집에 도착한다. 얼른 지친 몸을 눕히고 싶다'쯤 될 것이다. 출근에서 퇴근까지 시간적 구성(혹은 퇴근 풍경)으로 짜인 이 시는 스스로를 위로하는 고백적 진술 형식을 취하고 있다. 먹고살기 위해 출퇴근을 반복하는 일상은 "아홉 살짜리 아이"처럼 단순하고 의존적이다. 자칫 단순하고도 무미건조할 수 있는 시적 진술을 화려한 수사를 통해 능청과 해학, 풍자로 변주하고 있다. 가령 서류 가방은 직장생활, 궁둥이들은 직장인들, 고치는 집, 넥타이는 남성 직장인, 하이힐은 여성 직장인으로 변주해 보여준다. 마찬가지로 쇼핑백 안에 담긴 "막 개봉한 영화와 달콤한 수다"는 영화 티켓이나 프로그램의 신선함, 영화를 관람하면서 먹는 팝콘과 수다를 의미한다. 3연에 이르면 독백형 대화로 문장이 전환된다. 시적 자아의 자유로운 변화를 목도하는 순간이다. 우회전해서 신나게 달리기 전에 일단정지해야 하는 상황을 삶의 휴식으로 표현한 시인의 의도가 제대로 드러난 작품이다.

　　같은 패를 지워야 하고 연결 시 두 번 이상 꺾여서는 안 됩니다 자유로우려면 규칙을 잘 지키세요 몰두하되 몰입하지 말고 직시하되 멀찍이 거리두기를 권합니다

　　패만 보지 말고 판 보는 연습 절대 필요합니다 마음대로 되지 않는다고 조급해하지 마세요 차근차근했어도 안 될 땐 마음 접으세요 접은 다음 미련 가지지 말 것 한 판 이겼다고 들떴다간 바로 지게 됩니다 지난 판의 패인 잊지 마세요

　　여기까지 써놓고 빙긋 웃는다
　　넘어지기 전
　　깨달았더라면

- 「베스트 드라이버」 전문

「우회전 일단정지」가 교통법규를 통해 삶의 방식을 표현했다면 「베스트 드

라이버」는 도박을 운전에 비유하고 있다. 베스트 드라이버가 되기 위한, 아니 운전면허를 따는 과정에서의 감독관의 충고나 운전면허를 딴 상태에서 실제 운전을 위해 베스트 드라이버에게 연수를 받는 상황으로 보인다. 차량 조수석에 앉은 사람은 안전 운전을 위한 충고를 아끼지 않는다. 능숙하게, 자유롭게 운전하려면 "규칙을 잘 지키"고, 운전에 "몰두하되 몰입하지 말고", 전방을 주시하면서 앞차와 일정 거리를 유지하고, 절대 "조급해하지" 말라고 권한다. 한 번쯤 운전을 잘했다고 방심하면 사고가 날 수 있다는 충고도 잊지 않는다. 진지한 충고는 3연에 이르러 회상, 혹은 시의 소재였음을 유쾌하게 드러낸다. 이 시의 반전이다. 운전을 씨줄로, 도박을 날줄로 하여 교직하던 시적 긴장이 한순간에 이완된다. 이는 시인이 운전 연습에서 "몰두하되 몰입하지" 말아야 하는, "멀찍이 거리두기"를 해야 하는 상황을 의도적으로 적용한 노련한 시적 기술법이라 할 수 있다.

　　나는
　　너무 일찍 눈먼 여자 그리고,

　　덤불 속 깊숙이 숨어 사냥감 기다리는 올무
　　풍화작용으로 가슴선 흐트러진 암각화 속
　　젊은 여신 숭배하는 늙은 사냥꾼
　　딱딱한 근육 위 좌악 펼쳐지던 질투가
　　석순처럼 자라 새로운 암호가 된
　　새벽기도

　　손끝으로 벽 더듬어 완성하지 못한 주문 유추해내느라 빈 동공 더 깊어져 가고 얇은 수맥 따라 이마 위로 떨어져 내리던 언어 마른 입술 축이면 입사각 한껏 키운 오후 빛살 닥트 핀처럼 꽂히는 거기,

　　암각화 위 붉은 꽃잎

- 「나의 연애는 아직 푸르다」 전문

　시인은 봄의 색깔 중에서 "뾰족하게 돋아나는 연두"(「풍경」)보다는 "윤기 흐르는 초록"(「숨은그림찾기」), "마중 나온 초록"(「일주문」), 바람에 흔들리는 "초록 이파리들"(「문학산 기슭」), "욕심껏 햇살 움켜쥔 진초록"(「초록 가시의 시간」), "굵은 대궁 넓은 이파리 진초록"(「초경 -학익동 편지 5」), "어느 골짜기에선 시퍼렇던 초록"(「삼성제강 -학익동 편지 7」)과 같이 초록에 더 마음이 가 있다. 연두가 아동, 초록이 청소년의 시기라면 '푸르다'의 색상인 청록은 연애하기 좋은 시절을 뜻한다. 따라서 '나의 연애는 아직 푸르다'는 선언은 "너무 일찍 눈먼 여자", 즉 너무 일찍 결혼해 자유로운 연애를 할 수 없지만, 사랑의 감정만은 청춘이라는 선언과 다르지 않다. 그리고 '올무'나 '늙은 사냥꾼'은 내면 깊숙이 자라 잡은, 금기를 탐하고 싶은 욕망의 비유다. 또한 덤불-올무-사냥꾼-근육과 암각화-여신-질투로 이원화된 연상작용은 암호-새벽기도에 이르러 합일을 시도한다. 새벽기도는 다시 주문-언어로 이어져 "암각학 위 붉은 꽃잎"에 꽂힌다. 시를 다 읽고 나서야 비로소 시적 자아가 서 있는 곳이 암각화 앞이라는 걸 인지할 수 있다. 즉 자유연상처럼 이어진 시어들과 시적 묘사는 바위에 새겨진 아주 오래된 그림의 사실적 표현이고, 시적 자아는 그 암각화를 바라보며 너무 일찍 결혼했지만 '나는 아직 젊다'고 자위하는 상황임을 눈치챌 수 있다. "암각화 위 붉은 꽃잎"에 머문 시선은 이 시의 화룡점정이다. '푸른'이 젊음이라면, '붉은'은 열정(열망)을 상징한다. 중요한 것은 '여기'가 아

닌 '거기'는 현실 세계이면서 이상향에 가까운 곳이다. 이상향은 눈으로 볼 수는 있으나 가기 어려운 현실에서 닿기 어려운 세계라는 메시지와 다름없다.

새로 구입한 지도 펼쳐 거리 계산한다 해독되지 않는 난수표처럼 밤의 표면에 얇게 물수제비 뜨며 내려앉는 꽃잎 오아시스 여전히 멀고

여기와 저기

허리 꼿꼿하게 세운 베두인족처럼 내내 옆얼굴만 보여주는 낮달 이름 모를 언덕 지나며 주억거리는 뒤늦은 고해 오늘 낙타가 되어 걸어갈 사막 캄캄하지만 촘촘한 일상쯤 이제 좀 나긋해도 괜찮다고 노곤한 저녁이면 언제나 반걸음 먼저 당도해 불 댕겨놓던

거기와 여기

– 「찬란燦爛」 전문

배선옥의 시에서 '거리감'은 시작 자아와 사물과의 간격이면서 시간의 관념을 장착한다. 가령 「채석강」에서 "멀리 서라벌의 북소리"는 다른 곳이 아닌 바로 '여기'에 "돛을 내"리고, "미처 묻히지 못한 시간의 갈피"에 머문다. '여기'는 시적 자아가 서 있는 현실의 지점이다. 반면 '저기'는 시적 자아가 머물고 싶은 이상세계다. 하지만 김소월이 「산유화」에서 노래한 "저만치 혼자서" 피는 꽃의 근원적 고독과는 약간의 차이가 있다. "바로 거기서부터 직진"(「내일」)하는 길, "스르르 빗장 풀고/ 넌지시 일러주는/ 저기"(「다이어트」)의 다이어트, "낙타가 되어 걸어"가고 싶은 사막에서 보는 바와 같이 '저기'는 빠른 세

월이나 다이어트, 행복한 여행지에 더 방점이 찍힌다. 물론 시의 밑바탕에 고독이나 허무가 깔려 있음을 부정할 순 없다. 「찬란燦爛」에서는 "새로 구입한 지도"를 펼쳐놓고 현실과 이상, 자아와 타아, 행복과 불행의 거리를 가늠하고 있다. 이상과 현실의 괴리는 즐거운 상상으로 채워진다. '여기'는 지도를 보고 있는 시적 자아와 지도 위 사막, '저기'는 지도 속 사막에서의 상상이다. 상상 속의 사막은 찬란하리라는 기대와 달리 낮달은 "옆얼굴만 보여주"고, "걸어갈 사막"은 멀리만 하다. '캄캄한' 여정을 상상하다가 일상, 즉 현실로 돌아온다. 지도 위 위도와 경도에 시선이 머문다. '거기'는 상상 속 사막, '여기'는 "촘촘한 일상"이다. 지도 속으로의 여행은 "이제 좀 나긋해도 괜찮다"는, "반걸음 먼저 당도해 불을 댕겨놓"아도 좋을 것 같은 마음의 위안과 여유를 준다.

뒤돌아보니 빚쟁이처럼 몰아붙이던 오늘이 서 있다 목덜미 늘어난 스웨터에나 어울릴 구두 같은 표정을 서둘러 다스리지만

일상이 하루도 늦추지 않고 들어오는 월급 같다면 방금 청소 끝낸 욕실 타일처럼 반짝이는 날만 있다면 조금 더 쓸쓸할 거야 암만,

수첩 가득 채운 지도엔 무궁화 삼천리 화려강산 거기와 여기의 축척 계산은 왜 이리 복잡한지 겨울 아침 수돗물처럼 손 자꾸 곱는다

그래도 주머니에 넣어둔 맑은 눈 눈치 못 챈 거 같으니 다행이다
      ─「끽동 그 골목에도 불이 켜지기 시작하는 시간입니다 ─학익동 편지 1」 전문

"거기와 여기"는 '학익동 편지' 연작 첫 편인 「끽동 그 골목에도 불이 켜지

기 시작하는 시간입니다 -학익동 편지 1」에도 등장한다. 인천 미추홀구에 있
는 학익동은 속칭 '끽동'이라 불렸다. 시인은 시간의 갈피에서 '학익동 편지'를
꺼내 들고 읽는다. 학익동 편지에는 끽동 그 골목 외에도 517번 마을버스, 언
덕배기 그 집, 삼성제강, 모리포, 복개천변, 햇골, 장미아파트 등과 그곳에 사
는 사람들의 이야기가 흑백영화처럼 펼쳐진다. 시인은 '학익동 편지' 연작에
서는 과도하게 숨기거나 위장하지 않는다. 오히려 외삼촌의 이야기처럼 담담
하게 진술한다. 첫 시집『회 떠 주는 여자』의 연작에서 돌아가신 아버지에 대
한 그리움을 표현했다면, 이번 시집 연작에서는 아버지(「삼성제강 -학익동
편지 7」와 친정 큰외삼촌(「딸 부잣집 -학익동 편지」, 「개건너 갈 일이 없어졌
다 -학익동 편지 6」) 그리고 그곳에 사는 사람들로 이야기를 확장한다. 연어
처럼 세월의 물살을 거슬러 오른 시인은 '학익동 편지' 연작에서 "잃어버린 시
간"(「7080 라이브 카페」)을 복원하는 것에 그치지 않고 거기에서 "주머니에
넣어둔 맑은 눈"과 "푸른 나무 그늘"(이하 「포물선」)에서 "햇단오부채를 준비
하고" 기다리는 사람들을 만나 삶의 에너지를 충전한다. 시인은 이번 연작을
통해 삶의 원천이 되는 공간을 회복하는 한편 자아(가족을 포함한)에서 타자
까지, 삶의 안에서 밖까지 끌어안으려는 이타적 행보를 보여준다.

    화장을 한다 화장수도 발랐겠다 이젠
    눈썹 그릴 차례

    비대칭 얼굴 균형 맞추려면
    멀리 떨어져 봐야 해
    이·만·큼
    뒤로 물러서니 제대로 보이는군

양팔저울 추 올리듯 비율 맞추는 것도

잘생긴 뒷산 봉우리처럼 입술 그리는 일도

바짝 움켜쥐고 놓치지 않으려 발버둥쳤던

시절

눈썹 비뚤어지는지

입술선 뭉개졌는지 모른 채

발 동동 굴렀지

이·만·큼

뒤로 물러서야 제대로 할 수 있는 걸

이·만·큼

떨어져 나오니

보인다

아직도 진행 중인

사랑

– 「이만큼 -학익동 편지 14」 전문

배선옥 시인에게 이상과 현실은 '거리', 사랑이나 행복은 '양과 질'의 문제다. '이만큼'의 사전적 의미는 '이만한 양이나 질의 정도'이기 때문이다. 하지만 '이만큼'을 쪼개 형태소로 만들면 본래의 의미를 잃어버린다. 시인은 혼자 자립해 쓸 수 없는 '이만큼'이라는 단어 중간중간에 중점을 찍어 형태소를 만든다. 즉 하나의 의미를 형성하는 '이만큼'을 '이·만·큼'으로 바꿔 양과 질을 거리로 변형한다. 이런 의도성은 얼굴의 "균형 맞추려"는 데서 비롯되지만, 더 자세히 들여다보면 "바짝 움켜쥐고 놓치지 않으려 발버둥쳤던/ 시절"과 뒤로 한 발 물러선 현재의 거리에서 비롯된다. 학익동의 "날개 치며 달아나"(「시래기를 삶다」)버린, "바짝 마른 풀잎처럼 흔들"(「그날」)린 시간을 확인하는 것은 "조금 괴로운 일"(「7080 라이브 카페」)이다. 하지만 괴로운 시간이 지나갔든, 현재진행형이든 그 자리를 복원하는 것은 '사랑'이다. "사랑은 완성될 수 있는 거"(「시간의 비늘」)라는 것을 잘 인식하고 있지만, "아직도 진행 중인/ 사랑"을 생각하면 그 시간은 "너무나 평화로운 축복"(「안개주의보」)이다.

화장의 목적이 과거에는 햇빛 같은 자연의 위협으로부터 신체를 보호하는 것이었다면, 현대에는 아름다워지고 싶은 욕망과 노화 방지 그리고 마음의 풍요와 위안을 얻으려는 것으로 바뀌었다. 어쩌면 "비대칭 얼굴"의 균형을 맞춰 마음의 "균형(을 맞추려)"는 것일지도 모른다. 시와 삶이라고 무에 다를까. "구석기의 동굴"(「거기, 이제 너는 없고 -학익동 편지 8」) 같던 골목의 그 집에서 "눈썹 비뚤어지"고, "입술선 뭉개졌는지 모른 채/ 발 동동" 구르던 시절과 월급생활자의 삶을 시화詩化할 때 선택할 수 있는 것 중 하나가 '숨김과 위장'이었을 것이다. 하지만 생존술에 숨김과 위장만이 있는 건 아니다. 너무 빼어난 위장술은 고립으로 이어질 수 있다. 지나친 화장은 피부를 상하게 할 수도 있다. 그래도 시의 숲에서 "새파랗게 잘 닦인 언어"(「위대한 계보」)의 향연을, 카멜레온의 화려한 변신을 지켜보는 건 상당히 즐거운 일이다.

제4부

공간의 사색과 소요

희언자연希言自然, 소요하고 소유하고 사유하다

— 나석중 시집『저녁이 슬그머니』

2005년 시집『숨소리』로 등단한 나석중 시인의 여덟 번째 시집『저녁이 슬그머니』는 대부분 표절이다. 대놓고 표절을 했는데 인위적인 표절이 아닌 주인이 없는 "하늘과 구름"(이하 '시인의 말')이나 "풀꽃과 나비", "일출과 일몰"을 베낀 것이다. 시인은 수시로 자연에 들어 소요逍遙하고, 교감交感하고, 필사筆寫한다. 노자는『도덕경』에서 자연을 "희언자연希言自然"이라 했다. 글자 그대로 풀이하면 말이 드문 게 자연이다. 하지만 말은 사물이 있은 연후에 생겨난 인위의 산물이다. 사물은 언제나 그 자리에서 '스스로 그러한' 모습을 하고 있다. 이를 분류와 구분, 소통을 위해 생겨난 방식이 언어言語이다. 말이 적어진다는 것은 본성으로 돌아가는 너무도 자연스러운 현상으로 노자가 말한 도道에 이르는 길이기도 하다. 도는 말로 표현할 수 없지만, 풀과 나무의 구분으로부터 풀이나 나무의 종류로 세분해 들어갈수록 말이 많아지는 게 사실이다. 복잡한 방법론이나 해설 등을 동원하는 것보다 단순명료한 것이 가장 자연스러운 것이다. 추사 김정희의 그림을 떠올려 보면 쉽게 이해할 수 있을 것이다. 말년에 제주도로 귀양 간 추사는 극도로 생략되고 절제된 화면에 자신의 심정을 담았다. 복잡하지도 않고 구구절절 설명하지도 않으면서 하고자 하는 말과 심정을 다 드러내고 있다. 말이 많아지면 자연에서 멀어지고, 단순해질수록 자연으로 돌아간다. 나석중 시인이 추구하는 시정신도 이와 다르지 않다. "언젠가 딱 한 번 써먹었을"(이하 「막도장만큼이라도」) 막도장처럼 화려하거나 복잡하지 않은 형상을 하고 있다. "무엇인가를 간직"하거나 채우기보다 버리거나 비우는 일이 더 많아졌다. "허망한 문장"(이하 「캠프」)은 태워버리고 사변을 멀리하면서 다시 "백지에서 출발"하고자 한다. 시인은 "동심을 잃지 않"고 자연으로 돌아가는 것이 "시인정신"임을 숨기지 않는다.

주춤거리던 사과

살짝 칼등으로 사과를 노크한다

단박에 사과 칼날 들이밀면 놀라서

아픈 사과가 되겠지

근육주사를 놓듯 기억을 환기하는 게 좋겠지

묵은 사과가 육향이 짙은 것은

수치와 민망과 미안과 무안이 섞여

한 몸으로 푹, 숙성된 때문일까

사과는 좀 더듬더듬 서툴다

사과는 시야가 뚫린 고속도로처럼 탄탄대로로

사과를 받아주지 않겠다는 듯

사과껍질이 과속방지턱을 넘으며

툭 끊기곤 한다

－「묵은 사과」 전문

산수傘壽를 지나 미수米壽를 바라보는 시인은 욕심을 내려놓고 주변의 삶에 좀 더 너그러워지려 한다. 스스로를 내세워 말하기보다 말을 들어줌으로써 상대를 배려한다. 남을 배척하지 않고 품으려는 심경이 나석중 시의 가장 빛나는 지점이다. 시인은 마음을 내려놓음으로써 다른 풍경을 만들어내며, 새로 그려낸 풍경은 담담하면서도 매혹적이다. 시인은 사물의 관찰에서 시詩가 될 만한 것들을 기가 막히게 포착하는 안목을 지니고 있다. 그런 안목으로 창조한 세계는 대부분 숙성의 시간을 거친다. 숙성의 방법과 기간에 따라 '시의 맛'이 결정되는데, 시인이 선택한 방법은 '기척'이다. 사물이 숙성되는 시간을 기다려 조심스럽게 기척을 한다.

이를 잘 표현한 시가 「묵은 사과」이다. 시인은 혹시 누군가 사과 속에 있지 않을까, 사과가 놀랄까 봐 "칼등으로 사과"를 살짝 두드린다. 마치 풀밭을 지날 때 뱀이 놀랄까 봐 막대기로 툭툭 치는 행위를 떠올리게 한다. 인삼은 인기척으로 자란다는 말이 있듯이, 시인은 기척으로 시의 숙성을 감별한다. "주춤거리던 사과"는 사과라는 사물의 주춤거림이 아니라 사과를 대하는 시인의 시선이나 태도의 주춤거림이다. 사과를 깎으려는 찰나 시인은 기척도 없이 단박에 "칼날(을) 들이밀면" 놀란 사과가 아플 것을 염려한다. "주사를 놓"을 때 그 자리를 툭툭 치듯 칼등으로 "기억을 환기"한다. 시인은 사과라는 사물을 통해 "묵은"과 "아픈" 감정을 객관적으로 보여준다. 개인적 감정을 그대로 드러내는 것이 아니라 사물과 사건을 통해 표현하는 객관적 상관물客觀的相關物이라는 창작기법을 활용한다. 시인은 사과의 "육향이 짙은" 이유를 "수치와 민망과 미안과 무안"이 한 몸으로 섞여 숙성되었기 때문이라 고백한다. 나이가 들어간다는 뜻에서 유래된 '숙성'Aging은 시인이 겪은 세월의 풍상이다. "더듬더듬 서툴"게 사과를 깎던 시인은 속살을 드러낸 "묵은 사과"에서 복잡한 감정선을 드러낸다. 남 앞에서 옷이 벗겨지는 수치와 오래되어 볼품없는 몸매의

민망함, 그런 상황을 만든 미안함과 무안까지. "육향이 짙은" 감정은 사물과 시인 사이를 넘나든다. 사과를 분리하고 해체하는 시인과 이를 거부하고 반항하는 사과의 대립과 긴장이 이 시를 끌고 가는 힘이다. 시인은 끊어지지 않도록 깎는 사과껍질에 인생사를 투영한다. "탄탄대로"를 달릴 것 같은 삶은 "과속방지턱"을 만나 속도를 줄일 수밖에 없고, 때론 길을 이탈하기도 한다. 굴곡 없는 삶이 있겠는가. 직선으로 흐르는 것처럼 보이는 시간의 진행은 절대적인 것 같으면서도 일정하지 않다. 신神이나 물리학을 들먹이지 않더라도 시간은 나이나 기분, 공간에 따라 다르게 작용한다. 선이 무수히 많은 점으로 이루어져 있듯, 시간도 음陰과 양陽, 낮과 밤의 교차순환에 의한 기록이거나 불교에서 말하는 '환영'일 수 있다. 깎은 사과를 맛보기도 전에 "저녁이 슬그머니" 찾아온다.

바람은 어디서 오는지
보이지 않아도 실체를 확신케 하는 바람은

바닷가 몽돌을 보면
점차 내 가슴도 파도를 친다
마침내 나 하나의 단단한 돌이 되어
달그락달그락
그지없는 파도의 노래가 된다

그 누가
한 그릇의 바다를 기우뚱 들고 있어
파도의 손바닥을 펼치고

바람을 일게 하는지

바람은 보이지 않으면서도 정녕 믿고 싶은
신의 숨결이 분명하다

- 「바람의 기원」 전문

    시인이 자연에서 베낀 것은 "바람과 세월, 산과 강과 바다"(이하 '시인의 말'), "바위와 돌"도 있다. 바닷가를 찾은 시인이 궁금한 것은 눈에 보이지 않는 바람이 "어디서 오는지"이다. "정처 없는 바람"(「추자도를 향하여」)은 뜨거운 "새의 눈물"(「새의 눈물」)을 받아간다. 한때 "다정했던 표정도 스쳐간 바람"(「테이크아웃」)에 불과하다. 시인은 바람의 실체를 의심하지 않는다. 의심하기는커녕 "실체를 확신"한다. 지구 표면을 스치듯 흐르는 바람은 기압의 높고 낮음에 따라 일어나는 공기의 움직임이다. 직접 그 움직임을 감지한다는 것은 시인과 바람 사이에 어떤 물체도 놓여 있지 않은, 물체의 바람그늘lee side 바깥에 서 있지 않다는 의미다. 흔히 바람의 실체를 흔들리는 나뭇잎에서 찾는다. 헤르만 헤세는 시 「낙엽」에서 "바람이 유혹하거든" 거역하지 말고 그대로 있으라 했다. 헤세의 시에서 바람은 집, 즉 땅으로 나뭇잎을 데려가는 역할을 한다. 일반적으로 바람에 나뭇잎이 흔들리는 건 마음을 흔드는 것으로 간주된다. 주체인 바람에 따라 객체인 나뭇잎은 자율 의지를 상실한 '흔들림'이라는 종속적 역할에 머물 수밖에 없다.

    바닷가에 서 있는 시인은 나뭇잎이 아니라 파도에 "달그락"거리는 몽돌에서 찾는다. 몽돌을 보는 순간 "점차 내 가슴"에 파도가 치고, 스스로 "단단한 돌"이 된다. 파도가 칠 때마다 돌과 돌이 부딪쳐 마모되고 "그지없는 파도"의 노랫소리를 들려준다. 모가 난 돌이 모나지 않고 동글동글한 돌(몽돌)이 된다는 것은 "개종할 줄 모르는 착한 시詩의 신도"(이하 「이단異端」)인 시인의 "조용한 혁명"이다. 모난 돌에서 몽돌이 된다고 해서 형질이 변하는 것은 아니다. 세간의 평가에 연연하지 않고 묵묵히 시인의 길을 걷겠다는 결연한 의지가 묻어나는 대목으로 이는 다시 바람을 환기還起하게 만든다. 바람은 눈에 보이지 않지만 "실체를 확신"하는 것처럼 '누가 알아주지 않아도 나는 시인'이라는 선언과 다름없다. 하지만 시인의 이런 선언은 파도에 스러지는 포말泡沫처럼 그리 연연하지 않아도 될 듯하다. "그 누가/ 한 그릇의 바다를 기우뚱 들고 있어/ 파도의 손바닥을 펼치고/ 바람을 일게 하는지"라는 빛나는 문장을 보라. 시인이 아니라면 누가 이런 표현을 할 수 있겠는가. 고요히 숙성의 시간을 기다렸다 기척을 해주는 시인만이 이런 빛나는 문장을 쓸 수 있다. 바다는 기우뚱한 그릇이고, 그 기울기와 "손바닥을 펼치고" 파도에 의해 바람은 생겨난다는 착상과 비유, 상상은 아무나 할 수 있는 게 아니다. 여기에 더해 바람은 "신의 숨결"이라는 은유는 이 시를 한결 높은 자리에 올려놓는다.

고색이 창연한 돌 앞에서
조용히 옷깃을 여미고 좀 경건하자

돌을 돌로만 볼 일이 아니다 이 집안
전래한 돌은 침묵이란 가훈

당신이 그 침묵을 읽었다면
성급하게 결론을 짓지 마시라

적지 않은 돈 들여서 장식장 치장하고

대가인 양 이러쿵저러쿵하지 마시라

혹 침묵을 금으로만 보는 눈이 있다면

그냥 돌은 돌로 볼 일이다

감히 그 연륜을 헤아릴 수 없는

돌을 완독하기에는 일생도 부족하다

- 「석편石篇」 전문

　시인이 돌을 대하는 자세는 "경건"하다. 돌이라 했지만, 사실은 수석壽石이다. 사전에 의하면 수석은 두 손으로 들 정도 이하의 작은 자연석으로 산수미山水美의 경치가 축소되어 있고, 기묘함을 나타내며 회화적인 색채와 무늬가 조화를 이뤄야 한다. 수석은 소자연小自然이다. 자연 속에 존재하는 작은 자연을 곁에 두고 감상하고자 하는 욕망의 발현이다. 속계俗界에 묻혀 사는 인간이 자연을 곁에 두고 속기俗忌와 속기俗氣에 빠지는 것을 경계함과 동시에 자연과 합일을 이루려는 예술 행위다. 자연의 소유에서 개인의 소유라는 아쉬움도 존재하지만, 여기餘技가 아닌 한적한 자연미를 추구하려는 인간의 욕망은 오래 전부터 예술 갈래를 형성해왔다. 자연 속의 작은 자연과 자연에서 베낀 시는 상이하지 않다. 수석에 조예가 깊은 시인은 틈만 나면 산과 바다, 강으로 탐석探石 여행을 떠난다. 직접적으로 탐석이나 수석을 다룬 「양양」이나 「밀양」 외에도 「애월涯月에서」, 「추자도를 향하여」, 「청산도」, 「소양강은 흐르고」 등 많은 시가 이와 무관하지 않다.

　시인이 생각하는 수석은 "고색이 창연한 돌"이고, 수석을 통해 "경건"한 기품을 배운다. "조용히 옷깃을 여미고" "가훈"을 대하는 듯하다. "전래한 돌"에서 찾은 "침묵이란 가훈"은 "억년憶年 비정의 함묵緘默에/ 안으로 안으로만 채찍질"하는 유치환 시인의 「바위」를 연상시킨다. 감정에 휘둘리지 않고 내적 수련을 통해 생生과 사死에 초월하겠다는 의지의 표명이다. 시인은 여기餘技에 대한 경계도 빠뜨리지 않는다. "적지 않은 돈 들여서 장식장 치장하고/ 대가인 양" 거들먹거리지 말라는 것. "침묵을 금으로만 보는 눈이 있다면" 돌을 그냥 돌로 보라는 충고다, 삶의 장식이나 과시용으로 수석을 하지 말라는 경계警戒와 수석의 세계를 이해하려면 평생을 바쳐도 부족하다는 경외敬畏가 서려 있다. 돌밭에서 수석을 고르는 마음으로 시를 쓰는 시인은 "값없는 생은 없다"(이하 「추자도를 향하여」)는 사실을 잘 인지하고 있다. 그런 시인의 "급소"는 "몽돌밭에 주저앉고 싶은 마음"이다. 수석 하나를 고르고 싶은 것이 아니라 시집 한 권을 쓰고 싶은 욕심이다. 힘들여 고른 소자연小自然은 "동심을 잃지 않"(「캠프」)는 것과 상통한다. 나이를 먹어간다는 것은 동심으로 돌아가는 것과 다르지 않고, 복잡다단한 삶이 조금은 단순명료해진다는 것이다. 오래 수석에 빠져 살았지만 "감히 그 연륜을 헤아릴 수 없"다는 겸허한 마음은 "팔십 노구"(「삼괴정三槐亭」)에도 "꽃을 보면/ 행복해"(「꽃의 이유」)하는 순박한 마음으로 이어져 튼실한 열매를 맺는다.

초년인
꽃도 나를 유심히 보고 있다

와이셔츠 단추만 한 꽃보다
나는 왜 더 작게 보이는지

오직

신성神性에 경외할 뿐

어떤 질문도 해석도 하지 말자
그러려니 더불어 가는 거다

공연히
꽃의 감정을 건드리지 말자

- 「꽃 앞에서」 전문

쪼그려 앉아
눈곱만 한 꽃을 한참 굽어보다 일어서면
지구가 공기와 마찰음을 내며 돌아가는 소리가 난다

리본으로 접힌 뇌동맥류가 이제 풀린다는 것인지

쏟아진다, 쏟아진다,
이대로 빛살 속으로 안개 속으로 핑그르르
멀쩡한 꽃이 꺾인대도 나는, 나는 황홀하구나

- 「꽃」 전문

시인이 자연에서 베낀 것은 "풀꽃과 나비"(이하 '시인의 말'), "벌과 매미"도 있다. 나비나 벌이 꽃에 날아오는 것은 지극히 자연스러운 일이다. 종족 번식이나 생존을 위하여 벌과 나비는 꽃(충매화)에서 꿀을 취하고, 꽃은 나비를 매개로 수분受粉을 한다. 바늘귀만큼 작은 꽃을 마주한 시인은 "이것도 꽃"(이하 「작은 꽃」)이냐 무시하다가 몰아치는 비바람을 극복하고 "간신히 피었다는 생각"에 측은지심惻隱之心이 발동한다. 한참을 더 바라보던 시인은 "포기하지 않고/ 핀 꽃"의 숭고함에 뜨거운 눈물을 흘린다. 눈에 보이지 않을 만큼 작은 꽃과 시인의 삶이 겹쳐진다. 시인만이 꽃을 바라보는 건 아니다. "초면인/ 꽃도 나를 유심히" 본다. 꽃이 시인을, 시인이 꽃을 보는 순간 시선이 중간에서 부딪치는 것이 아니라 꽃은 시인의 눈으로 복사된다. 꽃의 자리에서 시인의 자리로의 이동은 A에서 B 자리로 이동하는 것이 아닌 A에서 A´로 반전되어 동일시된다. 지상에 머물던 꽃이 기다림의 자리에서 거울처럼 자아를 관조의 위치로 옮겨앉아 시인의 눈으로 자아를 관찰하는 것이다. 자아를 마주한 꽃이 시인의 "눈물"을 만나 물아일체物我一體가 되어 내가 꽃인지, 꽃이 시인인지 알 수 없는 상태가 된다. 자아自我와 외물外物은 본디 하나라는 장자의 호접몽胡蝶夢을 떠올리게 한다. "눈곱만 한 꽃을 한참 굽어보"던 시인은 문득 왜소함을 느낀다. 보통 아름다운 자연경관이나 웅장한 사물에서 상대적으로 왜소함을 느끼지만, 시인은 오히려 아주 작은 꽃에서 왜소함을 떠올린다. 자연에서 건진 작은 자연을 곁에 두고 오래 들여다봤기 때문일 것이다. 사실 작은 꽃보다 더 작은 것은 외물이 아니라 자아다. 자아의 왜소함은 사람을 겸손하게 만들 뿐 아니라 남을 배려하고 베풀고자 하는 마음을 안에 들인다. 크고 작음은 무언가 비교 대상이 있어야 가능한 일이다. 시인은 꽃의 크기에 미음의 왜소함을, 꽃의 신성神性에 경외감을 느낀다. 노자가 말한 도道는 "어떤 질문도 해석도 하지" 않는 것이다. 이 모든 깨달음과 무위無爲의 세계관을 견지하기 때문에 "멀쩡한 꽃이 꺾인대도", "천라지망 아래"(이하 「돌가시나무」) 있어도 "흰 꽃"을 피울 수 있는 것이다.

양양 앞바다는 살아 있다

돌멩이와 파도는 배경도 변함없이

천만년의 사랑은 지겹지도 않은지

밤낮없이 몸 바쳐 사랑을 하고 있다

짐승만큼 부끄럽지 않은 사랑은

돌 한 점 들고 간다고 뭐라 하지 않는다

다음 날도 굽어보니

밤새 새끼를 쳐서 돌밭은 무량하다

며칠 살아보지도 않고 양양거리는

쉽게 헤어지는 사랑아

사랑을 하려거든 돌 같은 사랑을 하라

바다 같은 사랑을 하라

난바다의 숨소리 속으로 멀리 멀리

걸어가 다시 오지 말든지

- 「양양」 전문

시인은 강원도 "양양 앞바다"로 탐석 여행을 떠난다. 산다는 것은 나에게서 떠나 나에게로 돌아오는 여행과도 같지만, 그 과정에서 무수한 사람을 만남으로써 단순한 삶이 복잡한 양상을 띤다. 그 복잡함의 이면과 배경에 사랑이 존재한다는 것은 동서고금의 진리라 단정해도 하등 이상할 게 없다. 복잡에서 단순으로 이행되고 있는 삶의 여행에서 사랑은 큰 비중을 차지하고, 그 감정은 섬세하거나 에두르기보다 투박하거나 직접적인 모습을 보인다. "양양 앞바다"에 선 시인은 "돌멩이와 파도"에서 사랑을 연상한다. 끊임없이 밀려오는 파도를 물리침 없이 받아들이는 해변의 돌들. "천만년" 변함없는 배경과 행위에도 지겨워하지 않는 행위에 시인은 "살아 있"음과 지고지순한 사랑을 부러 위한다. "무엇을 간직하는 일보다/ 무엇을 버리는 일이 더 쉽지 않"(「막도장만큼이라도」)은 나이에도 "부끄럽지 않은 사랑"은 부러움의 대상이다. "울음을 감추려다 들켜본 사람"(「사랑과 분노」)으로서 "돌 같은 사랑"을 하고 싶은 마음이 드는 건 나이라는 제어장치로 어찌할 성질의 것이 아니다. "밤낮없이 몸 바쳐" 하는 사랑만 사랑이 아니라 서로 믿고 의지하는 정신적 사랑이나 동료애 같은 사랑도 존재한다. '남세스럽다' 외면하고 밀어낼 수도 있지만 생물학적 나이로 사랑의 감정을 재단하는 위험을 범해선 안 된다. 나이를 먹어 외롭고 쓸쓸하므로 곁에 사람이 더 필요할 수도 있다. 하지만 시인은 사랑은 "믿을 만한 허구"(이하 「사랑의 수의」)이며 정情은 "믿지 못할 실상"임을 알기에 선뜻 복잡한 여행에 합승하기를 쉽게 결정하지 못한다. "이미 사랑을 앓을 나이를 지났지만"(「마로니에 블루스」), 부러운 감정이 행동으로 이행되려면 조건과 상황, 서로의 마음이라는 장애물을 극복해야 하지만 쉽지 않은 일이다. 그렇더라도 "늦은 만큼 철든 연애"(「연애하고 싶다」)를 하고 싶다는 속내를 감추지 않는다. 그런 시인의 사랑은 아직 "발효 중"(「샴페인」)이다.

> 가만히 다가가
> 지팡이처럼 기대고 싶은 마음
> 마음 기대어 하루쯤 울어도 다 받아줄
>
> 괜한 서러움으로 하루 종일 뜨거워지는
> 목을 만진다
>
> — 「씀바귀」 부분

> 한때 당신도

내 꽃이었기에

꽃을 보면
눈물이 난다

-「꽃의 이유」 부분

내가 그쪽으로 걸어가거나
당신이 이쪽으로 걸어올 것 같은

먼 데를 바라보면 그냥
눈물이 난다

-「누선淚腺」 부분

다시 '시인의 말'로 돌아가 보자. 시인이 베낀 것은 "아침과 저녁", "일출과 일몰"도 있다. 아침이나 일출보다 저녁과 일몰에 방점이 찍히는 건 어쩔 수 없다. 어스름, 즉 저녁 어둠의 시작인 박모薄暮는 시인의 생래적 나이라기보다 정서적 나이나 시인으로서의 위치에 더 가깝다. 아직 사랑할 수 있고, 젊은 시인들보다 좋은 시를 쓸 수 있다는 자신감의 발로다. 일몰 후 잠시 밝고 푸른 박명薄明이 지난 시간이 어스름이다. 땅거미라고도 하는 조금 어둑한 시간이 지나면 금방 밤이 찾아온다. "의무를 마친 것들은 아름답다"(「절정絶頂」)는 것을 충분히 인지하고 인식하기에 "어스름을 입은 저녁이 슬그머니"(이하 「저녁이 슬그머니」) 다가와도 "후회할 저녁"은 아니다. 다만 "가만히 다가가/ 지팡이처럼 기대고 싶은 마음"과 그 마음에 "기대어 하루쯤 울어도 다 받아줄" 것 같은 너그러운 품이 그리울 뿐이다. 이제 "가도 가도 되돌아올 수 없는"(이하 「모래시계」) 길이면서 "역류할 수 없는 시간"이다. "괜한 서러움으로" 꽃을 봐도, "먼 데를 바라"봐도 눈물이 난다. 이번 시집에 눈물이 종종 등장하는 것은 "고향에서 부르면 탕아처럼 돌아"(이하 「여적餘滴」)갈 준비가 되어 있고, 인생의 어스름에 "허물 벗는 참회"(「자작나무 인생」)의 심정 때문이다. 누구나 세상에 혼자 왔다 혼자 간다. 단순한 여행에서 조금 더 복잡한 여행을 희원希願하지만, 인생은 본래 "단독자"(「테이크아웃」)인 것이다. "제 갈 길 의연히 가"(「굴신이 아니다」)는 자벌레처럼 "무량 흘러넘치고도 남는"(「시詩」) 시가 곁에 있는 한 시인은 행복한 사람이다.

제4부 공간의 사색과 소요

존재의 부재와 공간에 갇힌 파편화된 기억
— 최지안 시집『수요일의 브런치』

   오래 빈집 앞을 서성이는 사람이 있다. 어렵게 대문을 열고 들어간 그는 마당을 지나 뒤란으로 간다. 돌보지 않아 잊힌 집은 존재하지만 존재하지 않는 공간이다. 담장이라는 인위의 경계 안에 있지만, 야생의 속성을 간직하고 있다. 담장 밖 사람들이 지나가면서 안을 엿보지만, 여간해선 간섭하지 않는다. 빈집은 폐가가 되어간다. 폐가는 고독과 두려움이 장막을 드리운 어둠의 공간이다. 생명의 존재들이 구석으로 스며들어 자신의 영역을 넓힌다. 폐가에는 겨울 한낮에도 밤의 그림자가 존재한다. 가스통 바슐라르는『공간의 시학』(동문선, 2003)에서 "집은 인간의 사상과 추억과 꿈을 한 데 통합하는 가장 큰 힘의 하나"라며 "집이 없다면, 인간의 존재는 산산이 흩어져 버릴 것"이라 했다. 빈집은 삶과 죽음의 존재들의 비산飛散을 의미한다. 하나로 통합되었던 것이 뿔뿔이 흩어졌다가 시간이 지남에 따라 각자의 공간에서 다시 통합한다. 새로운 공간에서 따스한 추억과 치유되지 않은 감정을 안고 사람처럼, 짐승처럼 살아간다. 사람은 흩어져도 공간은 모든 걸 기억한다. 바슐라르는 집 밖의 공간이 아닌 지하실에서 지붕 밑 방까지의 내부 공간에 주목한다. "집이란 세계 안의 우리들의 구석"이기 때문이다. 집은 현재만이 아니라 과거를 공유함으로써 존재가치를 드러낸다. 집의 기능이 끝나면 통합의 힘은 사라지고, 그 자리에 파편화된 기억만이 자리한다. 기억은 좋은 것보다는 안 좋은 것을 조각조각 보여준다. 뒤란에 선 시인은 회상에 잠긴다. 몸은 현재에, 의식은 과거에 머문다. 바슐라르는 묻는다. 집안의 "구석은 따뜻했던가? 그리고 그 빛은 어디서 흘러 들어오고 있었던가? 또 그 공간들 속에서 존재는 침묵을 어떻게 알고 있던가?" 집안을 따스하게 비추는 빛은 단순히 물리적인 것만을 지칭하지 않는다. 공간을 감싸는 안온함과 평화로움, 행복과 같은 가치를 종합적으로 상징한다. 겨울은 추억 속에 연륜을 집어넣은 계절이다. 겨울 빈집을 찾은 시인(꿈이어도 상관없는)은 "너무 가득 차 만져지지 않는/ 루카스"(이하 「겨울엔 칠월을 데려갈게요」)와 "초록의 비늘들", "풀벌레 소리", "채송화, 팬지, 백일홍" 같은 여름꽃들을 동반하고 싶다는 열망을 드러낸다. 그런 열망만으로도 차가운 구석에 온기를 불어넣고, 침묵하던 공간은 활기에 넘친다. 마음이 따스해진 시인은 "당신은 어디인가요" 안부를 묻는다. 뒤란을 둘러보던 시인은 "그 여름 아침"(이하 「찰카닥, 파란 잠에서 나오지 않았다」)의 장독대에서 "양푼을 들고 된장을 푸러 온 할머니"와 "석요"(「빈십」), "빛으로 지은 집을 쓸고 닦던"(「부질없는 것들의 밤」) 자신의 모습을 떠올린다. 빈집을 서성이는 시인의 기억을 따라가 보자.

적요는 그 집에 살았다

아버지 먼 집으로 떠나자 세간 들고 무상 임차한 것은 그였다 상속된 등기권리증

318   제4부 공간의 사색과 소요

을 쥐고도 권리를 주장할 수 없었던 것은 이유가 있었다

　뜨거운 남쪽 바닷가 대문 옆 비파나무 여름내 졸고 울타리 호박 저 혼자 늙어가도 뒷짐 진 아버지 기침 소리 뒤란에서 들릴 듯해도 아버지 다시 오지 않는 집이었다

　(중략)

　어느 팔월 나는 보았다

　매미 소리 갑자기 툭 끊어질 때

　적요가 조용히 마당을 지켜보는 가운데

　빈집도 그예 입적하는 것을

- 「빈집」 부분

　그 문을 열면서 알게 되었다

　뒤로 물러나는 것과

　밑으로 내려앉는 것은 같은 어미를 둔 것이라고

　뒤로 한 발짝 숨죽이는 것

　오후가 창문 틈으로 사라지는 것은

　어느새 등 뒤에 와 있다고

　다시는 그만큼 온도를 올리지도 못할 것을

　고무줄 삭은 치마처럼 헐렁해질 것을

　왜 그리 뜨거웠는지

　그것들은 북한강 어디에서 물안개로 피어나겠지

　빗으로 지은 집을 쓸고 닦던 일

키우지도 못할 개를 함부로 들이던 일

손톱에 꽃을 피웠다가 지우던 일

마지막 페이지도 모르고 너를 열었던 일

조용히 문을 닫는다

- 「부질없는 것들의 방」 전문

　"평생 집 한 채 장만하지 못"(이하 「물까치」)한 아버지는 "열몇 번의 주소지를 바꾸며 살"았기 때문에 가족은 "한곳에 오래 머물지 못"하고 떠돌아야 했다. 늘 "시큰한 술 냄새"를 풍기는 아버지로 인해 가족은 "유리로 만든"(「느릅나무 일기」) 그릇처럼 깨어지기 쉬운 속성을 지녔다. 시적 주체가 빈집에서 가장 먼저 마주한 것은 "적요"다. 그 집에 살 때부터 가족이 뿔뿔이 흩어져 빈집이 된 현재까지 존재한 적요는 나와 가족, 가족과 이웃 간의 단절, 나아가 자아와 세계의 단절을 의미하는 시어다. 또한 적요는 과거의 나와 현재의 나의 단절을 이어줄 뿐만 아니라 양쪽 세계를 별개의 것으로 구분해주는 핵심 역할을 한다. 아버지가 "먼 집으로 떠나자" 적요는 "세간(을) 들고 무상 임차"한다. 돌볼 사람 없는 집에서 오래된 문갑 위에는 먼지가 쌓이고, 녹슨 대문에 거미집이 늘어난다. 아버지의 부재는 가족 간의 단절과 분리를 불러온다. 아니 어찌면 그 전에 가족과의 불화와 단절이 이루어지고 있었을 것이다. "울타리 호박"은 저 혼자 늙어가고, "무화과나무가 혼자 젖이 돌아도 모른 체"했기 때문이다. 하지만 무심하게, 느리게 세월이 흐르자 "어느 팔월"에 화해의 손을 내민다. 화해는 용서를 전제로 한다. 도저히 용서할 수 없을 것 같은 것도 "슬그머니/ 쉰이 도착"(이하 「쉰」)하면 "명치 밑에 묻어두었던 이야기가 붉은 고개를 들"고, 그 이야기가 스민 집에 찾아가 존재의 부재와 화해를 시도한다. 하지만 빈집의 입적에서 보듯, 화해는 쉽지 않다.

인용시 「부질없는 것들의 방」에서 시적 주체는 문을 여는 순간, 내 집을 소유하지 못해 생겨난 일들에서 과열된 온도를 감지한다. 문을 경계로 방 안과 밖에서 느껴지는 생의 온도 차는 집에 거주하는 사람들의 이성과 감성의 심층을 흔든다. 방문을 열자마자 도로 닫고 "뒤로 물러"나 숨죽이게 한다. 한번 떨어진 집의 온기는 여간해 올라가지 않는다. 바슐라르는 집안 "공간의 가치들은 너무나 단순하고 무의식 속에 너무나 깊이 뿌리박고 있는 것이어서, 우리는 그것들을 상세한 묘사에 의해서보다는 차라리 단순한 환기에 의해서 되찾곤 한다"(앞의 책)라고 했다. 하지만 시인은 단순한 환기가 아닌 "집을 쓸고 닦던 일"과 "키우지도 못할 개를 함부로 들이"거나 "손톱에 꽃을 피웠다가 지우던 일"까지 떠올린다. 하지만 이 모든 건 부질없다. 문을 열고 들어가지 못하는 일과 "밑으로 내려앉는 것"이 "같은 어미"를 두었기 때문이라는 고백은 슬프고도 아프다. 아버지의 부재와 어머니가 실재한 서늘한 방 안의 공기는 "마지막 페이지도 모르"게 할 만큼 가족을 질식시킨다. "조용히 문을 닫"음으로써 환기한 기억은 다시 갇힌다.

할머니는 내게 파랑새를 건넨다
새가 너무 파래요
가시덤불이 무성한 숲에서 눈먼 새를 잡았단다
우리는 아직 태어나지 않은 아이들을 보았어요
조심하렴, 행복하면 날아가버릴 테니까
희망의 포장을 벗기면 실망이에요
낡은 미래를 걸어두고 꿈의 바깥으로 나오면
까맣게 변해버린 새가 머리맡에 떠 있는 아침
미치르는 밤마다 새장을 높이 치켜들고 할머니를 부른다

하나 둘 셋 찰카닥, 할머니

거기 파랑새가 있나요

- 「찰카닥, 파란 잠에서 나오지 않았다」 부분

가을이 땅에 묻고 간 풀씨들의 안부가

시멘트 블록 틈으로 고개를 내밀고

겨울이 흘리고 간 장갑 한 짝이 얼다 녹다

나뒹구는 골목이 있어

그 골목

끝에서 두 번째 집 창가에서

월요일을 끄집어내면

지금껏 소유해보지 못한 것들의 목록이 줄줄 나오는 거야

하도 많은데 그중에서도 말이지

어떤 이름만 들으면 눈물이 나와

뒤로 반은 이기고

앞의 반은 이겨보지 못하던 월요일의 생애 중

뭔가를 갖겠다고 생각한 것은

어쩌면 우스운 일일지도 몰라

뽀얗게 비비크림 바른 봄이 어느 집 정원에 햇살을 쏟아놓고

필 듯 말 듯 매화는 담장 밖을 기웃거리는데

간밤 얼룩도 못 지운 월요일이 짐승처럼

제 몸의 상처를 핥고 있는 오후

그래도 남은 요일 네 개를 더 지나야 하니까 풍선을 달아야지

노트북 꺼내 햇살을 충전해야지

월요일을 다 쓰기 전에

― 「월요일의 골목」 전문

    첫 번째 인용시 「찰카닥, 파란 잠에서 나오지 않았다」는 할머니와의 행복했던 한때를 벨기에의 극작가 모리스 마테를링크 희곡(동화극) 『파랑새』를 통해 형상화하고 있다. "그 여름 아침 장독대"에서 "양푼을 들고 된장을 푸러 온 할머니"를 찍은 마지막 사진(혹은 영정)이다. "체크무늬"는 다시는 돌아올 수 없는 곳에 갇힘(죽음)을, "헐렁"은 제대로 먹지 못해 몸이 말랐음을 뜻한다. "찰카닥"하는 순간 현재는 과거가 된다. 공간도 같이 과거에 갇힌다. "그 여름의 장독대"는 피난처이면서 웃음이 머무는 공간이다. 주목할 건 집 안이 아닌 밖이라는 것이다. 가장 안온해야 할 방이 '감싸는 역할'을 하지 못하고 '가족을 분산'시킨다. 반면 뒤란 장독대는 내 편을 들어주던 할머니로 인해 따스한, 미래를 꿈꿀 수 있는 공간이 되어주고 있다. 시적 주체는 삶이 힘들 때마다 장독대를 환기하고, 꿈속에서 할머니를 만나려 한다. 잠들 때마다 할머니가 다시 살아나 곁에 있었으면 좋겠다고 염원한다. 할머니가 건네는 파랑새는 "아직 태어나지 않은 아이들"이다. 할머니는 염려와 경고도 잊지 않는다. "행복하면 날아가버"린다고. 미치르(미틸)가 꿈속에서 요정과 함께 추억의 나라와 미래의 나라 등에서 파랑새를 찾으러 갔지만 실패한 것처럼 꿈속에서 만난 할머니나 할머니가 준 파랑새는 행복을 담보하지 못한다. 결국 행복은 현재 사는 집

에 있었다는 것을.

"그 골목/ 끝에서 두 번째 집"과 할머니가 된장을 푸던 집이 같은 집일 수도, 아닐 수도 있다. 그 집 창가에서 "이름만 들"어도 눈물이 나는 한 사람이 할머니일 수도, 아닐 수도 있다. 중요한 건 "지금껏 소유해보지 못한 것들의 목록"이다. 그 목록엔 집이 포함되어 있을 것이고, 집을 소유하지 못한 유년의 상처로 "짐승처럼/ 제 몸"을 핥는다. 한데 왜 하필 월요일일까. 평일의 가운데는 수요일로, "평일을 접으면 수요일에 주름"(「수요일의 브런치」)이 진다. 월요일을 기준으로 반을 구분하면 금토일은 이겨본 날들이고, 화수목은 "이겨보지 못"한 날들이 된다. 하지만 "남은 요일 네 개를 더 지나야"만 "풍선", 희망을 품을 수 있다고 한다. 이 시의 처음으로 돌아가 보자. 가을에 땅에 떨어진 풀씨가 "고개를 내밀고", 얼었다 녹은 골목에는 "장갑 한 짝"이 나뒹굴고 있다. 즉 이 시에서 말하는 집은 현재, 월요일은 과거를 회상하는 매개 역할을 한다. 그렇다면 이긴 "뒤로 반"은 살아온 세월이고, 이겨보지 못한 "앞의 반"은 살아갈 날들이 된다. 월요일이 다 가기 전에 노트북을 꺼내 "햇살을 충전"하는 것은 미래에 대한 준비라 할 수 있다. "정원에 햇살을 쏟아놓"은 봄과 월요일은 넓은 의미에서 보면 다르지 않은 개념이다. '시인으로서 삶'은 일주일 중 월요일, 사계에서 봄을 지나는 중이다. '제4회 남구만 신인문학상'(2021년) 당선 소감에서 밝힌 "아마도 여기가 제 시의 발화점이 되겠지요. 이제부터 뜨거워"지는 순간에 해당할 것이다.

가을이 비와 섞인다
배롱꽃이 내 몸에 머물다 간다

엔딩 크레딧처럼 올렸다 지워지는 당신 이름 월세가 밀린 꽃이 비를 밟고 야근하

러 간다

　시작인지 끝인지 알지 못하는 날들 가을을 가불한 여름의 끝 그 경계에 비가 줄을
긋는다 오늘은 여름이지만 내일은 가을이 되겠습니다 비옷을 입은 아나운서가 말한
다 인연 하나 끊어지면 어느 마디에선가 새 가지가 나겠지
　9월은 비가 오듯 왔다가 아무렇지도 않게 비처럼 물러갈 것이다 비가 그치면 당신
과 나의 경계도 흘러가겠지

－「배롱꽃」부분

넘어질 때마다 무늬가 생겼어

물결이 굽이칠 때마다 결 따라 남긴

소용돌이치고 모이고 만나서 몸에 남은 무늬

그 골을 따라가면 전생을 꿈꾸듯 어딘가에 도착하곤 했어

언니가 나를 업고 가던 그 저녁 신작로

등에서 수박 향이 났지

우물에 떨어진 달을 아무리 길어올려도 두레박엔 아무것도 없듯

손가락 사이로 빠져나간 하루는 흔적도 없었지

물일을 많이 해서 닳아버린 지문처럼

꽃잎에 남은 잎맥들은 해독 못 한 채로 남았어

이불 뒤집어쓰고 울던 밤이거나

해고 통지를 받은 봄이거나

구급차를 타던 날이거나

생채기 하나 없이 오는 아침은 없어서 말이지

물결무늬로 말라버린 압화를

갈비뼈 어디쯤 숨겨놓은 기억처럼

책 읽던 중간에 끼워놓았지

어쩌면 가슴에 눌러 찍은 지문 같아서

꽃의 마지막 말 같아서

납작하게 기억에 눌러놓고 간 누군가의 무늬 같아서

- 「꽃의 지문」 전문

　등단작인 위의 두 편은 시의 발화점에 해당한다. 심사위원은 "독자를 끌어당기는 흡입력이 아주 강한데, 그것은 서로 대조되는 세계를 적절히 배합할 줄 아는 능력이 있기 때문"이라고 평했다. 특히 시 「배롱꽃」은 "삶의 신산함에 다정한 정감을 부여하면서 선연한 서정을 획득하는 경우가 많다"고 덧붙였다. 이틀 내내 비가 내리고, 시적 주체인 나는 자동차 안에서 차창에 떨어지는 꽃잎을 바라본다. 떨어진 꽃잎도 나를 본다. 배롱나무가 "남은 것들을 간수하느라 비에 집중"하는 사이 나는 떨어진 꽃잎에 투사된다. 꽃잎처럼 젖어 모로 누워 빗소리에 귀를 기울인다. 꽃잎에서 빗방울 소리로, 즉 시각에서 청각으로 관심이 옮겨가자 "빗물을 툭툭 털"던 당신이 가을비처럼 내 마음속으로 스민다. 청각이 추억을 소환한 것. 하지만 "배롱꽃이 내 몸에 머물다" 가고, 당신 이름이 "엔딩 크레딧처럼 올렸다 지워"지자 시적 분위기는 급변한다. 감각적 서정의 세계는 생의 최전선에서 생존을 위한 다급함을 드러낸다. 한 편의 영화가 끝나자 다른 영화를 틀어주는 재상영관 극장처럼 도시 변두리의 낡은 풍경을 자아낸다. '월세', '야근', '가불'이 지칭하는 힘겨운 삶이 나인지, 당신인지 혹은 둘 다 지칭하는 것인지 명확하진 않지만, 이별의 원인인 것은 확실해 보인다. 시 전반부의 자세한 감상적 묘사와 달리 후반부 당신과의 관계에 대한 구체적인 진술이 등장하지 않아 더 궁금증을 유발한다. 오랜 시적 숙련을 거쳤다는 방증이다. "여름의 끝 그 경계에"서 내리는 비는 당신과의 추억을 소환하지만, 반대로 당신과의 관계를 끝내는 매개로 작용한다. 그렇게 "당신과 나의 경계"는 세월 속으로 흘러간다.

두 번째 인용시 「꽃의 지문」은 "생채기 하나 없이 오는 아침"을 온몸으로 맞이해야 했던 처절한 생의 기록이다. 이는 "남루한 생을 야금야금 집어 먹으렴 아니 삼켜버렸으면"(「덫」), "통장 잔고가 줄 듯 심장의 말도 줄어갔습니다"(「그것을 기러기라고 부르겠습니다만」), "오늘도 삼겹살에 매여 있네요."(「왕년」), "기다리면 밀린 명세서도 밀려버릴까요"(「유성이 쏟아지면 ―nightly calm」), "새들도 나무에게 방세를 주었을까"(「물까치」), "빚쟁이 같은 오후/ 포개진 봉투들이 손 벌리고 있어서"(「청구서」) 등에서 보듯, 비슷한 시기에 쓴(발표한) 시에서 공통적으로 드러난다. 즉 "해고 통지를 받던 봄"과 같은 월급생활자의 각박한 삶을 의도적으로 드러낸다. 그럼에도 시인은 과거의 회상이나 현재의 삶을 그대로 진술하는 대신 사물을 통해 우회한다. 이 시에서는 '꽃'이라는 사물을 등장시키지만, 실제 시를 이끌어나가는 것은 '물의 이미지'다. '물결'에서 '우물'로, '물일'에서 '눈물로' 이어지는 물의 이미지는 자칫 건조할 수 있는 시의 정조를 축축한 시의 내면으로 인도한다. 꽃과 물의 이미지는 '무늬'와 '잎맥', '압화'와 결합해 기억을 "가슴에 눌러 찍은 지문"처럼 선명하게 해주는 역할을 한다. "넘어질 때마다" 몸에 남은 무늬는 상처이고, 당연히 '넘어진다'와 '생겼다'는 술어 의미망은 몸의 상처보다 마음의 상처에 가닿게 한다. 굽이치는 물결은 "제 발로 돌아왔다 나갔다"(이하 「짐승」) 하는 짐승 같은 날들을 떠올리게 한다. 특히 "말이 말을 삼키고 되새김"하거나 생이 소용돌이치는 날이면 저녁 신작로에서 "나를 업고 가던" 수박 향이 나던 언니의 등이 생각나고, 이는 "이불 뒤집어쓰고 울던 밤"이나 "구급차를 타던 날"과 함께 "해독 못 한 채 남"겨 둔다. 책갈피에 끼워놓은 압화처럼 어떤 기억은 끄집어내면 부서질 수 있다.

꽃을 저장한 개나리 주유소
담장을 붙잡고 바람에 흔들립니다
이 꽃은 리터당 1,569원입니다

평일을 접으면 수요일에 주름이 집니다
월화는 지났고 목금이 남은 오늘
카페에 있습니다

주유소를 붙잡고 흔들거리는 카페
이 커피는 350밀리리터에 3,500원입니다
뜯어먹다 반을 먹고 남긴 빵 같은 수요일
물끄러미 봅니다

햇살을 만지작거리는 오전 11시
간밤에 두고 간 누군가의 안부가
아침이기도 점심이기도 한 이 시간에 식어가고 있습니다
올 것 같기도 하고 오지 않을 것 같기도 해서
수요일은 점점 미지근해지는데

확신할 수 없어서 아니라고 말할 수 없듯이

뒤집어봐도 별 볼 일 없는 일과에서

꽃이지만 꽃이 아닌

피어 있지만 피지 않은

남아 있지만 남아 있지 않은 수요일을 야금야금 먹습니다

나는 어쩌면 수요일인지도 모르겠습니다

-「수요일의 브런치」 전문

    표제시 「수요일의 브런치」는 '주유소에 휘발유나 경유 대신 꽃을 저장한다면'이란 상상에서 시작한다. 시적 주체는 수요일 오전 11시에 "주유소를 붙잡고 흔들거리는 카페" 창가 자리에서 누군가를 기다리고 있다. 주유소 담장에는 개나리꽃이 활짝 피어 있다. 개나리 주유소는 실제일 수도 있고, 상상일 수도 있는데 저장고에는 휘발유나 경유 대신 개나리꽃이 들어 있다. 주유소는 봄의 진원지, 개나리꽃을 넣고 자동차가 달리는 만큼 봄이 확장된다. "꽃은 리터당 1,569원", "커피는 350밀리리터에 3,500원". 숫자에 주목하던 시선은 '수요일'로 옮겨간다. 명확한 숫자에 반해 수요일은 모호하다. 뜯어먹다가 남긴 미지근한 빵 같고, "꽃이지만 꽃"이 아닌 것 같고, "피어 있지만 피지 않은" 것 같다. 기다리는 사람이 올 듯하고, 오지 않을 것처럼 선명하지 않다. 점심 약속을 한 사람과의 관계가 편하지 않은 듯 초조함이 배어 나온다. 수요일은 단순히 일주일 중의 하루가 아니라 현재의 삶에 대한 은유적 표현이다. 하나의 빵이 일생이라면, 내 생의 절반은 나 혹은 나와 관계있는 사람이 '뜯어 먹었고', 식어버린 남은 생은 또 나 혹은 누군가 '뜯어 먹을' 것이다. "올 것 같기도 하

고 오지 않을 것 같기도" 한 사람을 기다리는 시적 주체와 접시 위에서 뜯어먹히기를 기다리는 빵은 주체적인 삶의 존재가 아니라는 점에서 닮았다. 하지만 시적 주체는 "바람에 흔들"리고, "뜯어먹"히고, "주름이" 지는 상황을 적확히 인식하고 있다. 소극적·수동적으로 보일 수 있지만, 자세히 살펴보면 이 모든 상황을 장악하고 있음을 쉽게 감지할 수 있다.

딩동
누군가 한마디 던져놓고 간 모양입니다
집에 아무도 없는 것처럼
나는 쥐 죽은 듯 잠잠합니다

문 앞에 배달된 택배상자처럼
오늘 온 안부는 오늘의 문턱에서 나가지 못한 채
읽지 않은 신문처럼 그대로입니다

보지 않은 문자는 파란 점으로 싱싱합니다
그 점을 건너뛰고 다른 상자를 엽니다
백화점에서 봄을 세일한다고 힙니다
다른 창도 열어젖힙니다
미래를 담보로 알 수 없는 현재가 빠져나갔다고 합니다

지나쳐버린 문자는 쥐 죽은 듯 꼼짝 못 합니다
당신에게 들어가지 못하고 쩔쩔매던

이 안부를 우리는 언제까지 유통할 수 있을까요

문자를 열면 상할 대로 상한 당신의 마음이 들어 있을까요

열고 보니 꽝이었던 것도 가끔 있었지요

어떤 선택들은 열지 않는 것이 더 좋았습니다

그때까지 나는 아무것도 아는 바가 없습니다

─「미개봉」 전문

최지안 시의 특징 중 하나는 시적 주체가 은일하거나 소극적 행보를 보인다는 점이다. 앞으로 나서지 않고 문 뒤에 숨거나, "창가 쪽으로 기우뚱 비켜주"(「느릅나무 일기」)거나, "스며들지 못한 마음은 숲으로 가서 울"(「박새」)거나 "오래 지친 말"(「식은 밥」)들이 입 안에서 맴돈다. 아마도 이는 "약한 것들은 한곳에 오래 머물지 못하는"(「물까치」) 속성, 즉 뿌리가 약한 가계에서 비롯된 잦은 이주와 이로 인해 깊고 오래 사람들을 사귀지 못한 유년, 그리고 탈가족화에 따른 유인誘因으로 보인다. 이 시의 시적 주체인 '나'도 택배가 와도 "읽지 않은 신문처럼" 문밖에 그대로 둔다. 택배뿐 아니라 당신에게 온 문자를 읽지 못한다. "상할 대로 상한 당신의 마음이 들어" 있을지 모른다는 두려움 때문이다. 문자를 읽지 않는 선택을 하지 않음으로써 관계를 이어가려는 간절함과 안타까움이 묻어난다. 문밖의 택배상자도 당신과 관련이 있을지도 모르므로 섣불리 문을 열지 못한다. 사실 열고 보면 아무것도 아닐 수도 있지만, 나는 선택하지 않아 "아무것도 아는 바가 없"는 상태를 선택한다. 인생은 선택의 연속이다. "이 게임은 일생 동안 지속"(「퍼즐 맞추기」)된다.

이 게임은 일생 동안 지속되죠

왜 퍼즐을 못 맞춰요? 건축가가 물어요 네모는 네모끼리 맞추면 되는데 잘 쌓은 아파트처럼 바람에 흔들려도 무너지지 않는 소문처럼 네모난 집안에선 네모반듯하게 자라고 네모난 학력에 맞춰 대물림하면 되는데요 앞뒤 딱딱 들어맞는 퍼즐들은 하룻밤 눈 감았다 뜨면 빌딩처럼 우뚝 들어서는데 그럼 세모나 동그라미 가계는 어떻게 하지요

(중략)

되는 대로 집어넣은 생각들은 틀에 맞춰 재단되죠 난 기울어진 다각형 반듯하지 않은 태생이라 퍼즐에 끼워지지 못해요 잘라야 할까요 덧대야 할까요 대충 쌓아놓은 반찬 그릇처럼 엉성하게 채우거나 빈칸으로 서술된 페이지는 경력이 되지 못한대요 냉장고 문을 닫으면 그릇 엎어지는 소리 와장창 퍼즐은 틈을 주지 않아요 우리는 빈 네모들을 채우기 위해 게임해요 그런데 맞추지 못한 나머지는 어디에 잘라 두어야 할까요

오늘도 우리는 퍼즐을 맞춰요

- 「퍼즐 맞추기」 부분

애초에 선택할 수 없는 것들도 있다. '죽음의 덫'(「덫」)이나 태초부터 "고리로 연결된"(「아름다운 고리들」) 고리타분한 관계와 가난이 그것이다. 세상도, 인생도 거대한 퍼즐 한 판이다. 평생 퍼즐을 맞추며 살아가야 하는 게 인생이지만, 퍼즐에도 난이도가 있다. "네모난 집안에선 네모반듯"한 성품과 학

력, 재산을 원하지만, "앞뒤 딱딱 들어맞는 퍼즐"의 세상에선 "세모나 동그라미 가계"는 네모난 가계를 지탱하는 부속물에 지나지 않는다. 태어날 때부터 네모인 사람들은 "같은 모양대로 맞추기가 뭐가 어렵"냐며 공감하지 못한다. "기울어진 다각형 반듯하지 않은 태생"인 나는 자르고 덧대 네모의 세상에 맞춰 살아보려 하지만, 진정한 네모가 되지는 못한다. "거대하고 정교한 퍼즐"의 세계에서 빈틈을 끼워 맞추는 존재일 뿐이다. "오늘도 우리는 퍼즐을 맞춰요"라는 마지막 문장이 의미하는 것은 태생의 한계에서 비롯된 차별과 불합리가 고쳐지지 않고 오늘을 지나 내일까지 이어진다는 것이다. 하여 희망이 없는, "미래가 없는 구간에 서서 오지 않을 시간을 서성"일 뿐이다.

세상은 모순투성이이고, 이해할 수 없는 모호한 일도 많다. "아직 써버리지 못한 인연은 이쯤에서 그만 지우"(「문 하나가 닫히는 것은」)고, "기댔던 마음이 무너지면 왔던 길을 풀어 다시 떠나야"(「은점」) 한다. 시인에게 "남해는 숨기에 적당"(「서쪽으로 걸었다」)한 곳이다. 더 이상 물러설 데가 없는, "거기가 끝"(「은점」)이다. "당신의 끝과 나의 처음은 하나의 축"(「대척점Antipodes」)이듯, 극과 극은 서로 통한다. '끝'에 다다라서야 '처음'을 맞이할 수 있다. "시들지 말고 최대한 버"(「봄」)티다 보면, 깊고 고요한 연두 안에 "스미는 것들은 다 잔잔해진다"(「깊고 고요한 연두」). "보낼 수 없는 것들을 보내고"(「너에게」), "살면서 손에 꼽을 만큼 아팠던 말"(「짐승」)들을 보내고, 파편화된 과거의 기억을 다 털어버린 '남해의 봄' 같은 시가 새로 태어나지 않을까.

생명, 몸과 마음의 귀향

— 정완희 시집 『조찬』

정완희의 시는 기계/문명과 장항선/귀향, 그리고 땅/고향의 시적 여정과 층위를 보여준다. 장항선/귀향이 기계/문명과 땅/고향의 교집합에 해당하므로, 기계/문명과 땅/고향이 정완희 시의 큰 축이라 할 수 있다. 초기 시에 해당하는 삼·일오 시동인 사화집 『비 내리고 바람 불더니』(청운, 1983)와 첫 시집 『어둠을 불사르는 사랑』(시선사, 2007)은 자본주의 체제와 산업 문명으로 점차 황폐화되는 농촌/고향과 기계의 부속품 같은 삶에 설망하는 모습을 드러낸다. "밤새워 무딘 칼날"(이하 「독백獨白 1」)을 갈지만, 희망보다는 절망을 먼저 체험한다. 시인은 "세상을 알기 전에/ 세상을 보는 법"을 먼저 배웠다면서 물질 문명이 지배하는 각박한 사회 현실을 날카롭게 비판한다. '안다'라는 통찰적 자각 이전에 '보다'라는 시각적 지각이 작동하는 세상은 합리보다는 불합리가, 확실보다 불확실이 자리를 선점한다. 이때 시는 세상을 구하는 '칼'의 쓰임으로 나아가지 못하고 "상처의 주위를 맴도는 바람"의 역할에 그친다. 시 쓰기와 칼을 가는 행위는 행동의 본질이 아닌 그 행동을 촉발하는 촉매제 역할을 하는데, 시인은 상처의 본질에 접근해 상처를 치유하는 대신 상처 주변을 맴도는 진중한 행동 양태와 안타까운 심정을 보인다. 숫돌에 무딘 칼날을 가는 건 무언가를 베거나 찌르려는 예비 동작이다. 한데 시인은 칼을 가는 것 이상의 행동으로 옮겨가지는 않는다. 다만 시와 삶(생활)이 엄밀히 분리되지 않는 상태에서 타인의 상처를 내 것으로 인식하는 시적 감수성을 시현示現한다.

두 번째 시집『장항선 열차를 타고』(시선사, 2015)는 퇴직 후 고향 서천에 정착하려 주말마다 장항선 열차를 타고 귀향하는 소회와 농사(귀농) 연습 그리고 뇌수술로 죽음의 문턱까지 갔다 온 경험을 시화詩化하고 있다. "도시에서 젖은 땀들과/ 상처"(「세탁기를 돌리며」), 그리고 대숲이 된 고향집과 "칡넝쿨과 가시덤불"(「대숲을 밀다」)로 뒤덮인 묵정밭을 대하는 시인의 심경과 태도가 상당한 공감을 자아낸다. 세 번째 시집『붉은 수숫대』(실천문학사, 2020)는 오도이촌五都二村, 즉 5일은 도시에 2일은 시골에 사는 귀농 연습을 끝내고 고향에 정착해 살아가는 소소하지만 의미 있는 삶에 천착하고 있다. 고향에 뿌리를 내렸다 해서 세상사에 관심을 끊은 건 아니다. 가령 표제시「붉은 수숫대」는 강 혹은 하천의 "뚝방 길가"에서 붉은 수수를 몰래 경작한 사람이 수수의 "모가지만 뎅강 잘라" 간 뒤 "온몸에 흘러내린 핏자국"과 서울 "강남역 네거리 붉은 현수막 두른 해고 철탑 위/ 붉은 조끼 입은 해고 노동자"를 극명하게 대비한다. 수수와 조끼(해고 노동자)는 '붉은색'과 서술어 '잘리다'로 한데 묶여 풍파를 견디는 약자를 대변하지만, 찬 서리와 칼바람에 "하얀 몸통만" 남았어도 "비틀린 세상에 맞"서는 강인한 존재로 표현된다. 귀향했지만 아버지와 같은 진정한 농사꾼의 삶이 아닌, 어쩌면 도시와 농촌에 한 발씩 걸친 삶(그것이 실제적이든 심리적이든)인지라 귀향(귀농) 후 시적 대상/소재가 농촌의 삶에 닿아 있다. 한데 "구더기들 가득"(「호박의 진실」)한 세상일이나 약점을 드러내면 "갑자기 달려드는 세상사"(「생존」)로 의식의 흐름을 자연스레 이어간다. 시인의 환경이 도시의 산업노동자에서 시골(고향)의 농업노동자로 전환됐지만, 그것은 몸의 이주와 정착일 뿐 진정한 의미의 정착이라 하기엔 무리가 있다. 무딘 칼을 갈고, "아버님의 모습으로 낫을 갈"(이하 「낫을 갈다」)아 "언덕의 풀들"을 베고, 감나무 옆 "백일홍의 가지"(「양보」)를 자르는 등 예리하게 벼린 날은 또 다른 생명으로 향한다. "고춧대를 덮은 노린재와/ 미국선녀벌레"(「살충」)에 살충제를, 텃밭에 심은 "고추와 토마토"(「약점」)의 어린순에 생긴 진딧물에 설탕물을 뿌려 인간에게 해로운 것을 없애는 데 진력한다. 농사를 위해 어쩔 수 없다 하더라도 뭇 생명을 끌어안는 경지는 아니라는 뜻이다.

한데 "고향 서천으로 돌아온 지 네 해"('시인의 말')째 펴내는 네 번째 시집 『조찬』에선 김영호 문학평론가가 세 번째 시집 해설 말미에 덧붙인 "뭇 생명과 교감하며 원형이정의 유기체적 삶"의 실천과 이를 시로 승화한다. 김종철 문학평론가는 『시적 인간과 생태적 인간』(삼인, 1999)에서 "나무 한 그루가 상처를 입으면 자기 자신의 아픔으로 느끼고 고통을 같이하는 감수성이 중요"하다고 했다. 특히 시적 사고는 본질적으로 모든 생명을 하나로 보는 사고방식으로 하나의 사물은 "나와 그것의 관계가 아니라 나와 그대의 관계로 포착"하는 것이라 했다. 생명이 있는 것은 상호 의존하면서 빈틈없는 관계 속에 존재할 뿐 이니라 "상호 이질적인 사물들 사이에 유사성이나 일치성을 발견하는 능력이 은유적 사고"라 덧붙였다. 딱딱한 도시 물질문명이 지배하는 삶에서 벗어나 부드러운 흙이 영혼을 감싸주는 농촌 생활이 시인의 삶뿐 아니라 시세계에도 영향을 주고 있다. 사물, 특히 생명에 대한 접근방식이나 은유적 사고, 시적 전개에서 공간의 변화가 더 깊고 넓은 시의 영역으로 인도한다. 생명에 대한 연민과 이들과의 공존, 더불어 생태주의적 사고가 시의 중심을 관통하고 있음을 구체적인 경험과 실천을 통해 곡진하게 펼쳐 보인다.

어릴 적 다녔던 산길을 갔었네

내가 멀리 객지로 떠도는 세월에도

무심한 듯 시냇물은 흐르고 흘러

육십 넘어 돌아오는 길목으로

늙은 나무들은 쓰러져 썩어가고

옛길은 숲이 되어 지워져 버렸네

나무꾼 되어 다니던 길은 사라지고

멧돼지 고라니 다니는 길이 새로 생겼네

나도 엎드려 네발짐승이 되어 기어갔다네

멧돼지 발자국 고라니 똥을 밟으며

내 발자국도 거기 남겨 두었다네

사람들 다니면 길이 되듯이

동물들 다녀서 길이 되었네

나도 이제 그 세상의 길로 들어섰다네

- 「숲길」 전문

　고향에 뿌리를 내리는 일은 "욕심을 비우"(이하 '시인의 말')는 것에서 시작된다. 욕심은 무언가를 바라는, 더 얻고자 하는 마음이다. 그 욕망은 완벽한 충족의 속성을 지녔지만, 영원히 채울 수 없는 이성 너머에 존재하는 세계다. 시인은 탐하거나 누리고자 하는 것을 내려놓음으로써 마음이 가벼워진 상태, 즉 궁극적으로 나를 비운 무욕無慾의 상태를 지향한다. 그것은 정착의 방식이면서 뭇 생명과의 공생, 새로운 시의 길이기도 하다. 시인은 "난해하지 않고 쉽게 읽히는" 좋은 시를 쓰고 싶은 욕망을 숨기지 않는다. 쉽게 읽히는 시를 쓰는 건 어렵지 않지만, 그 시가 '좋은 시'인지에 대한 갈등은 항시 존재한다. 쉽게 읽히는 시와 좋은 시의 간극을 좁히는 일은 시인이 가야 할 '새로운 길'에 해당할 것이다.

매양 마주하는 사람들과 사물들 그리고 시간의 변화를 포착해 시로 쓰는 것이 일상의 삶임을 「숲길」을 통해 확인 가능하다. 이 시는 숲에 난 길을 통해 세월의 무상함과 새로운 길에 대한 기대감을 드러난다. "어릴 적 다녔던 산길"은 지워져 사라지고, 대신 "멧돼지 고라니" 같은 산짐승이 다니는 새로운 길이 생겨난다. 즉 인간의 길은 사라지고, 그 자리에 산짐승의 길이 들어선 것이다. "육십 넘어" 다시 찾은 유년의 산길은 흔적조차 없고, "쓰러져 썩어가는" 늙은 나무들이 그곳을 차지하고 있다. 시인은 늙은 나무들에 자신의 모습을 투영하고 자신의 삶을 반추한다. 사라진 길에 놓여 있는 늙은 나무들은 서서히 변화하면서 생성하는 발화의 지점이다. 또한 늙은 나무의 존재성으로 인해 어릴 적 걸었던 길은 사라진 것이 아니다. 다만 눈에 보이지 않을 뿐이다. 시인이 발견한 산짐승이 다닌 숲길은 인위가 개입하지 않은 원초적인 길이다. 그 길을 "네발짐승이 되어 기어"간다는 것은 도시/문명의 구속에서 벗어나 자연으로, 초심으로 돌아가겠다는 선언과 다르지 않다. 뭇 짐승이 다닌 "그 세상의 길"은 원형의 추구이면서 시적 방향성에 대한 지표라 할 수 있다.

> 고향에 돌아와 고개 숙이고
> 허리 굽혀 고사리를 꺾는다
> 촉촉한 봄비가 온 뒤로
> 연이어 우후죽순 솟아나는 고사리들
>
> 작년에 꺾지 못한 고사리와 잡초들 위로
> 눈이 쌓여 납작해진 틈을 비집고

겸손하라 고개 숙이라

소록소록 솟아 오르고 있다

"고사리 데사리 먹었지"

"명태 대구 먹었지"

어릴 때 누나가 들려준 노래는

오월의 하늘 메아리로 들려오는데

조기매운탕에 고사리 넣고

차례상에도 올리고 명태찜에도 넣어야지

마당에 걸어둔 가마솥에

살짝 삶아 독기를 빼고

햇볕 좋은 장독대 앞 건조대에 말린다

나도 이제 세상의 독기를 빼고

고사리와 더불어 살아가려 한다

- 「고사리」 전문

정완희의 시는 삶의 공간 변화에 따라 시적 대상이나 접근방식, 방향성에서 상당한 차이를 보인다. 시가 현실과 의식을 반영한다고 할 때, 삶의 공간이 시에 영향을 미치는 것은 당연한 귀결이다. 시인은 열여섯에 고향을 떠나 타지를 떠돌다가 "육십 넘어"(「숲길」) 귀향한다. 고향으로 돌아오기 전에 "몇 년째 아산과 고향 서천"(세 번째 시집의 '시인의 말')을 오가며 귀향을 위한 준비과정을 거친다. 고향-타지-귀향 준비-고향으로 이어지는 공간의 변화가 정완희의 시세계에 미친 영향은 여러 시에서 확인할 수 있다. 가령 첫 시집의 「칡

넝쿨을 자르며」에서 "조상님 묘까지" 뒤덮은 칡넝쿨을 가차 없이 "뿌리째 뽑아"내고, 두 번째 시집의 「대숲을 밀다」에서 대숲으로 변한 고향집과 묵정밭을 사정없이 갈아엎는다. 세 번째 시집의 「땅콩」, 「삵」, 「나비 조심」 등 여러 시편에서는 농사에 해가 되는 것들을 수용하지 못한다. 하지만 이제는 농사에 해를 끼치는 것들에 대한 연민 의식과 주변 사물들과 공존하는 모습을 보여준다. 밖으로 내치기보다는 안으로 감싸 안아준다.

인용시 「고사리」에서 확인할 수 있듯, "고향에 돌아"온 시인의 정착 방식은 '겸손'이다. 자신을 낮추고 타인을 존중하는 삶의 태도는 자연스럽게 익힌 것으로, 시인은 낮은 곳에서 자라난 고사리를 꺾으며 새삼 깨닫는다. 고사리는 태생적으로 고개를 숙일 뿐만 아니라 그 자세를 유지하다가 활짝 펼친다. 그런 고사리와의 만남은 시인을 겸손의 자리로 한 걸음 더 움직이게 한다. "작년에 꺾지 못한 고사리"의 '작년'은 일차적으로는 '지난해'를 지칭하지만, 고향을 떠나 타지를 떠돈 시인의 시간을 상징한다. 하여 시인은 "어릴 때 누나가 들려준 노래"와 고사리를 넣은 음식을 소환한다. 고사리를 차례상에 올리려면 "살짝 삶"고 물로 헹궈 '독기'를 빼내야 한다. 시인은 고사리의 독기를 빼는 것과 "세상의 독기"를 빼는 것을 등치시킨다. 고향에 정착하는 방식이 '겸손'이라면, 바뀐 환경에서의 생존방식은 독기를 제거하는 것이다. 땅/고향 밖에서 축적된 독기를 빼내 자연과 더불이 하니기 되려는 것이다.

내 허락도 없이 날마다 일용할 그들의 양식

나무는 기꺼이 열매를 모두 내어준다

더불어 내가 덤으로 얻는

아침마다 들리는 새들의 지저귐 소리

－「조찬朝餐」 부분

세상 이치가 다 그런 거지요

나무 하나 꽃 하나 심는 것도

강아지 한 마리 들이는 것도

새로 식구 하나를 맞이하는 것도

생명을 가진 것들은 모두가

아주 조심스러운 일이지요

- 「접」 부분

시집 제목인 「조찬朝餐」은 손님을 초대해 함께 먹는 아침 식사를 뜻한다. "서릿발 투명하게 반짝이는 겨울 아침"에 물까치들이 시인이 사는 집 화단에 날아와 "피라칸사스 붉은 열매"를 따먹는다. 관상용이나 울타리로 쓰이는 피라칸사스의 원말은 피라칸타, 꽃말은 '알알이 영근 사랑'이다. 가을 추수가 끝난 겨울 농한기에 황량한 화단에 관상용으로 심었는데, 배고픈 새들의 먹이가 된다. 까치밥도 사라지고, 밤새 눈이 덮여 먹을 것이 없자 새벽에 물까치 떼가 나타나 열매를 쪼아먹는다. 의도하지는 않았지만, 배고픈 새들에게 보시한 셈이다. 시인은 새벽 불청객들을 내치지 않고 오히려 "새들의 지저귐"을 또 다른 삶의 즐거움과 '덤'으로 인식한다. 그 물까치 한 마리가 "이틀간 술병으로 몸살이 나서/ 밖으로 나오지 않"(「물까치 한 마리」)자 찾아와 재잘재잘 안부를 묻는 것 또한 시인에겐 삶의 낙樂이다.

인용시 「접」은 감나무 접붙이는 과정을 통해 '생명의 소중함'을 되새긴다. 접椄은 한 나무에 다른 나무의 가지나 눈을 따다 붙이는, 나무의 품종 개량이나 번식의 한 방법이다. 이 시에서는 영양분을 공급해 주는 바탕 나무, 즉 고욤나무를 대목臺木으로 단감나무를 접수椄穗로 하고 있다. 감의 씨앗을 땅에 심어 열매가 맺으면, 그 열매는 고욤처럼 작아진다. 이를 방지하기 위해 접붙이기를 한다. 단감나무 접붙이기의 시작은 자른 도장지를 냉장고에 잘 보관하는 일이다. 접붙이기 적기는 "고욤나무 잎이 피기 시작할 때"다. 고욤나무는 감나무에 비해 추위에 강하고 씨앗만 뿌려도 잘 자라며 성장이 빠르기 때문에 감나무를 접붙일 때 대목으로 사용한다. 시인의 관심은 단감나무와 고욤나무의 만남과 상생, 변화와 결실이 아닌 접붙이는 과정의 실수나 부적응으로 인한 나무의 죽음에 머문다. "나무 하나"를 심는 건 생명을 들이는 것이고, 이는 꽃이나 강아지도 마찬가지로, "아주 조심스러운 일"이라는 인식이다. 시인은 식물이나 동물을 들이는 일만큼, 아니 그보다 더 조심스러운 건 "새로 식구"를 맞이하는 것임을 접붙이기를 통해 설파하고 있다.

새 식구로 며느리 오니 좋아라
넷이 고스톱에 광도 팔 수 있고
편을 갈라 윷놀이도 할 수 있다네

어머니 쓰시던 이십 년 지난 윷을 찾고
달력 뒷면에 매직으로 윷판을 그리네
아들 부부는 아몬드 말 넷
우리 부부는 땅콩 말 넷

내 윷이 개가 나오니 윷판에 개를 달고
미소 띤 며느리가 개를 잡기도 전에
의자 밑의 초롱이가 냉큼 나와서
땅콩 말을 날름 먹어 버렸다네

안 돼 초롱이, 강아지가 멈칫하는 동안

아들은 황급히 새 땅콩 말을 가지러 가고

우리는 배꼽을 잡고 뒤집어졌네

-「아몬드와 땅콩」 전문

코로나로 아들도 못 오게 한 생일날

퇴직 후 기가 죽고 기력도 떨어진 나에게

아내가 묻는다

아침상에 박대를 구울까요?

박대당하기 싫었던 나는 싫다고 했다

그럼 서대라도 구울까요?

서운하게 대할까 그도 싫다고 했다

아무리 서천에 박대가 흔하다 해도

하필 냉장고 남은 생선이 그것뿐이냐고

서방 생일날 구워줄 생선 한 토막도 없냐고

명태도 고등어도 갈치도 다 좋으니

서대나 박대만 굽지 말아 달라고

쇠고기미역국 얻어먹으며 한소리했다

내일은 집에서 쫓겨날지도 모른다

-「박대」 전문

위의 시 「아몬드와 땅콩」은 새로 맞이한 식구가 며느리라는 것을 알려준다. 단감나무의 접붙이기가 상징하는 아들의 결혼 이후 새로운 사람을 들이는 신중함과 조심스러움이 이 시에서는 반전된다. 「아몬드와 땅콩」보다 먼저 쓰인 것으로 생각되는 「박대」에서 시인은 코로나19 상황인지라 생일에 아들을 못 오게 하지만, 내심 서운함을 숨기지 않는다. 아내가 아침상으로 박대나 서대를 구울지 묻자 박대는 박대당할까 봐, 서대는 서운할까 봐 싫다고 한다. 부부와 아들, 셋이서 생일을 같이 보내지 못하는 것에 대한 아쉬움을 생선의 이름으로 토로한다. 시인은 "내일은 집에서 쫓겨날지도 모른다"고 하여 상황을 인지하면서도 부러 서운함의 표시했음을 알려준다. 무슨 날인지는 알 수 없지만 「아몬드와 땅콩」에서는 아들의 결혼 후 둘이나 셋이 아닌 넷이 고스톱이나 윷놀이를 한다. 시인이 꿈꿔온 이상적인 귀향(가족) 풍경이다. '없음'에서 더불어 생겨난 정겨운 풍경은 항시 존재하는 것이 아니라 아들 부부의 방문에 의해 일시적으로 생겨난 것이다. "좋아라"라는 말에는 새 식구를 얻은 것과 찾아와 같이 윷놀이하는 것과 같이 겉으로 드러난 것 이상의, 피라칸타 꽃말처럼 '알알이 영근 사랑'이다. 흥겨운 윷놀이는 사랑의, 생각의 접붙이가 성공했음을 의미한다.

지고 있는 꽃을 베었다
횟센 꽃잎들 비람에 휘날리며
누군가를 확 베어버리고 싶은 그날

길까지 경계선을 넘실넘실 넘어와
차 옆면과 유리창을 긁어대던 꽃가지들
거의 한 달씩 만발했던 꽃들아
이제 그만 너희를 베어야 할 때가 왔구나

지금 잘라야 여름 새순이 돋아나

내년 봄 다시 꽃 피울 수 있단다

예초기 엔진 시동을 걸며

너와 달콤했던 봄날들을 돌아본다

잘려나간 꽃들과 가지들을 치우면서

미안하구나 정말 미안하구나

황색 꽃잎들 빗자루로 쓸어 내면서

정작 자르고 싶었던 건 네가 아니란다

- 「꽃을 베다」 전문

예초기로 밭 언덕 풀을 베다가

날카로운 회전 칼날에 튕겨 나간

개구리 한 마리 하얗게 뻗었네요

며칠씩 마음 불편하여

소화도 안 되고 밥맛도 없었네요, 그래서

밥 먹다 아내에게 고백했어요

풀 베다가 개구리 한 마리를 죽였다고

아내가 말했네요

내가 붕붕거리던 그날 오이밭 가에서

등에 길게 상처가 난 얼룩 개구리 한 마리

뛰어가는 걸 보았다고

오늘 아침 오이 따러 가다가

등에 상처가 아물고 있는

그 개구릴 만났다고

- 「고백」 전문

고향에 안착한 시인은 부모를 자주 호명하지는 않는다. 이전 시집과 마찬가지로 사람들이나 사물을 시적 대상으로 삼고 있지만, 부모 대신에 주변 사람들이나 부부로 옮겨가고, 이는 삶의 성찰로 귀결된다. 이는 서천 고향집으로 내려가기 위한 준비 과정이나 귀향 후 집을 새로 짓는 등 부모의 손때가 묻은 것들, 즉 부모의 삶의 흔적을 지우기도 했지만, 시간의 흐름에 따라 심적으로도 안정을 찾은 까닭일 것이다. 어릴 적 경험과 아버지를 통해 습득한 농사가 손에 익은 것과 시인 자신이 아버지의 자리에 서 있다는 것을 뜻한다.

인용시 「꽃을 베다」에서 시인은 "지고 있는 꽃"을 베며 미안한 마음을 드러낸다. 그 꽃가지들은 "길까지 경계선을 넘실넘실 넘어와/ 차 옆면과 유리창을 긁어"댄다. 경계를 넘어와 피해를 주지만, 시인은 꽃이 지기를 기다렸다가 가지를 자른다. 불편하거나 피해를 줘서 가지를 자르는 것이 아니라 "지금 잘라야 여름에 새순이 돋아나/ 내년 봄"에 다시 꽃을 피울 수 있기 때문이다. 새순과 꽃을 보며 "달콤했던 봄날"을 공유한다. 또한 "정작 자르고 싶었던 건 네가 아니"라 '나' 자신임을 고백한다. 사물과 세계에 말을 건네는 행위는 시인이 사물과 같은 공간에 존재하면서 마음을 열어야 가능한 일이다. 앞에서 언급한 바와 같이, 나와 '그것'과의 관계가 아닌 나와 '그대'와의 관계일 때 형성될 수 있다.

본의 아니게 살생의 우愚를 범한 시인은 "며칠씩 마음(이) 불편"하다. "밭언덕 풀을 베다가" 날카로운 예초기 칼날에 맞아 개구리가 죽은 것이다. 살생은 마음을 불편하게 하고, 불편한 마음은 '밥맛'(식욕)을 잃게 하고, 이는 다시 '고백'으로 이어진다. 시인은 같은 공간에 사는 개구리를 자신과 상관없는 존재가 아니라 '내 생명의 일부'라 여겼기 때문에 고통스러워한 것이다. "하얗게 뻗었"던 개구리가 아내의 말처럼 죽지 않았는지, 아니면 남편의 고통을 덜어주기 위한 선의의 거짓말인지는 확인할 수 없다. 하지만 아내의 말이 살생의 슬픔과 고통에서 남편을 놓여나게 한 것은 확실하다. 생명을 가진 존재들과 조화로운 관계를 유지하려는 시인의 심성과 감수성을 엿볼 수 있는 대목이다.

> 치매 12년 차 아흔두 살 할머니가
> 유아차를 밀고 드디어 집을 나갔다
> 이장 방송에 마을은 발칵 뒤집히고
> 판교 방면 미산 방면 옥산 방면으로
> 차가 세 대 사람 다섯이 동원되어
> 농로와 신작로를 찾아다녔다
>
> ─「옥산댁」 부분

> 마침내 칠 년의 지하 수행을 마치고 올라와
> 갑옷을 벗고 날개를 펼쳐 둘러보니
> 하필 비닐하우스 속이라
> 위아래 벽까지 꽉 막힌 투명 감옥 속이라
> 매미에게 주어진 시간은 칠일뿐이라
> 언제 짝을 찾고, 언제 하늘 높이 날아 보냐고
> 맴맴 맴맴맴 억울해서 운다

그만 울 거라 이 녀석아 조심스레 잡아서

멀리 하늘 높이 날려 주었다

– 「이소離巢」 부분

당연하게도, 정완희의 시에는 '고향'이라는 공간이 상존한다. 이는 도시/문명이라는 삭막한 공간을 벗어나 고향/땅이라는 안온한 공간에 성공적으로 안착했음을 의미한다. 그의 시는 고향이라는 좁은 공간에서 마주치는 사람들과의 관계성이나 농사, 사물들과 접점에서 탄생한다. 기계/문명의 언어는 점차 사라지고, 대신 그 자리에 정겨운 땅/고향의 언어가 들어선다. 비판의 자리에 성찰이 들어서면서 시의 점성과 농도도 한결 짙어졌다. 세상으로 향하던 '비판의 날'은 주변 사람들과 동식물에 대한 연민으로 표출된다. 요양병원으로 떠난 서천 당숙(「빈집」)과 남편 병간호하다가 뇌출혈로 쓰러져 죽은 여인(「하관下棺」), 지나가는 자동차를 들이받는 염소(「염소는 힘이 세다」)나 새끼들을 낳아 숨겨놓은 잡종견 콩이(「비밀」)와 갑자기 나타난 강아지 한 마리(「업둥이」), 닭장에 침입했다가 고양이에게 잡혀 죽은 황조롱이(「풍장風葬」) 등 이번 시집의 많은 시가 여기에 해당한다.

인용시 「옥산댁」은 치매에 걸린 "아흔두 살 할머니"의 실종을 다루고 있다. 12년째 치매를 앓고 있는 옥산댁의 병간호는 오롯이 딸의 몫이다. 그 딸의 나이도 일흔두 살, 적은 나이가 아니다. 힘든 엄마를 위해 "이틀 교대한 큰아들"이 깜박 낮잠에 빠지고, "며느리도 잠시 이웃 친척집에 간 사이" 옥산댁이 사라져 온 동네가 발칵 뒤집힌다. 도시와 달리 내 일처럼 나선다. 사방으로 찾아나선 결과 4시간 만에 "옥산 농로 길옆 비닐하우스에 딸린 살림방"에서 찾는다. 이 시는 고령화와 이에 따른 질병으로 가족이 어려움을 겪고 있는 농촌의 현실, 나아가 이 땅의 현실과 실상을 보여준다.

"참매미 한 마리가 울고 있다"로 시작하는 시 「이소離巢」는 "칠 년의 지하수행"을 마친 매미가 땅 위로 올라온 에피소드를 시화詩化하고 있다. 땅속에서 "토양살충제도 피하고" 나왔는데, 그곳이 "하필 비닐하우스 속"이다. 사방이 꽉 막힌 "투명 감옥"으로, 불행의 연속이다. 혼자의 힘으론 고난을 벗어날 수 없는 상황이다. 남은 생명은 단 7일. 그 안에 하늘을 날아 보고, 짝짓기도 해야 하는데 감옥 같은 비닐하우스를 벗어날 수가 없다. 매미가 억울해서 운다고 시인은 생각한다. 하지만 매미의 불행에 자신을 투영하지는 않는다. 대신 불행한 매미를 풀어주는 조력자 역할을 자처한다.

그들에게 치유란 그런 것이다
우리가 할 수 있는 일이란 겨우
둥글고 얇은 조약돌로 물수제비를 뜨는 것

그저 뒤틀린 그들의 마음에 돌 하나 날려
동그란 파문을 일으키는 일이다

물 위를 뛰어가며 통 통 통 징검다리 건너던
돌의 발자국들이 파동이 되어
동그란 물결을 연이어 일으키는 것

그 물결들이 그들의 마음을 흔드는 일
마음이 흔들려 고요히 발길을 돌리고
발길이 옮겨가는 것을 지켜보는 일

- 「물수제비」 전문

‘시인의 말’을 다시 상기해 보면, 정완희의 시는 관념이나 낯선 감각, 난해와는 거리를 두고 있다. 시적 사물/대상을 관념화하지 않고 관찰과 경험의 세계에 녹여 선명한 이미지와 “삶의 이야기”를 시로 구현한다. 시적 사물/대상을 파편화하거나 재조합하는 대신 있는 그대로의 세계를 한 편의 이야기나 한 폭의 그림처럼 펼쳐 보여준다. 시인은 일상에서 만나는 사람들과 다양한 사물에 대한 관찰과 체험을 바탕으로 자신만의 독특한 세계를 구축한다. 세상을 겨누던 ‘칼날’은 마음으로 방향을 바꿔 탐욕이나 아집 같은 마음의 군더더기를 깎아내는 ‘성찰의 도구’로 사용된다.

　인용시 「물수제비」에서 ‘돌’은 가공하지 않은 자연 그대로의 상태지만 “물수제비를 뜨”기 위한, “둥글고 얇은”이라는 전제조건이 붙는다. 인간의 힘에 의해 땅 위에서 벗어나 허공과 “물 위를 뛰어가”다가 결국 물속으로 가라앉는다. 자연의 일부인 돌은 인간(시인)의 등장과 함께 새로운 역할을 부여받는다. 밖으로 향하던 칼날이 안으로 방향을 튼 것처럼, 돌은 “뒤틀린 그들의 마음”을 ‘치유’하는 목적으로 변환된다. 돌이 일으킨 “동그란 파문”은 파동이 되어 연쇄반응을 일으켜 ‘치유’라는 기슭에 닿는다. 시를 쓰는 이유 중 하나가 ‘치유’의 효과라면, 시인은 고향에서 쓴 자신의 시가 사람들의 “마음을 흔”들어 위안을 주고, 세상(세계)이 고요해지기를 바라는 것은 아닐까. 생명을 가진 존재들과 조화로운 관계를 중시히는 그런 마음. 아울러 시인이 쓰고자 하는 ‘쉽게 읽히는 좋은 시’를 통해 마음이 가난한 사람들을 치유하고 싶은 욕망을 드러낸 것은 아닐까. 이 시가 이번 시집에서 잔잔한 수면에 던진 돌이라면, 다음 시집의 방향성을 제시한 것이라 할 수도 있다. 새로운 세계에 돌 하나 던져놓고 “발길이 옮겨가는 것”을 고요히 지켜보는, 그런 마음으로 세상에 내놓은.

'시간의 상자' 엿보기
— 유성임 시집 『붉음을 쥐고 있는 뜨거운 손끝』

순간, 다짐을 또 한다
－「치열과 희열」에서

    시인은 '시간의 상자' 하나를 가지고 있습니다. 혼자만의 공간에 꼭꼭 숨겨 둔 상자 속에는 기억, 추억, 사랑, 상처, 시, 비, 저녁 등이 들어 있습니다. 시인은 곁에 사람이 없을 때마다 상자를 열고는 가만히 안을 들여다봅니다. 상자 속의 시간은 우리의 생각처럼 흐르지 않습니다. 서서히 흐르거나, 고여 있거나 역행합니다. 하지만 상자 밖의 시간은 시시각각 변하면서 빠르게 앞으로 흘러갑니다. 상자 밖에서 상자 안을 들여다보는 시인도 차츰 변해갑니다. 상자 밖의 '흐름'과 상자 안의 '지체 혹은 멈춤', 그 시간의 간극과 파장에서 '시적인 것'이 생겨납니다. 상자 안과 밖의 시차와 감정이 '시적인 것'과 결합해 펼쳐 보이는 세계는 현실 이전의 기억과 내통하는 은밀한 고백입니다. 상자 밖으로 나온 고백은 급작스러운 환경 변화에 현실과의 결합을 망설이다가 이내 사물을 소환합니다. 사물과 '시적인 것'이 잠시 멈췄던 시간을 되돌리며 시를 탄생시킵니다. "보이지 않던 길"(이하 「작은 빛마저 간절했던 날들」)이 다시 보이는 순간입니다. 하지만 앞으로 나아가는 길이 아니라 "한 치 앞도 보이지 않는 막막함"에 되돌아온 길입니다. 앞으로 나아가고 싶은 시인의 욕망을 자욱한 안개와 어둠, 상처가 가로막고 있는 셈이지요. 혼자만의 시간에 상자 속을 들여다보는 시인의 모습이 쓸쓸해 보이는 이유입니다.

시인은 현재 "여름날 오후 6시를 지나고"(이하 「11시 59분에 대하여」) 있는데요, 그 앞에는 "11시 59분"이 놓여 있습니다. "늦지도 빠르지도 않은 시간"을 '열심히' 달려왔다고 시인은 자족합니다. 사계의 '여름'은 절반 이전의 '늦지도 않은', '오후 6시'는 24시간 중 절반 이후로 '빠르지도 않은'에 해당합니다. 시인의 앞에 놓인 시간은 '앞', 상자 속의 시간은 '뒤'입니다. 시인의 "저녁은 늘 뒤를 따라오고"(이하 「저녁의 위치」), 그러다가 어느 틈엔가 "뒤를 따라가는 저녁"이 됩니다. 시인은 앞과 뒤가 뒤바뀌는 지점쯤에 머물고 있습니다. 앞도 아니고, 뒤도 아니다 보니 혼란과 상처가 틈입합니다. 상자 속의 사랑은 늘 뒤에 위치하지만, 앞에 놓이기를 희망합니다. 시인은 알고 있을까요. '시간'이라는 시어의 높은 사용 빈도만큼이나 '시간의 상자'를 자주 열어본다는 것을요. 상자 안에는 맑은 날보다 비 오는 날이 더 많다는 것을요. 시가 생각만큼 잘 안 써지는 것도 영향을 미쳤을 것입니다. 상자 앞에 선 시인은 스스로에게 다짐합니다. 만약 처음으로 돌아간다면 다시는 "상처를 후벼파며 젊은 시간을 허비"(「처음으로 돌아간다면」)하지는 않을 것이라 합니다. 젊은 날의 상처가 시인의 길로 인도했을지도 모르겠습니다. 인생에서 '처음'은 늘 존재합니다. 시도 처음을, 새로움을 지향합니다. 그러면 이쯤에서 시인만의, '시간의 상자'를 슬쩍 들여다볼까요.

저녁은 늘 뒤를 따라오고 있었다

골목에서 술래잡기를 할 때도

밥 먹으라고 부를 때도

5학년 때 처음 엄마의 피가 붉은색이 아닌

검은색이라 느꼈을 때도

대문 앞에서 쪼그려 앉아

병원에서 늦도록 돌아오지 않는

엄마를 기다리던 날에도

아직 엄마가 많이 필요한데

사춘기가 다 지나가도록

저녁 없는 밤으로 연결되었다

첫아이를 낳던 여름날 저녁

홀로 긴 터널을 빠져나올 때도

저녁이 뒤를 따라오고 있었다

하나둘 가족이 돌아오고

어느 틈엔가 나는

뒤를 따라가는 저녁이 되고 있었다

- 「저녁의 위치」 전문

　‘저녁의 위치’는 ‘엄마의 위치’이기도 합니다. 엄마가 있어야 할 자리에 엄마는 부재합니다. 엄마를 필요로 하는 민감한 시기에 엄마가 곁에 존재하지 않아 가족은 뿔뿔이 흩어진 것과 진배없습니다. 저녁은 가족이 함께하는 소중한 시간이지만, 흩어진 가족은 저녁이 되어도 돌아오지 않습니다. "골목에서 술래잡기"하다가 "밥 먹으라고 부를 때도" 저녁은 앞이 아닌 "뒤를 따라"옵니다. 집에 돌아왔을 때 엄마가 환하게 맞아주길 원하지만, 점차 어두워지는 빈 집만이 반겨줄 뿐입니다. 아마도 시인이 초등학교 "5학년 때 처음 엄마"가 아파 병원에 실려 간 듯합니다. "대문 앞에서 쪼그려 앉아" 사위가 어두워질 때까지 기다려도 엄마는 돌아오지 않습니다. 그런 의미에서 "엄마의 피가 붉은 색이 아닌/ 검은색"이라 했을 것입니다. 엄마가 밥을 해놓고 기다리는 저녁, 가족이 빙 둘러앉아 밥을 먹는 행복한 풍경은 그저 희망일 뿐입니다. 사춘기의 딸에겐 엄마가 더더욱 필요합니다. 한데 엄마는 곁에 없습니다. "엄마와 영원한 이별"(이하 「이모」)을 하자 "시집을 가지 않은" 이모가 엄마의 자리를 대신합니다. 그 시간이 무려 55년, 이모가 아닌 "마음속 엄마"입니다.

어둠의 시작인 저녁은 성장 과정에서 경험한 상처와 상실의 시간입니다. "저녁 없는 밤"은 성장의 시기가 암흑 같았다는 말과 다름없습니다. 저녁조차 없이 낮에서 밤으로 바로 "연결되었다"는 건 엄마의 부재와 가족의 흩어짐, 나의 상처가 성인이 될 때까지 이어졌다는 것을 의미합니다. "첫아이를 낳던 여름날 저녁"에 어린 시절과 마찬가지로 "홀로 긴 터널을 빠져나올 때도" 혼자입니다. 엄마가 되는 고귀하고도 성스러운 순간에 엄마는 물론 남편도 오지 않아 혼자서 분만합니다. 엄마가 되고 나서야 비로소 "하나둘 가족이 돌아"옵니다. '엄마의 위치'를 그리워하던 입장에서 '엄마의 위치'에서 기다리는 위치로 변합니다. 시인이 '시간의 상자'에서 꺼낸 엄마는 사라지고, 그 자리에 엄마가 된 시인만이 존재합니다. '저녁'에서 '엄마'로, 다시 '엄마'에서 '나'로의 위치 이동은 단순한 변화가 아니라 수동에서 능동으로 역할이 바뀌었음을 뜻합니다. 같은 집은 아니지만 기다림의 장소는 집 안(혹은 대문 앞), 시간은 저녁으로 고정되어 있습니다. 중요한 것은 엄마가 되기 이전이나 이후나 기다림

제4부 공간의 사색과 소요

의 주체는 늘 집 안에 머물고, 그리움의 대상은 늘 집 밖에 머뭅니다. 그렇다면 '시간의 상자'는 아늑하고도 평온한 경계의 바깥, 즉 집 안이 아닌 밖에 존재합니다. 시인이 자주 길 위에 서는 이유일 것입니다.

남편이 퇴직했다

같이 있는 시간이 길어지면서 남편이 낯설다

타인처럼 느껴지는 것은 뭘까 보이지 않는 막이 앞에 있듯

동물에게 무관심하던 사람 어느 날 TV에서 나오는 동물을 보며 웃는다

며칠 동안 바라만 보던 길고양이에게 정해진 시간에 사료를 주고 있다

매일 정해진 시간에 출퇴근하던 사내의 일상처럼

혹독한 첫 겨울까지 지나갔다

사내는 도를 닦았는지 제법 얼굴에 여유가 생겼고

비쩍 말랐던 고양이도 윤기 있는 털과 통통하게 살이 붙었다

밥을 준 시간이 얼마인데 아직도 고양이와의 관계는

밥그릇을 사이에 두고 바라보는 것뿐

가끔 때맞춰 밥을 먹으러 오지 않는 고양이 걱정도 한다

쫓기듯 앞서가던 걸음 갑자기 머리를 긁적이며

천천히 나의 발자국에 보폭 맞춘다

사내는 40년 길든 멍에를 한 겹씩 벗어내는 중이다

－「어둠이 오기 전의 저녁」전문

사전적 의미로, 저녁은 '해 질 무렵부터 밤이 오기까지의 사이'를 말합니다. 이 시에서 '저녁'은 퇴직한 남편의 시간대입니다. 하지만 "같이 있는 시간이 길어지면서" 저녁은 '남편의 것'에 머물지 않습니다. 남편의 퇴직은 아내(시인)의 영역을 침범하는, 시인의 개인적 시간과 공간으로 틈입할 뿐 아니라 '저녁의 기다림'을 무효화하는 변수로 작용합니다. 이는 '시간의 상자' 밖으로 나온 낯선 감정과의 조우이면서 균일한 감각을 유지하던 일상이 흐트러지는 계기가 됩니다. 저녁 이전의 환한 낮은 오로지 자신만의 시간이었지만, 이제는 그 시간마저 온전히 혼자만의 시간은 아닙니다. 한낮 혹은 저녁에 남편과 같이 있는 풍경은 남편을 "타인처럼 느껴지"게 하지만, 타인을 마주하는 나 자신도 타인과 다름없습니다. 타인과 타인의 사이에는 "보이지 않는 막", 즉 '낯섦'이 존재합니다. 어둠은 죽음이나 이에 준하는 상황이 도래하기 전 '인생의 저녁'입니다. "매일 정해진 시간에 출퇴근하던" 남편의 일상은 "길고양이에게 정해진 시간에 사료를 주"는 것으로 옮겨갑니다. '일'에서 '길고양이'로 관심이 옮겨가는 것을 시인은 세세히 관찰합니다. "혹독한 첫 겨울"은 여러 의미를 내포하고 있습니다. 첫째는 그대로 추운 겨울을 보냈다는 것입니다. 둘째는 퇴직 후 맞은 첫 겨울나기가 혹독했다는 것입니다. 셋째는 남편과의 어색한 동거가 불편했다는 것입니다. 넷째는 길고양이의 생존환경이 가혹했다는 것입니다. 겨우내 길고양이를 정성껏 돌봤지만 "고양이외의 관계"는 가까워지지 않았습니다. 남편과 길고양이 사이에는 "밥그릇"이 존재합니다. 길고양이의 경계심보다 생명을 대하는 데 서툰 남편 탓이 더 클 것입니다. 길고양이가 밥 먹는 걸 "바라보는 것"은 남편이 가족(특히 아내)을 대하는 방식과 닮았습니다. '바라보기'만 할 뿐 좀체 곁으로 다가서지 못하니까요. 마음은 있으나 표현이 서툰, 어쩌면 표현할 줄 모르기 때문일 것입니다. 남편이 길고양이를 바라보듯, 아내가 남편을 바라보는 시선 또한 느꼈을 것입니다. "밥을 먹으러 오지 않는 고양이 걱정"을 하면서 연락조차 없이 "때맞춰" 집에 들어오지 않는 자신을 기다렸을 가족의 걱정을 깨달았겠지요. 저녁 산책길에 "쫓기듯 앞서가던" 남편이 "천천히 나의 발자국에 보폭"을 맞춥니다. "같은 또 다른"(「같은 또 다른」) 길을 걷던 두 사람이 비로소 나란히 걷습니다. "보이지 않는 막"이 사라진 걸까요.

비가 내리는 날
고속도로 휴게소로 간다

하늘을 달리던 빗방울도 바닥에 주차를 하고 있다

먼 길을 가다가 잠시 바라보니
주차장에 쉼표가 빽빽하다
거침없이 질주했던 한때
나는 어디에도 쉼표를 찍지 못했다

먼 길 돌아 휴게소에 도착했다

커피를 들고
비 냄새 가득한 벤치에서 달음박질에 빠진 세상을 읽는다

느낌표 혹은 마침표를 향해가는 사람들
바퀴로 밑줄을 긋고 달린다

어느 비 오는 날

사는 일에 지치면 나는 이곳에 와 쉼표가 될 것이다

달리던 길을 곁에 앉히고

- 「쉼표」 전문

두 장의 사진이 앞에 있다

마음속의 우울이 얼굴에 찍혔다

벼랑 끝 아슬한 노송을 바람이 흔들고

구름처럼 시시각각 변했던 시간들

발끝에 차인 돌이 벼랑으로 곤두박질쳤다

조용하던 정선의 한 모퉁이가 돌의 파문에 흔들렸다

바닥에 부딪치는 찰나

나를 보듬어야 했다

우연히 다시 들른 그곳

벼랑 끝

노송에 기댄 화사한 또 다른 사진 한 장

먹구름이 사라진 하늘바다였다

앨범에 끼지 못한 사진 한 장

책갈피에 끼어 다시 책장에 넣었다

그것은 버릴 수 없는 상처의 시간이었다

- 「몰운대」 전문

첫 시집『만 개의 골목』(시와에세이, 2015) 이후 8년 만에 상재하는 두 번째 시집『붉음을 쥐고 있는 뜨거운 손끝』에는 유난히 비가 자주 내립니다. "예고도 없던 소나기는 피할 수 없는 운명"(「슬픔을 만나다」)이라는 시인은 만약 죽는 날을 선택할 수 있다면 "비 오는 일요일 오전은 피하고 싶"(이하 「분위기가 그랬다」)지만, 죽는 날은 비가 내려도 괜찮다고 합니다. 오후는 하루를 마무리하는 시간이지만, 오전은 오후를 기대하게 하는 시간입니다. 일요일도 일주의 시작입니다. 하여 시인은 "6일의 오전이 남아" 있다고 합니다. 즉 일요일과 오전은 시작을, 토요일과 오후는 갈무리하는 시간입니다. "어둠과의 경계"인 오후는 "할 일을 잃은 외로운 시간"입니다.

　　인용시 「쉼표」에는 "고속도로 휴게소"라는 공간에서 타자를 관찰하는 단독자 '나'가 존재합니다. 자동차 전용도로인 고속도로에서는 신호등이 없어 차들이 고속주행합니다. 도로는 거의 직선인지라 장거리 운전을 하다 보면 피로와 졸음이 몰려올 수도 있습니다. 휴게소가 일정 거리마다 있는 이유입니다. 요일과 시간대는 알 수 없지만, "비가 내리는 날" 먼 길을 가던 시인은 "고속도로 휴게소"를 찾습니다. "커피를 들고" 벤치에 앉아 주차된 차들과 "달음박질에 빠진 세상을 읽"고 있습니다. 고속주행을 하다가 휴게소에서 잠시 휴식을 취하는 것은 인생의 쉼표와 같습니다. 그렇다면 고속도로는 인생이겠지요. 고속도로에 들어서는 것은 탄생이고, 나가는 것은 죽음이겠지요. 삶의 속도를 멈추면 시간이 개입합니다. 쉼 없이 "거침없이 질주했던 한때"가 주마등처럼 스치고 지나갑니다. 하지만 시인은 '시간의 상자'를 열고 기억을 소환하지는 않습니다. 그저 삶의 고속주행에서 잠시 벗어나 "느낌표 혹은 마침표를 향해가는 사람들"을 관찰하고 "사는 일에 지치면" 다시 고속도로 휴게소에 들러 "쉼표가 될 것"이라는 소박한 의사를 피력할 뿐입니다. 피로와 졸음이 밀려올 때 쉬어가는 휴게소는 쉼표가 되겠지만, 인생의 쉼표는 단순히 쉬어가는 시공이 아닌 '인생의 전환점'일 것입니다.

고속도로를 벗어난 시인이 도착한 곳은 강원도 정선의 몰운대입니다. 일찍이 황동규 시인이 시 「몰운대행沒雲臺行」에서 노래한 그곳에는 "꽃가루 하나가 강물 위에 떨어지는 소리가 엿보이는 그런 고요한 절벽"과 벼락 맞아 죽은 소나무가 있습니다. 시인은 하나의 공간에 "두 장의 사진"을 배치해 우울과 "상처의 시간"을 불러옵니다. 바위가 그림처럼 펼쳐진 화암畫庵의 절경에서 시인은 왜 상처와 우울을 떠올렸을까요. 이번에도 시인은 세세히 진술하지 않습니다. 앨범이 아닌 책갈피에 끼워 "다시 책장에 넣"은 사진에 얽힌 사연을 풀어놓지 않습니다. 그대로 사진 속에 남겨둡니다. 얼굴에 찍힌 우울이나 "벼랑 끝 아슬한 노송", "시시각각 변했던 시간들", "벼랑으로 곤두박질"친 돌, 그리고 "돌의 파문"으로 유추해볼 때 백척간두에 선 삶에서 죽음을 염두에 둘 만큼 힘든 시기에 몰운대를 찾았을 것입니다. 우울한 사진과 대조적으로 "노송에 기댄 화사한" 사진 또한 감추는 것은 겉으로 드러난 표정과 달리 내면은 우울했기 때문일 것입니다. 사진은 순간의 장면에 대한 기억이나 재현입니다. 하지만 그 짧은 순간은 많은 사연을 담고 있습니다.

시어를 찾으러 마트에 갔다
이른 시간이라 아직 문이 열리지 않았다
엊그제 시어는 진열대에 놓여 있었다
잊지 않으려 몇 번이고 외웠는데
순간 아득한 벼랑으로 떨어졌다

마트 문 앞에서 서성이고 있는데
오랜만에 만난 지인

반가워서 카페에서 신나게 수다를 떨고 집으로 돌아왔다

잠을 자면서도 개운하지 않은 생각

순간 시어를 두고 왔다는 게 생각났다

다시 시어를 찾으러 갔다

요즘 암흑 같은 나의 머릿속에 단비같이 눈에 띄던 큰 글자는

진열장 어디에도 없다

몇 번이고 진열대를 이 잡듯 뒤졌다

막 포기하고 돌아서는 순간 7㎝나 될까

작은 젓갈 병이 눈에 들어왔다

오징어젓갈, 낙지젓갈 상표보다 더 작은 회사 상호의 부제목

숙성된 젓갈처럼 나에게 진심을 반쯤 내어준 상표

누군가 발효된 시간을 진심으로 꾹꾹 담아두었다

- 「시간의 진심」 전문

사진이 '빛의 예술'이라면 시는 '언어의 예술'이라 할 수 있습니다. 시는 짧은 순간에 포착한 이미지와 기억(경험), 상상을 언어를 통해 형상화한 것입니다. 유성임 시인에게 시는 무엇일까요. 「시간의 진심」에 의하면 시를 쓸 때 가장 중요한 것은 "진심"이고, 시작詩作은 시의 마트에서 잘 숙성된 시어를 골라 "발효된 시간"을 거치는 것입니다. 발효에서 숙성에 이르려면 시간이 필요합니다. 착상에서 전개, 상상 그리고 사유하는 시간을 거쳐야 한 편의 시가 완성된다는 사실을 시인은 "작은 젓갈 병"에 붙어 있는 "회사 상호의 부제목"을 통해 확인합니다. "회사 상호"를 믿고 젓갈을 구매하듯, 시인의 이름을 믿고 시를 읽고 시집을 산다는 것을 은유적으로 표현합니다. 숙성되지 않은 시는 시행착오를 겪습니다. 숙성도 아닌 발효되기 전에 시작하면 "문이 열리지" 않아

"순간 아득한 벼랑으로 떨어"지기도 하지요. 쉽게 열리지 않는 문 앞에서 오래 서성대면 목적조차 잊어버리고 삼천포로 빠질 수도 있습니다. "개운하지 않"지만, 그래도 잠이라는 발효의 시간이 경과하면 "암흑 같은 나의 머릿속에 단비"가 내려 한 편의 시를 쓸 수 있을 것입니다.

동굴로 들어간다
깊이 그리고 숨소리조차 조심스럽게
휴대폰도 휴식 중
일상은 나에게 맞춰진 게 아니라
타인에 의해 움직여졌다
차마 거절하지 못해

동굴로 찾아들 땐
웃고 있는 얼굴은 이미 만신창이었다
종일 먹고 자고 밤이슬 맞고
도둑고양이처럼 산책 나선다
멀리 지인이 오고 있다
아는 체를 하려는 순간
모자를 더 꾹 누르고 타인처럼 스친다
뜨거운 눈총은 등에 박힌 채 멀어진다

문자들이 와 있다
답장을 쓴다
지금은 동굴 탐험 중입니다

제4부 공간의 사색과 소요

열흘이 지난 동굴 밖은 여전했다

-「지금은 동굴 탐험 중」 전문

산책과 여행에서 돌아와 농익은 시 한 편을 쓴 시인은 칩거(동굴)에 들어갑니다. 세상 밖으로 열렸던 시선이 자아와 집 안으로 향합니다. 시인이 "동굴로 찾아"든 것은 자발적이 아니라 "타인에 의"한 것입니다. "차마 거절하지 못해" "얼굴은 이미 만신창이"가 되었고, 뒤늦은 후회는 관계에 대한 회의로 이어집니다. 자아를 응시하는 시간입니다. 응시는 자신의 상처를 어루만지는 소극적인 대응 방식인지라 "열흘이 지난 동굴 밖은 여전"합니다. 변하지 않습니다. 세상 밖 사람에게 받은 상처는 동굴에서 다 치유할 수 없습니다. 세상 밖으로 나가 부딪혀야겠지요.

기억을 지우기로 했습니다
너무 선명해서 지울 수 없다는 걸 알면서도
마음으로 된다면 얼마나 좋겠습니까
이제 포맷을 시작합니다

어느 순간부터 같은 일을 반복하고
기분은 롤러코스터를 탑니다
오늘은 우산을 잃어버렸습니다
종일 들고 다녔는데
이제 시작인가요 아님 벌써 시작되었는데
이제야 느끼고 있는 건가요
비가 내리지 않았다면 우산의 존재는 묻히겠지요

오늘은 우산이었고 분명 어제도 뭔가를 잃어버렸는데

매일 새로운 일들이 일어납니다

실타래처럼 엉켜버린 기억을 풀어낼 수 있을까요

하루를 영원히 기억할 수 있다면

이 순간을 잊고 싶지 않습니다

파란 하늘과 물들어가는 나뭇잎

그 가을볕을 쬐며 졸고 있는 나를 기억하고 싶습니다

너무 평범한가요 평범마저 가물거립니다

이런 재앙이 올 줄 알았으면 백업이라도 해놓을 걸

- 「포맷 or 백업」 전문

'시간의 상자' 속 어떤 기억은 "너무 선명"해서 지우고 싶어도 "지울 수 없"습니다. 그래도 시인은 기억을 포맷Format하기로 합니다. 포맷은 컴퓨터 저장장치인 하드디스크와 플로피디스크에 자료를 저장할 수 있도록 형식을 잡아주는 것을 말합니다. 이 경우 저장장치를 초기화하는 작업이 반드시 들어가는데, 장치를 포맷하면 이전에 있었던 내용은 모두 삭제됩니다. 백업backup은 데이터의 소실에 대비해 원본을 따로 복사·저장하는 일입니다. 즉 포맷하기 전에 주요 데이터를 백업받아야 합니다. 시인은 기억을 왜 지우려 할까요. 우리는 같은 실수를 반복하지 않으려 숙달될 때까지 반복합니다. 한데 "어느 순간부터 같은 일을 반복"하는 실수를 범합니다. 어떤 일은 반복해야만 숙달되고, 어떤 일은 반복해서 실수하는 아이러니지요. "오늘은 우산"을 분실합니다. 포맷이라 했지만, 건망증에 가깝습니다. 특히 집에서 나올 때는 비가 오다가 중간에 그칠 때, 우산을 잘 잃어버립니다. 문제는 "오늘은 우산"이지만, "어제도 뭔가를 잃어버렸"다는 것입니다. 물건을 자꾸 '잃어버리는 것'은 기억이 엉켜 '잊어버리는 것'과 같습니다. 분실은 망각 이후에 발생하는 일이지요. 어쩌면 생각과 행동이 동시에 일어나는 망실입니다. 우산 분실 같은 "새로운 일들"이 매일 벌어집니다. 머릿속이 끊임없이 초기화되는 일이지요. 문득 영화 〈첫 키스만 50번째〉가 떠오릅니다. 단기 기억상실증에 걸린 주인공은 아침에 일어나면 전날 있었던 일을 기억하지 못합니다. 사랑하는 사람도 기억을 못 합니다. 늘 처음이지요. 오늘 이전의 기억이 사라지면 '하루'만 남고, 그 순간만을 영원히 기억하려 합니다. 한데 그 하루는 "파란 하늘과 물들어가는 나뭇잎", 그리고 "가을볕을 쬐며 졸고 있는 나"입니다. 한마디로 말하면 '자연과 나'입니다. "너무 평범"하다는 말에선 일상이, "평범마저 가물"거린다는 말에선 범상치 않은 일상이 느껴집니다. 영화 〈첫 키스만 50번째〉가 사람(사랑)으로 상처를 이겨낸다면 시인은 사람 때문에 맞이한 재앙을 자연 속에서 극복하고자 합니다. 평범한 하루조차 백업해놓지 않았다는 시인의 고백이 참 아프게 다가옵니다.

　　굳어버린 마음으로 따뜻한 두부 한 모를 들고 건널목 앞에 서 있다

　　갓 나온 두부처럼 말랑거리던 사랑은 어디로 갔을까

　　무거운 짐은 아내 몫 사내는 빨리 오라는 재촉을 하며

　　중년의 부부가 남인 듯 서 있다

　　신호가 바뀌고

　　뜨거운 사랑과 차가운 사랑이 엇갈렸다

때론 오래 보관하기 위해서 여러 번 물을 바꾸기도 했고

프라이팬 위에서 튀겨지거나 찌개에 넣거나

으깨어 새로운 음식으로 밥상 위에 올렸다

이미 식은 우리의 부부 관계를 개선하듯

끓는 물에서 다시 말랑해진 두부에 칼을 대자

아직 멀었다는 듯 형태가 틀어졌다

처음으로 돌아간다는 것 쉬운 게 아니었다

두 쪽이 하나가 된 완전체

콩의 기본을 잊고 살아가고 있었다

- 「두부」 전문

결국 사랑입니다. 영화 〈궁합〉에 "인생에서 사랑을 빼면 무엇이 남을까요?"라는 대사가 나오지요. 이번 시집에서 시인이 궁극적으로 하고 싶은 질문이 아닐까요. 어린 시절 엄마의 부재에 따른 사랑의 갈증, "늦은 나이 공부하러"(「힘든 말」) 떠나는 아이에게 겨우 건넨 사랑한다는 말, "이루지 못한 사랑"(「비 오는 저녁의 그리움」)의 애달픔, 그리고 "이미 식은 우리의 부부 관계"까지. 특히 엄마가 아팠던, 엄마의 부재가 시작된 지점에 어린 자아가 머물고 있을지 모릅니다. 그때 '시간의 상자'를 만들어 안에 집어넣기 시작했겠지요. 엄마-자식-남편으로 이어진 사랑의 대상이 딸-엄마-아내로 위치가 이동하면서, 받는 위치에서 주는 위치로 입장이 바뀌면서 외로움과 쓸쓸함이 더 깊어집니다.

시인이 원하는 것은 "갓 나온 두부처럼 말랑거리던 사랑"입니다. 「두부」는

자화상 같은 시입니다. 두부라는 사물을 통해 사랑의 의미와 진정성, 관계성을 노래한 수작秀作입니다. 신호등 앞에 "중년의 부부가 남인 듯 서 있"습니다. "무거운 짐"을 진 아내, "빨리 오라 재촉"하는 남편의 모습은 가부장적인 부부의 전형입니다. 남이 아닌데 남인 듯, 어쩌면 남보다 못한 관계일 수 있습니다. 그런 관계를 개선하려는 노력은 오롯이 아내의 몫입니다. 사랑하면서 함께 오래 살기 위해 "여러 번 물을 바꾸"고, 튀기거나 "찌개에 넣거나/ 으깨어 새로운 음식"으로 만들려 합니다. 그런 노력에도 불구하고 "끓는 물에서 다시 말랑해진 두부"는 칼을 대자 "형태가 틀어"지고 맙니다. 두부는 물과 다릅니다. 칼로 물을 베면 언제 그랬냐는 듯 원래대로 돌아가지만, 두부는 원래의 형태로 복원되지 않습니다. 시간과 끓는 물이 개입해 말랑해진 두부는 갓 만든 두부와 차이가 있습니다. 사랑도 "처음으로 돌아간다는 것"은 쉬운 일이 아닙니다. 시인은 "두 쪽이 하나가 된 완전체/ 콩의 기본"으로 돌아가라 합니다. 콩 한 톨도 나눠 먹는, 콩깍지 속에서 알콩달콩 살아가는 그런.

상자를 닫아야 할 시간입니다. 너무 오래 상자 속을 들여다봤습니다. 한데 시인은 어디로 갔을까요. "잡다한 마음 비우려"(「바람의 공양」) 절간에, 슬픔을 만나러 "들판"(「슬픔을 만나다」)에, "1박의 휴가"(「버킷리스트」)를 즐기기 위해 서울역에, 트레킹하러 "경상북도 울진군 소광리"(「숲을 걷다」)에 다시 갔을 수도 있습니다. 어쩌면 "시간이 허공을 걷는"(이하 「메모리」) "50번 고속도로 양지 부근"의 "납골당 수목장"을 찾아갔을지도 모릅니다. 가까운 사람의 죽음은 늘 힘겹습니다. 상처를 받지요. 사랑하는 사람은 떠났지만, 동시에 여기 남아 있습니다. 이 역설적인 이야기가 이번 시집에 수록된 시편들일 것입니다. 이제 정말 '시간의 상자'를 닫아야 합니다. 아, '시간의 상자' 속에 들어가 있었군요. 이제 그만 나오세요. 그래도 스스로 상자가 되지 않아 참 다행입니다.

공간과 세계의 확장, 낮고 부드러운 생生의 기록

― 유기택 시집『고양이 문신처럼 그리운 당신』

유기택 시인의 아홉 번째 시집『고양이 문신처럼 그리운 당신』은 특정한 시간과 공간에서 마주한 일상과 사물, 그리고 생각(상상)과 사유를 은유의 그물로 포획한 '시의 요체'라 할 만하다. 시인은 '샘밭'이라는 삶의 터전에서 만나는 사람들이나 자연 사물과의 내밀한 교감을 빼어난 솜씨로 형상화하고 있다. 춘천 "샘밭강"(「소한小寒」)의 변화무쌍한 날씨와 "사람들의 침묵처럼"(「이백 년 동안의 고독孤獨」) 고독한 시간은 작고 쓸쓸한 공간과 상호 작용하면서 한 편 한 편의 시로 거듭 태어난다. 생성과 소멸을 거듭하는 '샘밭'의 일 년은 시공간 그대로 시의 원천原泉이다. 끊임없이 시가 흘러넘친다. 사계 중 가을부터 봄까지 보고 겪고 느낀 것들을 시의 형식을 통해 기록한 '개인 소사小史'라 할 수 있다. 시인은 작은 서사에서 누락된 계절, '여름'을 통해 침묵할 수밖에 없었던 개인사적 아픔과 슬픔, 시대적 상황을 에둘러 표현하고 있다. 시적 이미지와 문장의 부재는 그 모습 그대로 재현 불가능한 상황에 대한 무언의 반항, "희망이라고 부를 수 없는 희망"(「봄날은 간다」)이다. 삶의 터전 밖에서 들려오는 위태롭고도 안타까운 소식에 시인의 내면에는 "화를 먹으며 자라는 괴물"(이하 「기도祈禱」)이 자라기도 하지만, "슬픔 가득한 모습의 본래"을 유지한다. 끝내 "온통 젖은 세상"(「고양이 문신처럼 그리운 당신」)을 '외면'할 수 없었던 시인은 서정의 '안쪽'에서 세상의 '바깥'으로 조금 더 자리를 틀어 앉지만, 삶의 공간을 벗어나 행동하거나 현실참여의 '위치'로 방향을 틀지는 않는다. 다만 인간의 내적 감정이나 정서를 표현하는 서정抒情의 범주에서 슬쩍 벗어나 개인의 주관성에 기초한 '자아의 세계화와 동일성'이라는 서정시의 영역으로 한 걸음 더 내디디는 결과로 이어진다. 또한 이에 머물지 않고 자신과 닮은 것으로 채워진 세계에 균열을 냄으로써 자아에서 타자로, 타자에서 공동체로, 더 나아가 인류의 보편적 슬픔으로 시세계를 확장해 나아간다. 시인은 타자나 공동체로의 전환 과정에서 시적 의도를 겉으로 표출하는 대신 풍자나 은유를 통해 철저하게 숨김으로써 개성의 진폭을 확장하는 동시에 시적 완성도를 높여간다. 한데 이 지점에서 생각과 행동의 괴리와 갈등 그리고 연민과 죄의식이 자아에 스며든다. "생에서 달아나고 있었"(「강물 소리」)다는 회의 어린 반성도 찾아들고, 오래된 생존 공간에는 고독과 죽음이 틈입한다. 이런 틈입은 시와 삶, 생명을 되돌아보게 하는 한편 관계의 소중함, 길고양이와 같은 '애착' 동물이나 사물에 관심을 집중하게 한다. 한층 깊어진 관계성과 성찰적 사유는 다시 시를 쓰게 하는 원동력이 되고, 이들은 서로 '순환의 고리'를 형성한다. 한 공간에 오래 머물며 시만 쓰는, 자칭 "일용직 시 노동자"('시인의 말')의 삶의 풍속도다.

바람을 맞고부터

분을 삭이지 못한 생은

먹을 때마다 한 숟가락씩 흔들렸다

헛제사의 모욕과 멱살잡이를 했다

손가락이 숟가락을 엎었다

그를 바닥에 쏟았다

제삿날을 넘겨 그가 갔다

공중을 떠가는

나뭇잎 한 장보다 가벼운 생이라니

말의 벌판을 가로지르는 바람은

생에 대하여 대체로 비협조적이었다

바람이 헛것을 이겨 먹었다

－「바담 푼風」 전문

보통 시집 첫머리에 놓인 시나 표제로 사용한 시는 시집의 성향이나 방향성을 규정하는 경우가 많다. 이번 시집이 일 년 동안에 쓴 시를 묶은 것임을 감안하면, 첫머리에 놓인 시 「바담 푼風」이 가리키는 풍향계를 주목할 필요가 있다. 물론 전체 수록시 가운데 가장 먼저 쓴 시일 수도 있다. 하지만 제목에서

제4부 공간의 사색과 소요

'바람'의 어의가 '바람풍'이 아닌, 바담풍도 아닌 '바담 푼'이라는 것은 진실(삶)이 빚어내는 세상이 얼마나 왜곡되고 허황한 것인지를 상징적으로 보여준다. 자신의 잘못을 인정하는 듯하지만, 정작 타인에게만 잘하라고 하는 모순이다. 이런 모순은 "바람을 맞"는 순간에 시작되고, 결국 그 끝은 죽음에 이른다. 몸에 든 바람(風)은 분慎을 불러오고, 너무 억울하고 원통한 마음은 병을 더 깊게 하는 결과를 초래한다. 평소의 몸이 미풍이라면 중풍이 찾아온 몸은 태풍이다. 몸이 아픈 건 참을 수 있지만, 자책이나 모욕은 삶 자체와 인간성을 파탄나게 한다. 몸과 마음의 상처로 삶의 풍향계가 심하게 요동친다. 숟가락이 상징하는 생존의 기본 조건마저 흔들어댄다. 혼자 숟가락질을 제대로 할 수 없는, 즉 정상적인 삶을 영위할 수 없는 상황에서의 선택은 '숟가락을 놓다'라는 속담이 제시하는 죽음의 이미지다. 시인은 '헛제사'와 '제사'를 통해 인생의 덧없음과 가치, 남겨진 자들의 도리와 말의 가벼움을 지적한다. 몸에 들어온 바람이 '헛'이라면, 풍이 들기 전의 몸과 마음은 '참'이다. 중풍은 현재의 삶뿐 아니라 그 전마저 "가벼운 생"으로 전락하게 한다. 그러므로 바람에 흔들리는 삶은 참이 아닌 '헛것'이다. "생에 대하여 대체로 비협조적"인 것이 바람이라 했지만, 실상은 사람의 말에 의해 받은 상처, 그 자체라 할 수 있다.

　　나는 언제부터, 좋은 세상이 올 거라는 거짓말을

　　믿지 않게 되었을까

　　혀를 잘라버릴 테다, 황금의 혀

-「황금 혀」부분

　　우리가 안다고 믿었던 것들은

외로움을 피해 스스로 꾸며낸 거짓인 것이

더 분명해졌다

-「틈」 부분

'헛것'이 참이 아니라면, 당연히 '거짓'도 참이 아니다. 거짓은 단지 사실이 아니거나 사실이 아닌 것을 사실처럼 꾸미는 것에 그치지 않는다. 유기택의 시에서 거짓(말)은 인지 장애 환자 요양 시설에서 이탈을 막기 위하여 시설에 가짜로 설치하는 버스 정류장(「가짜 버스 정류장」)처럼 선의의 거짓말도 존재하지만, 이념과 전쟁, 연좌제라는 국가 폭력(「황금 혀」)과 외로운 가족의 죽음, 남겨진 자의 외로움(「틈」)과 깊게 연관되어 있다. 「황금 혀」는 6·25전쟁 당시 피란 중 만난 곧 "좋은 세상이 올" 것이란 인민군의 말과 인민군 대신 "색시, 색시" 하며 쫓아다녀 무서웠다는 미군, 그리고 "북으로 끌려간 큰외삼촌"으로 인한 연좌제, 그럼에도 "소머리 표 민주공화당 지지자였던 어머니"의 말과 삶을 통해 허위로 가득 찬 세상에 질문을 던진다. 이는 어머니로 대표되는 이 땅에 사는 평범한 사람들, 즉 서민들이 근심 걱정 없이 사는 "좋은 세상"이 언제인가로 귀결된다. 이에 대한 예제는 여러 방향으로 향한다. 첫째는 인민군과 미군은 과연 해방군인가 하는 문제다. 인민군의 진주에 "무너지는 전선을 따라 후퇴"하던 가족은 집으로 돌아가 기다리라는 인민군의 설득에 "침묵으로 두려움을 견"딘다. 아무런 해코지를 하지 않는 인민군에 비해 해방군으로 참전한 미군은 전쟁 대신 여색을 탐하는 존재로 그려진다. 인민군보다 "코쟁이 미군 놈이 더 무서웠다"고 한다. 둘째는 독재의 탈을 뜬 민주주의라는 허울이다. 시인은 "민주공화당"으로 대표되는 집권 보수정당을 "소머리 표"라고 규정한다. '민주'라는 가면만 쓴 가짜라는 것이다. 소는 농경사회에서 가장 중요한 가축이었다. 조선시대에는 무단으로 소를 도축하면 중형에 처했다. 그러므로 '소머리'는 가진 자들을 상징한다. 서민인 어머니가 왜 "소처럼 사람을 부리는" 민주공화당을 지지했느냐에 시인의 의문과 궁금증이 머문다. 더군다나 "연좌제의 늪"에 빠져 허우적거렸으면서도. 그런 어머니는 "빨갱이 김대중이 대통령이 되고" 나서야 "우리 민주주의"의 허울과 가진 자들의 뻔한 거짓말에서 벗어난다. 셋째는 "좋은 세상이 올 거라는 거짓말"에 대한 믿음의 상실이다. 그것이 언제인지 알 수 없지만, 중요한 것은 "좋은 세상"과 입바른 말을 더 이상 믿지 않는다는 사실이다. 시인은 퇴색할 대로 퇴색한 '민주주의'와 '공산주의'의 순수성과 진실성에 의문을 가짐과 동시에 '주의'主義보다는 이를 적용하는 사람들의 문제가 더 중요함을 잘라버리고 싶은 "황금의 혀"를 통해 통찰하고 있다. 주석에 의하면, 이집트 미라에서 황금 혀를 가진 미라가 발견됐는데 이는 지하 세계의 왕이자 죽은 자의 심판자인 오시리스의 자비를 구하기 위함이라고 한다. 즉 왕처럼 군림하다가 죽은 자의 "황금의 혀"를 잘라버림으로써 거짓으로 힘없는 사람들을 속이다가 죽은 자들과 산 자들에게 자비가 없음을 경고한 것으로 해석할 수 있다.

　「황금 혀」에서의 거짓이 외적 환경의 영향이라면,「틈」에서의 거짓은 "스스로 꾸며낸" 내적 고백에 의한 것이다. 한데 그 거짓은 "우리가 안다고 믿었던 것들"이라는 전제조건이 붙는다. '안다'는 지각과 '믿는다'는 신념이 지시하는 방향에는 "시간의 틈"이 존재한다. 그 틈을 들여다보면 가까운 사람들의 죽음과 눈이 마주친다. "두 개의 발판"에서 죽은 늑대거미에서 발화한 이 시는 "수녀병원에서 풀"어준 엄마, "나흘을 버티다 그 틈을 겨우 빠져나"간 둘째 형과 "느닷없이" 죽은 큰형, 그리고 "한 달"을 앓다 "틈을 건"넌 아버지 등 연이은 가족의 죽음에 신의 존재에 대한 의문을 제기한다. "모든 경계의 모서리에 깃들어" 있는 틈은 언젠가 시인이 건너갈 미지의 세계이면서 그리움의 공간이다. 그리움은 외로움을 동반한다. 곁을 떠난 가족이 그리울 때마다 "틈을 들여다"본다. "시간의 틈"은 투명한 유리가 아닌 앞면만을 비추어 보여주는 거울과 같다. 저쪽 세계 대신 이쪽 세계에 존재하는 자신의 모습을 응시하게 한다. 시인에게 필요한 건 반성이 아니라 틈 저쪽으로 사라진 가족의 모습을 단 한 번만이라도 보는 것이다. 하지만 "시간의 틈"은 요지부동 열리지 않는다. "밀었다, 당겼다, 흔들었다"를 반복하는 행위에선 안타까움이 묻어난다. "물상의 틈", 즉 자연계의 사물 형태로 돌아간다는 전언(유언)에도 실체는 존재하지 않는다. 이쪽이 빛이라면, 저쪽은 어둠이다. 이쪽의 빛이 마지막까지 드는 건 "그 틈새"다. "마지막 발판"에서 담담히 틈새를 들여다보며 순서를 기다리고 있다. 잘도 흘러가는 "시간의 여울"에서 속울음을 삼키지 않았다면, 그것이야말로 "낮고 부드러운 거짓말"(「부엉이와 길고양이 피가로와 나」)일 것이다.

이름을 짓자 했지만, 나는 아무 말도 하지 않았다

적어도 하루 한 번은 거의 빠짐없이 다녀가는
놈은 일수를 찍는 사채업자 얼굴처럼 무표정하다

그쪽이 더 나았다, 피가로.

－「길고양이」부분

못 보던 풀꽃들은
바람이나 길고양이나 새들이 씨앗을 묻혀 오는 게 분명했다
올해도 마당에서 늘었다

－「유형지에서 보내는 한 가을」부분

지금쯤

길고양이 피가로는 제 그림자 아래로 숨었을 때다

은사시나무처럼 비 맞던 사람들은 어떻게 되었을까

-「저녁 가로의 시니피에」 부분

하루 한두 번은 들렀다 가던 길냥이 피가로가

일주일째 모습을 보이지 않고 있다

-「뒤죽박죽 영하 23도」 부분

오지 않는 길고양이 피가로의 이름을 다시 묻듯이 적어 넣었다

그건 우리가 알 수 없는 별 이름이라고 해도 무방했다

그 가을이었던 건 밝혀지겠지만 거미로 써야 했던 것은 아닐까

-「길고양이 피가로를 보셨나요」 부분

센서와 길고양이 피가로는

끝내 발견되지도 돌아오지도 않았다

-「센서 등燈」 부분

이번 시집에서 단연 눈길을 끄는 건 길고양이를 소재로 한 여러 편의 시다. 길고양이의 등장은 작은 공간과 평범한 일상에서 풍경風磬을 흔드는 바람 같은 존재가 아니었을까. 처마 끝에 매달려 있는 풍경과 예고 없이 나타난 바람의 조우遭遇. 한곳에 고정된 풍경은 바람을 만나는 순간 몸이 흔들리면서 맑은 소리를 낸다. 풍경과 바람의 만남을 시적 순간이라 하면, 흔들림은 시적 떨림, 맑은 소리는 시적 형상이라 할 수 있다. 풍경이 바람을 기다리듯, 시인은 길고

양이를 기다린다. 풍경을 흔들고 가는 바람이 일회성이 아니듯, 길고양이의 방문은 수시로 이어진다. 바람의 세기에 따라 풍경 소리가 진폭을 달리하듯, 길고양이에 대한 시도 다채로운 풍경을 자아낸다. '시인의 말'에서 그리운 건 "까칠한 길고양이"라 했듯, 풍경 끝에는 그리움이 매달려 있다. '순한'이 아닌 '까칠한' 그리움이다. 풍경은 바람이 불어오기 전까지 "망실亡失한 시간"(이후 「고양이 문신처럼 그리운 당신」)을 외롭게 견딘다. "울지 못하는 길고양이"처럼 안으로 울음을 참으며 그리운 사람들을 기억한다. "잊지 않기 위해 기억"한다기보다 "기억하기 때문에 잊지 못하는 것"이 시인의 기억법이다.

기억하는 법은 "이름을 짓"는 것부터 시작된다. "적어도 하루 한 번은 거의 빠짐없이 다녀가는" 길고양이의 이름은 '피가로'. 모차르트가 로렌초 다 폰테와 합작한 3부작 오페라의 첫 작품인 〈피가로의 결혼〉을 떠올리게 하는 작명이다. 피가로는 알마비바 백작의 이발사 겸 집사(시종)의 이름이다. 먹이를 제공하지만, 서로는 구속하거나 구속된 관계는 아니라는 선언이면서 이제는 식구로 받아들인다는 의미라 할 수 있다. 관계 설정과 별개로 '길고양이'에서 '피가로'라는 이름을 갖는다는 것은 '의미'를 얻는 동시에 존재가치를 인정받는 일이다. 길고양이는 길을 떠돌아다니며 사는 고양이의 통칭이지만, 피가로는 '나'만을 지칭하기 때문이다. 피가로로 명명함으로써 막연함에서 친근함으로, 무의미에서 의미로 관계와 존재가치가 전환된다. "이름을 짓자 했지만, 나는 아무 말도 하지 않았"으므로 피가로라는 이름을 지은 게 시인이 아닌 듯하다. 하지만 다음 문장에서 "그쪽이 더 나았다, 피가로"라 했으므로 이미 이름을 정해놓고 능청을 떠는 상황이다. 시인의 침묵은 "이별의 뒤는 은밀한 빛", 즉 이별(죽음) 뒤에 찾아드는 슬픔과 괴로움 그리고 견딜 수 없는 그리움 때문이다. 곁을, 정情을 주지 않으려 일정 거리를 유지한 채 서로 "물끄러미" 바라보기만 할 뿐이다. "친한 척하지 말"자 결심한다.

제4부 공간의 사색과 소요

결국 우려했던 일이 벌어지고 만다. "길고양이 피가로"가 일주일째 모습을 드러내지 않더니 "끝내 발견되지도 돌아오지도 않"는다. 집 밖은 "수도계량기 동파 소식이 여기저기서 들려"오던 영하 23도의 강추위였다. 정情이라는 감정은 이지적인 것과 별도로 스스로 마음에서 생겨난다. 나도 모르는 사이에 곁을 내어준다. 털에 "씨앗을 묻혀"와 마당을 꽃으로 물들이고, "기를 쓰고 전주 꼭대기까지 기어올"(「부엉이와 길고양이 피가로와 나」)라가 울고, 비가 내리면 "제 그림자 아래로 숨"는 모습을 지켜본다. 그러다가 "간밤 노랑 갈색 줄무늬 고양이와 영역 다툼"(「징벌懲罰」)에서 패하자 종적을 감춘다. "오지 않는 길고양이 피가로의 이름을 다시 묻듯이 적어 넣"고, 현관의 센서 등이 켜질 때마다 '혹시나' 하고 밖을 내다보지만, 피가로는 영영 돌아오지 않는다. 피가로가 사라지자 시인의 감정은 두 가지로 나뉜다. 하나는 살아서 돌아오는 '기적'이고, 다른 하나는 다시는 "사랑하지 말아야"겠다는 다짐이다. 어느 쪽이든 길고양이 피가로에 대한 애정이 담겨 있다. 그 감정의 이면에는 "슬픔을 쏙 빼닮은 무엇"(「고양이 문신처럼 그리운 당신」)과 "울음의 원점"(이하 「부엉이와 길고양이 피가로와 나」)이 존재한다. 남들이 보지 않는 공간에서조차 울지 못하는, '침묵의 슬픔'은 영혼을 잠식한다. 어느 순간 시인은 길고양이 피가로에서 자신의 모습을 투영하지만, "피가로 가면을 쓴 부엉이"가 암시하는 것처럼 가면 뒤의 '그 무엇'을 아직도 감추고 있다.

　　사실 길고양이를 소재로 한 시편들이 내적 슬픔이나 상처, 감정의 이면으로만 방향이 흐르는 것은 아니다. 「징벌懲罰」은 힘을 소유한 자들과의 싸움에서 밀려나자 중심을 잃고 "삶의 변두리"로 뿔뿔이 흩어진 힘없는 사람들의 안타까움과 이후 "쥐새끼들이 창궐하는 세상"의 도래를 신랄하게 비판하고 있다. 「뒤죽박죽 영하 23도」는 "두 배나 더" 뛴 난방용 기름값에 오히려 관련 "업자들은 돈 잔치"를 벌이며, "감빵 살던 사기꾼은 면죄부"를 받고, 휠체어를 타고 검찰에 출두하던 "놈이 벌떡 일어나 집"으로 가는 어처구니없는 상황을 극명하게 대비한다. 「부엉이와 길고양이 피가로와 나」는 밤낮의 얼굴을 달리하는 부엉이와 길고양이와 나의 가식성을, 「봄날은 간다」는 "폐지를 줍는" 노인의 희망 없는 삶을, 「증발」은 로드킬당한 고양이의 참상을 조명한다. 아울러 「저녁 가로의 시니피에」, 「어느 폐역廢驛 노랑 고양이 이야기」, 「길고양이 피가로를 보셨나요」 등은 세월호 참사를 다룬 것으로 보이는데, 특히 「저녁 가로의 시니피에」는 "이제는 돌아올 것 같지 않은 차가운 사람들"과 불의에 맞서 항거하던 사람들, "오체투지로 통과하던 침묵의 순례자들"에 비해 "허약하고 비굴한 논리에 패하고 돌아와" 침묵하는 시인의 고뇌를 담고 있다. 시인의 '침묵'이나 '고뇌', 어쩌면 그동안의 "환형環形의 시"(「손가락으로 보기」)에는 살아 있음의 '미안함'과 '죄의식'이 짙게 깔려 있다.

선 채로 눌려 죽어 픽픽 쓰러졌다고

아무 생각이나 떠오를 때까지 걷기로 했다
좁은 방 안을 빙빙 돌아 두 시간째 걷고 있다

걸었다

서서 눌려 죽었다
이 미친 생각을 도대체 멈출 수가 없다

1979년 신병 훈련소 23연대 샤워장

그날 각개전투 훈련 교장에

겨울을 재촉하는 늦은 가을비가 종일 내렸다

훈련병 단체 샤워 시간 5분이 주어졌다

누군가

샤워 꼭지가 달린 배관 파이프 밸브를 열자

공중 샤워 꼭지들에서 끓는 물이 쏟아졌다

뜨거울 사이도 없이 비명이 밀어닥쳤다

바글대던 것들은 순식간에 사방 벽으로 튀어

물에 풀어진 신문지 조각처럼 겹겹이 붙었다

북방산개구리새끼들

선 채로 나무토막처럼 픽픽 쓰러졌다고

낄낄거리던 악마의 잠깐 축제

그건 전우애와 양심 불량으로 종결되었다

불량한 시간에 갇힌 기억은 돌처럼 굳어졌다

대체 뭐가 잘못되었다는 건가 따위는

내게 묻지 마라

좁은 방 안을 빙빙 돌아 두 시간째 걷고 있다

문득, 줄에 목이 달린 외로운 개처럼

한 방향으로만 돌고 있다는 걸 깨달았다

예정을 벗어난 젊은 날은 이미 어디도 없었다

- 「10. 29. 이태원」 전문

종일 눈에 흐린 낙엽이 내렸다

길거리 널브러진 낙엽만으로도 걸음을 멈칫했다

찬 길바닥에 누인 아이들 같다

아이들은 떼로 몰려 만성절 전야 축제에 갔다

축제에 간 아이들은 아직 돌아오지 않았다

악마 들린 아이들도 섞였더라는 소문이 돌았다

망자들의 소식과 산 자들의 소식이 뒤엉킨 밤

악마들은 어디서나 산 자들 틈에서 되살아났다

언제나 산 자들 사이에서도 맨 나중 발견되었다

그렇지만 그건 그냥 하루 길거리 놀이였다

돌아오지 않는 아이들은

자기들 가면 뒤로 꼭꼭 숨어버린 게 분명해

그 많던 성인도 우는 아이를 돌보는 자도 없다

하루가 지났다

호박등을 따라나선 아이들은 사라져 없어지고

주인 잃은 가면들만 낙엽처럼 길바닥에 굴렀다

이제 곧 겨울을 알리는 축포가 터질 것이다

제4부 공간의 사색과 소요

가면이 없는 아이는 눈에 실핏줄이 터지고

제 방 구석에서 구겨진 빨랫감으로 발견되었다

늦은 아르바이트에서 돌아와 이틀을 잤다고

아이에게선 쇠기러기 울음 같은 쇳소리가 났다

악마들이 새끼를 치는 이틀이 지났다

오늘로, 모든 성인들의 축일이 끝났음을 알리고

조용히 방문을 닫아주었다

- 「우리들의 만성절」 전문

기억은 경험의 '보존'과 '재생'이라는 두 가지 속성을 가지고 있다. 아무리 오랜 시간이 흘러도 흐려지거나 왜곡되지 않은 생생한 기억이 '보존'이라면, 일부 소실되거나 완전히 망각했다가 어떤 계기로 되살아나는 기억이 '재생'이다. 어떤 기억은 의도적으로 외면하거나 회피하기도 한다. 개인사적으로 보면 악몽 같은 기억이나 세월호와 이태원 참사 같은 사회적 파장이 큰 사건을 애써 들춰내 상처를 덧내지 않고 침묵하려 한다. 하지만 시인은 침묵하는 대신 기억을 끄집어내 시로 형상화하는 방법을 택한다. 제목에서 선명하게 의도를 드러낸 「10. 29. 이태원」은 많은 사람이 "선 채로 눌려 죽어 픽픽 쓰러졌다"는 이태원 참사 소식을 접한 시인은 2시간째 "좁은 방 안을 빙빙" 돈다. 시인은 "1979년 신병 훈련소 23연대 샤워장"의 꼭지들에서 쏟아진 "끓는 물"의 기억을 소환한다. 유기택의 시에서 처음 소환한 군대 경험으로, 그만큼 충격이 컸음을 뜻한다. 장난의 탈을 쓴 폭력으로 훈련병들은 비명을 지르면 "순식간에 사방 벽"으로 몰려가 선 채로 쓰러진다. 돌처럼 굳어 "불량한 시간에 갇힌 (그)

기억"은 이태원 참사를 만나자 금방 재생되고, 충격에 휩싸인 시인은 분노하고 좌절한다. 엄청난 사회적 파장이 인 이태원 참사가 기억의 저편에 감춰두었던 충격적인 군대 경험을 처음으로 시에 끄집어낸 것이다. 무참하게 짓밟힌 현장에 인간 존중이나 존엄성은 존재하지 않는다.

이태원 참사를 다룬 시 「우리들의 만성절」에서 시인은 늦가을 길거리를 홀로 걷고 있다. 길에 널브러진 낙엽을 보는 순간 "찬 길바닥에 누인 아이들"을 떠올린다. 관찰을 통한 유사성과 자유연상이 시적 발상의 일반이지만, 낙엽에서 이태원 참사로 우리 곁을 떠난 아이들을 떠올리는 건 그 충격과 비애가 그만큼 깊다는 반증이다. 만성절萬聖節은 모든 성인 대축일로, 다양한 분장을 하고 즐기는 핼러윈Halloween으로 표기된다. 핼러윈이란 '모든 성인 대축일 전야제'All Hallows' Day evening의 줄임말이다. 만성절 전날에 죽은 사람의 영혼이 이승으로 돌아와 3일간 머문다고 한다. 3일에 주목한 시인은 첫날에는 "망자들의 소식과 산 자들의 소식이 뒤엉킨 밤"의 참상과 아이들을 악마화하는 소문을, 둘째 날에는 망자가 된 아이들과 "주인 잃은 가면들"을, 셋째 날에는 살아남은 아이의 충격과 죄책감을 비교적 차분한 시선으로 묘사하고 있다. 다만 "그건 그냥 하루 길거리 놀이"였음에도 아이들에게 책임을 전가하는 악마 같은 '소문'과 무책임한 사람들에 분노하는 동시에 신에 대한 원망으로 옮겨간다. 신체 부위 중 얼굴은 내면의 창窓으로, 가면을 쓰는 행위는 그 창을 닫는 것과 같다. 자신의 감정을 차단함으로써 유有에서 무無로 돌아가는 것이다. 핼러윈에서의 가면은 죽은 자들의 영혼으로부터 자신을 보호한다는 뜻이 내포되어 있다. 하지만 "주인 잃은 가면들"이나 "가면이 없는 아이"나 아무런 보호를 받지 못한다. "조용히 방문을 닫아"주는 것은 충분히 슬퍼할 시간을 주려는 배려와 아무것도 할 수 없는 안타까움의 표현이다.

제4부 공간의 사색과 소요

납치 소년들을 마약 중독으로 부린

제 부족의 팔목을 도끼로 자르게 한

돌아갈 수 없는 아이들을 앞에 세우고

웃는 얼굴로 서 있던 악마의 종種을

괴물이 되어버린 탐욕의 탄환 열차를

이를 갈며 저주했다

– 「블러드 다이아몬드」 부분

치타공의 철까마귀들은

철사로 둥지를 짓고 푸른 알을 낳아 철까마귀를 부화한다

철의 대물림 방식이다

한 번 붙들리기만 하면 절대 헤어날 수 없다는 고철 늪은

1톤으로 잘려진 팔천 조각으로 해체되어

일당 2달러짜리 인간 스무 명의 어깨를 타고 옮겨진다

고철을 잘라먹고 사는 2달러의 가난은 힘이 세다고 했다

안 보이는 사람의 희망이 후판 속 깜깜한 벽을 두드리자

펄에 갇힌 폐선박의 옆구리를 가르고 불이 쏟아져 나왔다

– 「치타공의 철까마귀들」 부분

　시종 단아하고 정제된 어조로 내적 정서에 몰두하던 시인은 밖에서 들어오는 참담한 외침과 참상에 더 이상 침묵하지 않는다. 밖을 향해 눈과 귀를 열자, 애써 외면하던 현실이 위험 수위를 넘자 참아왔던 시인의 음성은 국경을 벗

어나 세계로 향한다. 하지만 자아와 시의 거리를 철저히 유지함으로써 마음의 균형을 잃지는 않는다. 스스로 단절했던 외적 세계와 이어준 통로는 TV 다큐멘터리 재방송이다. 「블러드 다이아몬드」나 「치타공의 철까마귀들」 모두 열악한 작업 현장에서, 정당한 대우를 받지 못한 상태에서 노예처럼 일하는 가난한 사람들의 삶을 들여다보고 있다. '블러드 다이아몬드'blood diamond는 시에라리온과 같은 아프리카 분쟁 지역에서 채굴되어 불법으로 거래되어 전쟁이나 테러의 불법 자금줄로 활용된다. "납치 소년들을 마약"에 중독시켜 채굴한 다이아몬드가 다시 피를 불러오는 것이다. 시인은 탐욕에 눈이 먼 "악마의 종種"을 저주한다. '치타공'Chittagong은 방글라데시 남동부에 있는 항만 도시로, 선박들의 무덤으로 불린다. 열악한 작업환경에서 폐유조선이나 폐화물선의 해체 작업을 하는 사람들을 일명 '철까마귀들'이라 부른다. 이곳에는 "고철을 잘라먹고 사는", 안타까운 사연을 간직한 가난한 사람들이 중노동에 내몰리고 있다. 특히 폭력과 착취, 학대로부터 보호받아야 할 아동이 이들 지역에서 희망 없는 "대물림 방식"의 불법 노동에 시달리고 있다. 시인은 "텔레비전을 꺼버리고도 한참이나 잠들지 못"하고 몸을 뒤척인다. 눈을 감으면 "정수리에서도 붉은 녹물이 흘러내리"는 듯하다.

이제 유기택 시인에게 "생각 없이 쓰는 건"(이하 「회유기回遊記」) 시가 아니다. "시 같은 시"는 산속이나 길섶, 개울, 공터, 무덤 같은 곳에 있는 게 아니라 사람들 틈에 스며 있다. 깨달은 후에 저벅저벅 사람들 속으로 걸어 들어가 중생을 제도하듯, 생각 이후에 가난하고 힘없는 사람들과 어울리고 시를 쓰는……. 기존의 "생각이나 시 같은 것"을 버려야 "잇몸 가려운 어린것들"이 다시 찾아온다. "어떤 날은 날땅콩 같은 시를 쓰고/ 어떤 것들에서는 여전히 비린 맛이 돌"(이하 「얼떨결에」)겠지만, 불에 탄 땅콩 껍데기 속에 남아 있던 "알

맞게 익"은 땅콩 같은 시를 쓸 것이다. "우리에게 잃을 것이 있다면 다행히/ 아직 오지 않은 미래밖에 없"(「가짜 버스 정류장」)지 않은가. "혜안의 시인"(이하 「적우赤羽」)은 "죽고 나서야 신이 되거나 신에 가까워"지지 않았던가. "발심하여 죽어가는 것들이 다시 그리운" 저녁이다.

후진하는 열차에 올라탄 혁명적 낭만주의자
― 이건행 시집 『상사화 지기 전에』

"나, 다시 돌아갈래!"
– 영화 〈박하사탕〉 중에서

겉으로 드러나는 '나'라는 존재성은 무엇으로 규정할 수 있을까. 사람마다 고유한 다른 값을 가지고 있어 특정 개인을 식별할 수 있는 지문이나 음성, 홍채 인식으로 '나'를 증명할 수 있다. 이런 확실한 인식 기술이 개발되기 전에는 생김새(특히 얼굴)나 목소리, 냄새 등이 '나'와 '타인'을 구별하는 수단이었을 것이다. 특정 부위의 상처(흉터)나 점點 같은 특징도 부분적으로 나의 존재를 타인과 구분할 수 있는 한 방법이다. 외모로 구분할 수 없는 경우라면 유전자를 통해 규정된 형질을 확인할 수 있을 것이다. 조상으로부터 물려받은 DNA에는 고유의 유전 정보가 담겨 있고, 이는 후대에 고스란히 전해진다. 시간을 한없이 거슬러 올라가면 원거리에서는 형체와 목소리, 근거리에서는 얼굴이나 냄새가 나와 타인을 식별하는 기호였을 것이다. 형체를 식별할 수 없는 어둠 속에서는 목소리와 냄새, 혹은 손의 촉감으로 존재 확인을 하지 않았을까. 프랑스 철학자 로랑스 드빌레르Laurence Devillairs는 『철학의 쓸모』(FIKA,

2024)에서 "우리를 규정하는 것은 무엇보다 숫자로 표시되는 신체 사이즈와 눈이나 머리칼의 색깔처럼 겉으로 드러나는 외모, 즉 육체"라며 "아이러니하게도 우리가 누구인지 알아볼 수 있게 해주는 것들은 우리가 선택한 것"이 아니라고 했다. 우리의 외모는 물려받은 유전 형질과 자연환경, 생활환경에 따라 결정된다. '나'라는 존재와 타인을 구별 짓는 외적인 것들은 자신이 원해 결정된 것이 아니므로 자신의 외모는 '나'이면서 동시에 '나 자신'이 아닌 것이 된다. 나와 타인을 구별할 수 있는 눈(홍채)이나 손(지문)은 엄연히 내 육체에 속해 있지만, '나'라는 존재는 내 의사와 무관하게 나에게 주었을 뿐만 아니라 내가 스스로 만들거나 결정한 것이 아니기 때문이다.

현대 문명사회에서 나를 규정하는 일은 나를 증명하는 것과 다르지 않다. 또한 나를 규정하고, 증명하는 일은 내 정체성을 확인하는 것과 다르지 않다. 이건행의 첫 시집 『상사화 지기 전에』는 잃어버린 나를 찾아 떠나는 과거로의 여행이다. 시인은 천간天干과 지지地支의 60개 조합인 육십갑자六十甲子, 즉 인생의 한 바퀴를 돌아 환갑還甲의 자리에 섰다. 다시 60개의 첫머리인 갑자甲子, 즉 진갑進甲의 나이가 되어 자신의 존재를 확인하는 숭고한 자리에 서서 삶을 반추한다. 시인은 앞으로 나아가는(進) 대신 삶의 시계를 자꾸 뒤로 돌린다. 마치 영화 〈박하사탕〉에서 달려오는 열차를 정면으로 마주한 중년 사내가 "나, 다시 돌아갈래!"라고 외친 후 가장 순수했던, 가장 행복했던 시절을 향해 시간을 뒤로 돌리는 듯하다. 후진하던 열차가 멈춘 역마다 특별한 사람들과 사연이 정차해 있다. 첫 번째 역에는 한 신문사 노조위원장을 하다가 백수가 된 나와 어머니(「전어구이」), 두 번째 역에는 꿈 많았던 젊은 시절 공장에서 일할 때의 일화(「공장」), 세 번째 역에는 전방 철책선 지하 벙커에서 포르노를 처음 보고 토하던 군대 시절(「포르노 연가」), 네 번째 역에는 학내시위 사건으로 도주 중 찾아갔지만 만나지 못하고 돌아선 첫사랑(「사랑의 무게」), 다섯 번째 역에는 박정희 개새끼라고 욕하는 아버지와 이를 말리던 어머니의 가족사(「솔밭에서」), 그리고 춤과 싸움으로 점철된 유년(「싸움」)의 '나 자신'이 존재한다. 이름조차 사라진 "내가 세 살 때부터 자란 황화"(「황화」)역에는 '이건행'이라는 열차가 정차해 있다. 시인은 열차가 후진해 멈출 때마다 흉중에 품고 있던, 미처 소설로 풀어놓지 못한 절절한 이야기들을 고백과 참회의 형식으로 들려준다. "사람과 사람을 만나 피어난 이야기"('시인의 말')를 길어 올리는 이건행의 시는 "고민의 흔적"(「시」)이면서 '나'라는 존재의 정체성 찾기라 할 수 있다.

영화 〈박하사탕〉의 주인공 김영호가 세상의 끝에 서 있는 듯한 불운한 사내라면, 시집 『상사화 지기 전에』의 시인(시적 화자)은 기존 질서에 반기를 드는 강골 기질이 충만한, 혁명을 꿈꾸는 낭만주의자다. 하지만 세상은 내가 원하는 대로 움직여 주지 않는다. 나이가 들어갈수록 꿈은 점차 멀어지고 한때의 좌절과 방황, 생활인으로 순응하면서 혁명으로 이루고자 했던 세상의 자리에 '삶의 회의'가 들어선다. 그럴 때마다 시인은 술을 마시고, 때로 춤을 춘다. 술을 마신다고 해서 문제가 해결되는 것은 아니지만, 잠시나마 "통증을 까맣게 잊"(「진통제」)을 수 있게 해준다. 시인이 원한 세상은 현재에 '존재'할 수도, 존재하지 않을 수도 있다. 시인이 행동으로 보여준 민주·인권·노동·통일 같은 시대적 거대 담론은 전혀 이루어지지 않은 것도 있고, 이루어가는 것도 있고, 좋아지다가 나빠지는 것도 있다. "수직적 폭력"(「바빌론 강가에서」)은 다소 나아진 것처럼 보이지만, '수평적 폭력'은 오히려 심화하고 있다. "더 아름다운 서민 세상"(「서민이 서민을 죽인다는군요」)을 만들어가기 위해 서로 노력해야 하지만, 실상은 "서로를 끌어내리느라 바쁘다"(「수평적 폭력」). 거대 담론에서 한 발짝 물러선 시인의 일상에 수시로 찾아드는 의문이다. 시인은 가진 것 없어도 서로 나눈 '서민적 사랑'의 부재를 아쉬워한다. 역사든, 개인의 삶이든 현재의 삶은 과거의 연장이다. 미래의 삶도 과거와 현재의 연장선상에 존재한다. 이건행이라는 시인이 과거로 여행을 떠날 수밖에 없는 또 다른 이유다. 단순히 정체성을 찾으려는 것, 혹은 문학의 확장 차원이 아닌 현재보다 더 나은 미래를 위한 자신의 내면으로 떠나는 성찰적 여행이라 할 수 있다.

미세먼지 짙게 깔린 봄날

사무실 인근 백화점에서

주민등록등본 떼는데 오류가 뜬다

오른쪽 엄지 지문을 입에 대고

김을 쐐도 소용없다

발급기는 은행 제출 시한 따위

알 바 없다는 듯 너를 증명하라고

명령할 뿐이다

지문 인식이 안 되는데

나를 어떻게 설명한단 말인가

나는 아무개, 책 몇 권 읽은 먹물,

구름 쫓는 수캐, 미세먼지…

AI는 꿈쩍하지 않는다

기를 쓰고 나를 찾아도

나는 없다

나는 나가 아니다

그럼 나는 도대체 누구란 말인가

- 「나는 없다」 전문

시집의 맨 앞에 수록된 시 「나는 없다」에서 시인은 '나의 부재'를 통해 '나의 존재'를 확인하고 증명하려 한다. 이 시에서 존재의 증명은 일상의 필요, 즉 은행에 제출하기 위해 "사무실 인근 백화점"에 비치된 무인 발급기에서 "주민등록등본(을) 떼는데 오류"가 뜨면서 발생한다. 지문은 사고나 노동 환경에 따라 지워지거나 변형되어 인식 못 할 수도 있다. 흐려진 지문은 입김을 불어도 재생되지 않는다. 오류가 뜨는 순간 무인 발급기 앞에서 나의 존재를 증명할 방법은 없다. 그 순간 나는 그곳에 있는데, 존재하지 않는 존재가 된다. 나를 증명할 수 있는 주민등록은 무인 발급기, 더 정확히는 주민등록이 보관된 정부 서버에 존재한다. 그보다 더 정확히는, 무인 등록기 앞에 서 있는 '나 자신'만큼 확실한 증명이 어디 있겠는가. 하지만 '나'라는 존재를 증명할 지문이 인식되지 않는 상황에서 나는 그곳에 부재하다. 그런 의미에서 보면, 존재한다는 것은 지각되는 것이다. 우리는 인식하기 이전에 존재하지만, 존재를 증명하는 수단이 사라지면 존재하지만 존재하지 않는 존재가 된다. 시인이 제시하는 이력 "나는 아무개, 책 몇 권 읽은 먹물,/ 구름 쫓는 수캐, 미세먼지"는 좀 엉뚱할 수도 있다. 하지만 가만히 들여다보면 후진하는 열차에 올라탄 시인의 정체성과 무관하지 않다. 성 다음에 붙이는 "아무개"라는 익명은 '건행'이라는 이름 대신 막연한 누군가를 지시한다. 이는 '건행'이라는 인물은 특별하지 않다는, 장삼이사張三李四에 불과하다는 겸손이다. 지문이 지워진 자리에 나 대신 "아무개"가 차지한다는 것을 상징한다. "먹물"도 공부깨나 한 지식인의 자리에서 "책 몇 권 읽은" 사회적 위치로 자신을 내려놓는 겸양이다. 마찬가지로 "수캐"는 순수한 사랑의 역설을, "미세먼지"는 티끌과도 같은 허무한 삶을 의미한다. "나는 없"고, "나는 나가 아니"라는 존재 확인은 "나 자신이 모르는 무언가가 내게서 피어날 수도 있"(「상사화 피기 전에」)다는 가능성의 확인일 수도 있다.

어머니 모시고 조계사 들렀다 인사동에서 전어구이에 막걸리를 마셨습니다 노릇
노릇 구워진 전어가 혀에 착착 감겼습니다 어머니 아니었다면 입가에 전어 부스러기
와 막걸리 묻어 있는 줄도 몰랐을 겁니다 그런데 입가 훔치고 어머니를 바라본 순간
가슴이 뜨끔해졌습니다

어머니는 수염 덥수룩한 나를 지긋이 올려다보고 있었습니다 눈빛이 예사롭지 않
았습니다 안쓰러움이 가득 배어 있다는 걸 느꼈습니다 신문사 노조위원장으로 있다
백수가 된 내게 너는 왜 대학 시절부터 지금까지 쌈박질만 하며 좋은 시절 다 흘려보
내느냐고 질책하는 것 같았습니다

- 「전어구이」 부분

"혁명가를 유행가처럼 불렀던 당신이 달라지는 걸 보고 얼마나 낯설었는지."

"…."

"당신을 영웅으로 알고 산 내가 미쳤지."

"당신은 나에 대한 원망이 지나쳐."

"가정적인 사람이 된 건 인정해요."

"그럼 됐지. 뭘 더 바라냐고. 부탁인데 영웅이란 말은 입에 담지 말라고."

"웃기게도, 변한 당신 모습 보니 슬퍼지더라고요. 세상을 손바닥 손금 내려다보듯
바라보던 당신은 나의 산이었는데."

"뭘 말하려는 건지 당최 이해가 안 되네."

"당신이 해준 파스타 먹으며 속으로 울었어요. 시민, 시민 하는데 풀 죽어 있는 당
신이 딱하더라고요."

"…."

"당신은 푹 꺼진 산이에요! 언젠가 우리가 중국인거리에서 사먹었던 공갈빵."

"..."

- 「공갈빵」 부분

　　"나는 도대체 누구란 말인가"라는 존재론적 의문을 품고 올라탄 열차가 후진하기 시작한다. 첫 번째 정차한 역에는 혁명가에서 백수-소시민-가장으로 돌아온 한 사내가 기다리고 있다. "신문사 노조위원장으로 있다 백수가 된" 첫 번째 풍경이다. 시인은 "어머니를 모시고 조계사"에 들렀다가 "인사동에서 전어구이에 막걸리"를 한잔한다. 어머니는 입가에 전어와 막걸리를 묻히며 맛나게 먹고 있는 '백수 아들'을 안쓰럽게 바라본다. 어머니는 한마디도 하지 않지만, 아들은 어머니의 눈빛과 침묵에서 마음을 읽어낸다. 사랑하는 사람만이 말을 하지 않아도 상대의 마음을 알아챈다. 밥상을 앞에 두고 내리사랑과 치사랑이 서로의 마음을 관통한다. 가을 전어 굽는 냄새에 집 나간 며느리가 돌아온다는 말을 상기하면, '전어구이'라는 사물은 '덥수룩한 수염'의 이미지를 만나 '백수'라는 시인의 상황을 증폭한다. 여기에 어머니의 눈빛과 침묵이 더해져 시인의 자책은 깊어진다. 자책은 "신문사 노조위원장"과 "대학 시절"의 시위마저 "쌈박질"로 끌어내린다. 어머니의 안쓰러운 눈빛과 "가슴이 뜨끔"하는 순간 존재론적 고민은 사라지고, 그 자리에 실존적 고뇌가 틈입한다. 어머니는 아들을, 아들은 전어구이만 뚫어지게 바라본다. 서로 다른 대상을 보고 있으면서 무언의 대화를 하고 있다. 한 사람은 '질책'을, 한 사람은 '자책'을 하고 있지만, 속으로는 같은 말을 주고받고 있다. 하지만 자세히 시를 들여다보면 질책은 없고, 자책만 있다. 자책의 농도는 시시각각 변한다. 자신이 미워지다가, 자신을 원망하다가, 스스로 위로한다. 신문사 기자에서 백수가 된 이번 정차 역에서 시인은 "다시 과거로 돌아간다 해도 그렇게 살 수밖에 없다"는 결론에 도달한다. 노조위원장을 한 것도, 백수가 된 것도 타의가 아닌 자의에 의한 것이므로 후회는 없다는 당당함이다.

첫 번째 풍경의 「전어구이」가 어머니의 눈빛과 침묵에 반응하는 시인의 독백이라면 두 번째 풍경의 「공갈빵」은 줄곧 아내와 대화한다. 아내는 공격/토로하고 남편은 방어/변명한다. 아내는 유행가처럼 혁명가를 부르던 시인에게서 '영웅'의 기질을 보고, 그 풍모에 반해 결혼한다. 아내는 살아가면서 수직적 폭력에 맞서 싸우던 투사적 기질은 사라지고, 점차 가정적인 남편으로 변해가는 모습을 낯설어한다. 아내는 그런 남편의 변화에 실망 대신 산이 무너지는 듯한 슬픔을 느낀다. 불끈 쥐고 혁명가를 부르던 손으로 "해준 파스타(를) 먹으며" 아내는 속으로 운다. 「전어구이」에서는 술이 '용기'를 준다면 「공갈빵」에서는 '좌절'을 상징한다. 어머니는 자식을, 아내는 남편을 안쓰럽게 바라본다. 대화가 이어질수록 남편은 수세에 몰린다. 변명하면 할수록 궁색해진다. 공갈빵이 상징하듯, 겉으로 볼 때는 크지만 속은 비어 있다는 자기 고백적 풍자다. 하지만 승자는 없고 패자만 있는 슬픈 대화다. 아내에게는 공갈빵의 이미지, "이십 대인 딸과 아들"(이하 「죽은 혁명의 사회」)에게는 "단물 빠진 껌"으로 비친다. 20대 때 시인은 "세상을 변화시키겠다"고 했는데, 자식들은 결혼하더라도 "애 낳지 않겠다"고 한다. 국가 폭력이나 사회 변혁을 위해 투쟁한 386세대로서는 이해할 수 없는 인식의 차이다. 출산율 6명의 시대(1960년대 평균)에 태어난 시인은 합계출산율 0.72명(2023년), 국가소멸을 염려하는 상황에서도 애를 낳지 않겠다는 자식들의 생각을 받아들이지 못한다. 다만 "내가 모르는 시대가/ 숨겨져 있다고 생각"하며 애써 이해하려 할 뿐이다. 첫 번째 역에서 시인이 확인한 것은 안쓰러운 어머니의 눈빛과 아내의 슬픔, 그리고 자식들과의 세대의 차이라 할 수 있다. 한 어머니의 아들로서, 한 아내의 남편으로서 기대에 부응하지 못하는 자신에 대한 자책과 변명 그리고 자식들의 생각에 동의할 수 없는 고지식한 아버지의 자화상이다.

공장 들어가는 게 꿈이었던 시절이 있었지. 두 번 다시 오지 않겠지만 공장에서 일을 했었지. 한 반이었던 또래 여공과 쉽게 정이 들었지. 잔업이 없는 날에는 공장 앞 구멍가게에서 소주를 나눠마셨지. 은행나무 잎들이 떨어져 공장을 마구 뒤덮었던 날에도 우리는 소주를 들이켰지. 그 아이 얼굴이 빨개지고 눈빛이 촉촉해졌을 때 서둘러 술잔을 거두었지. 자취방으로 가는 골목길에서 숨이 가빠 멈춰 섰지. 여공의 사랑 고백을 본능적으로 막은 나 자신에게 소스라치게 놀라서였지. 꿈이었던 공장에 들어가 내가 느꼈던 건 뼈아프게도 그뿐이었지. 꿈 많았던 젊은 시절에 공장에서 일을 했었지.

- 「공장」 전문

후진하는 열차가 정차한 두 번째 역의 풍경은 백수가 되기 전으로 짐작되는 직장인의 삶이다. "지방 출장 가는데/ 초등학교 친구에게서/ 보험 들어달라는 전화"(「저녁놀」)를 받고, 아내가 친구랑 눈맞아 야반도주했다고 친구에게 새벽 전화가 걸려오고(「새벽 전화」), 춤을 춰야 산다며 "차 부품공장에 다녔던 성현이는/ 노동법 야학 수업을 빼먹고/ 자주 나이트클럽"(「희망은 과거에서 온다」)에 간다. 이번 역에서는 현실의 질곡에 빠진 인간의 문제와 노동 환경이 독립해서 존재하는 것이 아니라 한데 엉켜있는 난해한 과제라는 것을 보여준다. 자아나 가족 밖의 타자에 관한 관심은 시인의 가치관과 정체성에 '혼란'이라는 각성제를 주입한다. 이는 지금 걷고 있는 길이 옳은가에 대한 자성을 동반하고, 향유하고 있는 삶과 그에 따른 태도와 행동에 영향을 미친다.

위의 시는 소박한 꿈을 이룬, "젊은 시절에 공장에서 일"할 때의 일화를 담담하게 진술하고 있다. 공장에 취업하고, "또래 여공과 쉽게 정이 들"어 자주 같이 술을 마시고, 관계가 깊어지는 순간까지만 선택적으로 서술하고 있다. 공장에서 일한 이유가 생계를 위한 것인지, 위장취업인지 명확히 드러나 있지

는 않지만 꿈과 노동의 즐거움 이면에 '거리감'이 존재한다. "여공의 사랑 고백
을 본능적으로 막은" 장면에서는 은연중 수직적 차이와 선민의식이 깔려 있는
것은 아닌지 의문이 든다. 일과 사랑을 '소유'할 수 있는 여건이지만, 흔쾌히
둘 다 '향유'하지는 못한다. 만약 공장 취업이 목적이 아닌 수단이라면, 사랑은
목적을 방해하는 요소로 작용할 것이다. 하여 친분 이상의 관계 진전에 "소스
라치게 놀라"고, 한 발 뒤로 물러나는 모순된 행동을 보일 수 있다. 이는 위장
취업에 무게 중심을 둔 자의적 해석이다. 하지만 이 시에서 노동의 가치나 정
신, 심지어 노동의 문제나 불합리를 건드리지 않는다. 노동이나 사랑보다 또
래 여공과의 관계성에 치중함을 알 수 있다. "뼈아프게도 그뿐"에 그친 건 다
그만한 이유가 있을 것이다.

서 과부 아줌마와 길용 아저씨가

공중화장실 외벽에서 벌인 애정 장면이

왜 군대에서 떠오른 것일까

철책선 지하 벙커에서

포르노를 처음 보고 토했을 때

이상하게도 그때 장면이

눈물겹도록 아름답게 다가왔다

열한두 살 때였을 것이다

초승달이 위태롭게 떠 있던 날

우리는 총싸움 놀이를 하고 있었다

파밭에 엎드려 숨죽이고 있는 나를

거친 숨소리가 집어삼켰다

-「포르노 연가」 부분

사랑에도 무게가 있을까

스물한 살 초겨울

학내시위 사건으로 쫓기던 나는

무작정 서울에서 공주로 향했다

멀리서 공주사대 정문을 바라보며

온종일 누군가를 찾았다

실루엣만이라도 볼 수 있다면

얼마나 좋을까 가슴 졸였지만

그녀는 흔적조차 없었다

시내 여인숙에서

강소주를 마시며 밤새 흐느꼈고

그것은 작별의식이 되었다

교사 지망생인 가난한 그녀에게

나는 위험인물이어서

무조건 떠나주어야 했다

그 이후로 그녀를

단 한 번도 찾지 않았지만

단 한 번도 잊은 적이 없다

이렇게 시시한 사랑을

저울에 달면 저울추가 움직일까

정말 사랑에 무게가 있을까

- 「사랑의 무게」 전문

시간을 거슬러 세 번째 정차한 역의 풍경은 군대 시절이다. 영화 〈박하사

제4부 공간의 사색과 소요

탕〉에선 전방 보병사단에 배치된 신병 영호를 보기 위해 첫사랑 순임이 면회를 오지만 계엄령이 선포되어 만나지 못한다. 긴급 출동을 위해 군장을 꾸리다가 반합에 넣어두었던 박하사탕이 사방에 흩어진다. 첫사랑과 이루어질 수 없다는 복선이다. 달콤한 첫맛과 쌉쌀한 뒷맛의 박하사탕은 한 개인의 삶만을 상징하지 않는다. 역사적 격변기에 개인의 선택과 정치적 상황이 한 개인의 삶을 어떻게 망가뜨리는지를 보여준다. 반면 군대 시절을 다룬 단 한 편의 시 「포르노 연가」에서 시인은 "포르노를 처음 보고 토"하는 개인의 삶에 천착한다. 군대라는 억압된 환경과 "철책선 지하 벙커"라는 폐쇄된 공간의 영향도 있겠지만, 이보다는 적나라한 섹스 장면에 대한 반감과 너무 어린 나이에 목격한 공중화장실 외벽에서의 불륜(섹스)이 성性에 대한 부정적 인식을 심어준 것으로 해석할 수 있다. 군대에서 본 포르노는 "열한두 살 때"의 총싸움 놀이와 그때 목격한 섹스 장면을 소환한다. 그때 의식 깊숙이 잠재되어 있던 섹스/불륜이라는 불편한 감정이 성을 노골화·상품화하는 포르노에 대한 극단적인 거부반응으로 나타난 것은 아닐까.

후진한 듯, 후진하지 않고 다시 정차한 역은 대학 시절이다. 역사의 격변기를 건너는 청춘의 고민과 사랑, 불의에 항거하는 삶의 풍경이 펼쳐진다. 대학생이 되어 상경한 시인은 고향 친구가 일하는 종로 뒷골목 중국집에 가서 종종 짬뽕밥을 얻어먹다가 쥐꼬리만 한 친구의 월급을 축내고 있다는 말에 얼굴을 붉히고(「짬뽕밥」), 학내시위 사건으로 도주하던 중 서울 영등포역 뒷골목 낡은 여인숙에서 할아버지를 생각하며 내리는 함박눈을 바라보는(「복권」) 등 무안한 장면과 불안한 도피 생활이 교차한다. 영화 〈박하사탕〉에서 순임이 영호를 면회 가서 만나지 못하듯, 「사랑의 무게」에서 시인은 짝사랑하는 그녀를 찾아가지만 보지 못하고 돌아선다. "학내시위 사건으로 쫓기"고 있는 처지인지라 피해를 줄지 모르기 때문이다. "무작정"과 "멀리서"가 의미하듯, 만나려는 의도라기보다 '먼발치'에서 얼굴만이라도 한번 보기 위함이다. '도피'라는 벼랑 끝에 선 처지에서 그녀는 '실질적 도피처'가 아닌 '심정적 도피처'라 할 수 있다. 이용의 대상이 아닌 회의와 절망을 "견딜 수 있(게 하)는 힘"(「우리의 금주 누나」)이다. 이때의 사랑은 곁에 머무는 것이 아니라 "무조건 떠나주"는 것. 떠나서 "단 한 번도 찾지" 않고, "단 한 번도 잊"지 않는 것이다. 하여 시인이 생각하는 "사랑은 뜨거운 게 아니"(이하 「사랑은 뜨거운 게 아니더군」)라 "멀리 있는 것"이다. 한데 사랑은 "차가운 게 아니"라 "가까이 있는 것"이라는, "첫사랑에게 한 글자도 쓰지 못하고 보낸 엽서가// 여태껏 가슴에 고이 꽂혀 있다"(「엽서 한 장」) 뒤늦은 깨달음은 뼈아프다. 자신의 "슬픔을 모르는 것보다/ 큰 슬픔"(「전등사 가는 길」)은 없다는 자각이다. 시인이 후진하는 열차에 올라탄 결정적인 이유가 아닐까.

박정희 개새끼라고 욕하는 아버지 입 틀어막으려다 어머니는 봉변을 당하였습니다 솥뚜껑 같은 아버지 손에 왼쪽 귀를 맞고 쓰러졌습니다 소리가 컸는데도 비명소리는 날카롭지 않았습니다 모두 숨죽이고 있을 때 중학생 형이 불쑥 일어섰습니다 술냄새 풀풀 나는 아버지에게 울부짖으며 맞섰습니다 머리라도 들이받을 기세였습니다 그때 방바닥에 주저앉아 있던 어머니가 어디에서 그런 힘이 솟았는지 형 뺨을 세차게 갈겼습니다

- 「솔밭에서」 부분

황화가 없다
내가 세 살 때부터 자란 황화가
그 자리에 분명 있는데 없다
몇십 년 만에 찾은 황화는

내가 찾는 곳이 아니다

집 앞 꼬불꼬불한 길이 없다

발아래 질경이와 무릎 옆

개망초꽃이 없다

갑자기 튀어나오던 꽃뱀도

쫓기던 참개구리도 있었던

내 유년이었던 길이 없다

길이 있어도 없다

다가갈수록 황화가 멀어진다

- 「황화」 부분

시간을 역행한 열차는 마침내 시발역인 유년에 도착한다. 그곳에는 불화하는 가족과 반항하는 어린 춤꾼이 기다리고 있다. 천천히 열차에서 내리다 말고 시인은 유년의 "상처를 내려다"(「나팔꽃」)본다. "감쪽같이 잊어도 될 일을/ 방금 벌어진 것처럼"(「일주문 앞에서」) 아주 생생하게 떠올린다. 장대비가 쏟아지는 초등학교 운동장에서 처연하게 비를 맞으며 울고(「장대비」), 논바닥과 운동장에서 코피 흘리며 친구와 싸우고(「싸움」), 중학생 동네 형의 강압에 못 이겨 참가한 콩쿠르 대회에서 막춤을 추고(「막춤」), 들판의 묘지에서 또래들과 밤새 춤을 추고(「나의 강강술래」), 중3 때 교단으로 나가 춤추며 노래 부르고(「사다리」), 할아버지 장례식 때 동네 아저씨가 해괴망측한 춤을 추고(「죽음의 축제」) 있다. 싸움과 춤은 답답한 현실에서 벗어나고 울분을 배출하는 해방구 역할을 한다. 이마저도 없었다면 어린 시인/춤꾼은 가출했거나 출가했을지도 모른다. 시인은 이 모든 상황을 외면하거나 회피하지 않는다. 오히려 현실을 직시하고 이에 당당히 맞서 싸운다. 이런 기질은 험악한 유신 시절에 "박정희 개새끼라고 욕"하는 아버지의 반항적 기질과 폭력성을 닮았다. 하지만 손으로 어머니의 왼쪽 귀를 때리거나 "누이 머리채를 잡고 흔"(「비처럼 내리는 과거라는 돌」)드는 것 같은 가정 폭력에는 거부반응을 드러낸다. 집 "뒤꼍으로 난 좁은 길 끝에 있는 솔밭"은 도피처이면서 마음의 휴식처다.

시인에게 '솔밭' 같은 공간이 '황화'다. 물론 황화 안에 솔밭이 존재한다. "현재와 과거가 뒤엉"('시인의 말')킨 황화는 원형 공간이다. 하지만 "몇십 년 만에 찾은 황화는/ 내가 찾는 곳이 아니다". 순수 원형을 간직한 황화의 훼손과 다시 만날 수 없는 첫사랑의 그녀, 수평적 폭력을 서슴없이 드러내는 사람들에 대한 실망과 상실감은 시인을 좌절하게 한다. '이건행'이라는 열차는 다시 현재의 역에 서 있다. 과거를 여행하고 현실의 자리로 돌아온 지금 시인의 앞에 놓인 길은 예전의 길은 아니다. 사라진 길을 찾아 헤맬 것인가, 아니면 새로운 길을 개척할 것인가의 선택은 시인에게 달려 있다. 그 이전에는 "한 번도 경험해보지 않은 감정"(이하 「상사화 지기 전에」)이 작용한다. 그 순간 "나 자신도 모르는 무엇인가가 내게서 피어"난다. 그 무엇은 무엇일까? "딱히 한 마디로 답하기 어려"운, 그 무엇. "휘갈겨 쓴 글씨가 빼곡한 메모장"(이하 「영원」)이나 "연두색 아령"처럼 생경하고도 영원한, "누구도 흉내내지 못할 빛깔로/ 살아 숨쉬"(「코스모스」)는, "찰진 고민들로 빼곡한"(「시」), 그런 개성 있는 시를 쓰고 싶은.